中國語言文字研究輯刊

二十編

許學仁 主編

第2冊

王念孫《廣雅疏證》訓詁術語研究（上）

張意霞 著

花木蘭文化事業有限公司

國家圖書館出版品預行編目資料

王念孫《廣雅疏證》訓詁術語研究（上）／張意霞 著 -- 初版 -- 新北市：花木蘭文化事業有限公司，2021〔民 110〕
目 4+244 面；21×29.7 公分
（中國語言文字研究輯刊　二十編；第 2 冊）
ISBN 978-986-518-333-2（精裝）
1. 訓詁學
802.08　　110000269

ISBN-978-986-518-333-2
9789865183332

中國語言文字研究輯刊
二十編　第二冊　ISBN：978-986-518-333-2

王念孫《廣雅疏證》訓詁術語研究（上）

作　　者　張意霞
主　　編　許學仁
總 編 輯　杜潔祥
副總編輯　楊嘉樂
編　　輯　許郁翎、張雅淋　美術編輯　陳逸婷
出　　版　花木蘭文化事業有限公司
發 行 人　高小娟
聯絡地址　235 新北市中和區中安街七二號十三樓
電話：02-2923-1455／傳真：02-2923-1452
網　　址　http://www.huamulan.tw　信箱　service@huamulans.com
印　　刷　普羅文化出版廣告事業
初　　版　2021 年 3 月
全書字數　272153 字
定　　價　二十編 7 冊（精裝）　台幣 20,000 元

王念孫《廣雅疏證》訓詁術語研究（上）

張意霞 著

作者簡介

張意霞

學歷：

　臺灣師範大學國文學系博士 94 年畢

　逢甲大學中國文學系碩士 83 年畢

　中興大學中國文學系學士 80 年畢

經歷：

【教學】

　　蘭陽技術學院建築與室內設計系專任副教授（蘭陽技術學院通識暨語文中心專任副教授）

　　蘭陽技術學院通識教育中心專任講師

　　復興工商專校共同科專任講師

　　逢甲大學華語文教學中心兼任講師

【行政】

　　蘭陽技術學院秘書室公關文書組組長

　　蘭陽技術學院附設進修學院學務組組長

　　蘭陽技術學院進修部教學組組長

　　蘭陽技術學院教務處綜合業務組學報總編輯

　　復興工商專校學生輔導中心輔導老師

【兼職】

　　教育部國家教育研究院電子國語辭典審查委員

　　中華文化總會「中華語文知識庫——兩岸常用詞典」審查委員

專長：

　文字、聲韻、訓詁

著作：

　徐鍇《說文繫傳》研究

提　要

訓詁術語在中國訓詁學的發展中佔有極重要的地位。王寧先生在〈談訓詁學術語的定稱與定義〉一文中說：

傳統訓詁學在發展過程中累積了大量的術語，這說明有關語義方面的很多現象，前人都已經發現了，而且進行過研究，有了一定的理性認識。特別是清代的乾嘉學者，和晚近以章太炎先生為首的推動傳統語言學向科學語言學過渡的大師們，在訓詁學術語的定稱與定義上作出了很大的貢獻，對後世產生了很大的影響。〔註 1〕

王念孫是清朝乾嘉學術皖派的重要學者之一，他上承戴震「實事求是」的治學精神，下啟「因聲求義」的溯源理論，使古聲得以呈現，古義得以闡發，而他的《廣雅疏證》也是清朝乾嘉學術中極具代表性的著作。清朝章太炎先生贊曰：「念孫疏《廣雅疏證》，以經傳諸子轉相證明，諸古書文義詰詘者皆理明。」〔註 2〕而本師陳伯元先生也在〈論音絕句〉中說：

乾嘉傑出語言家。廣雅疏來盡著花。因得聲音作根本，九經三史任搔爬。

父子相承經學家。夐乎尚矣實難加。讀書雜志千金鑑，傳釋經詞盡歎嗟。

脂至異流真不易，緝盍侵談分兩家。祭部昂然還獨立，清人音學有津涯。

王念孫的《廣雅疏證》不論在當代或後世都擁有極高的評價，其內涵自然非常值得探尋。因此本論文乃針對《廣雅疏證》中訓詁術語的部分加以歸納分析，期望透過這樣的研究來尋求各訓詁術語的使用條件與涵義，及各術語間的異同與關連，來進行確定及釐清訓詁術語定義的工作。本論文內容共分六章：

第一章是緒論。主要探討作者王念孫完成《廣雅疏證》的背景、生卒事蹟及年表、交游與論學、古韻分部等。第二章為訓詁術語析例。本章將《廣雅疏證》中的訓詁術語分門別類，以見其梗概。第三章到第五章分別將《廣雅疏證》中的重點術語分類研討，包括「轉」、「通」、「同」……等，以釐清這些術語的定義與意涵。第六章為王念孫《廣雅疏證》訓詁術語的評析，探討其對右文說的繼承與發揚、訓詁術語定義的比較與合理界說，及王念孫《廣雅疏證》的貢獻與影響。

〔註 1〕請參見王寧先生〈談訓詁學術語的定稱與定義〉，《遼寧教育學院學報》一九八三年第二期，第 53 頁。

〔註 2〕請參見章炳麟著，朱維錚編校《訄書》第 159 頁。

目 次

上 冊

下　冊

第一章　緒　論

第一節　前　言

王念孫是清朝乾嘉學術皖派的重要學者之一，他上承戴震「實事求是」的治學精神，下啟「因聲求義」的溯源理論，使古聲得以呈現，古義得以闡發，而他的《廣雅疏證》也是清朝乾嘉學術中極具代表性的著作。

有關清朝乾嘉學術的產生，許多學者多認為是因為清朝文字獄興盛，文人為求自保，轉而進行考證訓詁之學。像章太炎先生就認為在讀書人保命及因應國家愚民政策的前提下，清朝理學與經學的道術，言竭而近於匠氣，所以他在《訄書・清儒篇》說：

> 清世理學之言，竭而無餘華；多忌，故歌詩文史楛；愚民，故經世先王之志衰。家有智慧，大湊於說經，亦以紓死，而其術近工眇踔善矣。〔註1〕

然而一個流派的形成，影響的因素往往是十分複雜的。林尹先生在〈清代學術思想史引言〉一文中對此提出三項重點：

> 1. 對於宋明理學反動，故以實事求是為鵠的，而以復古為職志。

〔註1〕參見徐復《訄書詳注》第139頁。

2. 受政治勢力之影響，言多忌諱，故考證之學遂盛極一時。

3. 歐西文化輸入，故天算之學興，而治學方法亦因此而改良。

〔註2〕

而王俊義先生在〈乾嘉漢學論綱〉中則增補了一個因素，他認為穩定的經濟促成了學術的發展：

> 乾嘉漢學之所以能蓬蓬勃勃的發展和興盛，正依賴於康乾盛世所奠定的豐厚物質基礎。……
>
> 由於清朝中央政府對學術的倡導，一些封疆大吏也都熱心提倡學術，他們創辦書院經舍，主持編纂書籍，支持贊助學者著書立說。上行下效，一時間搜書、編書、校書、刻書、藏書蔚然成風。形成了濃厚的學術風氣。乾嘉漢學正是在這樣的學術氛圍中形成發展走向鼎盛的。〔註3〕

王念孫就在這樣的學潮中，花費近十年的時間，通過訓詁註釋、文字校勘等方式，對張揖的《廣雅》進行總整理與詮釋，並成就了《廣雅疏證》這部鉅著。使得認為清朝當時經學「近工眇踔善」的章太炎先生，都稱讚說：「念孫疏《廣雅疏證》，以經傳諸子轉相證明，諸古書文義詰詘者皆理明。」〔註4〕可見其內涵非常值得探尋。因此本論文乃針對《廣雅疏證》中訓詁術語的部分加以歸納分析，期望透過這樣的研究來尋求各訓詁術語的使用條件與涵義，以及各術語間的異同及關連，以期進行確定及釐清訓詁術語定義的工作。

第二節　王念孫之生卒與事蹟

王念孫，字懷祖，號石臞，一作石渠。江蘇高郵人。祖籍蘇州，明初遷居高郵。生於清乾隆九年（西元一七四四年），卒於道光十二年（西元一八三二年），享年八十九歲。

綜觀王念孫的畢生功績有二：一為「著述」，一為「治水」。王引之〈石臞府君行狀〉中記載，王念孫在病勢垂危時仍殷殷告誡子孫說：「服官者勉勤職

〔註2〕參見胡師楚生先生《清代學術史研究續編》第159頁。

〔註3〕此二段節錄自王俊義先生、黃愛平先生《清代學術文化史論》第37頁。

〔註4〕參見章炳麟著，朱維錚編校《訄書》第159頁。

業，讀書者奮志琢磨，必毋怠棄自甘，以承世德於勿替。」〔註5〕治水是他在擔任官職時「勉勤職業」的表現，而著述則顯現他在為學上「奮志琢磨」的用心，像這樣「服官則守正無私，學古則窮年不倦；政蹟留在人間，著作垂於身後」〔註6〕的人生態度，正是王念孫留給子孫及後進最好的身教典範。

一、家世與才藝

（一）書香門弟，家學謹嚴

王念孫是在眾人的期盼下出生的孩子，由於他的父親前兩任的妻子都因為產子而死，所以導致他的祖父年逾七十仍未能享有含飴弄孫之樂。根據王引之〈石臞府君行狀〉中記載：

> 文肅公元配車太夫人、繼配崑山徐太夫人皆生子而殤，再繼配錢塘徐太夫人乃生府君。先是文肅公父贈尚書公年逾七十，望孫甚切，豫為之名曰念孫，謂文肅公曰：「有孫生則以是名之。」及贈尚書公歿，而府君生，文肅公悲喜交集，曰：「天佑吾父而予之孫，其將使紹吾父之業乎！」遂如遺命以名之。〔註7〕

王念孫一出生便背負了家人的期望，而他也確如父親所說的，不但承繼了家學的淵源，光耀門楣，同時也完成了承上啟下的天職。

談起王念孫的家學淵源〔註8〕，可說是生長在一個持躬恪慎的書香世家。高祖王開運是一名秀才，治《尚書》，在州學中頗具聲名〔註9〕，以教館維生。曾祖父王式耜是康熙戊午副榜貢生，博通五經，秉性方正，雖然家中貧窮，但性格不喜仕進，所以繼承父業，以所學傳授諸弟子，終老於家。祖父王曾祿字西受，號古堂，是雍正癸卯選拔貢生，與其兄王曾祐常在屋外房簷下討論學問，在理學方面有深湛的研究，學者從遊者甚眾。

〔註5〕參見《高郵王氏遺書》中高郵王氏六葉傳狀碑誌集卷四〈石臞府君行狀〉第112頁。

〔註6〕參見《高郵王氏遺書》中高郵王氏六葉傳狀碑誌集卷四〈石臞府君行狀〉第100頁。

〔註7〕參見《高郵王氏遺書》中高郵王氏六葉傳狀碑誌集卷四〈石臞府君行狀〉第100～101頁。

〔註8〕參看附錄一的「王念孫家系族譜」。

〔註9〕有關治《尚書》有聲於州學者，高明先生〈高郵王氏父子的學行〉以及張文彬先生《高郵王氏父子學記》言為王念孫高祖之考王應祥；而劉盼遂先生《清王石渠先生念孫年譜》、及王引之〈石臞府君行狀〉中均指為王念孫之高祖王開運。本文今依王引之〈石臞府君行狀〉所言撰寫。

古堂先生在年老時望孫心切，於是預先為孫子取名為念孫。後來王念孫終於出生，但古堂先生已經過世，為了懷念祖父，便依祖父生前的遺命，取名為念孫，字懷祖。此外，王念孫因體貌瘦削清羸，所以自號石臞，亦作石渠。

王念孫的母親徐夫人是江西吉安府知府徐亨的女兒，在王念孫三歲的時候就過世了，從此王念孫便跟著父親入都，由父親一手提攜成長。王念孫的父親王安國字書城，一字書臣，號春圃，是雍正甲辰殿試一甲二名進士，曾授翰林院編修，官至吏部尚書，死後諡號文肅。《清史稿・王安國列傳》云：

> 安國初登第，謁大學士朱軾，軾戒之曰：「學人通籍後，惟留得本來面目為難。」安國誦其語終身。至顯仕，衣食器用不改於舊。深研經籍，子念孫，孫引之，承其緒，成一家之學，語在〈儒林傳〉。〔註10〕

另《高郵王氏遺書・春圃府君行狀》中也記載說：

> 初府君督學時，丰采峻厲，志行清潔，見諸有司不少假辭色。及聞撫粵，諸素不廉者各自危，或早解組去，而窮鄉僻壤之民無不交相額慶。

> 府君生平淡泊寡交，位通顯門庭闃寂，蕭然儒素，餽遺一無所受，燕會一無所預，請託不行，苞苴悉絕，至於入官議事，雖至好有不合則反復致辨或義形於色，而事過不稍芥蔕。平居意氣相投，即一介士必與談論不倦，不自知其身之貴顯也。〔註11〕

文肅公端莊穩重的行止深深影響著王念孫，王引之〈石臞府君行狀〉中也形容王念孫「篤志為學，一無嗜好，童年而有老成之風」〔註12〕，而且從文肅公以「忠信勿欺」來勗勉王念孫的行動上，可以看出文肅公不僅學養豐富，在德行修為方面也是令人敬佩的。

《清代七百名人傳》中曾說：「論者謂清代經術，獨絕千古，高郵王氏一家之學，三世相承。」〔註13〕王念孫除繼承家學外，長子王引之在他的教導與薰

〔註10〕參見《清史稿・列傳九十一・王安國》第10499頁。
〔註11〕此二段引文，參見《高郵王氏遺書》中高郵王氏六葉傳狀碑誌集卷三〈春圃府君行狀〉第90頁和第96頁。
〔註12〕參見《高郵王氏遺書》中高郵王氏六葉傳狀碑誌集卷四〈石臞府君行狀〉第102頁。
〔註13〕參見蔡可園先生《清代七百名人傳》第1645頁。

陶下，是最能繼承其衣缽的人。王引之字曼卿，號伯申，死後諡號文簡，從小便能篤志於學，官至禮部尚書，撰有《經義述聞》、《經傳釋詞》等書，而《廣雅疏證》第十卷的稿子也是王引之所作。劉嶽雲《食舊德齋襍箸．答潘丈伯琴書》引王氏引之《廣雅疏證》而繼之曰：

> 王氏作《廣雅疏證》，花草竹木、鳥獸蟲魚，皆購列於所居，視其初生與其長大，以校對昔人所言形狀。〔註14〕

王引之撰《廣雅疏證》第十卷，其用功之深，由此可知。而他科學的實證精神，也表現出王氏父子家學的嚴謹。

（二）夙慧聰敏，博聞強記

王念孫從小就顯現出過人的聰敏睿智智，尤其是超乎常人的記憶力。他在襁褓中已可識二十餘字，眾人皆謂有夙慧。四歲時文肅公授讀《尚書》，王念孫百數十行，矢口成誦，片刻皆已爛熟，一時都下稱譽為「神童」。王引之〈石臞府君行狀〉中記述：

> 七歲而文肅公奉命蔽獄於陪都，慮京邸無人調護府君，遂攜府君，東行時偕往之。某公夜作奏稿，援據經傳，恐有錯誤，則詢之府君。府君時方睡熟，應聲誦之，一字無譌，乃相與驚歎以為異才。〔註15〕

連熟睡乍醒都能應聲背誦而無誤，可見王念孫從小讀書就能熟記不忘。

王念孫八歲就能夠寫文章，學為制義，操觚即作全篇。十歲時他就已經將十三經讀完，同時也旁涉史鑑，流觀往事，感慨激昂。他曾擬作〈秦檜傳〉，斷制森嚴，章法完密。文肅公看了就稱許他，並期望他以史為鑑，待人處世應忠信而勿欺。

十三歲時文肅公延請戴震到家裡來教王念孫讀經。戴震是當代有名的學者，對於三禮、六書、九數、聲音訓詁方面的學問都很專精，學識淵博，學風嚴謹，趙振鐸先生在《中國語言學家評傳》中記載：

> 據說當時王念孫曾問戴震：「弟子將何學而可？」戴震沉思了很

〔註14〕參見劉嶽雲《食舊德齋襍箸》卷一第35頁。

〔註15〕參見《高郵王氏遺書》中高郵王氏六葉傳狀碑誌集卷四〈石臞府君行狀〉第101頁。

久才回答說：「你的才學是無所不可的。」這可以看出戴震對少年王念孫是很器重的。〔註16〕

戴震的教導與肯定，對王念孫畢生的治學產生了重大的影響，也因此奠立了往後訓詁之學的根基。

王念孫的記憶力並不是小時了了而已，像王引之〈石臞府君行狀〉記載一件事，是王念孫受業於夏嘯門先生後所發生的：

服闋應童子試，州試第二，府院試皆第一，試題為府君數年前所作。既出，嘯門先生問：「尚能記舊作否？」府君曰：「能記。」因援筆默寫原文及嘯門先生所改，一字一句無不脗合。先生大奇之，逢人稱道之不置。〔註17〕

以上所記載的各種事蹟，都顯現出王念孫的夙慧聰敏和博聞強記，相信這也是他在從事《廣雅疏證》和《讀書雜記》等訓詁工作時，能夠信手捻來、觸類旁通的原因之一。

二、性格與仕途

（一）嚴以律己，寬待下人

王念孫正如他的自號石臞一樣，自小體貌瘦削清羸但個性堅強，三歲時母親過世，他隨著父親入都，父親每天上早朝，家中不開火煮早餐，於是他與父親同車上朝，到了皇宮父親入內堂用餐，而王念孫則在車中吃路上買的幾枚餅餌充肌，數年都是如此。

王念孫的父親文肅公以「寒素家風」為榮，即使升任高職也不改其本色，因此受到他人的敬重。高明先生〈高郵王氏父子的學行〉中曾記載：

王安國在御史任上，曾參劾廣東巡撫，雍正就派他接任，他堅辭不獲，纔去上任。到任後，他的生活和做秀才時毫無兩樣。他的父親來就養，也就死在他的任所，他竟無錢經營喪事，將靈柩運回故鄉。廣東總督將這情形奏知朝廷，贈賻兩千金，他纔能成行，並辦完喪事。

〔註16〕參見吉常宏先生、王佩增先生編《中國古代語言學家評傳》中趙振鐸先生撰〈王念孫〉第517頁。

〔註17〕參見《高郵王氏遺書》中高郵王氏六葉傳狀碑誌集卷四〈石臞府君行狀〉第102～103頁。

那時巡撫有例規可拿，他獨不取，後來被人告發，過去拿例規的人都受處分，只有他未受連累，所以他特別受人敬重。〔註18〕

受到父親文肅公的影響，王念孫「性喜儉約，衣服飲食、宮室器皿之屬，但求給用而已，不求美麗。」〔註19〕他生活十分儉樸，所以當他應娶妻時，夏嘯門先生還告誡他說：「子雖宦家，而儉樸過于貧士，富貴家女，諒非所宜。」〔註20〕

雖然如此，王念孫對待下屬童僕並不苛刻，總是寬嚴並用，峻厲中帶有體恤之意，對於別人的優點也不吝褒揚，「見人有一善可錄、一長可取，輒稱道之不置。」〔註21〕所以王念孫的下屬童僕們也都十分感激他。

（二）接濟親友，仁至義盡

《莊子・山木篇》云：「君子之交淡若水，小人之交甘若醴。」王念孫與人相處的態度正如君子之交一般，他對於交游方面並沒有像追求學問一樣地充滿熱情，有時甚至給人感覺過於冷漠，但是當親友有難時，他還是會挺力相助，所以王引之〈石臞府君行狀〉說：

府君性方正，善善惡惡，悉本至誠，喜怒必形於色，是非曲直，持論無所依違。又最寬恕，朝有過，夕改則與之，一話一言，表裡如一。不作世故周旋之語，而休戚相關哀樂過人。朋友知識有所患苦，輒憂不能釋如身際其阨者。然苟宜周卹，必竭力為之，篤於一本之誼。〔註22〕

像王念孫的從弟王承祖家貧，生計上有困難，他就分田二頃、餘宅一區供王承祖一家生活。後來王承祖一家人生活仍見艱苦，王念孫又送穀物給他們。直到王承祖夫婦相繼過世後，王念孫還扶養他們遺留下來的孩子，等孩子長大後，又出資協助這些孩子婚嫁，甚至婚嫁後都還視其需要來供給他們的生活。這種永續性的關懷，絕非假仁假義者所能付出的。

〔註18〕參見《高明先生文集》（下冊）中高明先生〈高郵王氏父子的學行〉第614頁。
〔註19〕參見劉盼遂先生《清王石渠先生念孫年譜》第129頁。
〔註20〕參見劉盼遂先生《清王石渠先生念孫年譜》第7頁。
〔註21〕參見《高郵王氏遺書》中高郵王氏六葉傳狀碑誌集卷四〈石臞府君行狀〉第123頁。
〔註22〕參見《高郵王氏遺書》中高郵王氏六葉傳狀碑誌集卷四〈石臞府君行狀〉第123頁。

（三）著述為常，篤信好學

在王念孫的一生中，最重要的事情莫過於治學與著述，不論是公務繁忙或年老體衰時，他都不曾懈怠。王引之〈石臞府君行狀〉中記載著：

> 三任河道官事，有暇仍從事於校讐。迨就養京邸，年臻耄耋，猶目覽手記，孜孜不已，嘗笑而言曰：「人生各有所樂兮，余獨著述以為常！」其篤信好學也。〔註23〕

治學著述是王念孫的志趣，因此他也不會如部分學者一樣喜歡自矜所得、與人爭名。劉盼遂先生《清王石渠先生念孫年譜》中按：

> 《廣雅》一書，出于曹魏，遠不如《爾疋》、《說文》、《方言》之精。先生初亦有意從事於三書，故先作《說文考異》，而當時段若膺已成《說文解字讀》五百餘卷，知難驟與爭鋒，故僅成二卷而即弃去。《方言》則有戴氏疏證，雖有可補苴，然大體既得，所餘鱗爪，其細亦甚，故成《方言疏證補》一卷即復中止。至於《爾雅》同時有邵二雲作正義告成，已體大思精，而郝蘭臯之作義疏，實昕夕過從先生，問雅故，商體製，先生於此書遂不再措思焉。至此乃決然舍去以上三書，別啟新塗，而得《廣雅》與《集韵》為之主幹，以闡發其所自得，咸瀦偃於此。迨《廣雅疏證》成，日月已邁，《集韵》之業，終歸虛願矣！〔註24〕

原本他是想要為《爾雅》、《說文解字》和《方言》作疏證，後因此三書均有人為之作注，王念孫便另覓他書，得《廣雅》而作疏證，高明先生就稱揚說：

> 疏證竟勝過原書，可與酈道元《水經注》勝過《水經》相比。這些事都可見出他的禮讓精神。以前鄭康成注《左傳》，看到服虔的《左傳注》做得不錯，自己就不再做了，且將自己注好的送給服氏。王氏的這種禮讓精神，王與鄭康成後先相輝映。〔註25〕

除了為書作注的部分以外，段玉裁《六書音韻表》創於乾隆三十二年，成

〔註23〕參見《高郵王氏遺書》中高郵王氏六葉傳狀碑誌集卷四〈石臞府君行狀〉第126頁。

〔註24〕參見劉盼遂先生《清王石渠先生念孫年譜》第23頁。

〔註25〕參見《高明先生文集》（下冊）中高明先生〈高郵王氏父子的學行〉第621頁。原文中「王與鄭康成後先相輝映」一句中之「王」字疑為衍字。

於乾隆三十五年，比王念孫當初所提的分部晚數年，但王念孫不望與人暗合，也因此沒有為自己的古韻分部著書立說。所以雖然自古文人相嫉，可是對於著述問學方面，王念孫卻有寬容大度，樂於稱讚他人，也不介意「將金針渡予人」。正如王引之所言：

> 生平學問之交，皆終始不渝，久而彌篤。同志之士以著述請教者，府君皆逐一簽商，直言無隱。其遺書未及改正者，必為去其小疵以成大醇焉。〔註 26〕

王念孫的問學態度，以及以著述自娛的精神，終其一生都表現在他的一言一行中，也成為後代子孫學習的目標。

（四）學以致用，竭力負責

王念孫三十八歲時擔任工部都水師主事，都水司是河工估銷總匯的部門，正好提供王念孫將所學落實到實際面的機會。王引之〈石臞府君行狀〉說：

> 府君素精熟于《水經注》、《禹貢錐指》、《河防一覽》諸書，至是益講明治水之道，為〈導河議〉上、下篇，上篇導河北流，下篇建倉通運也。漳浦蔡文恭公見而韙之。時奉旨纂《河源紀略》，府君為纂修官，議者會誤指河源所出之山，府君力辨其譌，議乃定。《紀略》中〈辨譌〉一門，府君所撰也。〔註 27〕

王念孫不但把書中的知識運用到治水上，也利用巡視漕務的時候，裁汰陋規，所經過的地方，不管是吏治優劣，還是民生疾苦，他都悉心陳奏。因此王引之〈石臞府君行狀〉中也記載王念孫就任直隸永定河道時，「濟甯商民出郊遠餞，焚香酌酒，數十里中肩相錯、踵相接也，其為輿情愛戴如是。」〔註 28〕

王念孫政治生涯的浮沉，可說是與整治河川有著緊密的關係。《清史稿・列傳二百六十八・儒林二》云：

> 嘉慶四年，仁宗親政……是年授直隸永定河道。六年，以河隄漫口罷，特旨留督辦河工。工竣，賞主事銜。河南衡家樓河決，命

〔註 26〕參見《高郵王氏遺書》中高郵王氏六葉傳狀碑誌集卷四〈石臞府君行狀〉第 123～124 頁。

〔註 27〕參見《高郵王氏遺書》中高郵王氏六葉傳狀碑誌集卷四〈石臞府君行狀〉第 104～105 頁。

〔註 28〕參見《高郵王氏遺書》中高郵王氏六葉傳狀碑誌集卷四〈石臞府君行狀〉第 117 頁。

往查勘，又命馳赴臺莊治河務。尋授山東運河道，在任六年，調永定河道。會東河總督與山東巡撫以引黃利運異議，召入都決其是非。念孫奏引黃入湖，不能不少淤，然暫行無害，詔許之。已而永定河水復異漲，如六年之隘，念孫自引罪，得旨休致。〔註29〕

王念孫一生對治水付出極多的心力，因為唯有杜絕水患，人民才能享有安定的生活。但嘉慶十五年的永定河氾濫，卻帶給王念孫很大的打擊。他得旨以六品致休，應賠河工堵築漫口例銀一萬七千二百五十九兩，每天都擔憂自己無力完繳。後來經由兒子王引之向親友借貸，扣除養廉，才陸續繳完，而永定河也經過十餘年才修繕完工。由此可見，王念孫在工作上是一位愛民如子又認真負責的人，他絲毫不戀棧官職，對於自己做過的工程也負責到底。他的治理漕務，可說是儒者知行合一的最佳表現。

（五）貴賤如一，直道而行

王念孫為官清廉，與同事交游的態度貴賤如一，在王引之〈石臞府君行狀〉中描述當時曾發生的一件事例便足以佐證：

官事上侃侃不阿，事皆直道而行，毫無迎合，每請見公事而外語不及私。初見時上官或怪其冷落，後乃坦然相信。上官某公與府君志趣不合，及某公被嚴譴，平日阿諛者皆反眼若不相識，府君獨周卹其孥，不以今昔異致。某公感甚，且自悔不知人也。〔註30〕

王念孫平日雖不與人熱絡結黨，可是當別人有難，眾人避之唯恐不及的時候，他不但不會落井下石，甚至還會伸出援手。《史記・汲鄭列傳贊》中翟公署其門曰：「一死一生，乃知交情；一貧一富，乃知交態；一貴一賤，交情乃見。」正是王念孫待人處世的精神。

王念孫的個性嚴謹耿直，凡事直道而行，做該做的事，講該講的話。根據《清史稿・列傳二百六十八・儒林二》中記載：

嘉慶四年，仁宗親政，時川、楚教匪猖獗，念孫陳剿賊六事，首劾大學士和珅，疏語援據經義，大契聖心。〔註31〕

〔註29〕參見《清史稿・列傳二百六十八・儒林二》第13211頁。
〔註30〕參見《高郵王氏遺書》中高郵王氏六葉傳狀碑誌集卷四〈石臞府君行狀〉第126頁。
〔註31〕參見《清史稿・列傳二百六十八・儒林二》第13211頁。

他在五十六歲擔任吏科掌印給事中一職時，密疏奏劾大學士和珅黷貨攬權，嘉慶皇帝極為稱許，將和珅繩之以法，天下人稱之為「鳳鳴朝陽」，並且十分推崇他。這個事件也充分顯現出王念孫不畏強權且嫉惡如仇的性格。

三、生卒事蹟年表〔註32〕

西元	國曆	年齡	生平事蹟
1744年	清高宗弘曆 乾隆九年	一歲	三月十三日寅時，王念孫生於高郵里第。由於祖父古堂先生年逾七十，望孫心切，生前便預先取名『念孫』，於是就遵循其祖父的遺命，取名為『念孫』。 是年惠棟四十八歲，江聲二十四歲，戴震二十二歲，程瑤田二十歲，錢大昕十七歲，段玉裁金榜十歲，桂馥九歲，章學誠七歲，汪中一歲。
1745年	乾隆十年	二歲	夏，父文肅公遷禮部尚書，時丁外艱不赴。
1746年	乾隆十一年	三歲	喪母。父親在籍服闋，拜補授禮部尚書之命，以《通禮》一書，中多未協，奏請更定。文肅公中年喪偶，不再另娶，與王念孫倆人相依為命，於是便帶王念孫入都，當時尚在襁褓中的王念孫已認得二十幾個字，大家都稱其「夙慧」。
1747年	乾隆十二年	四歲	至是奉命充大清會典館正總裁。越十年《會典》一書才告成。文肅公授讀《尚書》，王念孫百數十行，片刻即爛熟，能矢口成誦，都下人稱「神童」。
1748年	乾隆十三年	五歲	每早隨父親登朝，文肅公入內堂餐，王念孫則先在車中吃一些餅餌充飢，往後數年都是如此。
1749年	乾隆十四年	六歲	是年方苞卒。
1750年	乾隆十五年	七歲	侍父文肅公往陪都瀋陽蔽獄，文肅公帶他到某公家中，夜作奏稿，援經據傳，恐有錯誤，就問方睡熟的王念孫，他應聲背誦，一字無譌，乃相歎以為異才。
1751年	乾隆十六年	八歲	能屬文，學為制藝，操觚即作全篇。據《笥河詩集．送王懷祖詩》推測，文肅公應於乾隆十七年壬申以前出塞。
1752年	乾隆十七年	九歲	孔廣森生。

〔註32〕本生卒年表主要以劉盼遂《清王石渠先生念孫年譜》所述為骨幹，並參酌張文彬先生《高郵王氏父子學記》、蔡可園先生《清代七百名人傳》、趙爾巽等撰《清史稿》、吉常宏與王佩增先生編《中國古代語言學家評傳》、都惠淑先生《王念孫之生平及其古音學》等相關資料校訂補綴而成。

1753 年	乾隆十八年	十歲	誦畢十三經，旁涉史鑑，為他將來從事學術研究打下紮實的根基。他曾經擬作〈秦檜傳〉，斷制森嚴，章法完密；文肅公更加勗之以忠信，示之以勿欺。是年孫星衍生。
1754 年	乾隆十九年	十一歲	是年吳敬梓卒。
1755 年	乾隆二十年	十二歲	夏五月辛卯，文肅公遷吏部尚書。是年全祖望卒。
1756 年	乾隆二十一年	十三歲	文肅公以禮部尚書兼管工部尚書，延請戴震到家中為王念孫授課。戴震是當代碩儒，精于三禮、六書、九數、聲音訓詁之學。王念孫從學一年，終能盡得其傳，稽古之學也奠基於此。
1757 年	乾隆二十二年	十四歲	父文肅公病逝於京邸，享年六十四。王念孫哀毀過人，既而扶柩旋里，受業於夏嘯門。 王念孫為文根柢深厚，理法精熟，夏嘯門嘗評王念孫云：「生子當如孫仲謀。」因此可見其備受老師的器重。
1758 年	乾隆二十三年	十五歲	是年惠棟卒。
1759 年	乾隆二十四年	十六歲	是年顧棟高、汪紱卒。
1760 年	乾隆二十五年	十七歲	是年王引之的業師盧蔭溥生。
1761 年	乾隆二十六年	十八歲	應童子試，州試第二，府院試皆第一。夏嘯門建議王念孫聘城北吳鋐次女，是年王念孫至吳家下聘。
1762 年	乾隆二十七年	十九歲	娶吳鋐次女為妻。是年江永卒。
1763 年	乾隆二十八年	二十歲	是年焦循、黃丕烈生。
1764 年	乾隆二十九年	廿一歲	是後數年，與李惇、賈田祖晨夕過從，又與汪中、劉台拱、任大椿、程瑤田書札往來，講求古學。詩宗漢魏六朝，摹擬逼真。經訓則發明許慎、鄭玄，究其閫奧。
1765 年	乾隆三十年	廿二歲	高宗巡幸江南，先生以大臣子迎鑾獻頌冊，詔賜舉人，一體會試。王念孫感戴皇恩，益敦學業。〔註 33〕是年鄭燮卒。
1766 年	乾隆三十一年	廿三歲	春，長子王引之生。王念孫入都會試，得江永《古韵標準》讀之，始知顧氏所分十部猶有罅漏。回家後取三百零五篇反覆尋繹，始知江氏之書仍未盡善，遂以己意重加編次，分古音為二十一部，將支、脂、之三部分立，並建立至部、祭部、盍部、緝部。

〔註 33〕劉盼遂先生《清王石渠先生念孫年譜》將高宗巡幸江南一事繫於乾隆二十八年王念孫二十歲時，今據張文彬先生《高郵王氏父子學記》第 41 頁的考證，王引之〈石臞府君行狀〉中云：「歲在乙卯，年二十二，恭逢高宗純皇帝巡幸江南。」乙卯當為乙酉，但二十二歲則無誤，因此將此事表列於乾隆三十年王念孫廿二歲下，都惠淑先生《王念孫之生平及其古音學》亦同。

1767 年	乾隆三十二年	廿四歲	有〈丁亥詩鈔〉一卷。
1768 年	乾隆三十三年	廿五歲	是年李銳、陳鴻壽、許宗彥、汪萊、周中孚生。
1769 年	乾隆三十四年	廿六歲	春，入都會試，不第。遂返家。
1770 年	乾隆三十五年	廿七歲	返家後即深居苦讀，以待下次科會試。
			【王引之】五歲，從師讀書，即能篤志于學。
1771 年	乾隆三十六年	廿八歲	入都會試不第，曾拜訪朱筠。
1772 年	乾隆三十七年	廿九歲	會試不第。與劉台拱定交。出都避禍天長，旋于冬杪赴安徽太平府，從朱筠於安徽學政任。始與汪中訂交，互相切磋古經義小學。
1773 年	乾隆三十八年	三十歲	正月十八日，為朱筠校正大徐《說文》刻之。又代朱筠撰〈重刻說文解字繫傳序〉。從朱筠遊覽江干山水，極文酒之盛。 歸里。夏，復來朱筠學署，為校《唐開元禮》。冬，隨朱筠入都，下榻朱氏椒花吟舫。
1774 年	乾隆三十九年	卅一歲	在都住朱筠的椒花吟舫，以半載之力，成《說文考異》二卷。
1775 年	乾隆四十年	卅二歲	試禮部中式，殿試賜二甲七名進士出身，改翰林院庶吉士。中冬旋里，冬在揚州，有跋武梁石室畫象，攷訂數字。
			【王引之】十歲，從觀察公受《童蒙須知》、《朱子小學》、《呂氏小兒語》等諸書，即能仿而行之於日用之間。
1776 年	乾隆四十一年	卅三歲	自是以後四年，皆獨居於家祠畔之湖濱精舍，以著述為事，窮搜冥討，謝絕人事。《廣雅疏證》之根柢植此數年之中。春，王念孫至郡城，汪中為其言程易疇之學甚精。 孟冬，賈稻孫、李成裕同過先生湖西別業時，王念孫正注《說文》，稻孫贈詩三首。
1777 年	乾隆四十二年	卅四歲	《汪容甫先生遺詩》附錄引證《賈稻孫詩集》：丁酉春日，病中留江都，汪容甫暨李孝臣、王石臞聚飲。翼日容甫北行，為詩以別，兼柬孝臣、石臞一首，有「石臞又放湖千篷」之句。賈氏自注，將之石渠。是年戴震卒。次子敬之生。〔註 34〕
			敬之字寬甫，官縣令，年七十九卒。著有〈三十六湖漁唱〉三卷、〈漁唱稿〉一卷及《宜略識字齋雜著》九卷。

〔註 34〕劉盼遂先生《清王石渠先生念孫年譜》將王敬之的生年繫於乾隆四十三年王念孫三十五歲時，今據張文彬先生《高郵王氏父子學記》第 50 頁的考證，王念孫入都之年當在乾隆四十四年己亥，而王敬之年三歲，以農曆的算法，則王敬之的生年應在乾隆四十二年王念孫三十四歲時。

1778年	乾隆四十三年	卅五歲	是年余蕭客、羅有高卒。
1779年	乾隆四十四年	卅六歲	仍居湖濱精舍，校正《方言》。
1780年	乾隆四十五年	卅七歲	入都，在京供職翰林院。《抱經堂文集》（二十）與王懷祖（念孫）庶常校正《大戴禮記書》注云：庚子年。是年始得段玉裁《六書音均表》。見集中〈與江晉三書〉云：「及服官後，始得亡友段君《六書音均表》，見其分支、脂、之為三，真、諄為二，尤、侯為二，皆與鄙見若合符節。唯入聲之分配及分配平、上、去，與念孫多有不合。」 段玉裁《六書音韻表》創於乾隆三十二年，成於乾隆三十五年，比王念孫當初所提的分部晚數年，但王念孫不願與人雷同，竟因此未出己作。
1781年	乾隆四十六年	卅八歲	散館試日處君而盈度賦，考一等五名。任工部都水司主事，為〈導河議〉上下篇，上篇導河北流，下篇建倉通運也。任勅纂《河源紀略》纂修官，別撰〈辨偽〉一門。三月廿六日孔軒來書，論《詩經》用韵。
1782年	乾隆四十七年	卅九歲	任四庫全書館篆隸校對官。 **【王引之】十七歲，補博士弟子員。從事聲音、文字、訓詁之學，以所得質於父，父曰：「是可以傳吾學矣。」**
1783年	乾隆四十八年	四十歲	南河有攔黃壩工題銷本，因原估浮多，加入蟄陷重修，以符原估銀數。王念孫主稿議駁，自長官，入奏，命工部尚書福康安往勘，他隨往，遂刪減如例，其遇事明辨如是。 **【王引之】十八歲，入都，因入國子監。**
1784年	乾隆四十九年	四十一歲	補虞衡司主事。春，因四庫事記過十二次。夏，記過十四次。 是年王筠、李惇、包世榮、彭啟豐、鄭文虎、程晉芳、蔣士銓、李成裕卒。
1785年	乾隆五十年	四十二歲	擢營繕司員外郎。保送御史奉旨記名。
1786年	乾隆五十一年	四十三歲	擢製造庫郎中。是年孔廣森卒。 **【王引之】廿一歲，旋里，因從事小學諸書，日夕研求。**
1787年	乾隆五十二年	四十四歲	奉旨從工部侍郎得曉峰往勘浙江海塘工。道出高郵，與吳恭人相見，數語而去，不及家事，恭人壯之。〔註35〕夏秋間，作輶軒使者絕代語

〔註35〕劉盼遂先生《清王石渠先生念孫年譜》將與恭人相見的事蹟繫於乾隆五十一年王念孫四十三歲時，但張文彬先生《高郵王氏父子學記》第56頁根據王念孫撰〈吳恭人行略〉所述，與恭人相見應在乾隆五十二年王念孫四十四歲時。

			釋別國，《方言疏證補》一卷而中止。八月始作《廣雅疏證》，期以十年為之。
1788 年	乾隆五十三年	四十五歲	補陝西道監察使，官餘注釋《廣雅》，日以三字為率。故《廣雅疏證》成卷一上。與劉端臨第一書，論校訂《方言》、《廣雅》之事。是年朱駿聲生。 **【王引之】廿三歲，元配沈夫人卒。**
1789 年	乾隆五十四年	四十六歲	轉山西道監察御史，尋轉京畿道監察御史。 〈與劉端臨書〉言《廣雅疏證》甫完兩卷，歎疏證事難，且有告並歸隱之思。〔註 36〕 仲秋與段玉裁晤於京師，暢談一切，相見恨晚。段玉裁見《廣雅疏證》愛不釋手。
1790 年	乾隆五十五年	四十七歲	王念孫患脾泄頗甚。 致段玉裁書信以索考訂《廣雅》意見。 **【王引之】廿五歲，入都，從盧君南石學舉業。成《春秋名字解詁》二卷。**〔註 37〕
1791 年	乾隆五十六年	四十八歲	汪中來信言段玉裁小學甚精。八月段氏玉裁為作〈廣雅疏證序〉，亟稱王念孫能求古音古義，為天下一人而已。 **【王引之】廿六歲，王念孫示以《爾雅》、《方言》、《說文》之學，俾由此以通經訓，至於古近體詩、古文時藝，亦必使取法乎上。**
1792 年	乾隆五十七年	四十九歲	四年俸滿，自呈不勝外任，願供京職，得旨允之。連年因寒暑中官差，臥病數次。 《廣雅疏證》因體例重有改訂，至此成第四卷。春，與劉端臨第三書，言今秋必將告歸。三月二十一日盧抱經來書，請代刻《廣雅疏證》前數卷。
1793 年	乾隆五十八年	五十歲	九月，擢吏科給事中。十一月初，奉派巡視東城。
1794 年	乾隆五十九年	五十一歲	正月，為宋質夫撰〈印譜序〉，是年十一月二十日汪中客死杭州，盧文弨、謝墉、竇光鼐卒。
1795 年	乾隆六十年	五十二歲	春，《廣雅疏證》成第七卷。四月派巡南城。與劉端臨書，論汪中身後諸事。秋冬間，成《廣雅疏證》第八、第九兩卷，其第十卷用王引之

〔註 36〕劉盼遂先生《清王石渠先生念孫年譜》將《廣雅疏證》甫完兩卷的事蹟繫於乾隆五十五年王念孫四十七歲時，今據張文彬先生《高郵王氏父子學記》第 58 頁的考證，王念孫〈與劉端臨書〉中云：「自前歲仲秋至今，甫完兩卷。」前一封書信在乾隆五十三年，則所謂「至今」應在乾隆五十四年王念孫四十六歲時。

〔註 37〕劉盼遂先生《清王石渠先生念孫年譜》將王引之入都之年繫於乾隆五十四年王念孫四十六歲時，今據張文彬先生《高郵王氏父子學記》第 59 頁的考證中說：「〈行狀〉已明指『庚戌入都』。」，所以王引之入都之年應在乾隆五十五年王念孫四十七歲時。

			的稿子。至是而《廣雅疏證》歷八年半才全部完成。但已比原預估的十年提早完成。 **【王引之】三十歲，應順天鄉試，成孝廉。引之初名「述之」，榜後始易名為「引之」。**
1796 年	清仁宗顒琰 嘉慶元年	五十三歲	正月作〈廣雅疏證序〉。奉派巡視中城一年，管理街道一年。
1797 年	嘉慶二年	五十四歲	轉吏科掌印給事中。 **【王引之】卅二歲，三月作〈經義述聞敘〉。《經義述聞》付梓，凡所說《易》、《書》、《詩》、《周官》、《儀禮》、《大小戴記》、《春秋內外傳》、《公羊》、《穀梁傳》、《爾雅》諸書，附以〈通說〉。其《春秋名字解詁》二卷與《太歲攷》二卷，皆道光七年重刊所增入。**
1798 年	嘉慶三年	五十五歲	寓居楊梅竹斜街。是年江聲卒。 **【王引之】卅三歲，二月一日作〈經傳釋詞敘〉。**
1799 年	嘉慶四年	五十六歲	補刻〈廣雅疏證表序〉。正月，高宗崩，時川、楚教匪猖獗，王念孫奏〈敬陳勦賊事宜摺〉，密疏彈劾大學士和珅黷貨攬權，清仁宗覽奏稱善，即日下旨正法和珅，天下人稱之「朝陽鳴鳳」。三月受命巡視淮南漕務，嚴絕餽遺，及至高郵，資用乏絕，乃稱貸以繼之，恭人不憂而喜。九月巡視濟寧漕務。十二月授直隸永定河道。 **【王引之】卅四歲，試禮部中式，出朱石君、阮文達門。廷對以一甲三名進士及第，授翰林院編修。循例往見翁方綱，相見甚歡。 七月朔撰〈經籍纂詁序〉。**
1800 年	嘉慶五年	五十七歲	抵河道任。備料稽工皆核實經理，浮冒之弊以除，河兵餉銀，則恭菈堂皇驗授之，刻扣之風亦絕。
1801 年	嘉慶六年	五十八歲	六月永定河溢，革職逮問。尋奉命往永定河工次。 **【王引之】卅六歲，二月入都，散館，簡放貴州鄉試正攷官。**
1802 年	嘉慶七年	五十九歲	三月奉派督辦修築河間高家口浸工。四月三日，錢竹汀來書論《廣雅疏證》。九月，署永定河道。是年張惠言卒。
1803 年	嘉慶八年	六十歲	四月恩賞主事銜，留于直隸。上直隸總督顏檢書，臚舉畿輔水利章程。恭人患虐幾危，癒後血氣大衰。九月隨尚書費淳往山東臨清一帶，查勘河道情形。十月奉旨籌辦來年糧船北來事宜，並赴臺莊一帶協勘漕務。十二月署山東運河道。冬至前一日，劉端臨來書論導河須就就下之性，因勢利導。是年錢大昕卒。

1804 年	嘉慶九年	六十一歲	三月，授山東運河道，往濟寧州居大椿齋。同月迎妻子恭人由水道來署，次子敬之同來。七月二十九日，恭人以水土不服得腫脹之疾，卒於署，享年六十三歲。王念孫撰〈元配吳恭人行略〉，其本室無姬媵，妻子死後數十年即獨處而終。劉端臨來書相唁。 冬，段玉裁兩度來書言刻《說文注》事。是年劉墉卒。 **【王引之】三十九歲，充詞林典故館總纂。放湖北鄉試正攷官。**
1805 年	嘉慶十年	六十二歲	八月二十日，臧在東來書論《詩經》韵。十二月二十二日段玉裁來信。是年桂馥、紀昀、劉台拱卒。 **【王引之】四十歲，奉妣吳夫人喪旋里，卜葬於天長縣南原。** **張古愚來書論詩述聞。** **阮元來書論刻二十一部古韵事。**
1806 年	嘉慶十一年	六十三歲	官運河道時，見官不設客位，送客不出門閾。署吏咸以為拓大無如此者。段玉裁來書論《說文》。九月二十一日臧在東來書，王念孫書教之以《毛詩・漢廣》一篇，字字皆韻。
1807 年	嘉慶十二年	六十四歲	劾署濟寧州知州黃炳。寄四十金以佐段玉裁刻《說文》，段玉裁來書。 父文肅公入祀鄉賢。 **【王引之】四十二歲，八月，簡放河南學政，手訂《詩韵》，分給各諸生，教士子以根柢為務，由是學風大振。**
1808 年	嘉慶十三年	六十五歲	五月為段玉裁撰〈說文解字讀序〉，六月改永定河道。 **【王引之】四十三歲，與宋小城書，論《諧聲補逸》，為訂補米部粊字音讀一則。**
1809 年	嘉慶十四年	六十六歲	六月調補永定河道。致宋小城第一封信，論集注《爾雅》之方。段玉裁來信：〈論孟子字義疏證〉。是年洪亮吉、凌廷堪卒。
1810 年	嘉慶十五年	六十七歲	永定河氾濫，南北岸同時漫沒。王念孫立奏自請治罪，得旨以六品休致，應賠河工堵築漫口例銀一萬七千二百五十九兩，王念孫日以無力完繳為憂。後來經由其子王引之向親友借貸，扣除養廉，才陸續繳完，凡十餘年始峻。 重校訂《淮南子・內篇》。 **【王引之】四十五歲，學政秩滿還京，迎養王念孫於京邸。**

1811 年	嘉慶十六年	六十八歲	夏間校讀《戰國策》，錄成三卷。六月為臧用中撰〈拜經日記序〉。致宋小城第二封信，論《說文諧聲補逸》，共補正惴字、規字……等十六則音讀。是年曾國藩生。
1812 年	嘉慶十七年	六十九歲	《戰國策雜志》付梓。（自是年《讀書雜志》陸續付梓。）是年左宗棠、吳可讀生，錢伯坰卒。
1813 年	嘉慶十八年	七十歲	是年吳騫、錢大昭、莊逵吉卒。
1814 年	嘉慶十九年	七十一歲	就養於山東學署，悅濟南山水，間亦討論經籍，養性著書，忘食忘憂。是年程瑤田、張問陶卒。 **【王引之】四十九歲，放山東學政，撰〈闡訓化愚論〉以教士；撰〈見利思害說〉以教民，皆奉旨刊布。**
1815 年	嘉慶二十年	七十二歲	正月，為汪容甫撰〈述學序〉。九月初八日，摯友段玉裁卒於蘇州，王念孫聞耗，哭謂陳奐曰：「若膺死，天下遂無讀書人矣。」 十二月為陳尊渼撰〈蛾術集序〉。 撰〈讀淮南子內篇雜志序〉。
1816 年	嘉慶二十一年	七十三歲	應段驤兄弟之請，作〈大清敕授文林郎四川巫山縣知縣段君墓志銘〉。 六月，撰〈劉端臨遺書序〉，〈與李方伯書〉中談論古韵。隨子引之還都。
1817 年	嘉慶二十二年	七十四歲	從吳榮光處借得《宋本史記》，參校已說同異，共存四百六十餘條，名曰〈讀史記雜志〉。十一月五日，撰〈讀史記雜志序〉。
1818 年	嘉慶二十三年	七十五歲	居旃檀寺左側。秋，陳石甫來謁，王念孫患病，需由侍者扶出相見。並與陳石甫語之，以先治《詩傳》，而後及《集韵》，與《集韵》所以校理之方。是年翁方綱、孫星衍卒。
1819 年	嘉慶二十四年	七十六歲	三月，撰〈讀管子雜志序〉。十一月，撰〈陳觀樓先生文集序〉，與陳石甫書論《毛傳》、《集韵》及古音分部幾千餘言，皆精整端楷。
1820 年	嘉慶二十五年	七十七歲	七月，仁宗駕崩，王念孫於寓所成服，哀號不已。是年焦循卒。
1821 年	清宣宗旻寧 道光元年	七十八歲	左畔手足偏枯，不能步履。唯睹異書，猶見獵心喜。撰〈答江晉三論韵學書〉中仍篤信東、冬不分而定古韻為廿一部。十一月江有誥復書再論音韻。是年俞樾生。
1822 年	道光二年	七十九歲	六月既望，為朱武曹撰〈經傳攷證序〉。箋識丁覆恆《形聲類篇》三十五條，並答書云分古韻為廿二部，則是年則分東、冬為二部。

1823 年	道光三年	八十歲	春，三月，王念孫八十大壽，陳奐貢壽聯，句云：「代推小學有達人，天假大儒以長日。」四月復江有誥書曰:「顧氏四聲一貫之說，念孫向不以為然。」是年李鴻章生。 【王引之】五十八歲，春，充會試總裁。與王畹馨書論《說文段注》，王有復書。東充武會試正總裁。
1824 年	道光四年	八十一歲	【王引之】五十九歲，充經筵直講大臣。四月，仁宗實錄成。
1825 年	道光五年	八十二歲	是年鄉試，八月賞給四品職銜，重赴鹿鳴筵晏，賦〈紀恩詩〉六章。 【王引之】六十歲，冬，與陳石甫第二書，論三家詩師傳本子與毛異，非如太史公以訓詁字代經之比。校刻《讀漢書雜志》。
1826 年	道光六年	八十三歲	三月應息縣任樹森之請，撰〈前嘉興府知府惠堂任君家傳〉。八月，為李成裕撰〈羣經識小序〉。 【王引之】六十一歲，春，與陳石甫第三書，論詩毛傳三事。《經義述聞》毛詩三冊刻成。《逸周書雜志》二冊刻成。冬，與陳石甫第四書，論《荀子》校本，並告《經義述聞》中三傳已刻畢。
1827 年	道光七年	八十四歲	王引之奉旨校刊《康熙字典》，王念孫乃先校數冊以為法式。以後王引之所校亦經王念孫覆閱乃定。是年姚文田、鈕樹玉卒。朱武曹來書。 【王引之】六十二歲，春，擢工部尚書。七月，充武英殿正總裁。八月起，校《康熙字典》。繼室范夫人卒。十二月，重刊《經義述聞》於西江米巷壽藤書屋。
1828 年	道光八年	八十五歲	秋，顧子明紹介苗先麓來見，苗以《毛詩韵訂》求正，王念孫覺深得我心，因以《經義述聞》相贈。 【王引之】六十三歲，十二月與陳石甫第六書。《荀子雜志》已刻兩卷。《經義述聞通說》已刻一卷。
1829 年	道光九年	八十六歲	十二月二十日撰〈讀荀子雜志序敘〉。 【王引之】六十四歲，與陳石甫第七書，論段茂堂《詩經小學》、金誠齋《三禮》。《荀子雜志》八卷已刻訖。
1830 年	道光十年	八十七歲	得顧澗薲所寄《荀子》呂錢二本異同，乃擇善而從。成〈讀荀子雜志補遺〉一卷，於五月二十九日序之。五月跋程易疇《果贏轉語》。

			【王引之】六十五歲，與陳石甫第八書言有餘暇，尚欲為《尚書集解》、《左傳集說》二書。《經義述聞》全刻成。冬，校刻《康熙字典》畢，共改正二千五百八十八條，輯為攷證十二冊。調禮部尚書。
1831 年	道光十一年	八十八歲	三月九日撰〈讀晏子春秋雜志序〉。廿一日撰〈漢隸拾遺序〉。九月十三日撰〈讀墨子雜志序〉，跋武梁石室畫象三石。秋，苗先麓與王氏父子往來，以所著《說文建首字讀》求正，王念孫歎為小學絕作。冬，《讀書雜志》刻成。手書《逸周書》以下卷帙次第。竟日端坐床上，讀《唐書》，為孫輩說書中故事。是冬嚴寒，異於往年，王念孫畏寒而食量驟減，醫藥罔效。是年江藩卒。
1832 年	道光十二年	八十九歲	正月二十四日寅時，王念孫卒。 徐士芬撰〈原任直隸永定河道王公事略狀〉。阮元撰〈皇清誥授中憲大夫直隸永定河道石臞王公墓志銘〉。王引之撰〈石臞府君行狀〉。道光十九年入祀山東名宦祠，二十三年入祀鄉賢祠。
			【王引之】六十七歲，奉觀察公柩南歸。五月既望，撰〈石渠府君行狀〉。夏，輯《讀書雜志》志餘二卷，刻之。
1833 年	道光十三年		【王引之】六十八歲，暫寓揚州舊城觀光菴，為觀察公卜地，葬觀察公於江蘇六合縣之北郊，尊遺命也。隔年十一月二十四日辰刻，引之亦卒，享年六十九歲。

第三節　王念孫之交游與論學

一、王念孫之交游對象多問學之友

王念孫是一位十分直率的人，他的交游對象多為互相砥礪問學的朋友。王引之〈石臞府君行狀〉中曾說：

> 生平學問之交，皆終始不渝，久而彌篤。同志之士以著述請教者，府君皆逐一簽商，直言無隱。其遺書未及改正者，必為去其小疵以成大醇焉。〔註 38〕

王念孫在十九歲那年，聽從老師朱筠的話娶了賢妻吳恭人，不但把家中的

〔註 38〕此處兩段文字參見《高郵王氏遺書》中高郵王氏六葉傳狀碑誌集卷四〈石臞府君行狀〉第 123～124 頁。

事務處理得很好，對於他的作為也給予全然地信任與支持，讓他沒有後顧之憂。所以除了工作外，他幾乎把其餘的時間都用在研究著述上，再加上他的個性不喜與人世故周旋，因此與他交友的對象多以相問學的儒者為主。

關於王念孫的交游，張文彬先生《高郵王氏父子學記》中表列清晰〔註 39〕，今轉錄於下，如有個人另行補充的資料則置於按語中：

姓 名	生卒年（西元）	重要字號	籍貫	備　攷	按　語
賈田祖	一七一四～一七七七	稻孫、禮耕	江蘇高郵	一七一四年為康熙五十三年。	與石臞晨夕過從。
盧文弨	一七一七～一七九五	紹弓、抱經	浙江餘姚		
程晉芳	一七一八～一七八四	魚門	安徽歙縣		
戴震	一七二三～一七七七	東原	安徽休寧	石臞之師，雍正元年生。	曾館于王家任教一年。
王昶	一七二四～一八〇六	德甫、蘭泉	江蘇青浦		
程瑤田	一七二五～一八一四	易疇	安徽歙縣		書札往還，講求古學。
錢大昕	一七二八～一八〇四	曉徵、竹汀辛楣	江蘇嘉定	伯申以師禮事之。	曾來信與石臞論《廣雅疏證》。
朱筠	一七二九～一七八一	竹君、笥河	順天大興	石臞嘗為其幕僚。	石臞曾從之遊覽，交往密切。
李文藻	一七三〇～一七七八	素伯、南澗	山東益都		
朱珪	一七三一～一八〇六	石君、南崖	順天大興	伯申己未科房師。	
翁方綱	一七三三～一八一八	正三	順天大興	伯申以師禮事之。	
桂馥	一七三三～一八〇二	東卉、未谷	山東曲阜		
李惇	一七三四～一七八四	成裕、孝臣	江蘇高郵		與石臞晨夕過從。
段玉裁	一七三五～一八一五	若膺、懋堂	江蘇金壇		石臞唯一一篇墓誌銘就是為他而作。

〔註 39〕參見張文彬先生《高郵王氏父子學記》第 782 頁至 785 頁。本表乃依王氏父子之所交游者的生年早晚為次，而生年不詳者則放在最後。

任大椿	一七三八～一七八九	幼植、子田	江蘇興化	一七三八年為乾隆三年。	書札往還，講求古學。
丁杰	一七三八～一八〇七	小雅、升衢	浙江歸安		
章學誠	一七三八～一八〇一	實齋	浙江會稽		
孔繼涵	一七三九～一七八三	體生、葓谷	山東曲阜		
錢坫	一七四一～一八〇六	獻之、小蘭	江蘇嘉定		
邵晉涵	一七四三～一七九六	與相、二雲	浙江會稽		
陳昌齊	一七四三～一八二〇	賓臣、觀樓	廣東海康		
汪中	一七四四～一七九四	容甫	江蘇江都		淮海四士之一。
洪亮吉	一七四六～一八〇九	稚存、北江	江蘇陽湖		
倪模	一七五〇～一八二五	預掄、迂春	安徽望江		
劉臺拱	一七五一～一八〇五	端臨、子階	江蘇寶應		淮海四士之一。與石臞書信往來甚切。
孔廣森	一七五二～一七八六	眾仲、撝約巽軒	山東曲阜		
鐵保	一七五二～一八二四	冶亭、梅庵	滿州長白	石臞同事。	
朱彬	一七五三～一八三四	武曹	江蘇寶應		
孫星衍	一七五三～一八一八	伯淵、淵如	江蘇陽湖		
陳鱣	一七五三～一八一七	仲魚、簡莊	浙江海寧		
李賡芸	一七五四～一八一七	許齋	江蘇高郵		被誣自縊，石臞使平反。
凌廷堪	一七五五～一八〇九	次仲	安徽歙縣		
郝懿行	一七五七～一八二五	恂九、蘭皋	山東棲霞		

王紹蘭	一七六〇～一八三五	畹馨、南陔	浙江蕭山		
盧蔭溥	一七六〇～一八三九	南石	山東德州	伯申業師。	
黃丕烈	一七六三～一八二五	蕘圃、復翁	江蘇吳縣		
焦循	一七六三～一八二〇	里堂	江蘇甘泉		
阮元	一七六四～一八四九	伯元、芸台	江蘇儀徵	伯申己未科房師。	與伯申書信往來甚切。
洪頤煊	一七六五～一八三三	筠軒	浙江臨海		
宋世犖	一七六五～一八二一	卣勛、确山	浙江臨海		
臧庸	一七六七～一八三四	拜經、用中在東	浙江武進	本名鏞堂。	
許宗彥	一七六八～一八一八	周生、積卿	浙江德清		
瞿中溶	一七六九～一八四二	木夫	江蘇嘉定		
顧廣圻	一七七〇～一八三九	千里、澗蘋	江蘇吳縣		
丁履恒	一七七〇～一八三二	道久、若士	江蘇武進		
陳壽祺	一七七一～一八三四	恭甫、左海	福建侯官		
金鶚	一七七一～一八一九	風荐、誠齋	安徽歙縣		
湯金釗	一七七二～一八五六	敦甫、勖茲	浙江蕭山		
吳榮光	一七七三～一八四三	荷屋	廣東海南		
臧禮堂	一七七六～一八〇五	和貴	江蘇武進		
張澍	一七八一～一八四七	伯瀹、介侯	甘肅武威		
胡培翬	一七八二～一八四九	載屏、竹村	安徽績溪		
苗夔	一七八三～一八五七	先簏	直隸肅寧		一云仙露、先麓。

汪喜荀	一七八六～一八四七	孟慈	江蘇江都		一云喜孫。
陳奐	一七八六～一八六三	倬雲、碩甫、石甫	江蘇長洲		與王氏父子書信往來甚切。
龔自珍	一七九二～一八四一	爾玉、定庵	浙江仁和		
丁晏	一七九四～一八七五	儉卿	江蘇山陽		
江有誥	一七七三～一八五一	晉三	安徽歙縣	當小於石臞，長於伯申。	石臞曾於信中與之論古有四聲之說。
吳蘭庭	？	胥石	浙江歸安	乾隆甲午舉人。	
宋保	？	定之	江蘇高郵	當小於伯申。	一名小城。

二、影響王念孫至深的兩位師友

（一）治學嚴謹的啟蒙恩師——戴震

戴東原，名震，字皋谿，東原也是他的字。他是安徽休寧人，生於清雍正元年（西元一七二三年），卒於清乾隆四十二年（西元一七二三年），享年五十五歲。戴震在王念孫十三歲那年到王家授學，成為王念孫的啟蒙恩師，對王念孫的治學也有極大的啟發與影響。

戴震受學於江永，和惠棟也是亦師亦友的關係。當他遇到王念孫時，他已是當代的碩儒，頗具聲名，尤其他在小學方面的成就，更蔚為皖派的泰斗。他的著作在小學方面有《聲韻考》四卷、《聲類表》十卷、《六書論》、《轉語》〔註 40〕、《方言疏證》十三卷、《爾雅文字考》十卷、《毛鄭詩考證》、《詩經補注》、《考工記圖》、《尚書經義考》、《屈原賦注》、《大學補注》、《中庸補注》、《孟子字義疏證》等；在哲學思想方面有《原善》、《法象論》、《論性》等；在曆算方面有《原象》一卷、《曆問》二卷、《古曆考》二卷、《句股割圜記》三卷、《策算》一卷、《續天文略》三卷、《迎日推策記》等；在水地方面有《水地記》一卷、《校水經注》四十卷、《直隸河渠書》六十四卷等。

〔註 40〕本師陳新雄（伯元）先生《古音學發微》第 243～244 頁云：「民國以來，謂《聲類表》即《轉語》二十章者，有二人焉。一為曾氏廣源，著《戴東原轉語釋補》，一為趙氏邦彥，著《戴氏聲類表蠡測》，皆同聲直指《聲類表》九卷即《轉語》二十章，余既讀二家之書，乃反復紬繹戴氏《轉語》原敘，而與《聲類表》九卷勘對，深覺二家書言之有據，憬然有悟《聲類表》即《轉語》二十章也。」

戴震自小即具有「疑古」及「實事求是」的精神，為學態度嚴謹，凡事力求窮本溯源，梁啟超《清代學術概論》中說：

> 蓋無論何人之言，決不肯漫然置信，必求其所以然之故，常從眾人所不注意處覓得間隙，既得間，則層層逼拶直到盡頭處；苟終無足以起其信者，雖聖哲父師之言不信也。〔註41〕

而戴震在《戴東原集‧與姚姬傳書》中，也強調真正的學問必須要能夠「信而可徵」，他說：

> 所謂十分之見，必征之古而靡不條貫，合諸道而不留餘議，鉅細畢究，本末兼察。若夫依於傳聞以擬其是，擇其眾說以裁其化，出於空言以定其論，據以孤證以信其通，雖溯源可以知源，不目睹淵泉所導，循根可以達杪，不手披枝肄所歧，皆未至十分之見也。以此治經，失不知為不知之意，而徒增一惑以滋識者之辨之也。〔註42〕

敬葉子〈學風嬗變中的戴震〉一文中說：戴震「教授生徒時，鼓勵弟子獨立思考，從疑章難句中發現問題，敢於懷疑舊注，責難先儒，糾正了許多後世對先秦經傳的附會解釋，在學術上多發古人所未發，反映出他治學一絲不苟的精神。」〔註43〕可見王念孫在撰寫《廣雅疏證》時，能糾正前人「望文虛造」的謬誤，勇於提出「因聲求義」的訓詁理論，逐條徵實，無庸是深受戴震治學精神的影響。

（二）惺惺相惜的同門師弟——段玉裁

段玉裁，字若膺，號茂堂，曾字橋林、淳甫，又號長塘湖居士、硯北居士、僑吳老人等，為江蘇金壇人。生於清雍正十三年（西元一七三五年），卒於嘉慶二十年（西元一八一五年），享年八十一歲。

段玉裁與王念孫是戴震門下的兩位知名弟子，王念孫遇戴震是在十三歲時，而段玉裁則在二十九歲才受學於戴震，所以就入門先後而言，王念孫應為師兄，但如以年齡來看，段玉裁則長王念孫九歲。他們同享高年，在學術方面也各有所成。段玉裁《說文解字注》與王念孫《廣雅疏證》在清儒的小學

〔註41〕參見梁啟超《清代學術概論》第57頁。

〔註42〕參見梁啟超《清代學術概論》第59頁。

〔註43〕參見敬葉子〈學風嬗變中的戴震〉第2頁。

著述中，堪稱雙璧。

段王二人同出戴震門下，雖然對於對方的為學著述早有所聞，但真正會晤卻在乾隆五十四年（西元一七八五年），當時段玉裁五十五歲，而王念孫也已經四十六歲了。兩人見面，暢談一切，頗有相見恨晚的遺憾。段玉裁對王念孫的《廣雅疏證》尤其愛不釋手，曾說：

> 予見近代小學書多矣。動與古韻違異，此書所言聲同、聲近、通作、叚借，揆之古韻部居，無不相合，可謂天下之至精矣。〔註44〕

而王念孫在替段玉裁寫〈說文解字注序〉時，也對段玉裁推崇備至，二人惺惺相惜之情，從文中即可顯見：

> 吾友段氏若膺於古音之條理，察之精，剖之密，嘗為〈六書音均表〉，立十七部以綜核之，因是為《說文注》，形聲、讀若一以十七部之遠近分合求之，而聲音之道大明。於許氏之說，正義、借義，知其典要，觀其會通，而引經與今本異者，不以本字廢借字，不以借字易本字，揆諸經義，例以本書，若合符節，而訓詁之道大明。訓詁聲音明而小學明，小學明而經學明。蓋千七百年來無此作矣。〔註45〕

段玉裁和王念孫同樣以樂學為畢生的志業，在〈與劉端臨書〉中嘗言「能一日讀書，皆是一日清福。」「既不能讀書，則一切不適意。」又引祖訓「不種硯田無樂事，不撐鐵骨莫支貧」來勉勵自己。所以嘉慶二十年（西元一八一五年）九月八日段玉裁逝世，王念孫在京師得到消息時，便對陳奐說：「若膺死，天下遂無讀書人矣！」大有喪失同道的感傷。

所以有關王念孫與段玉裁的關係，胡師楚生先生在〈段玉裁與王念孫之交誼及論學〉一文中做了以下的結論：

> 一、段王二人，年輩相近，俱享高齡，所著《說文解字注》與《廣雅疏證》，同為乾嘉學術中最具代表之著述，較諸一時樸學專著，如王筠之《說文釋例》、桂馥之《說文義證》、邵晉涵之《爾雅

〔註44〕參見張文彬先生《高郵王氏父子學記》第58頁。

〔註45〕參見段玉裁《說文解字注》中〈說文解字注序〉，黎明文化出版社，一九九一年八月增訂八版。

正義》、郝懿行之《爾雅義疏》、錢繹之《方言箋疏》等，尤更受世人之推崇也。

二、段王二人，同出戴君門下，治學塗轍，深受戴君影響，亦皆能發揚戴君學術之精神者，戴君嘗云：「訓詁明則古經明，古經明則賢人聖人之理義明。」故段氏亦曰：「以古音得古義。」王氏亦曰：「訓詁聲音明而小學明，小學明而經學明。」三人治學之方法態度，實亦一脈相承者也。

三、段王二人，精研古音，發為剏解，段氏分古韻為十七部，王氏分古韻為二十一部，此在音韻學發展史上，皆具重要之價值，然而二人於古韻分部之見解，並非全同，相互攻錯，此亦正足以見二人求真求是之精神，鑽研學術，而不願為依違兩可之說也。

四、段王二人，其在後世，盛名相若，然在當時，則窮達之際，頗不相如，段氏仕途蹇滯，困頓一生，而王氏位尊權重，富貴壽考，所幸二人，交誼深厚，王氏之於段氏，亦多方資助，不以段氏之貧困，而稍改其欽敬之情焉。〔註46〕

由此可見王念孫與段玉裁在學問上可說是互相激勵的朋友，兩人的著作在乾嘉學術的發展上也都有極大的貢獻。

第四節　著作內容簡述

王念孫最喜歡的事就是著述，然而由於惜字如金，雖然完成的著作不少，但以他漫長的八十九年生命而言倒也不算多。王引之有大半的時間都與王念孫重疊，所以有些重要的著作都是王氏父子共撰的。今乃就王念孫著作現狀加以析述。

一、《廣雅疏證》現存版本及其相關研究述要

除了《廣雅疏證》以外，現存與《廣雅疏證》相關的典籍還有《廣雅疏證拾遺》、《廣雅疏證補正》以及現代校典索引的作品。以下分述之：

〔註46〕參見胡師楚生先生《清代學術史研究續編》第14頁。

（一）《廣雅疏證》現存的版本，主要有下列十二種：

1. 上海圖書館藏清嘉慶元年（西元一七九六年）刻本——

（1）民國七十二年（西元一九八三年）上海古籍出版社據上海圖書館藏清嘉慶元年（西元一七九六年）刻本影印。

（2）民國八十四年（西元一九九五年）上海古籍出版社據上海圖書館藏清嘉慶元年（西元一七九六年）刻本影印。

（3）民國八十年（西元一九九一年）山東友誼書社據北京圖書館藏洪亮吉點讀嘉慶本影印。

2. 廣東學海堂刊咸豐十一年（西元一八六一年）補刊本——

（1）清道光九年（西元一八二九年）廣東學海堂刊咸豐十一年（西元一八六一年）補刊本。

（2）民國四十八年（西元一九五九年）台北藝文印書館皇清經解據清道光九年（西元一八二九年）廣東學海堂刊咸豐十一年（西元一八六一年）補刊本影印。

（3）民國六十一年（西元一九七二年）台北復興書局據清咸豐十一年（西元一八六一年）補刊道光九年（西元一八二九年）刊本影印。

（4）民國六十九年（西元一九八〇年）台北漢京文化股份有限公司據清學海堂刊本重編影印。

3. 清光緒五年（西元一八七九年）淮南書局重刊本——

民國八十二年（西元一九九三年）北京團結出版社據清光緒五年（西元一八七九年）淮南書局重刊本影印。

4. 清王灝輯光緒五年（西元一八七九年）定州王氏謙德堂刊本影印——

（1）民國廿八年（西元一九三九年）上海商務印書館叢書集成初編據畿輔叢書本影印。

（2）民國五十五年（西元一九六六年）台北藝文印書館畿輔叢書據清王灝輯光緒五年（西元一八七九年）定州王氏謙德堂刊本影印。

（3）民國七十四年（西元一九八五年）台北新文豐圖書公司叢書集成新編語文學類據畿輔叢書本排印。

5. 上海點石齋石印本——

清光緒十四年（西元一八八八年）上海點石齋石印本。

6. 聚珍仿宋版排印本——

民國廿五年（西元一九三六年）上海中華書局聚珍仿宋版排印本。

7. 萬有文庫第二集國學基本叢書——

民國廿五年（西元一九三六年）上海商務印書館萬有文庫第二集國學基本叢書。

8. 家刻本——

（1）民國四十九年（西元一九六〇年）臺灣復興書局據高郵王氏刻本影印。

（2）民國五十五年（西元一九六六年）臺灣中華書局據家刻本校刊。

（3）民國七十年（西元一九八一年）臺灣中華書局四部備要經部據家刻本校刊。

9. 百部叢書集成初編影印本——

（1）民國五十六年（西元一九六七年）台北藝文印書館百部叢書集成初編影印本。

（2）民國七十四年（西元一九八五年）北京中華書局叢書集成初編。

10. 國學名著珍本彙刊語言文學彙刊——

民國六十一年（西元一九七二年）台北鼎文書局國學名著珍本彙刊語言文學彙刊。

11. 蔡毓齊氏家藏原刻本影印——

民國五十四年（西元一九六五年），臺灣新興書局據蔡毓齊家藏原刻本影印。

12. 未知版本——

（1）王引之殘存釋草朱墨筆圈點批校及簽條的稿本

（2）民國八十年（西元一九九一年）廣文書局出版未註明版本

（二）《廣雅疏證拾遺》現存的版本，有下列兩種：

1. 清光緒二十四年（西元一八九八年）高郵王氏刊本影印——

（1）民國六十年（西元一九七一年）台北藝文印書館鶴壽堂叢書據清光緒二十四年（西元一九八九年）高郵王氏刊本影印。

（2）民國六十年（西元一九七一年）台北藝文印書館四部分類叢書集成三編影印清光緒二十四年（西元一八九八年）高郵王氏刊本。

（3）民國七十八年（西元一八九八年）新文豐圖書公司據鶴壽堂叢書本影印。

2. 俞樾春在堂全書本影印。

（三）《廣雅疏證補正》現存的版本，有下列兩種：

1. 山陽黃氏刊本——

（1）民國六年（西元一九一七年）上海倉聖明智大學據山陽黃氏刊本排印本。

（2）民國六十年（西元一九七一年）台北藝文印書館四部分類叢書集成三編影印民國五年（西元一九一六年）上海倉聖明智大學排印本。

（3）民國六十年（西元一九七一年）台北台北藝文印書館學術叢編據民國五年至六年（西元一九一六～西元一九一七年）上海倉聖明智大學排印本影印。

（4）民國八十四年（西元一九九五年）上海古籍出版社續修四庫全書據南京圖書館藏清光緒二十六年（西元一九〇〇年）黃氏借竹宧刻本影印。

2. 手稿移錄足本——

（1）民國十七年（西元一九二八年）東方學會殷禮在斯堂叢書排印本據手稿移錄足本排印。

（2）民國五十九年（西元一九七〇年）台北藝文印書館四部分類叢書集成續編影印東方學會排印本。

（3）民國七十八年（西元一九八九年）台北新文豐圖書公司叢書集成續編據殷禮在斯堂叢書排印。

（4）民國八十三年（西元一九九四年）上海書店叢書集成續編據殷禮在斯堂石印本影印。

（四）現代校典索引的作品

1. 《廣雅疏證》王念孫著；鍾宇訊點校，北京中華書局，西元一九八三年。

2. 《新式標點廣雅疏證》王念孫著；陳雄根標點，香港中文大學出版社，西元一九七八年。【《廣雅疏證》根據清光緒五年（西元一八七九年）淮南書局重刊王刻本影印的版本；《廣雅疏證補正》根據殷禮在斯堂石印本影印的版本；《廣雅疏證拾遺》根據俞樾春在堂全書本影印的版本。】

3. 《廣雅疏證引書索引》周法高主編；范國等編纂，香港中文大學出版社，西元一九七八年。

4. 《廣雅疏證索引》戴山青著；北京中華書局，西元一九九〇年。【根據《廣雅疏證》民國七十四年（西元一九八五年）北京中華書局叢書集成初編的版本。】

（五）現代研究《廣雅疏證》的專著

1. 《《廣雅疏證》研究》徐興海著，江蘇古籍出版社，2001 年 12 月第 1 版第 1 次印刷。

2. 《《廣雅疏證》同源詞研究》胡繼明著；成都：巴蜀書社，2003 年 1 月第一版第一次印刷。

二、其餘著作名稱及概述簡表〔註 47〕

【已刊者】

《讀書雜志》	正編有十種共八十二卷，排列順序為先史後子，最後附《漢隸》，諸史或諸子之間的次序則依時代的先後來排定，計有《逸周書雜志》四卷、《戰國策雜志》三卷、《史記雜志》六卷、《漢書雜志》十六卷、《管子雜志》十二卷、《晏子春秋雜志》二卷、《荀子雜志》八卷加《補遺》一卷、《淮南內篇雜志》廿二卷加《補遺》一卷、《漢隸拾遺》一卷。 餘編有八種，分上下二卷，是依史、子、集的順序來排列，而諸子或諸集的次序也和正編相同，是依時代的先後來排定的。上卷計有《後漢書》二十一條、《老子》四條、《莊子》三十五條、

〔註 47〕下列簡表內容，請參考劉盼遂《段王學五種》後附錄〈高郵王氏父子著述考〉、方俊吉《高郵王氏父子學之研究》第四章〈王氏父子之著作〉、舒懷《高郵王氏父子學術初探》第一章〈王氏父子語言文字學著作述要〉及張文彬先生《高郵王氏父子學記》第三章〈王氏父子著述考〉，以及第六章第二節〈王氏聲韻學之著作〉等。

	《呂氏春秋》三十八條、《韓子》十四條、《法言》八條，下卷則有《楚釋》二十六條、《文選》一百一十五條。其內容與《經義述聞》相同，都是在從事史、子、集各類書籍的校讎和訓詁。
《補正廣雅音》	此書多附刻於《廣雅疏證》之後，共十卷。本稱《博雅音》，為隋曹憲所著，避煬帝諱而改廣為博，為《廣雅》之音釋。
《爾雅郝注刊誤》	乃王念孫就郝氏原稿刪去約四分之一者，與羅福頤所錄《爾雅郝注刊誤》一卷不同。
《釋大》	共八篇。今前七篇有注，第八篇僅有正文，非完書，據王國維〈高郵王懷祖先生訓詁音韻書稿序錄〉所言，本書當有二十三篇。劉盼遂《高郵王氏父子著述考》中認為這本書是王念孫少時的作品。本書內容是取同聲而有「大」字義者，彙整詮釋之，並加上注解，不但是王念孫「聲同義同」說的濫觴，也是他轉注說的一端。
《輶軒使者絕代語釋別國方言疏證補》	一卷。此書作於乾隆五十二年丁未，王念孫四十四歲之時。內容為增正戴震《方言疏證》一書，《續修四庫全書提要》稱譽此書「精核過人」。
《詩經群經楚辭韻譜》	原分七卷。民國十四年羅雪堂先生排印《高郵王氏遺書》時收錄此書，併為二卷，目錄名《毛詩群經楚辭古韻譜》，正文則只稱為《古韻譜》。民國廿三年的《音韻學叢書》中則名《古韻譜》。此書乃根據《詩經》、群經、《楚辭》用韻之文，求得古韻二十一部。
《群經字類》	此書分上下平聲二卷，而且是王念孫的手稿本。
《王氏讀說文記》	一卷。此書刊於《許學叢刊》第二集及《小學類編》，是校刊《說文》的作品，雖然篇葉不多，但非常精覈，可惜後以段玉裁的書先出，王念孫就沒有繼續校刊撰寫。
《說文解字校勘記殘稿》	一卷。《續修四庫全書提要》云：「此記乃其校勘《說文解字》之稿而桂馥鈔而僅存者。前有桂馥〈記〉，後有蔣斧、許瀚兩〈跋〉。稿存一部至走部止，僅《說文》十四篇第一篇及第二篇之半，凡校勘一百一十九條。其間以大徐誤者，以小徐《繫傳》校之，大小徐並誤者，以經傳及許氏本書校之。」
《段氏說文簽記》	一卷。此書校正段注誤引、誤讀、誤解之失，並列原書穿鑿支離、牽強矛盾、謬妄附會諸事。然皆斷而不論，與為了匡謬而訂補者不同。案語皆寥寥數字，簡要精核。書無序跋，所以成書年月也不可考。
《刊正說文諧聲補逸》	《說文諧聲補逸》十四卷是宋保所撰，宋保在成書之後嘗以就正於王念孫、孫星衍、阮元、姚文田等人，所以〈附錄〉中錄存上列王念孫等諸家之答書。王念孫的《刊正說文諧聲補逸》著錄於《書目答問補正》中，有嘉慶間原刻本、光緒間李氏木犀軒重刻本、許學叢書本、手稿本等。
《箋識形聲類篇》	三十五條。《形聲類篇》三卷，〈餘論〉一卷，〈校勘〉一卷，丁履恒撰。丁履恒成書後曾就正於王念孫，王念孫為之箋識三十五條。
《六書正俗》	今未見此書，乃據劉盼遂《高郵王氏父子子著述考》錄入。

《校正任氏小學鉤沈》	十二卷。《小學鉤沈》是任大椿所輯，王念孫為之校正。今據張文彬先生所考，王念孫所斠計有十二卷，卷中頗多「念孫案」語。
《字林考逸》	《字林》，晉呂忱撰，原書已散佚，清任大椿輯《字林考逸》，書中水部溸字下及卷末附諸家考語，皆有王念孫之說，表示王念孫也曾參與考證此書的工作。
《漢書古字》	一卷，附《音義異同》一卷。此書刊於吳甌《稷香館叢書》，《說文疑附》類。
《校正王照圓列女傳補注》	十則。《列傳補注》八卷，〈敘錄〉一卷，是郝懿行之妻王照圓所撰。末附〈校正〉一卷，中有王念孫校正十則，王引之三則。
《校注臧氏拜經日記》	八卷。《拜經日記》八卷，臧庸撰。阮元〈拜經別傳〉云：「《拜經日記》八卷，高郵王懷祖先生念孫亟稱之，用比圈識其精確不磨者十之六七。」
《王光祿遺文集》	六卷。收於《高郵王氏家集》，今未見。
《王石臞先生遺文》	四卷。今收錄於《高郵王氏遺書》中。
《王石臞文集補編》	一卷。今收錄於劉盼遂輯《段王學五種》中。
《丁亥詩鈔》	一卷。羅雪堂刻此鈔於《雪堂叢刻》中，後亦刻入民國十四年羅氏所輯鉛印本《高郵王氏遺書》中，附於〈王石臞先生遺文〉後。
《河源紀略·辨譌門》	王引之〈石臞府君行狀〉云：「《紀略》中〈辨譌〉一門，府君所撰也。」

【未刊者】

《雅詁表》二十一冊。	《詩經羣經楚辭合韻譜》三冊。
《雅詁表》一冊。	《周秦諸子合韻譜》三冊。
《爾雅分韻》四冊。	《周書穆傳國策合韻譜》一冊。
《方言爾雅小爾雅分韻》一冊。	《西漢合韻譜》三冊。
《古音義雜記》三十一葉。	《西漢（楚辭中）合韻譜》一冊。
《雅詁雜纂》一冊。	《西漢（文選中）合韻譜》二冊。
《疊韻轉語》散片。	《素問新語易林合韻譜》四冊。
《周秦諸子韻譜》二冊。	《易林合韻譜》五冊。三冊。
《西漢（楚辭中）韻譜》二冊。	《史記漢書合韻譜》二冊。
《西漢（文選中）韻譜》三冊。	《諧聲譜》
《淮南子韻譜》一冊。	《古音義索隱》散片。
《易林韻譜》九冊。	《雅音釋》一卷。
《史記漢書韻譜》二冊。	《說文諧聲韻譜》
《諧聲表》二卷。王梓材所補。	

【點勘者】

《校正廣雅》	十卷。此書係王念孫手校明吳琯校本《廣雅》，現藏中央研究院傅斯年圖書館。
《校正孫子》	十三卷。是書周孫武撰，三國曹操注，清王念孫手校，舊鈔本，今藏故宮博物院。
《校正山海經》	今未見。據劉盼遂《著述考》錄入。
《校經典釋文》	今未見。據劉盼遂《著述考》錄入。
《校正玄應一切經音義》	江陰繆氏《藝風藏書記》卷一：「《一切經音義》二十五卷；乾隆丙午，武進莊氏刻本。金壇段若膺先生以宋本校訂用朱筆；間有墨筆，則高郵王懷祖先生校語也。」
《校讀楚辭》	手校墨本藏上海涵芬樓，未刻。
《校正六書音均表》	今未見。據劉盼遂《著述考》錄入。
《校訂人表考》	今未見。民國初年蕭山單不厂據高郵王氏校本朱筆渡過。

【今已亡佚者】

《導河議》二篇。	《逸周書韻譜》
《校正阮氏十三經注疏校勘記》	《大戴禮記補注》
《說文考正》	《校正說文繫傳》
《說文考異》二卷。	《校正方言》
《詩補韻》	《字林考逸校正》

【後嗣輯遺者】

《廣雅疏證補遺》	一冊。王壽同輯，張文彬先生案：「此書當亦兵燬而佚。」則今已不見。
《述聞拾遺》	均由王壽同輯。劉盼遂云：「兩《拾遺》疑皆石渠、伯申兩公攷訂經史零稿未經收入《述聞》與《雜志》者，子蘭留連先芬，遂為裒輯之耳。」
《雜志拾遺》	

【成書與否未詳者】

《重修古今韻略》	《石臞文集》中有《重修古今韻略・凡例》十一條，似書已告竣者。但今未見此書，且《古今韻略》散佚已久，或許只有〈凡例〉而未重修，亦未可知。

第五節　王念孫之上古韻分部

有關上古音韻的研究，本師　陳新雄（伯元）先生在《古音研究》中曾說：

> 前賢之探研古音，每精究於韻而失遺於聲，古韻研究自宋吳棫開始，清代顧、江、戴、段諸儒踵跡而起，古韻研究，成績斐然。

古聲研究，則尚在萌芽階段，縱考證之博如顧氏，雖知古無輕脣，亦未有專篇；審音之精如江氏，猶篤信三十六字母，以為「不可增減，不可移易。」待錢氏特起，古聲研究始有可觀。……〔註48〕

王念孫在古聲方面沒有專篇的討論，而在古韻分部方面則被歸類於考古派。

考古派最早源於鄭庠的「東」、「支」、「魚」、「真」、「蕭」、「侵」六部，到了顧炎武則從「東」、「魚」二部中又分出「陽」、「耕」、「蒸」、「魚」四部。江永審音精微，又從顧炎武的「真」、「蕭」、「侵」中分出「元」、「尤」、「談」三部，成為十三部。後來段玉裁又將古韻分為十七部，充分顯現了考古的功力。孔廣森有十八部之說，將「冬」從「東」中分出。

王念孫論古韻分部的說法約略與段玉裁同時，但根據劉盼遂《清王石渠先生念孫年譜》中所載，王念孫在乾隆三十一年入都會試時，得到江永《古韵標準》一書，後來又從《詩經》、群經和《楚辭》的用韻中求得古韻二十一部，而段玉裁的《六書音韻表》則創於乾隆三十二年，成於乾隆三十五年，兩人當時都沒有見到對方的著作，但是王念孫分支、脂、之為三，真、諄為二，幽、侯為二，都和段玉裁不謀而合。

現今王念孫古韻二十一部的韻目乃見於王引之《經義述聞》卷三十一〈通說·古韻廿一部〉中，〔註49〕以下依序列出二十一部的目次，並與陸宗達先生〈王石臞先生韻譜合韻譜稿后記〉所載的韻目〔註50〕及段玉裁《六書音韻表·今韻古分十七部表》所列的韻目〔註51〕對照：

《經義述聞》卷三十一〈通說·古韻廿一部〉		〈王石臞先生韻譜合韻譜稿后記〉	《六書音韻表·今韻古分十七部表》	
目　次	四聲相配	目　次	目　次（列平、入韻目）	四聲相配
東弟一	平上去	第一部　東	弟九部　東冬鍾江	平上去
蒸弟二	平上去	第二部　蒸	弟六部　蒸登	平上去
侵弟三	平上去	第三部　侵	弟七部　侵嚴添緝葉怗	平上去入
談弟四	平上去	第四部　談	弟八部　覃談咸銜嚴凡合盍洽狎業乏	平上去入
陽弟五	平上去	第五部　陽	弟十部　陽唐	平上去
耕弟六	平上去	第六部　耕	弟十一部庚耕清青	平上去

〔註48〕參見本師　陳伯元先生《古音研究》第529頁。
〔註49〕參見王引之《經義述聞》第六冊第1260～1268頁。
〔註50〕參見陸宗達先生《陸宗達語言學論文集》第11～12頁。
〔註51〕參見段玉裁《說文解字注》第815～817頁。

真弟七	平上去	第七部　真	弟十二部真臻先質櫛屑	平上去入
諄弟八	平上去	第八部　諄	弟十三部諄文欣魂痕	平上去
元弟九	平上去	第九部　元	弟十四部元寒桓刪山先	平上去
歌弟十	平上去	第十部　歌	弟十七部歌戈麻	平上去
支弟十一	平上去入	第十一部　支紙（見諸子韻譜）陌	弟十六部支佳陌麥昔錫	平上去入
至弟十二	去入	第十二部　質	至歸於弟十五部脂韻去聲；而質歸於弟十二部真韻入聲。	
脂弟十三	平上去入	第十三部　脂旨術	弟十五部脂微齊皆灰術物迄月沒曷末黠鎋薛	平上去入
祭弟十四	去入	第十四部　月	祭歸於弟十五部脂韻去聲；而月歸於弟十五部脂韻入聲	
盍弟十五	入	第十五部　合	合盍均歸於弟八部談覃韻入聲	
緝弟十六	入	第十六部　緝	緝歸於弟七部侵韻入聲	
之弟十七	平上去入	第十七部　之止職	弟一部　之咍職德	平上去入
魚弟十八	平上去入	第十八部　魚語鐸	弟五部　魚藥鐸	平上去入
侯弟十九	平上去入	第十九部　侯厚屋	弟四部　侯	平上去
幽弟二十	平上去入	第二十部　尤有沃	弟三部　尤幽屋沃燭覺	平上去入
宵弟二十一	平上去入	第二十一部蕭	弟二部　蕭宵肴豪	平上去

比較上表後，可看出《經義述聞》卷三十一〈通說・古韻廿一部〉和〈王石臞先生韻譜合韻譜稿后記〉的目次相同，僅至、祭、盍、幽、宵五韻的韻目不同，主要原因是王念孫早期韻目是依照《廣韻》舊目，但晚年作《韻譜》時已拜讀段玉裁的《六書音韻表》，也認同段玉裁「古無去聲」的說法，所以將韻目改成和段玉裁相同。

此外，若將王念孫的廿一部分部與段玉裁的十七部分部做比較，則可發現它們主要的差別在於王念孫將（一）將緝、盍分為二部〔註52〕；（二）去聲至從脂部分出，而入聲質從真部分出，兩者獨立為一部；（三）祭、月從脂部獨立；（四）割屋、沃、燭、覺四韻中部分的字為侯部的入聲。前三者造成分部數目的差異，而最後一個則與侯部是否有入聲相關，這四點均可視為是王念孫在古韻分部方面的創見與貢獻。以下分述之：

（一）將緝、盍分為二部

王念孫在〈與李鄦齋方伯論古韻書〉中討論到四聲相配中的入聲時說：

〔註52〕孔廣森古韻分十八部，即從段玉裁侵、覃二韻中的「緝、葉、怗、合、盍、洽、狎、業、乏」分立為合部，而王念孫又將緝、盍分為二部，所以比段玉裁多出兩部。

> 入聲自一屋至二十五德，其分配平、上、去、之某部某部，顧氏一以《三百篇》及群經、《楚辭》所用之韻定之，而不用《切韻》以屋承東、以德承登之例，可稱卓識。獨於二十六緝至三十四乏九部，仍從《切韻》以緝承侵、以乏承凡，此兩岐之見也。蓋顧氏於經傳中求其與去聲通用之迹而不可得，故不得已而仍用舊說。又謂〈小戎〉二章以驂、合、軜、邑、念為韻，〈常棣〉七章以合、琴、翕、湛為韻。不知〈小戎〉自以中、驂為一韻，合、軜、邑為一韻，期、之為一韻；〈常棣〉自以合、翕為一韻，琴、湛為一韻，不可強同也。今案：緝、合以下九部，當從江氏分為二部，徧攷《三百篇》及群經、《楚辭》，皆本聲自為韻，而無與去聲通用者，然則侵、覃以下九部本無入聲，緝、合以下九部本無平、上、去明矣。〔註53〕

在本師　陳伯元先生《古音研究》中，將段玉裁、孔廣森和王念孫三家對緝、合以下九部的分合列了一個表〔註 54〕，可以很清楚地呈現王念孫緝、盍分部的狀況，今錄表於下：

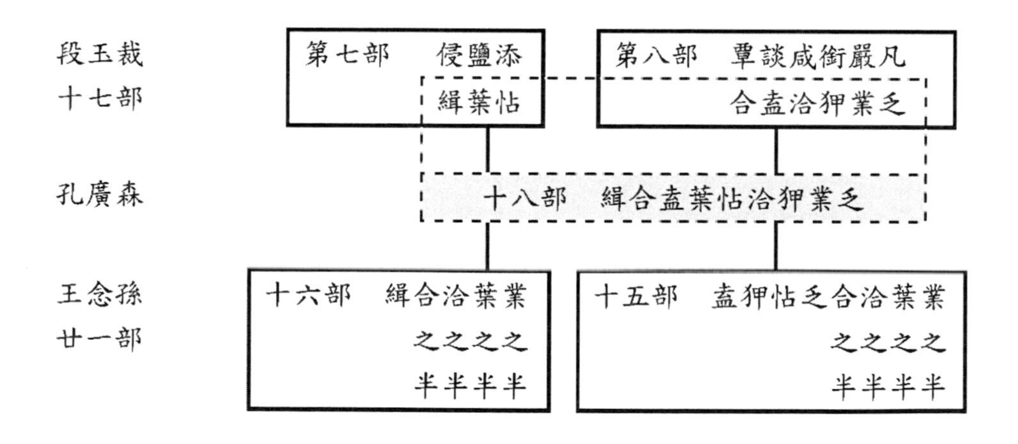

段玉裁的第七和第八兩部，王念孫將它們分成侵、談、緝、盍四部，而同時期的江有誥考證古有韻之文與《唐韻》的偏旁諧聲後，也同樣得到「緝部、葉部（盍部）獨立成部」的結論。

（二）去聲至從脂部分出，而入聲質從真部分出，兩者獨立為一部

王念孫所訂的至部包含去聲至、霽二韻，以及入聲質、櫛、屑、黠、薛五

〔註53〕參見李宗焜先生編撰《高郵王氏父子手稿》第 75 頁。

〔註54〕參見本師　陳伯元先生《古音研究》第 119 頁。

韻中的部分字。有關這些字之所以被王念孫獨立的原因，在〈與李鄦齋方伯論古韻書〉中提到：

> 去聲至部至、疐二字，霽部之替字，入聲之質部諸字，及迄部之肸，黠部之八字，屑部之穴、卩、節、血四字，薛部之徹、別二字，皆以去、入通用，而不與平、上通，固非脂部之入聲，亦非真部之入聲，段以此諸字為真、先之入聲，亦猶顧以緝、合以下九部為侵、談之入聲也。意以為脂部之入聲則祇有〈載馳〉之濟、閟，〈賓之初筵〉之禮、至二條，《楚辭・遠游》之至、比一條。以為真部入聲祇有〈召旻〉之替、引一條。外此皆偶爾合韻，非全部皆通也。〔註 55〕

在〈答江晉三書〉中王念孫也說：

> 念孫所分至、霽二部，質、櫛、屑三部，但有從至、從疐、從質、從吉、從七、從日、從疾、從悉、從栗、從桼、從畢、從乙、從失、從八、從必、從卩、從血、從徹、從設之字，及閉、實、逸、一、別等字，具在前所呈〈與李方伯書〉中，其餘未分之字，不可悉數。〔註 56〕

> 至字讀上聲，乃《楚辭》所有，而〈三百篇〉中所無也，〈三百篇〉中，凡本句之上半與上句相疊者，其下半必轉韻，若〈關雎〉之「寤寐求之，求之不得」……然則兩「百禮」，兩「其湛」，兩「來假」皆入韻，而至字、樂字、祁字皆不入韻明矣。歌、脂之通，字周末始然，前此未之有也，況〈商頌〉又在周之前乎？此念孫所以必分去聲至、霽二部之至、疐、閉等字及入聲之質、櫛、屑別為一類，而不敢苟同也。〔註 57〕

而在〈與丁大令若士書〉中也有類似的說明，所以王念孫認為去聲至、霽與部分既不是脂部的入聲，也不是真部的入聲的諸字應獨立成部，況且從《詩經》用韻來看，至部獨立也是符合當時實際的用韻狀況。今錄表於下：

〔註 55〕參見李宗焜先生編撰《高郵王氏父子手稿》第 75 頁。
〔註 56〕參見李宗焜先生編撰《高郵王氏父子手稿》第 88 頁。
〔註 57〕參見李宗焜先生編撰《高郵王氏父子手稿》第 88 頁。

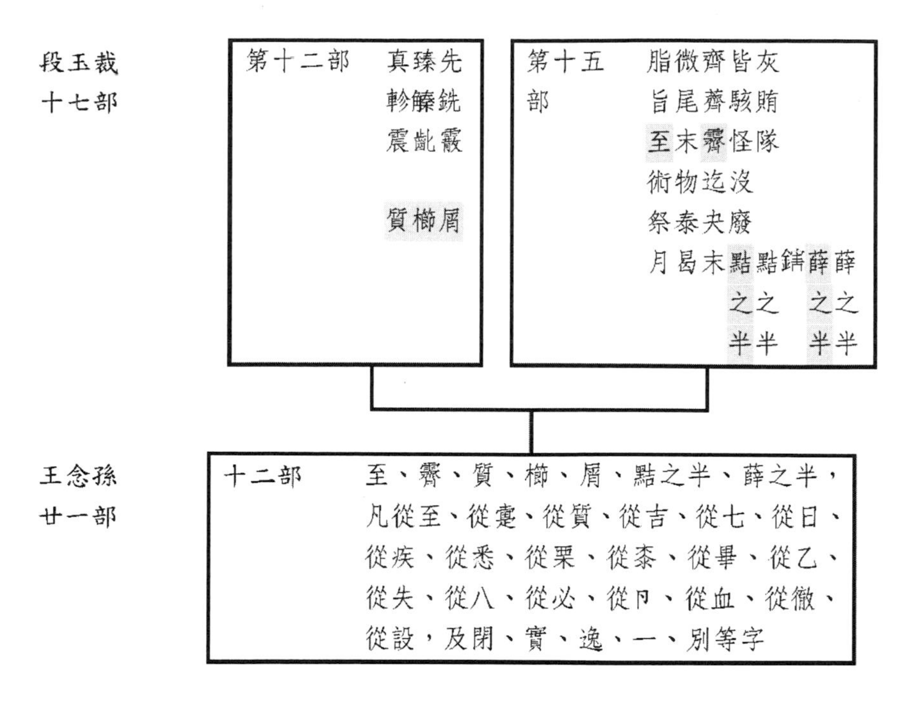

（三）祭、月從脂部獨立

在入聲相配的部分，顧炎武將入聲質、術、櫛、昔之半、職、物、迄、屑、薛、錫之半、月、沒、曷、黠、鎋、麥之半、德、屋之半，以配支之半、脂、之、微、齊、佳、皆、灰、咍。段玉裁延用其部分分類，將《廣韻》的去聲至、未、霽、祭、泰、夬、隊、廢及入聲術、物、迄、月、沒、曷、末、黠、鎋、薛等韻都併入弟十五部脂部，不免略嫌粗糙。所以王念孫〈與李方伯書〉中說：

> 《切韻》平聲自十二齊至十五咍，凡五部，上聲亦若然。若去聲則字十二霽至二十廢共有九部。較平、上多祭、泰、夬、廢四部，此非無所據而為之也。考〈三百篇〉及群經、《楚辭》，此四部之字皆與入聲之月、曷、末、黠、薛同用，而不與至未霽怪隊及入聲之術物迄沒同用。且此四部有去、入而無平、上，〈音均表〉以此四部與未等部合為一類，入聲之月、曷等部亦與術物等部合為一類，於是〈蓼莪〉五章之烈、發、害，與六章之律、弗、卒；《論語・八士》之達、适與突、忽；《楚辭・遠遊》之至、比與厲、衛，皆混為一韻而音不諧矣。其以月、曷等部為脂部之入聲，亦沿顧氏之誤而未改也，唯術、物等部乃脂部之入聲耳。〔註58〕

〔註58〕參見王引之《經義述聞》第六冊卷三十一第1259頁。

王念孫認為從段玉裁的脂部中應將祭部分出，這樣脂部的入聲在分到至、祭二部後，就只剩下術、物、迄、沒四韻了。今列表於下：

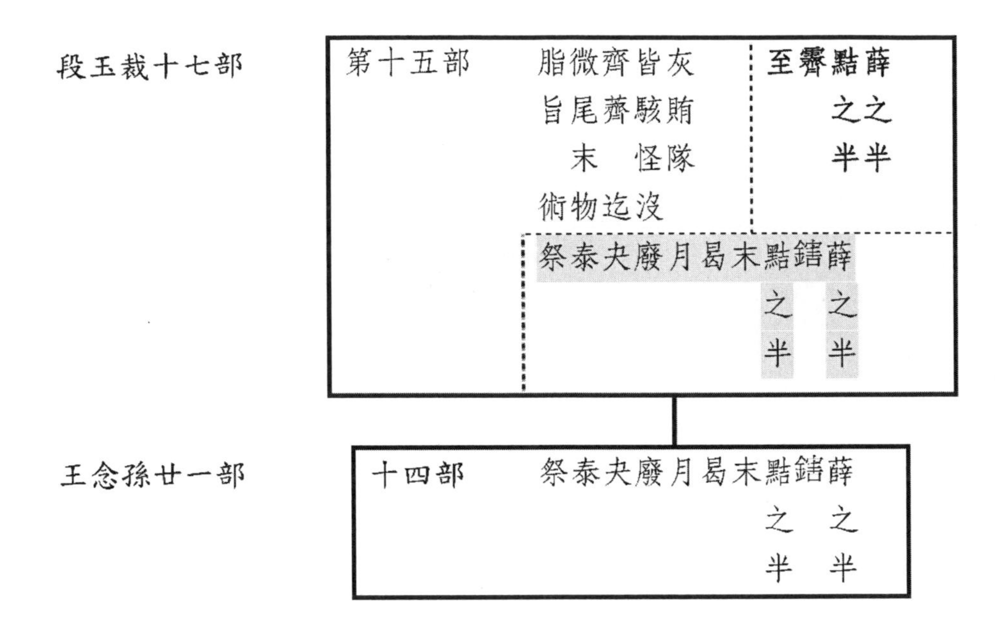

（四）割屋、沃、燭、覺四韻中部分的字為侯部的入聲

段玉裁〈音均表〉中將入聲屋、沃、燭、覺四韻都歸為第三部尤部，第四部侯部則只有平聲侯、上聲厚和去聲候，並無相配的入聲，而是與第三部同入合韻。對於這一點，王念孫認為與古不合。他在〈與李方伯書〉中說：

> 屋、沃、燭、覺四部中，凡從屋、從谷、從木、從卜、從族、從鹿、從賣、從業、從彔、從束、從獄、從辱、從豕、從曲、從玉、從蜀、從足、從局、從角、從岳、從肯之字，及禿、哭、粟、玨等字，皆侯部之入聲，而〈音均表〉以為幽部之入聲，於是〈小戎〉首章之驅、續、轂、馵、玉、屋、曲；〈楚茨〉六章之奏、祿；〈角弓〉三章之裕、瘉，六章之木、附、屬；〈桑柔〉十二章之穀、垢；《左傳》哀十七年繇辭之竇、踰；《楚辭‧離騷》之屬、具；〈天問〉之屬、數，皆不以為本韻而以為合韻矣。且於〈角弓〉之「君子有徽，猷小人與屬」，〈晉〉初六之「罔孚裕，无咎」，皆非韻而以為韻矣。

王念孫認為就四聲相配的原則來看，應從入聲屋、沃、燭、覺四韻中分出部分的字與十九侯部的平上去相承。關於這個問題，段玉裁後來在答覆江有誥的信中也接受且肯定了這樣的分法，可見這樣的分部的確較合於事實。

以上四項是王念孫在上古韻部方面的創見。至於「東」、「冬」是否分部的問題，王念孫一直到晚年作《合韻譜》時，才認同孔廣森的主張將東、冬分部。但是在《廣雅疏證》付梓之時，王念孫並未將「東」、「冬」分部，所以當時使用的還是二十一部的分部。

本論文中的擬音是採用本師　陳伯元先生的擬音系統，一般而言，上古音＝上古聲＋上古韻，〔註 59〕敬請參見下頁所整理的〈上古音擬音公式表〉。

除了二十一部的上古音分部外，王念孫晚年也曾著有《合韻譜》二十五卷，將古韻分為二十二部，以明古書中合韻通押的道理，也是研究王念孫古韻時得以參酌的資料。至於上古韻部遠近，則依同組字在伯元師三十二部分部中是否具有對轉、旁轉等音轉條件來判斷。〔註 60〕但如果本師　陳伯元先生分部為韻近，而王念孫分部為韻同者，則在文中補充說明。

此外，如一字有多音者，將先列出與同組中其他字相關連的反切，其餘反切則羅列於後，以供參考。

〔註 59〕上古聲的部分參照《古音研究》第 601～677 頁，或《廣韻研究》第 295～297 頁；而上古韻的部分則參看《古音研究》第 502～526 頁。

〔註 60〕參見附錄二、附錄三及附錄四（附錄三及四參看本師陳伯元先生《古音研究》第 343～474 頁）。

上古音擬音公式表（據伯元師《古音研究》擬定） 2005.01.10 修正版

上古聲				
發音部位	對照中古聲類	上古聲母	等弟	擬音
喉音	影		一二三四	*ʔ-
	曉		一二三四	*x-
	匣		一二四	*ɣ-
	群	匣	三	*ɣ-
	(為) 註(1)	匣	三	*ɣj- 註(2)
牙音	見		一二三四	*k-
	溪		一二三四	*k'-
	疑		一二三四	*ŋ-
	(喻)	定	三	*gr- 註(3)
	(邪)	定	三	*grj-
舌音	(喻)	定	三	*r-
	(邪)	定	三	*rj-
	端		一四	*t-
	透		一四	*t'-

上古韻					
部次	韻目	上古開口		上古合口	
		對照中古韻部	上古韻擬音	對照中古韻部	上古韻擬音
第一部	歌部 [ai]	歌開一	-ai	戈合一	-uai
		麻開二	-rai	麻合二	-ruai
		麻開三	-i̯ai		
		支開三	-ri̯ai	支合三	-ri̯uai
第二部	月部 [at]	曷開一	-at	末合一	-uat
		泰開一	-ats	泰合一	-uats
		鎋開二、黠開二	-rat	鎋合二	-ruat
		夬開二	-rats	夬合二	-ruats
		薛開三	-i̯at	薛合三	-i̯uat
		祭開三	-i̯ats	祭合三	-i̯uats
		月開三	-ri̯at	月合三	-ri̯uat
		廢開三	-ri̯ats	廢合三	-ri̯uats
		屑開四	-iat	屑合四	-iuat
		霽開四	-iats	霽合四	-iuats
第三部	元部 [an]	寒開一	-an	桓合一	-uan
		刪開二、山開二	-ran	刪合二	-ruan
		仙開三	-i̯an	仙合三	-i̯uan
		元開三	-ri̯an	元合三	-ri̯uan
		先開四	-ian	先合四	-iuan
第四部	脂部 [ɐi]	皆開二	-rɐi		
		脂開三	-i̯ɐi	脂合三	-i̯uɐi
		齊開四	-iɐi	霽合四	-iuɐi
第五部	質部 [ɐt]	黠開二	-rɐt		
		怪開二	-rɐts		
		質開三	-i̯ɐt	術合三	-i̯uɐt
		至開三	-i̯ɐts	至合三	-i̯uɐts
		櫛開二	-ri̯ɐt		
		屑開四	-iɐt		-iuɐt
		霽開四	-iɐts		
第六部	真部 [ɐn]	山開二	-rɐn		
		真開三	-i̯ɐn	諄合三	-i̯uɐn
		臻開三	-ri̯ɐn		
		先開四	-iɐn	先合四	-iuɐn
第七部	微部 [əi]	咍開一	-əi	灰合一	-uəi
		皆開二	-rəi	皆合二	-ruəi
		微開三	-i̯əi	微合三	-i̯uəi
第八部	沒部 [ət]	麧開一	-ət	沒合一	-uət
		代開一	-əts	隊合一	-uəts
		迄開三	-i̯ət	物合三	-i̯uət
		未開三	-i̯əts	未合三	-i̯uəts
				術合三	-riu̯ət
				至合三	-ri̯uəts

定		一四	*dʻ-
泥		一四	*n-
來		一二三四	*l-
知	端	二三	*t-
徹	透	二三	*tʻ-
澄	定	二三	*dʻ-
娘	泥	二三	*n-
(日)	泥	三	*nj-
(照)	端	三	*tj-
(穿)	透	三	*tʻj-
(神)	定	三	*dʻj-
(審)	透	三	*stʻj-
(禪)	定	三	*sdʻj-

第九部	諄部 [ən]	痕開一	-ən	魂合一	-uən
		山開二	-rən	山合二	-ruən
		欣開三	-i̯ən	文合三	-i̯uən
		真開三、臻開三	-ri̯ən	諄合三	-ri̯uən
		先開四	-iən		
第十部	支部 [ɐ]	佳開二	-rɐ	佳合二	-ruɐ
		支開三	-i̯ɐ	支合三	-i̯uɐ
		齊開四	-iɐ	齊合四	-iuɐ
第十一部	錫部 [ɐk]	麥開二	-rɐk	麥合二	-ruɐk
		卦開二	-rɐks	卦合二	-ruɐks
		昔開三	-i̯ɐk	昔合三	-i̯uɐk
		寘開三	-i̯ɐks		
		錫開四	-iɐk	錫合四	-iuɐk
		霽開四	-iɐks		
第十二部	耕部 [ɐŋ]	耕開二	-rɐŋ	耕合二	-ruɐŋ
		清開三	-i̯ɐŋ	清合三	-i̯uɐŋ
		庚開三	-ri̯ɐŋ	庚合三	-ri̯uɐŋ
		青開四	-iɐŋ	青合四	-iuɐŋ
第十三部	魚部 [a]	模開一	-a	模合一	-ua
		麻開二	-ra	麻合二	-rua
		麻開三	-i̯a	虞合三	-i̯ua
		魚開三	-ri̯a		
第十四部	鐸部 [ak]	鐸開一	-ak	鐸合一	-uak
		暮合一	-aks	暮合一	-uaks
		陌開二	-rak	陌合二、麥合二	-ruak
		禡開二	-raks		
		藥開三	-i̯ak	藥合三	-i̯uak
		禡開三	-i̯aks		
		陌開三、昔開三	-ri̯ak		
第十五部	陽部 [aŋ]	唐開一	-aŋ	唐合一	-uaŋ
		庚開二	-raŋ	庚合二	-ruaŋ
		陽開三	-i̯aŋ	陽合三	-i̯uaŋ
		庚開三	-ri̯aŋ	庚合三	-ri̯uaŋ
第十六部	侯部 [au]	侯開一	-au		
		虞合三	-i̯au		
第十七部	屋部 [auk]	屋開一	-auk		
		候開一	-auks		
		覺開二	-rauk		
		效開二	-rauks		
		燭合三	-i̯auk		
		遇合三	-iauks		

齒音	精		一四	*ts-	第十八部	東部[auŋ]	東開一	-auŋ		
							江開二	-rauŋ		
							鍾合三	-i̯auŋ		
	(精)		三	*tsj-	第十九部	宵部[ɐu]	豪開一	-ɐu		
							肴開二	-rɐu		
							宵開三	-i̯ɐu		
	清		一四	*ts‘-			蕭開四	-iɐu		
					第二十部	藥部[ɐuk]	鐸開一	-ɐuk		
							號開一	-ɐuks		
	(清)		三	*ts‘j-			覺開二	-rɐuk		
							效開二	-rɐuks		
							藥開三	-i̯ɐuk		
	從		一四	*dz‘-			笑開三	-i̯ɐuks		
							錫開四	-iɐuk		
							嘯開四	-iɐuks		
	(從)		三	*dz‘j-	第廿一部	幽部[əu]	豪開一	-əu		
							肴開二	-rəu		
							尤開三	-i̯əu		
	心		一四	*s-			幽開三	-ri̯əu		
							蕭開四	-iəu		
					第廿二部	覺部[əuk]	沃合一	-əuk		
	(心)		三	*sj-			號開一	-əuks		
							覺開二	-rəuk		
							效開二	-rəuks		
	莊	精	二三	*ts-			屋開三	-i̯əuk		
							宥開三	-i̯əuks		
							錫開四	-iəuk		
					第廿三部	冬部[əuŋ]	冬合一	-əuŋ		
	初	清	二三	*ts‘-			江開二	-rəuŋ		
							東開三	-i̯əuŋ		
					第廿四部	之部[ə]	咍開一	-ə	灰合一、侯開一	-uə
							皆開二	-rə		
							之開三	-i̯ə	尤開三	-i̯uə
	床	從	二三	*dz‘-					脂合三	-ri̯uə
					第廿五部	職部[ək]	德開一	-ək	德合一	-uək
							代開一	-əks	隊合一	-uəks
							麥開二	-rək	麥合二	-ruək
	疏	心	二三	*s-			怪開二	-rəks	怪合二	-ruəks
							職開三	-i̯ək	職合三	-i̯uək
							之開三	-i̯əks		
脣音	幫		一二三開四	*p-					屋開三	-ri̯uək
									宥開三	-ri̯uəks
	滂		一二三開四	*p‘-	第廿六部	蒸部[əŋ]	登開一	-əŋ	登合一	-uəŋ
							耕開二	-rəŋ	耕合二	-ruəŋ
							蒸開三	-i̯əŋ		
									東開三	-ri̯uəŋ

<table>
<tr><td colspan="2" rowspan="3">並</td><td rowspan="3">一二三開四</td><td rowspan="3">*b‘-</td><td rowspan="4">第廿七部</td><td rowspan="4">緝部
[əp]</td><td>合開一</td><td>-əp</td><td></td><td></td></tr>
<tr><td>洽開二</td><td>-rəp</td><td></td><td></td></tr>
<tr><td>緝開三</td><td>-i̯əp</td><td></td><td></td></tr>
<tr><td colspan="2" rowspan="3">明</td><td rowspan="3">一二三開四</td><td rowspan="3">*m-</td><td>怗開四</td><td>-iəp</td><td></td><td></td></tr>
<tr><td rowspan="4">第廿八部</td><td rowspan="4">侵部
[əm]</td><td>覃開一</td><td>-əm</td><td>東開一</td><td>-uəm</td></tr>
<tr><td>咸開二</td><td>-rəm</td><td></td><td></td></tr>
<tr><td rowspan="3">非</td><td rowspan="3">幫</td><td rowspan="3">三合</td><td rowspan="3">*pj-</td><td>侵開三</td><td>-i̯əm</td><td>東開三</td><td>-i̯uəm</td></tr>
<tr><td></td><td></td><td>凡合三</td><td>-ri̯uəm</td></tr>
<tr><td rowspan="4">第廿九部</td><td rowspan="4">怗部
[ɐp]</td><td>合開一</td><td>-ɐp</td><td></td><td></td></tr>
<tr><td rowspan="3">敷</td><td rowspan="3">滂</td><td rowspan="3">三合</td><td rowspan="3">*p‘j-</td><td>洽開二</td><td>-rɐp</td><td></td><td></td></tr>
<tr><td>葉開三</td><td>-i̯ɐp</td><td></td><td></td></tr>
<tr><td>怗開四</td><td>-iɐp</td><td></td><td></td></tr>
<tr><td rowspan="3">奉</td><td rowspan="3">並</td><td rowspan="3">三合</td><td rowspan="3">*b‘j-</td><td rowspan="4">第三十部</td><td rowspan="4">添部
[ɐm]</td><td>覃開一</td><td>-ɐm</td><td></td><td></td></tr>
<tr><td>咸開二</td><td>-rɐm</td><td></td><td></td></tr>
<tr><td>鹽開三</td><td>-i̯ɐm</td><td></td><td></td></tr>
<tr><td rowspan="3">微</td><td rowspan="3">明</td><td rowspan="3">三合</td><td rowspan="3">*mj-</td><td>添開四</td><td>-iɐm</td><td></td><td></td></tr>
<tr><td rowspan="4">第卅一部</td><td rowspan="4">盍部
[ap]</td><td>盍開一</td><td>-ap</td><td></td><td></td></tr>
<tr><td>狎開二</td><td>-rap</td><td></td><td></td></tr>
<tr><td rowspan="3">明</td><td rowspan="3">明</td><td rowspan="3">開口</td><td rowspan="3">*hm-
註（4）</td><td>葉開三</td><td>-i̯ap</td><td>乏合三</td><td>-i̯uap</td></tr>
<tr><td>業開三</td><td>-ri̯ap</td><td></td><td></td></tr>
<tr><td rowspan="4">第卅二部
*-</td><td rowspan="4">談部
[am]</td><td>談開一</td><td>-am</td><td></td><td></td></tr>
<tr><td rowspan="3">曉</td><td rowspan="3">曉</td><td rowspan="3">合口</td><td rowspan="3">*hm-</td><td>銜開二</td><td>-ram</td><td></td><td></td></tr>
<tr><td>鹽開三</td><td>-i̯am</td><td>凡合三</td><td>-i̯uam</td></tr>
<tr><td>嚴開三</td><td>-ri̯am</td><td></td><td></td></tr>
</table>

註：（1）凡喻、為、日、照、穿、神、審、禪、邪、非、敷、奉、微十三紐必為三等韻，脣音後接鍾、微、虞、廢、文、元、陽諸韻，則必為三等合口韻。中古聲為紐大多接合口韻，而例外的開口多為經脣音異化作用所產生，且多為語助詞。

（2）三等韻前的聲母都會產生-j-化現象，由於　伯元師的擬音系統中有聲母原本就帶-j介音的，為了不和三等-j-化的符號重複，於是凡《廣韻》中韻母為三等韻-j-化的介音均寫為-i̯-。

（3）雖然有人說喻紐和邪紐的上古聲母古歸定，但據現今學者考訂，它們的發音是接近r-或l-，但因為它們常和舌尖塞音諧聲，所以也可以說很接近d-，這兩個舌尖閃音現喻三等擬為r-，邪擬為rj-，但如諧聲偏旁為舌根音時，則喻擬音為gr-，邪擬音為grj-。

（4）如果聲訓的兩個字上古聲母不同，而韻部卻相同，則必須考慮其上古聲母可能為複聲母。因為複聲母的情況較複雜，本公式表除神紐、審紐、禪紐外不含複聲母的擬音。例如：上古聲母*hm 合口屬曉母*x-，開口屬明母*m-，若本字為曉母*x-（明母），但諧聲偏旁為明母*m-（曉母），則本字聲母擬音為*hm-。

第二章　王念孫《廣雅疏證》訓詁術語析例

第一節　訓詁術語之定義

要瞭解訓詁術語的定義，首先必須先瞭解「訓詁」的意義。「訓」和「詁」二字都是「从言」的形聲字，所以它們和語言是脫不了關係的。

「訓」是指詮釋文理使其順暢。許慎《說文》云：「訓，說教也。从言川聲。」段注云：「說教者，說釋而教之，必順其理，引申之凡順皆曰訓。」〔註 1〕至於「詁」字，《說文》云：「詁，訓故言也。从言古聲。《詩》曰『詁訓』。」段注云：

> 故言者，舊言也。十口所識前言也。訓者，說教也。訓故言者，說釋故言以教人是之謂詁，分之則如《爾雅》析故訓言為三，三而實一也。漢人傳注多偁故者，故即詁也。《毛詩》云『故』，傳者故訓猶故言也，謂取故言為傳也，取故言為傳是亦詁也。賈誼為《左氏傳》訓故，訓故者，順釋其故言也。〔註 2〕

郭璞〈爾雅序〉云：「夫《爾雅》者，所以通詁訓之指歸，敘詩人之興詠，

〔註 1〕參見段玉裁《說文解字注》，黎明文化事業公司出版，第 91 頁。
〔註 2〕參見段玉裁《說文解字注》，黎明文化事業公司出版，第 93 頁。

揔絕代之離詞，辯同實而殊號者也。」邢昺疏言：「詁、古也。通古今之言使人知也。訓、道也，道物之貌以告人也。」〔註3〕所以訓詁這兩個字若狹義地說是不同義的，「訓」是依照物的本性來解釋它的外形樣貌、內容性質和意義。而「詁」則比較偏重在語言的部分，用今字去闡釋古字，用現代的語詞來詮釋古代的語詞，或是用各地方言來和雅言相比對。

因此總括來看，「訓」的主體是具體有形貌的物，而「詁」的主體是抽象的語言。不過，事實上在古籍中「訓」和「詁」常合用，代表的是一個廣義而籠統的意思，舉凡對於古書詞義的解釋都可以叫作「訓詁」或「詁訓」。

在訓詁定義的基礎下，可進一步探討「訓詁術語」的定義。一般訓詁術語指的是注疏古籍時所用的訓釋條例用語。清代的乾嘉學派在訓解古籍的過程中，對於訓詁術語的定稱與定義做出了極大的貢獻，正如王寧先生在〈談訓詁學術語的定稱與定義〉一文中所言：

> 傳統訓詁學在發展過程中累積了大量的術語，這說明有關語義方面的很多現象，前人都已經發現了，而且進行過研究，有了一定的理性認識。特別是清代的乾嘉學者，和晚近以章太炎先生為首的推動傳統語言學向科學語言學過渡的大師們，在訓詁學術語的定稱與定義上作出了很大的貢獻，對後世產生了很大的影響。〔註4〕

不過，雖然清儒對訓詁術語的定稱與定義有很大的貢獻，但仍缺乏有條理的整理與歸納。所以王寧先生進一步說明，訓詁術語的確定「必須完成以下兩項工作：（1）給已經定稱的術語下定義——即有名而求實；（2）給已經發掘和認識了的訓詁現象定稱——即有實而命名。」〔註5〕本師陳伯元先生在《訓詁學（上冊）》中將訓詁術語分成了四大類：

一、解釋之術語。

二、注音兼釋義之術語。

三、說明詞例之術語。

〔註3〕參見《十三經注疏8》中的《爾雅》第4頁。

〔註4〕參見王寧先生〈談訓詁學術語的定稱與定義〉，《遼寧教育學院學報》1983年第二期，第53頁。

〔註5〕參見王寧先生〈談訓詁學術語的定稱與定義〉，《遼寧教育學院學報》1983年第二期，第55頁。

四、用以校勘之術語。〔註6〕

以下乃就王念孫《廣雅疏證》中的訓詁術語依其類別加以歸納，先進行「有名而求實」的工作，其後再逐章從事「有實而命名」的分析與探討。

第二節　解釋之術語

一、也

「也」是語氣詞，有判定某詞語為某意的作用。在古代漢語中，部分的判斷句並不用係詞連結，而是用「也」在句末表態。王念孫《廣雅疏證》中用「也」做為訓詁術語的可分為「A，B也」、「A者，B也」兩種基本型式，其中「A，B也」又依連接詞的不同，產生「A，亦B也」、「A，皆B也」、「A，猶B也」、「A，謂B也」、「A，即B也」五種變式；而「A者，B也」的基本式也同樣分出「A者，為B也」、「A者，言B也」、「A，亦B者也」三種變式：

（一）A，B也

此種型式是術語「也」的基本型之一，根據A與B之間的關係，又可分為下列兩種：

（1）A與B為同義詞或異稱。例如：

①大麥，旋麥也

《釋草・卷十上》「大麥，麰也」條下云：蘇恭《本草注》則又以大麥為青稞麥。案：《齊民要術》云：「青稞麥與大麥同時熟。」其為二物甚明，蘇說亦非也。大麥之熟，先於小麥。《呂氏春秋・任地篇》云：「孟夏之昔，殺三葉而穫大麥。」高誘注云：「是月之季，大麥熟而可穫。」大麥，旋麥也。

②樛，蔓椒也

《釋木・卷十上》「梂……茱萸也」條下云：諸書無以梂為茱萸者，梂當讀為樛。樛，蔓椒也。《神農本草》云：「蔓椒，一名家

〔註6〕參見本師陳伯元先生《訓詁學（上冊）》第305頁至357頁。

椒，生雲中川谷。」《名醫別錄》云：「一名豬椒，一名彘椒，一名狗椒。」陶注云：「一名豨椒，山野處處有，俗呼為樛，似椒薰，小不香爾。」

③虞，望也

《釋詁・卷一下》「睎……望也」條下云：桓十一年《左傳》：「且日虞四邑之至也。」杜預注云：「虞，度也。」案：虞，望也，言日望四邑之至也。虞、候皆訓為望，故古守藪之官，謂之虞候。昭二十年《左傳》：「藪之薪蒸，虞候守之。」正義云：「立官使之候望，故以虞候為名。」是也。

（2）B為A的引申義。例如：

①圛，明也

《釋詁・卷四上》「昍……明也」條下云：〈齊風・載驅篇〉：「齊子豈弟。」鄭箋云：「此豈弟猶言發夕也。」豈讀當為闓。弟《古文尚書》以弟為圛。圛，明也。

②烝，眾也

《釋器・卷八上》「蒸……炬也」條下云：《說文》：「菆，析麻中榦也。」或作蒸。蒸之言烝也。烝，眾也。凡析麻幹及竹木為炬，皆謂之蒸。〈弟子職〉記舉火之禮云：「蒸閒容蒸然者處下。」尹知章注云：「蒸，細薪也。」

③兆，始也

《釋樂・卷八下》「足鼓……搏拊」條下云：〈大射儀〉：「鼗倚于頌磬西紘。」注云：「鼗如鼓而小有柄，賓至搖之以奏樂。」鼗之言兆也。兆，始也。《釋名》云：「鼗，導也，所以導樂作也。」〈商頌〉作鞉，〈月令〉作鞀。《說文》云：「籀文作磬。」竝字異而義同。

除以上兩種分類外，「A，B也」的基本式也因連接詞的不同，而產生五個不同的變式：

（1）A，亦B也

這個變式通常出現在引書中已有「A，B也」的形式後，若將此二句做一個連結，則完整來看，全句是「A，B 也」……「C，亦 B 也」，其中 A 與 C 是同訓的關係，兩者與 B 皆為同義。

①《方言》:「肁、律，始也。」……聿，亦始也

《釋詁・卷一上》「古……始也」條下云：肁、葎者，《方言》:「肁、律，始也。」律與葎通。《說文》:「肁，始開也，從戶聿。」聿，亦始也，聲與葎近而義同。凡事之始即為事之法，故始謂之方，亦謂之律；法謂之律，亦謂之方矣。

②《方言》:「岑、夤，大也。」……遠，亦大也

《釋詁・卷一上》「道……大也」條下云：岑、夤者，《方言》:「岑、夤，大也。」《淮南子・地形訓》:「九州之外，乃有八夤。」高誘注云:「夤，猶遠也。」遠，亦大也。

③曹大家注云：「詭，反也。」……變，亦反也

《釋言・卷五上》「恑……反也」條下云：《漢書・武五子傳》云:「詭禍為福。」《史記・李斯傳》云:「今高有邪佚之志，危反之行。」詭、危並與恑通。《說文》:「恑，變也。」變，亦反也。

（2）A，皆 B 也

「A，皆 B 也」這個變式，通常 A 是由數個同義或義近的字詞所組成，這些字詞之間是「同訓」的關係，而 A 中任一字與 B 皆為同義的情形。

①將、嘉、休，皆美也

《釋詁・卷一上》「腆……美也」條下云：將者，〈豳風・破斧〉首章:「亦孔之將。」毛傳云:「將，大也。」大，亦美也。二章云:「亦孔之嘉。」三章云:「亦孔之休。」將、嘉、休，皆美也。將、臧聲相近。「亦孔之將」言「亦孔之臧」耳。美從大，與大同意，故大謂之將，亦謂之皇；美謂之皇，亦謂之將；美謂之賁，猶大謂之墳也；美謂之膚，猶大謂之甫也。

②紽、緎、總，皆數也

《釋詁・卷四上》「黀……數也」條下云：今案三章文義實不當如《爾雅》所訓。紽、緎、總，皆數也。五絲為紽，四紽為緎，四

緎為總；五紽二十五絲，五緎一百絲，五總四百絲，故《詩》先言五紽，次言五緎，次言五總也。

③流、采、芼，皆取也

《釋詁・卷五上》「摎，捋也」條下云：〈周南・關雎篇〉：「參差荇菜，左右流之。」流與摎通，謂捋取之也。捋、流一聲之轉。「左右流之」、「左右采之」猶言「薄言采之」、「薄言捋之」耳。下文云：「左右芼之。」流、采、芼，皆取也。〈芣苢〉《傳》云：「采、捋，取也。」卷一云：「采、芼，取也。」此云：「摎，捋也。」義並相通。

（3）A，猶B也

「A，猶B也」這個變式中，A和B可以是字數相同的成詞或單字，它們的關係通常是聲轉而義同的情形。

①嫪嫭，猶牢固也

《釋詁・卷一下》「嫱……妬也」條下云：嫪嫭者，《說文》：「嫪，婟也。」「婟，嫪也。」婟與嫭同。嫪嫭，猶牢固也。《爾雅・釋鳥》釋文引《聲類》云：「婟、嫪，戀惜也。」《廣韻》：「嫪，吝物也。」義與妬並相近。

②舡艡，猶抵當也

《釋水・卷九下》「艒……舟也」條下云：舡艡，猶抵當也。《廣韻》：「舡艡，小戰船也。」出《字林》。

③盤，猶斑也

《釋蟲・卷十下》「地膽……青蠵也」條下云：《御覽》又引吳普《本草》云：「班貓，一名晏青。」晏與晏同。《本草》：「斑貓。」陶注云：「豆花時取之，甲上黃黑斑色，如巴豆大者是也。」以有黃黑斑，故曰盤蝥。盤，猶斑也。《說文》蝥作蝥，云：「盤蝥，毒蟲也。」

（4）A，謂B也

在「A，謂B也」這個變式中，B是用來詮釋A的字義或詞義，所以A和

B 的字數未必相當，可能 A 是一個詞，而 B 則是 ·個句子。

①跳驅，謂疾驅也

《釋詁·卷一上》「敫……疾也」條下云：《方言》注云：「佻音糶。」《韓子·詭使篇》云：「躁佻反覆謂之智。」成十六年《左傳》：「楚師輕窕。」窕與佻通。《史記·荊燕世家》：「遂跳驅至長安。」跳驅，謂疾驅也，義亦與佻同。佻與䠷聲義又相近也。

②周內，謂密補其罅隙也

《釋詁·卷四下》「繕……補也」條下云：衲者，〈釋言〉云：「紩，納也。」納與衲通，亦作內，今俗語猶謂破布相連處為衲頭。《論衡·程材篇》云：「納縷之工，不能織錦。」《漢書·路溫舒傳》：「上奏畏卻，則鍛鍊而周內之。」周內，謂密補其罅隙也。晉灼注以內為致之法中，失之。

③鹿觡，謂鉤形如鹿觡也

《釋器·卷八上》「鹿觡……鉤也」條下云：《說文》：「鉤，鐵曲也。」《方言》：「鉤，宋、楚、魏之閒謂之鹿觡，或謂之鉤格。自關而西謂之鉤，或謂之鏾。」鹿觡，謂鉤形如鹿觡也。《方言》注云：「或呼鹿角。」《玉篇》：「觡，麋鹿角也。有枝曰觡，無枝曰角。」觡之言枝格也。

（5）A，即 B 也

在「A，即 B 也」變式中，B 是用來詮釋 A 的，兩者是同義詞的關係，且聲音上未必相關。

①制獄，即折獄也

《釋詁·卷一下》「摧……折也」條下云：制者，《文選》張協〈雜詩〉注引李奇《漢書》注云：「制，折也。」《大戴禮·保傅篇》：「不中於制獄。」制獄，即折獄也。《論語·為政篇》：「片言可以折獄者。」魯讀折為制。《莊子·庚桑楚篇》：「夫尋常之溝，巨魚無所還其體，而鯢鰌為之制。」《釋文》引《廣雅》：「制，折也。謂小魚得曲折也。」折、制古同聲，故制有折義。

②覆校，即考索也

《釋言・卷五上》「審、覆，索也」條下云：《爾雅》：「覆、察，審也。」郭璞注云：「覆校察視，皆所為審諦。」覆校，即考索也。〈考工記・弓人〉：「覆之而角至。」鄭注云：「覆，猶察也。」

③矟，即今槊字也

《釋器・卷八上》「鍦……矛也」條下云：矟，即今槊字也。《釋名》云：「矛長丈八尺曰矟，馬上所持，言其稍稍便殺也。」又曰：「激矛。激，截也，可以激截敵陳之矛也。」

（二）A 者，B 也

當「也」字與「者」字配合使用時，兩者皆為語氣詞，而「者」則有提頓的意思。在古代漢語的文法中，「者」常放置在主詞的後面，和句末的「也」字形成典型的判斷句，這也是術語「也」的基本型之一。若依 A 和 B 之間的關係，大致上可將這個術語分為兩類：

（1）A 與 B 為同義詞。例如：

①蠻者，慢也

《釋詁・卷三下》「蠻……傷也」條下云：蠻之言慢易也。《史記・夏紀》《集解》引馬融〈禹貢〉注云：「蠻，慢也。禮簡怠慢，來不距，去不禁也。」〈王制〉《正義》引《風俗通義》云：「君臣同川而浴，極為簡慢。」蠻者，慢也。

②佼者，侮也

《釋言・卷五上》「姣，侮也」條下云：姣通作佼。《淮南子・覽冥訓》云：「鳳凰之翔，至德也。燕雀佼之，以為不能與之爭於宇宙之閒。」佼者，侮也。言燕雀輕侮鳳凰也。上文云：「赤螭青虯之游冀州也，蛇鱓輕之，以為不能與之爭於江海之中。」是其證也。高誘注云：「燕雀自以為能佼健於鳳凰。」失之。

③聚者，積也

《釋宮・卷七上》「京……倉也」條下云：《釋名》云：「庾，裕也，言盈裕也。」案：庾之言亦聚也。聚者，積也。《漢書・倉貨志》：

「以防貴庾者。」顏師古注云：「庾，積也。以防民積物待賈。」是庾為積物之通稱也。

（2）B 是用來詮釋 A 的詞句，A、B 兩者沒有音聲上的關連。例如：

①槾者，污之貪也

《釋詁．卷二上》「槾……貪也」條下云：槾者，污之貪也。《呂氏春秋．離俗覽》云：「不漫於利。」漫與槾通。

②劂者，銳傷也

《釋詁．卷四上》「戔……傷也」條下云：劂者，銳傷也。《說文》以為籀文銳字，《廣韻》又此芮切，云：「小割也。」皆傷之意也。

③方者，大也，量之最大者也

《釋器．卷八上》「龠二曰合……曰秉」條下云：《論語》：「冉子與之粟五秉。」馬融注云：「十六斛曰秉」〈魯語〉：「出稯禾秉芻缶米。」韋昭注引〈聘禮〉：「十庾曰秉。」秉之言方也。方者，大也，量之最大者也。

另外，除「A 者，B 也」的基本式外，還有一種「A 者，言 B 也」的變式。在「A 者，言 B 也」的變式中，B 是用來解釋 A 的情形，而用「言」則表示形容之意，代表主詞 A 是屬於形容詞：

《釋木．卷十上》「榝……茱萸也。」條下云：越者，言其香之散越也。《荀子．禮論》云：「椒蘭芬苾。」〈高唐賦〉云：「越香掩掩。」〈上林賦〉云：「眾香發越。」茱萸之名越椒，或即此義與？椒，亦芬香之名也。〈陳風．東門之枌篇〉《傳》云：「椒，芬香也。」〈周頌．載芟篇〉云：「有椒其馨。」

二、曰

這個術語的基本型式是「A 曰 B」、「A 則曰 B」，在這兩個基本型式下的「曰」都是屬於動詞，相當於現代漢語的「叫做」。但「A 曰 B」、「A 則曰 B」兩者的 A 和 B 內容卻不同：

（一）A 曰 B

在「A 曰 B」的型式中，A 是用以下定義或說明的詞語；B 是被解釋的詞語。例如：

（1）今俗語猶呼五指取物曰摣

《釋詁．卷一上》「龕……取也」條下云：摣與下字抯同。《方言》：「抯、摣，取也。南楚之閒，凡取物溝泥中謂之抯，或謂之摣。」《說文》：「抯，挹也。」「叡，叉取也。」釋名：「摣，叉也。五指俱往叉取也。」今俗語猶呼五指取物曰摣。

（2）婦稱夫曰良人，義亦同也

《釋詁．卷四下》「元……長也」條下云：元、良為長幼之長，餑、餽為長短之長。《爾雅》：「元、良，首也。」首，亦長也。〈乾．文言〉云：「元者，善之長也。」司馬法〈天子之義篇〉云：「周曰元戎先良也。」〈齊語〉云：「四里為連，連為之長，十連為鄉，鄉有良人。」是良與長同義。婦稱夫曰良人，義亦同也。

（3）今人猶謂荷衣不帶曰被衣

《釋訓．卷六上》「裮被，不帶也」條下云：《玉篇》：「裮，尺羊切，披衣不帶也。」披與被通。今人猶謂荷衣不帶曰被衣，《莊子．知北遊篇》云：「齧缺問道乎被衣。」合言之則曰裮被。《楚辭．離騷》：「何桀紂之猖被兮。」王逸注云：「猖披，衣不帶之貌。猖，一作昌。」《釋文》作倡披，一作被，並字異而義同。

（二）A 則曰 B

在「A 則曰 B」的型式中，A 是進行的動作；B 是結果。例如：

（1）譠之言誕也，合言之則曰譠謾，倒言之則曰謾譠

《釋詁．卷二下》「�……欺也」條下云：慢與謾同。《說文》：「謾，欺也。」《韓子．守道篇》云：「所以使眾人不相謾也。」《賈子．道術篇》云：「反信為慢。」譠之言誕也，合言之則曰譠謾，倒言之則曰謾譠。謾譠猶謾誕。《韓詩外傳》云：「謾誕者，趨禍之路。」是也。

（2）《說文》:「钀，載高皃也。」重言之則曰钀钀

《釋訓．卷六上》「巖巖……高也」條下云:《說文》:「钀，載高皃也。」重言之則曰钀钀,〈衛風．碩人篇〉:「庶姜孽孽。」《韓詩》作钀钀，云:「钀钀，長貌。」

（3）急言之則曰蹢躅，徐言之則曰踌跦

《釋訓．卷六上》「蹢躅，踌跦也」條下云：此雙聲之尤相近者也，急言之則曰蹢躅，徐言之則曰踌跦。《說文》：「蹢，住足也，或曰蹢躅。」又云：「躅，蹢躅也。」〈姤〉初六：「羸豕孚蹢躅。」《釋文》：「蹢，本亦作蹄。躅，本亦作蠋，古文作𨇾。」

三、言

這個術語在王念孫《廣雅疏證》中有多樣的面貌，包括「言」、「之言」、「之為言」、「猶言」、「或言」等。

（一）言

「言」和「謂」這兩個訓詁術語有點類似，但「言」的用途卻比「謂」來得廣泛。「言」的意思大概相當於白話文的「說」。由「言」所構成的基本型有「A 言 B」、「凡言 A 者，皆 B 之意（義）」。

（1）A 言 B

「A 言 B」的術語有很多的功用，它可以用來說明各地方言不同的詞彙，例如：

《釋詁．卷三下》「槊……止也」條下云:《漢書．天文志》:「晷長為潦，短為旱，奢為扶。」鄭氏注云:「扶當為蟠，齊、魯之閒聲如酺。酺、扶聲近。蟠，止不行也。」案：齊、魯言蟠，聲如酺，與鋪聲亦相近也。

也可以表達一個詞在不同的狀況下的不同意義。例如：

《釋訓．卷六上》「徜徉，戲蕩也」條下云:〈召南．草蟲篇〉:「喓喓草蟲。」傳云:「草蟲，常羊也。」螽行則跳躍，故亦有常羊之名。於草蟲言其鳴，於阜螽言其躍，互文耳。

在王念孫《廣雅疏證》中，這個型式也常被用來詮釋古今語，例如：

①今人言袴腳，或言袴管，是也

《釋器．卷七下》「其褡謂之襱」條下云：《方言》注云：「今俗呼袴踦為襱。」又「無祠之袴謂之褠。」注云：「祠，亦襱字異耳。」《說文》：「襱，絝踦也。」《徐鍇傳》云：「踦，足也。」案：今人言袴腳，或言袴管，是也。

②今人言鈴當，語之轉也

《釋器．卷八上》「和鸞……鈴也」條下云：《說文》：「鈴，令丁也。」謂其聲令丁然也。今人言鈴當，語之轉也。

③榻，亦平意也，今人言平舃是也

《釋器．卷八上》「廣平……枰也」條下云：《眾經音義》卷四引《埤倉》云：「枰，榻也。」《初學記》引《通俗文》云：「牀三尺五曰榻，版獨坐曰枰。」枰與榻對文則異，散文則通。榻，亦平意也，今人言平舃是也。

此外，也有A是被詮釋的對象，而B是詮釋的語言的情形，例如：

《釋器．卷八上》「梡……几也」條下云：《說文》：「且，薦也，從几，足有二橫一其下地也。」「俎，禮俎也，從半肉在且上。」且與俎古同聲。俎之言苴也，苴者，藉也，言所以藉牲體也。

有時省略A，接成為「此言B」的型式。例如：

《釋言．卷五下》「輸，寫也」條下云：《左氏春秋》隱六年：「鄭人來渝平。」《公羊》、《穀梁》作輸平，是渝、輸古字通。此言當土脈盛發之時，不即震動之，輸寫之，則其氣鬱而不出，必滿塞玵為災也。韋注訓渝為變，於上下文義稍遠矣。

不過在《廣雅疏證》中最常出現「A言B」的型式中，還是以「A是主詞，而B則是A所說或所記載內容」的類型最多。例如：

①《九章算術》言「粺二十七，糳二十四」

《釋詁．卷二上》「揫……小也」條下云：鄭箋言「粺九、鑿八」，《九章算術》言「粺二十七，糳二十四」，皆是糳細於粺。《說文》以「糲一斛舂九斗為糳。」八斗為粺，則是粺細於糳，未知孰是。

②《傳》言封建、封殖

《釋詁・卷四上》「倚……立也」條下云：封與建、殖同意，《傳》言封建、封殖，是也。殖、蒔、置，聲近而義同。

③《詩》言「被之僮僮」、「被之祁祁」

《釋訓・卷六上》「戡戡……盛也」條下云：〈召南・采蘩篇〉：「被之僮僮，夙夜在公，被之祁祁，薄言還歸。」《傳》云：「被，首飾也。僮僮，竦敬也。祁祁，舒遲也。去事有儀也。」案：《詩》言「被之僮僮」、「被之祁祁」，則僮僮、祁祁皆是形容首飾之盛，下乃言其奉祭祀不失職耳。

（2）凡言A者，皆B之意（義）

在「凡言A者，皆B」術語中，A是被歸納的主詞，而B則是歸納後的結果。

①凡言臬者，皆樹之中央，取準則之義也

《釋詁・卷一上》「閑……灋也」條下云：〈考工記・匠人〉：「建國置槷以縣，眂以景。」鄭注云：「槷，古文臬。假借字。於所平之地中央，樹八尺之臬，以縣正之，眂之以其景，將以正四方也。」〈玉藻〉：「公事自闑西，私事自闑東。」《正義》云：「闑，謂門之中央所豎短木也。」是凡言臬者，皆樹之中央，取準則之義也。

本則說明臬是古代建國時樹立以正四方的標竿，所以後來就被假借為準則之意，此後凡字有臬為偏旁的，都有做為準則的意思。

②凡言黎者，皆遲緩之意

《釋詁・卷四上》「邌……遲也」條下云：邌者，《文選・舞賦》：「黎收而拜。」李善注引《倉頡篇》云：「邌，徐也。」邌與黎通。凡言黎者，皆遲緩之意。《史記・高祖紀》：「沛公乃夜引兵還，黎明圍宛城三帀。」《漢書》作遲明。顏師古注云：「圍城事畢，然後天明，明遲於事，故曰遲明。」

③凡言角者皆有觸義也

《釋言．卷五上》「角……觸也」條下云：角、觸古聲相近，獸角所以牴觸故謂之角。《詩．卷耳》正義引《韓詩》說云：「四升曰角。角，觸也，不能自適，觸罪過也。」《風俗通義》引劉歆《鐘律書》云：「角者，觸也。物觸地而出，戴芒角也。」是凡言角者皆有觸義也。《說文》：「牴，觸也。」《海外北經》：「相柳之所抵厥。」郭璞注云：「抵，觸也。」抵與牴通。

（二）之言、之為言

「之言」是貫通兩者的音義。段玉裁《說文解字注》的「祼」字下注明〔註 7〕：

凡言「之言」者皆通其音義以為詁訓，非如「讀為」之易其字；「讀如」之定其音。

當「之言」以「A 之言 B」的型式出現時，則與「A 之為言 B」的功用相同。它們是從聲韻關係來探求字的意義，所以 A 與 B 之間，不僅在意義上有關連，往往也是音同或音近，符合通假字條件的。例如：

（1）郎之言良也

《釋詁．卷一上》「乾……君也」條下云：嫡者，〈喪服〉：「妾為女君」，鄭注云：「女君，君適妻也。」適與嫡通。〈歸妹．六五〉云：「其君之袂，不如其娣之袂良。」君亦謂嫡也，郎之言良也，〈少儀〉：「負良綏。」鄭注云：「良綏，君綏也。」

謹案：郎《廣韻》魯當切：「官名。」《說文》云：「郎，魯亭也。」來母、唐韻開口一等，上古聲母為來母*l-，古韻分部在陽部-aŋ，上古音為*laŋ；王念孫古韻分部在陽部。

良《廣韻》呂張切：「賢也，善也，首也，長也。」《說文》云：「良，善也。」來母、陽韻開口三等，上古聲母為來母*l-，古韻分部在陽部-i̯aŋ，上古音為*li̯aŋ；王念孫古韻分部在陽部。

〔註 7〕參見段玉裁《說文解字注》，1991 年 8 月增訂八版，黎明文化事業股份有限公司，第 6 頁。

「郎」和「良」上古聲母、韻部均同，兩者得以相通。

（2）殕之言腐也

> 《釋詁．卷三上》「胺……敗也」條下云：殕之言腐也，《玉篇》音方久切，《眾經音義》卷十六引《埤倉》云：「殕，腐也。」《廣韻》又芳武切，云：「倉上生白毛也。」皆敗之義也。《玉篇》殕又音步北切，云：「斃也。」襄十一年《左傳》：「踣其國家。」亦敗之義也，踣與殕通。

謹案：殕《廣韻》芳武切：「食上生白毛。」敷母、麌韻合口三等，上古聲母為滂母*p‘j-，古韻分部在之部-i̯uə，上古音為*p‘ji̯uə；又方久切：「物敗也。」非母、有韻開口三等，上古聲母為幫母*pj-，古韻分部在之部-i̯ə，上古音為*pji̯ə；又愛黑切，影母、德韻開口一等，上古聲母為曉母*ʔ-，古韻分部在之部-ə，上古音為*ʔə；王念孫古韻分部在之部。

腐《廣韻》扶雨切：「朽也、敗也。」《說文》云：「腐，爛也。」奉母、麌韻合口三等，上古聲母為並母*b‘j-，古韻分部在魚部-i̯ua，上古音為*b‘ji̯ua；王念孫古韻分部在魚部。

經查「殕」的諧聲偏旁「咅」在之部，上古音擬為*p‘ji̯uə。它有三個反切，觀察這三個反切的變化，可以發現由於經過語音的變遷，〔註8〕芳武切的音產生單元音化的弱化作用而成為p‘ji̯u，因此在中古音時變入魚虞韻；方久切經換位作用而成為pji̯əu，因此在中古音時變入覺韻（在王念孫廿一部中，幽、覺二部同為幽部）；愛黑切的切音在中古也音近而成為ʔək（在王念孫廿一部中，之、職二部同為之部）。

「殕」和「腐」上古聲母同類聲近而轉，在上古韻部方面，之部和魚部旁轉，元音密近，所以在聲韻上兩者屬聲近韻近而轉。

（3）伐之為言敗也

> 《釋詁．卷三上》「胺……敗也」條下云：伐者，《說文》：「伐，敗也。」《藝文類聚》引《春秋說題辭》云：「伐者涉人，國內行威，有所斬壞。」伐之為言敗也。〈召南．甘棠篇〉云：「勿翦勿伐，勿

〔註8〕有關語音的變化，請參見本師　陳新雄先生《廣韻研究》第377～391頁。

翦勿敗。」伐，亦敗也。〈小雅・賓之初筵篇〉云：「醉而不出，是謂伐德。」

謹案：伐《廣韻》房越切：「征也，斬木也。」《說文》云：「伐，擊也，从人持戈，一曰敗也。」奉母、月韻合口三等，上古聲母為並母*b'j-，古韻分部在月部-ri̯uat，上古音為*b'jri̯uat；月部在王念孫古韻分部中稱為祭部。

敗《廣韻》薄邁切：「自破曰敗也。」《說文》云：「敗，毀也。」並母、夬韻合口二等，上古聲母為並母*b'-，古韻分部在月部-ruats，上古音為*b'ruats；又補邁切，幫母、夬韻合口二等，上古聲母為幫母*p-，古韻分部在月部-ruats，上古音為*pruats；月部在王念孫古韻分部中稱為祭部。

「伐」和「敗」上古聲母和韻部皆同，所以屬於聲韻畢同。

（三）猶言

「猶言」這個術語的基本式是「A 猶言 B」，而 A 和 B 的關係主要是詞義上的相近，例如：

（1）四極四荒，猶言八極八荒

《釋詁・卷一上》「邈……遠也」條下云：極荒者，《楚辭・九歌》：「望涔陽兮極浦。」王注云：「極，遠也。」《爾雅》：「東至於泰遠，西至於邠國，南至於濮鉛，北至於祝栗，謂之四極。」郭璞注云：「皆四方極遠之國。」「觚竹、北戶、西王母、日下，謂之四荒。」注云：「皆四方昏荒之國，次四極者。」案：極荒皆遠也。〈離騷〉云：「覽相觀於四極。」又云：「將往觀乎四荒。」王注：「荒，遠也。」四極四荒，猶言八極八荒，故《廣雅》極荒俱訓為遠也，無服之外謂之荒服，亦其義也。

（2）遺愛猶言遺仁

《釋詁・卷四上》「惠……仁也」條下云：愛、利者，《莊子・天地篇》云：「愛人利物之仁。」昭二十年《左傳》：「古之遺愛也。」遺愛猶言遺仁。

（3）弱阿猶言弱緆

《釋器・卷七下》「絅……練也」條下云：《楚辭・招魂》：「蒻

阿拂壁，羅幬張些。」蒻與弱通。阿，細繒也，弱阿猶言弱緆，《淮南子・齊俗訓》云：「弱緆羅紈。」是也。

（四）或言

「或言」這個術語用於說明一個詞有一個或兩個以上的同義詞，相當於現代漢語中的「有的說」或「有的稱為」。例如：

（1）今人或言怕者，怖聲之轉耳

《釋詁・卷二下》「惶……懼也」條下云：怖者，《說文》：「悑，惶也。」《吳子・料敵篇》云：「敵人心怖可擊。」怖與悑同。今人或言怕者，怖聲之轉耳。

（2）諸書或言未央、或言未遽、或言未遽央，其義一也

《釋言・卷五上》「腒，央也」條下云：腒字作渠，又作巨，又作遽。卷一云：「央，盡也。」卷四云：「央，已也。」〈小雅・庭燎〉箋云：「夜未央，猶言夜未渠央也。」《釋文》引《說文》：「央，已也。」古辭〈相逢行〉云：「調絲未遽央。」左思〈魏都賦〉云：「其夜未遽，庭燎晣晣。」《集韻》：「巨，央也。」通作腒。諸書或言未央、或言未遽、或言未遽央，其義一也。

（3）姒之言始也，或言娣姒，或言弟長，或言先後，或言長婦、稚婦，其義一也

《釋親・卷六下》「妯娌……先後也」條下云：先後，亦長幼也，故〈魯語〉：「夫宗廟之有昭穆，以次世之長幼也。」韋昭注云：「長幼、先後也。」弟長亦先後也。故〈吳語〉：「孤敢不順從君命長弟。」注云：「長，先也。弟，後也。」娣言之弟，姒之言始也，或言娣姒，或言弟長，或言先後，或言長婦、稚婦，其義一也。

四、猶

「猶」這個術語，在《廣雅疏證》中除與「言」連用的「猶言」外，常以「A、猶 B 也」或「A，猶 B」的基本型式出現。段玉裁《說文解字注》中認為用「猶」字「乃義隔而通之」〔註9〕。相當於現代漢語的「好像是」。例如：

（一）A、猶B也

（1）愛、猶哀也

《釋詁·卷一上》「悽……哀也」條下云：哀與愛聲義相近。故憮、憐既訓為愛，而又訓為哀。《呂氏春秋·報更篇》：「人主胡可以不務哀士。」高誘注云：「哀，愛也。」〈檀弓〉云：「哭而起，則愛父也。」愛、猶哀也。

（2）脈瘍、猶辟易也

《釋詁·卷三上》「疧……癡也」條下云：瘍者，《說文》：「瘍，脈瘍也。」脈瘍、猶辟易也。〈吳語〉：「稱疾辟易。」韋昭注云：「辟易狂疾。」《韓非子·內儲說》云：「公惑易也。」《漢書·王子矦表》云：「樂平矦訢病狂易。」易與瘍通。

（3）裀、猶重也

《釋器·卷七下》「複裗謂之裀」條下云：此《說文》所謂重衣也，裗與衫同。《釋名》云：「衫，芟也，芟末無袖端也。」《方言》注以衫為禪襦，其有裏者則謂之裀。裀、猶重也。

（二）A，猶B

（1）輷輷猶硜硜

《釋詁·卷一下》「輷……堅也」條下云：輷者，曹憲音苦耕反。《說文》：「轚，車堅也。」轚與輷同。〈釋訓篇〉云：「輷輷，堅也。」輷輷猶硜硜，凡堅貌謂之硜，堅聲亦謂之硜。

（2）苛癢之苛轉為疥，猶苛怒之苛轉為妎矣

《釋詁·卷二上》「馮……怒也」條下云：〈周官·世婦〉：「不敬者而苛罰之。」鄭注云：「苛，譴也。」《爾雅》：「苛，妎也。」妎與齘同。苛、妎皆怒也。郭璞注以為煩苛者多嫉妎，失之。苛、

〔註9〕參見段玉裁《說文解字注》，1991年8月增訂八版，黎明文化事業股份有限公司，第90頁「雔」字下注。

妎一聲之轉。〈內則〉：「疾痛苛癢。」鄭注云：「苛，疥也。」苛癢之苛轉為疥，猶苛怒之苛轉為妎矣。

（3）闇之為馣，猶暗之為晻矣

《釋訓・卷六上》「馥馥……香也」條下云：引之云：《文選・長門賦》：「桂樹交而相紛兮，方酷烈之誾誾。」李善注云：「誾誾，香氣盛也。誾，魚巾切。」案：上文之「心音宮臨風淫陰音襜」，下文之「吟南中宮崇窮音」，皆以東、侵、鹽三部之字為韻，此古人合韻之常例也。誾為真部之字，古無以東、侵、鹽、真四部合韻者，殆誤字也。誾誾，當為闇闇，即古馣字也，凡字之從奄聲、音聲者多通用。闇之為馣，猶暗之為晻矣。

五、即

「即」相當於現代漢語的「就是」，是一種讓語氣上更加肯定的術語。常見的型式包括「A、即B也」、「A即B」。

（一）A、即B也

這個型式強調A與B的對等關係，A就是B，兩者是同義詞。例如：

（1）制獄、即折獄也

《釋詁・卷一下》「摧……折也」條下云：制者，《文選》張協〈雜詩〉注引李奇《漢書》注云：「制，折也。」《大戴禮・保傅篇》：「不中於制獄。」制獄、即折獄也。《論語・為政篇》：「片言可以折獄者。」魯讀折為制。《莊子・庚桑楚篇》：「夫尋常之溝，巨魚無所還其體，而鯢鰌為之制。」

（2）覆校、即考索也

《釋言・卷五上》「審、覆，索也」條下云：《爾雅》：「覆、察，審也。」郭璞注云：「覆校察視，皆所為審諦。」覆校、即考索也。〈考工記・弓人〉：「覆之而角至。」鄭注云：「覆，猶察也。」

（3）額、即題也

《釋蟲・卷十下》「蛒……文章彬彬」條下云：哀十四年《左傳

正義》引京房《易傳》云：「麟，麕身牛尾，狼額馬蹄，有五采，腹下黃，高丈二。」額、即題也。

也有用來說明古今字的，其變式為「A、即今B也」。如：

（1）擿、即今擲字也

《釋詁．卷三上》「担……擊也」條下云：捭者，《說文》：「捭，兩手擊也。」上文已有撻字，此撻字當作擿，亦字之誤也。擿、即今擲字也。《說文》：「擿，投也。」《史記．荊軻傳》：「引其匕首以擿秦王。」〈燕策〉擿作提。《漢書．吳王濞傳》：「皇太子引博局提吳太子。」顏師古注云：「提，擲也，音徒計反。」提與擿聲近義同。

（2）嬛、即今之娟字也

《釋詁．卷一下》「娷……好也」條下云：嬛，即今之娟字也。《說文》：「嬛，好也。」《釋訓篇》云：「嬛嬛，容也。」〈上林賦〉云：「靚莊刻飾，便嬛綽約，柔橈嬛嬛，嫵媚孅弱。」故此釋之也。郭璞注云：「綽約，婉約也。」「柔橈、嬛嬛皆骨體耎弱長豔貌也。」李善注引《埤倉》云：「嫵媚，悅也。」

（3）藏魚、即今之鹹魚也

《釋言．卷五上》「着，鹹也」條下云：《說文》：「着，鹹也，從鹵差省聲。河內謂之着，沛人言若虘。」〈曲禮〉：「鹽曰鹹鹺。」鄭注云：「大鹹曰鹺，今河東云着。」鲝、鹺竝同。《說文》：「鮺，藏魚也。南方謂之魿，北方謂之鮺。」《周官．庖人》注作鯗。藏魚、即今之鹹魚也。《爾雅》：「滷、矜、鹹，苦也。」郭璞注云：「苦，即大鹹。」釋文矜作鹶。鹹謂之鹺，又謂之鹶；鹹魚謂之魿，又謂之鮺，其義一也。鲝，各本作善，今訂正。

（二）A即B

這個術語所詮釋的事物很多，主要也是在於強調肯定的語氣。如：

（1）服億即愊臆

《釋詁．卷一上》「弸……滿也」條下云：哀而氣滿亦謂之愊臆。《史記・扁鵲傳》：「噓唏服億，悲不能自止。」服億即愊臆。〈問喪〉云：「悲哀自懣氣盛。」是也。

（2）詭隨即無良之人

《釋訓・卷六上》「詭隨，小惡也」條下云：此毛《詩》義也。〈大雅・民勞篇〉：「無縱詭隨，以謹無良。」《傳》云：「詭隨，詭人之善，隨然之惡者。以謹無良，慎小以懲大也。」《正義》云：「無良之惡，大於詭隨。詭隨者尚無所縱，則無良者謹慎矣。」案：詭隨疊韻字，不得分訓詭人之善，隨人之惡，詭隨即無良之人，亦無大惡、小惡之分。

（3）含蘤即含華

《釋草・卷十上》「蘤……華也」條下云：《後漢書・張衡傳》云：「百卉含蘤。」李賢注引張氏《字詁》云：「蘤，古花字也。」含蘤即含華。〈南都賦〉云：「芙蓉含華。」是也。

也有用來說明音聲流轉的，型式為「A 即 B 之轉」例如：

（1）憑噫、即愊臆之轉

《釋詁・卷一上》「弸……滿也」條下云：司馬相如〈長門賦〉：「心憑噫而不舒兮。」李善注云：「憑噫，氣滿貌。」憑噫、即愊臆之轉。

（2）鬱律、即㟪壘之轉

《釋訓・卷六上》「鍡鑸，不平也」條下云：山不平謂之㟪壘，氣不平亦謂之㟪壘。《論衡・雷虛篇》云：「刻尊為雷之形，一出一入，一屈一伸，為相校軫則鳴。軫之狀鬱律㟪壘之類也。」鬱律、即㟪壘之轉。司馬相如〈上林賦〉云：「崴磈㟪廆，邱虛堀礨，隱轔鬱壘。」〈大人賦〉云：「徑入雷室之砰磷鬱律兮，洞出鬼谷之堀礨崴魁。」皆㟪壘之變轉也。

（3）姑簍、即枸簍之轉

《釋器・卷七下》「枸簍……䉶也」條下云：籠，《說文》作穹隆，倒言之則曰隆穹，故李奇《漢書》注云：「廣柳，大隆穹也。」司馬相如〈大人賦〉云：「詘折隆窮，躩以連卷。」是其義也。或但謂之簹。《玉篇》：「簹，姑簍也。」姑簍、即枸簍之轉。

六、謂、所謂、謂之

「謂」、「謂之」、「所謂」的用法，類似於「注釋」，也就是將古籍的說解中較不易懂的字詞，用當時的人所能理解的話來詮釋。

（一）謂、所謂

「謂」和「所謂」在使用時，往往將訓解放在被訓的字詞後面。其基本型式為「A 謂 B」、「A 謂 B 也」、「[A]所謂 B 也」。例如：

（1）A 謂 B

①「養國老於上庠」謂在庠中養老

《釋詁・卷一上》「高……養也」條下云：引之云：《說文》：「庠，禮官養老也。」〈王制〉：「有虞氏養國老於上庠。」鄭注云：「庠之言養也。」趙岐注《孟子》云：「養者，養耆老；射者，三耦四矢以達物導氣。」此皆緣辭生訓，非經文本意也。「養國老於上庠」謂在庠中養老，非謂庠以養老名也。

②今燕俗名湯熱為觀，則爟火謂熱火與

《釋詁・卷二上》「炗……爇也」條下云：爟者，《說文》：「舉火曰爟。」〈周官・司爟〉鄭注云：「爟，讀如予若觀火之觀。」今燕俗名湯熱為觀，則爟火謂熱火與？《呂氏春秋・本味篇》云：「爝以爟火。」《漢書・郊祀志》：「通權火。」如淳注云：「權，舉也。」爟、觀、權並通。

③摮謂旁擊頭頂

《釋詁・卷三上》「抯……擊也」條下云：上文已有摮字，此摮字當作摮字之誤也。《玉篇》：「摮，擊皃也。」宣二年《公羊傳》：「以斗摮而殺之。」何休注云：「摮，猶㩳也。」摮謂旁擊頭頂。《廣雅》引〈倉頡篇〉云：「敖，擊也。」摮、敖並音五交反，其義同也。

（2）A 謂 B 也

①令謂聽從也

《釋詁・卷一上》「聆……從也」條下云：聆，古通作令。《呂氏春秋・為欲篇》：「古之聖王，審順其天而以行欲，則民無不令矣，功無不立矣。」令謂聽從也。

②周內謂密補其罅隙也

《釋詁・卷四下》「繕……補也」條下云：衲者，〈釋言〉云：「紩，納也。」納與衲通，亦作內，今俗語猶謂破布相連處為衲頭。《論衡・程材篇》云：「納縷之工，不能織錦。」《漢書・路溫舒傳》：「上奏畏卻，則鍛鍊而周內之。」周內謂密補其罅隙也。晉灼注以內為致之法中，失之。

③秉謂禾一把也

《釋器・卷八上》「秉四曰筥……曰秅」條下云：此亦〈聘禮記〉文，秉謂禾一把也，與十六斛之秉，同名而異實。以其為人所秉持，故謂之秉。《說文》：「秉，禾束也，從又持禾。」又云：「兼，持二禾。」「秉，持一禾。」〈小雅・大田篇〉：「彼有遺秉。」昭二十七年《左傳》：「或取一秉秆焉。」毛傳杜注竝云：「秉，把也。」

（3）[A]所謂 B 也

①則射者，陳列而宣示之，所謂「謹庠序之教，申之以孝弟之義」也

《釋詁・卷一上》「高……養也」條下云：射、繹古字通。《爾雅》云：「繹，陳也。」〈周語〉云：「無射，所以宣布哲人之令德，示民軌儀也。」則射者，陳列而宣示之，所謂「謹庠序之教，申之以孝弟之義」也，此序訓為射之說也。

②所謂「以金鐸通鼓」也；所謂「以金鐲節鼓」也；所謂「以金鐃止鼓」也

《釋器・卷八上》「和鸞……鈴也」條下云：〈大司馬職〉云：「卒長執鐃，兩司馬執鐸，公司馬執鐲。」又云：「鼓人皆三鼓，司馬振鐸，羣吏作旗，車徒皆作。」所謂「以金鐸通鼓」也。又云：「鼓行，鳴鐲，車徒皆行。」所謂「以金鐲節鼓」也。又云：「乃鼓

退，鳴鐃且卻。」所謂「以金鐃止鼓」也。

③此則《後漢書・襄楷傳》所謂「布穀鳴於孟夏」者矣

《釋鳥・卷十下》「擊鼓、鴶鵴，布穀也」條下云：《續漢書・禮儀志》云：「仲秋之月，年始七十者，授之以玉杖，端以鳩鳥為飾。鳩者，不噎之鳥也，欲老人不噎。」又謂之雄鳩。《淮南・天文訓》：「孟夏之月，以孰穀禾，雄鳩長鳴，為帝候歲。」高誘注云：「雄鳩，布穀也。」此則《後漢書・襄楷傳》所謂「布穀鳴於孟夏」者矣。

（二）謂之

「謂之」與「謂」和「所謂」正好相反。其基本型式為「B 謂之 A 也」。如：

（1）大謂之凱

《釋詁・卷一上》「道……大也」條下云：凡人憂則氣斂，樂則氣舒。故樂謂之般，亦謂之凱；大謂之凱，亦謂之般，義相因也。

（2）詘謂之攝辟，短亦謂之攝辟

《釋詁・卷四上》「僷……詘也」條下云：今俗語猶云摺衣，或云疊衣矣！《呂氏春秋・下賢篇》：「卑為布衣而不瘁攝。」高誘注云：「攝，猶屈也。」凡物申則長，詘則短，故詘謂之攝辟，短亦謂之攝辟。《素問・調經論篇》云：「虛者，聶辟氣不足。」是也。《甲乙經》作攝辟。

（3）進取利謂之牟利

《釋訓・卷六上》「亹亹……進也」條下云：《爾雅》：「亹亹，勉也。」勉即前進之意。〈大雅・文王篇〉：「亹亹，文王是也。」〈繫辭・傳〉：「成天下之亹亹者。」《楚辭・九辯》：「時亹亹而過中兮。」王逸、虞翻注並云：「亹亹，進也。」《淮南子・詮言訓》：「善博者不欲牟。」《太平御覽》引《注》云：「牟，大也、進也。」進謂之牟，故進取利謂之牟利，重言之則曰牟牟。

七、狀

「狀」是用來說明人或事物的形態狀貌。它們釋詞的重點為動詞或形容詞。其意義相當於現代漢語的「形容……」。

（一）今俗語狀聲響之急速者曰䃺朴

《釋詁・卷二下》「䃺朴……猝也」條下云：䃺朴者，《方言》：「䃺朴，猝也。」郭璞注云：「謂急速也。」案：今俗語狀聲響之急速者曰䃺朴，是其義也。

（二）以狀其鋒刃之利

《釋器・卷八上》「龍淵……劍也」條下云：《越絕外傳・記寶劍篇》云：「吳有干將，越有歐冶子。」應劭注《漢書・賈誼傳》云：「莫邪，吳大夫也，作寶劍，因以冠名。」又注〈司馬相如傳〉云：「干將，吳善冶者。」案：干將、莫邪皆連語，以狀其鋒刃之利，非人名也。

（三）未有狀其生之貌者

《釋草・卷十上》「馬䪼，荔也」條下云：檢〈月令〉篇中，凡言萍始生，王瓜生，半夏生，芸始生，草名二字者，則但言「生」；一字者，則言「始生」以足其文，未有狀其生之貌者；倘經意專以荔之一字為草名，則但言荔始出可矣，何煩又言挺也？且據顏氏引《易通卦驗》：「荔挺不出。」則以荔挺二字為草名者，自西漢時已然。

八、貌

「貌」和「狀」相同，是用來說明人或事物的形態模樣。它們釋詞的重點為動詞或形容詞。而它的意義相當於現代漢語的「……的樣子」。

（一）尳、踦皆衺貌也

《釋詁・卷三上》「逴……蹇也」條下云：尳、踦皆衺貌也。尳之言偏頗也，《說文》：「尳，蹇也。」經傳通作跛。踦之言傾攲也。《玉篇》音居綺、邱奇二切。《說文》：「踦，一足也。」《方言》：「踦，奇也。梁、楚之閒，凡全物而體不具謂之踦。雍、梁之西郊，凡嘼支體不具者，謂之踦。」〈魯語〉：「踦跂畢行。」韋昭注云：「踦跂，跰蹇也。」跰蹇即《大傳》所云「其跳」也。

（二）霅者，雹下之貌

《釋訓・卷六上》「霅霅……雨也」條下云：馬融〈廣成頌〉：「霅爾雹落。」霅者，雹下之貌，故雨下亦謂之霅，重言之則曰霅霅也。〈釋言〉云：「霫，霖也。」重言之則曰霫霫。《說文》：「湒，雨下也。」重言之則曰湒湒。

（三）華謂之蕤，亦謂之蘂，皆垂之貌也

《釋草・卷十上》「蘤……華也」條下云：《廣韻》云：「花外曰萼，花內曰蘂。」實謂之甤，亦謂之蘂；華謂之蕤，亦謂之蘂，皆垂之貌也。《說文》云：「縈，垂也」縈與蘂聲義正同，故〈南都賦〉：「敷華蘂之蓑蓑。」李善注云「蓑蓑，下垂貌」矣。

九、今作、今本作、今俗言

這些術語，都是用來說明古今字詞或字音的變遷及差異的。例如：

（一）騂，今作騂

《釋器・卷八上》「丹……赤也」條下云：烊、騂與垟同義。騂，今作騂。〈檀弓〉云：「周人尚赤牲用騂。」〈魯頌・駉篇〉：「有騂有騏。」毛傳云：「赤黃曰騂。」《說文》：「垟，赤剛土也。」今亦作騂。《周官・草人》：「騂剛用牛。」杜子春注云：「騂剛，謂地色赤而土剛強也。」

（二）晤今本作寤

《釋詁・卷四上》「䏵……明也」條下云：晤之言寤也。《說文》：「晤，欲明也。」引〈邶風・柏舟篇〉：「晤辟有摽。」今本作寤。〈關雎・傳〉云：「寤，覺也。」寤與晤通。

（三）今俗言人家無儲蓄為朕活

《釋器・卷八上》「肌……肉也」條下云：《說文》：「朕，脯也。」徐鍇《傳》云：「古謂脯之屬為朕，因通謂儲蓄食味為朕。」《南史》：「孔靖飲宋高祖無朕，取伏雞卵為肴。」是也。今俗言人家無儲蓄為朕活。

十、屬、類、別

「屬」、「類」是以總名來詮釋別名的術語，其基本型式為「A 為 B 之屬」、「A 為 B 之類」，其中 B 為總名，A 為別名。用「屬」或「類」則強調 A 是歸於 B 這一類的。例如：

（一）屬

（1）「絇謂之救。」「律謂之分。」二者蓋羅罔之屬

《釋器・卷七下》「罼……率也」條下云：案：《爾雅》於釋諸羅罔之後，即云：「絇謂之救。」「律謂之分。」二者蓋羅罔之屬。

（2）𥲅為箄笥之屬

《釋器・卷七下》「𥶄謂之筅」條下云：案：𥶄為飯帚，𥲅為箄笥之屬，兩物絕不相似，且《玉篇》、《廣韻》𥲅字亦不音素典反。

（3）鉤端為桃枝之屬

《釋草・卷十上》「篙簸、篘䈙，桃支也」條下云：篘䈙與鉤端同。支與枝同。《爾雅》云：「桃枝四寸，有節。」郭注云：「今桃枝節閒相去多四寸。」《廣韻》云：「䈙，竹名，出南嶺。」《西山經》云：「皤冢之山，其上多桃，枝鉤端。」郭注云：「鉤端，桃枝屬。」鉤端為桃枝之屬，因而亦得稱桃枝矣。

（二）類

（1）亦秈之類也

《釋草・卷十上》「秈，稉也」條下云：《說文》云：「山，宣也，宣氣散生萬物。」是其例矣。《說文》又云：「稴，稻紫莖不黏者。」「稴，稻不黏者。」亦秈之類也。

（2）鬱者，棣之類

《釋木・卷十上》「山李……鬱也」條下云：鬱者，棣之類。〈豳風・七月〉傳：「鬱，棣屬也。」故古人多以二物竝言。《史記・司馬相如傳》云：「隱夫鬱棣。」《漢書》作「薁棣」《御覽》引曹毗〈魏都賦〉云「若榴郁棣」，皆是也。

（3）亦鰅之類也

《釋魚·卷十下》「鯿，鰅也」條下云：今《逸周書·王會篇》鰅作禺。《漢書·司馬相如傳》：「鰅鰫鰬魠。」郭璞注云：「鰅魚有文采。」又注「禺禺魼鰨」云：「禺禺，魚皮有毛，黃地黑文。」亦鰅之類也。

第三節　注音兼釋義之術語

漢儒與清儒的訓詁術語有很多是相同的，但在注音兼注釋的術語這一項，卻有較大的差異。隨著聲韻學知識的後出轉精，清儒訓詁時已較少使用「讀為某」、「讀如某」、「讀若某」等這類直音標音的術語，大部分改用反切。

而且到了清代，古音分部趨於精密，像段玉裁分古音為十七部，王念孫則分為二十二部，使得清儒善於運用古音分部來詮釋古音通轉的原理，進而大量使用一些因聲求義的術語，例如：一聲之轉、聲之轉等。這也是《廣雅疏證》訓詁術語的一大特色。

一、讀

在漢儒的註解中，常用「讀若」、「讀如」、「讀為」、「讀曰」等術語，或用直音來注解通假字或難字的音義。有關這些術語的功用，段玉裁在《說文解字·言部》「讀」下注云：

漢儒注經，斷其章句為讀，如《周禮》注：「鄭司農讀火絕之。」《儀禮》注：「舊讀昆弟在下。」「舊讀合大夫之妾為君之庶子女子子嫁者未嫁者」是也。擬其音曰讀，凡言「讀如」、「讀若」皆是也。易其字以釋其義曰讀，凡言「讀為」、「讀曰」、「當為」皆是也。〔註10〕

「讀若」和「讀如」這兩個術語是用來擬音的，而「讀為」、「讀曰」這兩個術語則是通過注音來突顯出假借字。以下乃分別列舉之：

（一）讀為

雖然漢儒也常用「讀曰」，但是在王念孫《廣雅疏證》中並不常見「讀曰」

〔註10〕敬請參見段玉裁《說文解字注》，黎明文化事業公司出版，第91頁。

這個術語，所以在此僅列出「讀為」。「讀為」這個術語的功用如段玉裁所言「易其字以釋其義」，楊端志先生《訓詁學（上）》一書中提到：

易字又叫破字、破讀、讀破。古人的易字大致有三項內容：一是指以本字釋借字。二是指改變一個字原來的讀音，以表示意義的轉變。三是指改正形誤的字。〔註11〕

這裡所提到的「讀為」、「讀曰」主要是指以本字釋借字的情形。它的基本型式為「A 讀為 B」。例如：

（1）昌讀為倡和之倡

《釋詁．卷一上》「古……始也」條下云：昌讀為倡和之倡。王逸注〈九章〉云：「倡，始也。」《周官．樂師》：「教愷歌遂倡之。」鄭注云：「故書倡為昌。」是昌與倡通。

（2）離讀為麗

《釋詁．卷二下》「崒……待也」條下云：崒、離者，《方言》：「萃、離，時也。」《楚辭．天問》：「北至回水萃何喜？」王逸注云：「萃，止也。」萃與崒通，時與待通。離讀為麗，宣十二年《左傳》注云：「麗，著也。」著，亦止也。

（3）僤讀為闡

《釋詁．卷四上》「䏍……明也」條下云：僤讀為闡，《眾經音義》卷二十三引《廣雅》正作闡。〈繫辭．傳〉：「而微顯闡幽。」韓伯注云：「闡，明也。」

（二）讀若、讀如

這兩個術語主要是擬音用的，它們的基本型式是「A 讀若 B」、「A 讀如 B」，其中 A 是被解釋的字詞，而 B 則是擬音用的字詞。例如：

（1）沉，讀若覃

《釋詁．卷一上》「道……大也」條下云：沉，讀若覃。《方言》：「沉，大也。」《漢書．陳勝傳》：「夥涉之為王沉沉者。」應劭注

〔註11〕敬請參見楊端志先生《訓詁學（上）》第351頁。

云：「沉沉，宮室深邃之貌也，音長含反。」

（2）筥讀若旅

《釋器．卷八上》「秉四曰筥……曰秅」條下云：筥讀若旅，謂禾四把也。筥之言旅也。鄭注〈樂記〉云：「旅，俱也。」〈周官．掌客〉注云：「四秉曰筥，讀如棟梠之梠。」是也。「秉四曰筥」各本皆作「秉十曰筥」，此因與上下文相涉而誤，今訂正。

（3）颭讀如「獸不狘」之狘

《釋詁．卷四下》「颸……風也」條下云：颭讀如「獸不狘」之狘。《廣韻》：「颭，小風也。」

（4）更更讀如庚庚

《釋訓．卷六下》「行行，更更也」條下云：更更讀如庚庚，《釋名》云：「庚，更也，堅強貌也。」《說文》：「庚，位西方，象秋時萬物庚庚有實也。」徐鍇傳云：「庚庚，堅彊之皃。」庚與更通。

（三）讀與某同

「讀與某同」這個術語和上述的「讀若」相似，段玉裁《說文解字．玉部》「玒」字下注云：「凡言『讀與某同』者，亦即『讀若某』也。」〔註12〕不過在王念孫《廣雅疏證》中，「讀與某同」術語的運用並不像漢儒般普遍，大部分是引用典籍才出現這個術語，以下是少數出現的部分「讀與某同」，其基本型是「A讀與B同」：

（1）擖，曹憲讀與臘同，失之

《釋詁．卷二下》「抓……搔也」條下云：擖者，《說文》：「擖，刮也。」《玉篇》音公八、口八二切，《廣韻》同。刮與搔同義，故《說文》云：「搔，括也。」刮、括古通用。案：擖、擸二字，音義各別，擖音公八、口八二反，刮也，字從手，葛聲。擸音臘，又音獵。《說文》：「理，持也。」從手，巤聲。諸書中擸字或作擖者，皆俗書之誤，猶伏臘之臘，俗作臈也。《廣雅》擖訓為搔，當讀公八、口八二反，曹憲讀與臘同，失之。

〔註12〕敬請參見段玉裁《說文解字注》，黎明文化事業公司出版，第17頁。

（2）戚讀與蹴同

《釋詁·卷三下》「側匿……縮也」條下云：緅，曹憲音而究反，《說文》：「緅，衣戚也。」戚讀與蹴同。

（3）耴讀與㧖同

《釋詁·卷三下》「秉……持也」條下云：掫當作㧖，讀若專輒之輒，字從耴不從取，耴讀與㧖同。曹憲音鄹之上聲，則所見本已訛作掫。

二、聲之轉、一聲之轉

「聲之轉」、「一聲之轉」是用以因聲求義的術語，王念孫《廣雅疏證》中始大量運用這個術語來探求釋義。

「聲之轉」的基本型式有「B 者，A 聲之轉」「A、B，聲之轉」、「A 與 B 聲之轉」；而「一聲之轉」的基本型則為「A、B 一聲之轉」，A 與 B 在音韻方面主要是上古聲同或聲近的關係，而 A 與 B 韻部的遠近，並非兩者聲轉的必要條件。例如：

（一）B 者，A 聲之轉

（1）爸者，父聲之轉

《釋親·卷六下》「翁……父也」條下云：爸者，父聲之轉。

謹案：爸《廣韻》捕可切：「父也。」並母、哿韻開口一等，上古聲母為並母*b‘-，古韻分部在魚部-a，上古音為*b‘a；王念孫古韻分部在魚部。

父《廣韻》扶雨切，《說文》云：「巨也，家長率教者。」奉母、麌韻合口三等，上古聲母為並母*b‘j-，古韻分部在魚部-i̯ua，上古音擬音為*b‘ji̯ua；又方矩切：「尼父、尚父皆男子之美稱。」非母、麌韻合口三等，上古聲母為幫母*pj-，古韻分部在魚部-i̯ua，上古音為*pji̯ua；王念孫古韻分部在魚部。

「爸」與「父」的上古聲母和韻部皆相同，所以屬於聲韻畢同而轉。

（2）倩者，壻聲之轉

《釋親·卷六下》「壻謂之倩」條下云：《說文》：「婧，有才也。」顏師古注《漢書·朱邑傳》云：「倩，士之美稱。」義與壻謂之倩相近。《史記・倉公傳》云：「黃氏諸倩。」倩者，壻聲之轉，緩言之則為卒便矣。

謹案：倩《廣韻》倉甸切：「倩利，又巧笑皃。」《說文》云：「人美字也，从人青聲，東齊壻謂之倩。」清母、霰韻開口四等，上古聲母為清母*ts‘-，古韻分部在耕部-iɐŋ，上古音為*ts‘iɐŋ；又七政切：「假倩也。」清母、勁韻開口三等，上古聲母為清母*ts‘-，古韻分部在耕部-i̯ɐŋ，上古音為*ts‘i̯ɐŋ。

壻《集韻》思計切，《說文》云：「夫也，从士胥。《詩》曰：『女也不爽，士貳其行。』士者，夫也，讀與細同。」心母、霽韻開口四等，上古聲母為心母*s-，古韻分部在魚部-ri̯a，上古音為*sri̯a；王念孫古韻分部在魚部。

「倩」與「壻」的上古聲母皆為清聲送氣，且均為舌尖前音，屬同位同類聲近而轉。在上古韻部方面，耕部與魚部無對轉、旁轉關係，所以歸類於聲近韻遠而轉。

（3）歉者，空聲之轉

《釋天・卷九上》「一穀不升……曰大侵」條下云：歉者，空聲之轉。《說文》：「歉，飢虛也。」《淮南子・天文訓》云：「三歲而一饑，六歲而一衰，十二歲而一康。」《韓詩外傳》歉作鎌，歉作荒，荒亦歉也。《爾雅》：「嫝，虛也。」郭璞《音義》云：「本或作荒。」〈泰〉九二：「包荒。」鄭讀為康。

謹案：歉《廣韻》苦岡切：「穀升謂之歉。」《說文》云：「歉，飢虛也。」溪母、唐韻開口一等，上古聲母為溪母*k‘-，古韻分部在陽部-aŋ，上古音為*k‘aŋ；王念孫古韻分部在陽部。

空《廣韻》苦紅切：「空虛。」《說文》云：「空，竅也。」溪母、東韻開口一等，上古聲母為溪母*k‘-，古韻分部在東部-auŋ，上古音為*k‘auŋ；又苦貢切：「空缺。」溪母、送韻開口一等，上古聲母為溪母*k‘-，古韻分部在東部-auŋ，上古音為*k‘auŋ；王念孫古韻分部在東部。

「歉」與「空」上古聲母相同，在上古韻部方面，陽部和東部為旁轉，所以二者屬於聲同韻近而轉。

（二）A、B 聲之轉

（1）輸、脫聲之轉

《釋詁・卷四下》「揄……脫也」條下云：揄、墮者，《方言》：「揄、撱，脫也。」又云：「輸，捝也。」郭璞注云：「捝，猶脫耳。」枚乘〈七發〉云：「揄弃恬怠，輸寫淟濁。」揄、輸聲相近，輸、脫聲之轉。輸轉之為脫，若愉之轉為悅矣。撱與墮通。剝者，馬融注〈剝卦〉云：「剝，落也。」

謹案：輸《廣韻》式朱切：「盡也，寫也，墮也。」《說文》：「輸，委輸也。」審母、虞韻合口三等，上古聲母擬音為*st‘j-，古韻分部在侯部-i̯au，上古音為*st‘ji̯au；又式注切、傷遇切，審母、遇韻合口三等，上古聲母擬音為*st‘j-，古韻分部在侯部-i̯au，上古音為*st‘ji̯au；王念孫古韻分部在侯部。

脫《廣韻》土活切、他括切：「肉去骨。」《說文》云：「消肉臞也。」透母、末韻合口一等，上古聲母為透母*t‘-，古韻分部在月部-uat，上古音為*t‘uat；又徒活切，定母、末韻合口一等，上古聲母為定母*d‘-，古韻分部在月部-uat，上古音為*d‘uat；月部在王念孫古韻分部中稱為祭部。

「輸」與「脫」上古聲母皆以[t‘]為輔音，所以二者屬於聲同而轉。

（2）留、攣聲之轉也

《釋草・卷十上》「攣夷，芍藥也」條下云：攣夷，即留夷。留、攣聲之轉也。

謹案：留《廣韻》力求切：「住也，止也。」《說文》云：「止也，从田丣聲。」來母、尤韻開口三等，上古聲母為來母*l-，古韻分部在幽部-i̯əu，上古音為*li̯əu；又力救切，來母、宥韻開口三等，上古聲母為來母*l-，古韻分部在幽部-i̯əu，上古音為*li̯əu；王念孫古韻分部在幽部。

攣《廣韻》呂員切，《說文》云：「係也。」來母、仙韻合口三等，上古聲母為來母*l-，古韻分部在元部-i̯uan，上古音為*li̯uan；王念孫古韻分部在元部。

「留」和「攣」上古聲母同為來母*l-，二者屬聲同而轉。

（3）蛼蚓、蚯蚓聲之轉也

《釋蟲・卷十下》「蚯蚓、蜿蟺，引無也」條下云：《爾雅》：「螼蚓，豎蚕。」郭璞注云：「即蛩蟺也，江東呼寒蚓。」螼蚓、蚯蚓聲之轉也。

謹案：螼《廣韻》弃忍切：「蚯蚓也。」《說文》云：「螾也，从虫堇聲。」溪母、軫韻開口三等，上古聲母為溪母*k‘-，古韻分部在諄部-ri̯ən，上古音為*k‘ri̯ən；又羌印切，溪母、震韻開口三等，上古聲母為溪母*k‘-，古韻分部在諄部-ri̯ən，上古音為*k‘ri̯ən；王念孫古韻分部在諄部。

蚯《廣韻》去鳩切：「蚯蚓，蟲名。」溪母、尤韻開口三等，上古聲母為溪母*k‘-，古韻分部在之部-i̯uə，上古音為*k‘i̯uə；王念孫古韻分部在之部。

「螼」與「蚯」上古聲母相同，在上古韻部方面，諄部和之部韻近，二者為聲同韻近而轉。

（三）A與B聲之轉

（1）蚑與肌聲之轉耳

《釋蟲・卷十下》「蛷螋，蛷蝥也」條下云：《周官・赤犮氏》：「凡隙屋，除其貍蟲。」鄭注云：「貍蟲，䗪肌求之屬。」釋文：「求，本或作蛷。」疑即蚑蛷也。蚑與肌聲之轉耳。

謹案：蚑《廣韻》去智切：「蟲行皃。」《說文》云：「徐行也，凡生之類行皆曰蚑。」溪母、寘韻開口三等，上古聲母為溪母*k‘-，古韻分部在支部-i̯ɐ，上古音為*k‘i̯ɐ；又巨支切，群母、支韻開口三等，上古聲母為匣母*ɣ-，古韻分部在支部-i̯ɐ，上古音為*ɣi̯ɐ；王念孫古韻分部在支部。

肌《廣韻》居夷切：「肌膚。」《說文》云：「肉也。」見母、脂韻開口三等，上古聲母為見母*k-，古韻分部在脂部-i̯ɐi，上古音為*ki̯ɐi；王念孫古韻分部在脂部。

「蚑」與「肌」的上古聲母為溪母和見母，二者同為舌根音，發音部位相同，只是送氣與不送氣的差別，屬於同類聲近而轉。在上古韻部方面，支部和脂部為旁轉，所以「蚑」與「肌」為聲近韻近而轉。

（2）白與蛃聲之轉

《釋蟲・卷十下》「白魚，蛃魚也」條下云：《爾雅翼》云：「衣書中蟲，始則黃色，既老而身有粉，視之如銀，故名曰白魚。」白與蛃聲之轉，蛃之為言猶白也。《淮南・原道訓》：「馮夷大丙之御。」

高誘注云：「丙，或作白。」是其例也。蜱之為言蜱蜱然也。《後漢書．馬融傳》：「蟆蟆蜱蜱。」李賢注云：「動貌。」

謹案：白《廣韻》傍陌切：「西方色，又告也，語也。」《說文》云：「西方色也，侌用事物色白，从入合二。二，侌數。」並母、陌韻開口二等，上古聲母為並母*b‘-，古韻分部在鐸部-rak，上古音為*b‘rak；王念孫二十一部中鐸部尚未從魚部分出，所以古韻分部在魚部。

蛃《廣韻》兵永切：「蟲名。」幫母、梗韻合口三等，上古聲母為幫母*p-，古韻分部在陽部-i̯uaŋ，上古音為*pi̯uaŋ；王念孫古韻分部在陽部。

「白」與「蛃」上古聲母發音部位相同，都是脣音，屬同類聲近而轉。在上古韻部方面，鐸部和陽部對轉，所以本字組歸類於聲近韻近而轉。

（3）鴂與鶩聲之轉也

《釋鳥．卷十下》「鴂……鼉也」條下云：鴂與鶩聲之轉也。

謹案：鴂《廣韻》莫撥切：「鳥名。」明母、末韻合口一等，上古聲母為明母*m-，古韻分部在月部-uat，上古音為*muat；月部在王念孫古韻分部中稱為祭部。

鶩《廣韻》亡遇切：「鳥名。」《說文》云：「舒鳧也。」微母、遇韻合口三等，上古聲母為明母*mj-，古韻分部在侯部-i̯au，上古音為*mji̯au；又莫卜切，明母、屋韻開口一等，上古聲母為明母*m-，古韻分部在侯部-au，上古音為*mau；王念孫古韻分部在侯部。

「鴂」與「鶩」上古聲母相同，在上古韻部方面，月部和侯部無音轉關係，所以二者雙聲而轉。

（四）A、B 一聲之轉

（1）劓、刖，一聲之轉

《釋詁．卷一上》「刵……斷也」條下云：劓者，《說文》：「劓，刖鼻也。」或作劓。案：劓、刖一聲之轉，皆謂割斷也。《說文》：「刖，絕也。」〈盤庚〉：「我乃劓殄滅之無遺育。」傳云：「劓，割也。」〈多方〉云：「劓割夏邑。」是凡有所割斷者，通謂之劓刖。斷鼻為劓，斷足為刖，名異而實同也。

謹案：劓《廣韻》牛例切：「去鼻也。」疑母、祭韻開口三等，上古聲母為疑母*ŋ-，古韻分部在月部-i̯ats，上古音為*ŋi̯ats；月部在王念孫古韻分部中稱為祭部。

刖《廣韻》魚厥切：「絕也，斷足刑也。」疑母、月韻合口三等，上古聲母為疑母*ŋ-，古韻分部在月部-ri̯uat，上古音為*ŋri̯uat；又五刮切，疑母、鎋韻合口二等，上古聲母為疑母*ŋ-，古韻分部在月部-ruat，上古音為*ŋruat；又五忽切，疑母、沒韻合口一等，上古聲母為疑母*ŋ-，古韻分部在月部-uat，上古音為*ŋuat；月部王念孫古韻分部稱為祭部。

「刖」與「劓」上古聲母與韻部皆同，所以屬聲韻畢同而轉。

（2）苛、妎，一聲之轉

《釋詁・卷二上》「馮……怒也」條下云：《說文》：苛、妎皆怒也。郭璞注以為煩苛者多嫉妎，失之。苛、妎一聲之轉。〈內則〉：「疾痛苛癢。」鄭注云：「苛，疥也。」苛癢之苛轉為疥，猶苛怒之苛轉為妎矣。

謹案：苛《廣韻》胡歌切：「政煩也、怒也。」《說文》云：「苛，小艸也。」匣母、歌韻開口一等，上古聲母為匣母*ɣ-，古韻分部在歌部-ai，上古音為*ɣai；王念孫古韻分部在歌部。

妎《廣韻》胡計切：「心不了也。」《說文》云：「妬也。」匣母、霽韻開口四等，上古聲母為匣母*ɣ-，古韻分部在月部-iats，上古音為*ɣiats；又胡蓋切，匣母、泰韻開口一等，上古聲母為匣母*ɣ-，古韻分部在月部-ats，上古音為*ɣats；月部在王念孫古韻分部中稱為祭部。

「苛」和「妎」上古聲母相同，而上古韻部方面，歌、月二部為對轉，所以二者屬聲同韻近而轉。

（3）篋、椷，一聲之轉

《釋器・卷七下》「匧謂之椷」條下云：匧之言挾也。《爾雅》云：「挾，藏也。」《說文》：「匧椷藏也，」或作篋。〈士冠禮〉：「同篋。」鄭注云：「隋方曰篋。」篋、椷一聲之轉。

謹案：篋《廣韻》苦協切：「箱篋。」《說文》云：「篋，椷臧也。」段注云：「小徐本如是，大徐本無椷字。木部椷下曰：『匧也。』是二篆為轉注，臧字似衍。」溪母、怗韻開口四等，上古聲母為溪母*k‘-，古韻分部在怗部-iɐp，上古音為*k‘iɐp；王念孫二十一部中怗部尚未從盍部分出，所以古韻分部在盍部。

椷《廣韻》胡讒切：「杯也。」《說文》云：「椷，篋也。」匣母、咸韻開口二等，上古聲母為匣母*ɣ-，古韻分部在侵部-rəm，上古音為*ɣrəm；王念孫古韻分部在侵部。

「篋」和「椷」上古聲母均為舌根音，發音部位相同，所以屬於旁紐雙聲，同類聲近而轉，至於在韻部方面，兩者並無韻轉關係。

「聲之轉」和「一聲之轉」的用法相似，不過相對於「一聲之轉」而言，「聲之轉」用在詞與詞之間的比例較高。有關「聲之轉」和「一聲之轉」這兩個術語在第三章中將有更詳盡的分析與探討。

第四節　說明詞例之術語

一、對文、散文

在王念孫《廣雅疏證》中，「對文」常與「散文」配合使用。這套術語雖然和另一組術語「統言」、「析言」的作用差不多，但在《廣雅疏證》中幾乎大部分都用「對文」、「散文」，而不用「統言」、「析言」。有關「對文」與「散文」的定義，楊端志先生在《訓詁學（上)》說：

> 「對文」指處於同一語法地位或有同樣語法作用的近義詞。「散文」指意義相關的近義詞並沒用於相對待的地位而僅用其一或單說的情況。……實在說，配合使用的「對文」、「散文」，與配合使用的「統言」、「析言」作用差不多，也是用於比較近義詞的異同。〔註13〕

「對文」是狹義而言，近義詞仍各有不同之處；「散文」是廣義來看，近義詞則大致相類。例如：

（一）鐓與鐏對文則異，散文則通

> 《釋器．卷八上》「鐓……鐏也」條下云：鐓或作錞。〈曲禮〉：「進戈者前其鐏，後其刃，進矛戟者前其鐓。」鄭注云：「銳底曰鐏，取其鐏地，平底曰鐓，其鐓地。」鐓與鐏對文則異，散文則通。

〔註13〕敬請參見楊端志先生《訓詁學(上)》第366頁。

（二）枰與榻對文則異，散文則通

《釋器．卷八上》「廣平……枰也」條下云：廣平為博局之枰，榻為牀榻之枰，皆取義於平也。《說文》：「枰，平也。」《方言》：「所以投簙謂之枰，或謂之廣平。」韋昭〈博弈論〉云：「所志不出一枰之上。」《釋名》：「牀長狹而卑曰榻，言其榻然近地也。」「枰，平也，以版作之，其體平正也。」《眾經音義》卷四引《埤倉》云：「枰，榻也。」《初學記》引《通俗文》云：「牀三尺五曰榻，版獨坐曰枰。」枰與榻對文則異，散文則通。榻，亦平意也，今人言平榻是也。

（三）來、麰對文，麰為大則來為小矣

《釋草．卷十上》「大麥，麰也」條下云：《孟子．告子篇》：「今夫麰麥，播種而耰之，其地同，樹之時，又同浡然而生，至於日至之時，皆熟也。」趙岐注云：「麰麥，大麥。」引《詩》云：「貽我來麰。」來、麰對文，麰為大則來為小矣，古謂大為牟。《御覽》引《淮南子》注云：「牟，大也。」大麥，故稱牟也。《玉篇》云：「麰，春麥也。」「麧，大麥也。」麧與穬通。

二、重言

「重言」是將言詞重覆、重疊的意思，這一類的詞現代漢語稱為「疊音詞」，大多屬於形容詞或擬聲詞。在《詩經》中有許多這一類的疊音詞，像「關關」、「夭夭」、「蚩蚩」、「鏜鏜」……等，所以在《爾雅》和《廣雅》的〈訓釋篇〉中，這類的疊音詞也特別多。例如：

（一）重言之則曰矕矕；重言之則曰晚晚

《釋訓．卷六上》「矍矍……視也」條下云：卷一云：「矕，視也。」重言之則曰矕矕。《說文》：「矕，目矕矕也。」卷一云：「晚，視也。」重言之則曰晚晚。

（二）重言之則曰峩峩

《釋訓．卷六上》「巖巖……高也」條下云：《說文》：「峨，嵯峨也。」峨與峩同，重言之則曰峩峩。《列子．湯問篇》云：「峩峩兮若泰山。」

（三）重言之則曰皭皭

《釋器．卷八上》「皔……白也」條下云：《廣雅》引《埤倉》云：「皭，白色也。」《史記．屈原傳》云：「皭然泥而不滓者也。」重言之則曰皭皭，義見釋訓。

三、倒言

「倒言」是屬於變文之一的術語。所謂變文是指變化文詞的結構，使文詞協句或者叶韻，而「倒言」則是將正常構詞的文句顛倒對調，使它能叶韻。例如：

（一）倒言之則曰杌棿，其實一也

《釋詁．卷一下》「幾……危也」條下云：《周易述》云：「九五人君，不當有劓刖之象，當從鄭，讀為倪仉五无據无應，故倪仉不安。」案：此說是也，此與上六「困于𦩷𦨣」同義，「困于𦩷𦨣」則凡事不能得志，故〈象傳〉曰：「𦩷𦨣志未得也。」作劓刖者，假借字耳。〈乾鑿度〉云：「至於九五，劓刖不安。」是也。若割鼻斷足，則非其義矣。槷䵶、𦩷𦨣、倪仉、劓刖，古皆通用，倒言之則曰杌棿，其實一也。

（二）倒言之則曰謾詑

《釋詁．卷二下》「詗……欺也」條下云：詑者，《說文》：「沇州謂欺曰詑。」〈燕策〉云：「寡人甚不喜訑者言也。」訑與詑同。今江、淮閒猶謂欺曰詑，是古之遺語也。詑亦謾也，合言之則曰詑謾。《楚辭．九章》云：「或訑謾而不疑。」是也。倒言之則曰謾詑，《淮南子．說山訓》云：「媒伹者非學謾他。」是也。

（三）倒言之則曰僂句

《釋器．卷七下》「枸簍……軬也」條下云：枸，各本譌作拘，今訂正。枸簍者，蓋中高而四下之貌。山顛謂之岣嶁，曲脊謂之痀僂，高田謂之甌寠，義與枸簍並相近，倒言之則曰僂句。昭二十五年《左傳》：「臧會竊其寶龜僂句。」龜背中高，故有斯稱矣。

四、分言、合言

「分言」、「合言」這兩個術語主要是說明同義複詞的特質，同義複詞往往可以將一個詞分為數字或將數字合為一詞，且它的意思不變，所以才有「分言」、「合言」的情形。例如：

（一）合言之則曰恬倓、曰憺怕

《釋詁・卷四下》「恬……靜也」條下云：怕者，《說文》：「怕，無為也。」《老子》云：「我獨泊兮其未兆。」司馬相如〈子虛賦〉云：「怕乎無為，憺乎自持。」泊與怕通。合言之則曰恬倓、曰憺怕。《老子》云：「恬澹為上。」《莊子・胠篋篇》云：「恬惔無為。」揚雄〈長楊賦〉云：「人君以澹泊為德。」

（二）合言之則曰紛纕

《釋訓・卷六上》「紛纕，不善也」條下云：《呂刑》：「泯泯棼棼。」《傳》云：「泯泯為亂，棼棼同惡。」《方言》云：「南楚凡人語言過度及妄施行謂之䙴。」皆謂不善也。棼與紛通。䙴與纕通。合言之則曰紛纕。崔駰〈達旨〉云：「紛纕塞路，凶虐播流。」

（三）分言之則或曰瑾，或曰瑜

《釋地・卷九下》「瓊支……赤瑕」條下云：《說文》：「瑾瑜，美玉也。」宣十五年《左傳》云：「瑾瑜匿瑕。」《西山經》云：「瑾瑜之玉，堅栗精密，濁澤而有光，五色發作，以和柔剛。」分言之則或曰瑾，或曰瑜。《楚辭・九章》云：「懷瑾握瑜。」〈九歎〉云：「捐赤瑾於中庭。」〈玉藻〉云：「世子佩瑜玉。」皆是也。

第五節　用以校勘之術語

一、以為、疑

在《廣雅疏證》中引用某些沒有任何記載可以做為佐證的解釋時，則用「以為」或「疑」來表示揣測的意思。相當於現代漢語的「我認為」、「我想或許是」。

（一）以為

對於「以為」這個術語的運用，王念孫最不同於其他注疏家的，就是全書中並沒有他個人「以為」的臆測，而是當別人或古籍中的觀點有誤，或大家的觀念分歧時，就用某人或某書「以為」來表示那些觀點當時尚未查證確認，並且加以考訂判斷其是非。由此得見王念孫撰《廣雅疏證》的慎重與客觀。例如：

①郭璞注以為煩苛者多嫉妎

《釋詁・卷二上》「馮……怒也」條下云：《說文》：「齘，齒相切也。」《玉篇》云：「噤齘切，齒怒也。」〈周官・世婦〉：「不敬者而苛罰之。」鄭注云：「背，譴也。」《爾雅》：「苛，妎也。」妎與齘同。苛、妎皆怒也。郭璞注以為煩苛者多嫉妎，失之。苛、妎一聲之轉。〈內則〉：「疾痛苛癢。」鄭注云：「苛，疥也。」苛癢之苛轉為疥，猶苛怒之苛轉為妎矣。

②杜子春以為夾脊肉，康成以為牒肉、大臠，皆與《說文》異義

《釋器・卷八上》「鱐……脯也」條下云：《說文》：「膴，無骨腊也。揚雄說鳥腊。」引〈腊人〉：「膴判。」今本作膴胖。鄭眾以膴為膺肉，杜子春以為夾脊肉，康成以為牒肉、大臠，皆與《說文》異義。案：腊人所掌，皆乾肉之事，《說文》以膴為腊，是也。

③郭注以為即筍虡

《釋器・卷八上》「梡……几也」條下云：《方言》：「俎，几也。西南蜀、漢之郊曰杫。」《後漢書・鍾離意傳》：「無被枕杫。」李賢注云：「杫，謂俎几也。」《方言》：「榻前几。江、沔之閒曰桯。趙、魏之閒謂之椸，其高者謂之虡。」虡與𧇾同。虡之言舉也，所以舉物也，義與筍虡相近。郭注以為即筍虡，殆非也。

（二）疑

「疑」這個術語代表僅個人認為可能性很高，但仍不敢妄下斷語。例如：

（1）疑此條下尚有「擘，䪅也」三字

《釋言・卷五上》「紉，擘也」條下云：各本所載曹憲《音釋》

擘下有古萬二字。案：古萬反非擘字之音。卷一云：「韏，曲也。」曹憲音古萬反，疑此條下尚有「擘，韏也」三字，而古萬則為韏字之音也。擘之言屈辟，韏之言卷曲也。

（2）疑是㴸字之譌

《釋水・卷九下》「海……徑也」條下云：《說文》、《玉篇》、《廣韻》、《集韻》皆無㴸字，疑是㴸字之譌。《初學記》引《春秋說題辭》：「渭之為言渭也。」注云：「渭渭，流行貌。」「渭也」之渭，「渭渭」之渭，疑皆㴸字之譌。《玉篇》、《廣韻》並云：「㴸，行也。」正合流行之義。

（3）疑柚榛下脫去橘字

《釋木・卷十上》「柚，榛也」條下云：《御覽》引《風土記》云：「柚，大橘，亦黃而酢也。」《漢書・司馬相如傳》：「黃甘橙榛。」張氏注云：「榛，小橘也，出武陵。」是柚大而榛小，不得以柚為榛也。疑柚榛下脫去橘字，大橘曰柚，小橘曰榛，故云：「柚榛，橘也。」猶上文樝、梈二種皆訓為棃耳。柚，《爾雅》謂之「條」，條與柚古音相近也。

二、或作、又作、本作、通作、俗作、某書作

「或作」、「又作」、「本作」、「通作」、「俗作」這些術語，用來說明古今、雅俗、通假及因聲求義等各類異體字的情形，以及各種版本文字方面的異文。

（一）或作、又作

「或作」這個術語可以單獨使用，也常與「又作」連用，主要用以標示異體字或音同音近的通假字。例如：

（1）或作

①埻或作準，臬或作槷

《釋詁・卷一上》「端……正也」條下云：諸書無訓集為正者，集當為準字之誤也。〈考工記〉：「㮚氏為量權之，然後準之。」鄭注云：「準，擊平正之。」《漢書・律厤志》云：「準者，所以揆平取正

也。」《說文》:「埻，射臬也，讀若準。」埻或作準，臬或作蓺。〈大雅．行葦傳〉:「已均中蓺。」鄭箋云:「蓺，質也。」

②黈或作黋

《釋器．卷八上》「黈……黃也」條下云:《玉篇》黋音充，又音統:「黃色也。」引《大戴禮．子張問入官篇》:「黋纊塞耳，掩聰也。」今本黋作統。盧辯注云:「統，黃色也。」〈東京賦〉注引《大戴禮》作黈。黈與黋古同聲，故黈或作黋。曹憲云:「黋，亦有本作黋。」《玉篇》:「黋，口浪切，亦黃色也。」

③鷞或作鸘

《釋鳥．卷十下》「鷖鳥……鳳皇屬也」條下云:《說文》:「五方神鳥：東方發明，南方焦明，西四鷫鷞，北方幽昌，中央鳳皇。」焦與鷦同。鷞或作鸘。

（2）A 或作 B，又作 C

①綽與婥通，字或作淖，又作汋

《釋詁．卷一下》「婘……好也」條下云：婥約者，《楚辭．大招》云：「滂心綽態姣麗施只。」是綽為好也。〈吳語〉云：「婉約其辭。」是約為好也。合言之則曰綽約，綽與婥通，字或作淖，又作汋。《莊子．逍遙遊篇》:「淖約如處子。」《楚辭．九章》:「外承歡之汋約兮。」王逸、司馬彪注並云：「好貌。」凡好與柔義相近，故柔貌亦謂之綽約。《莊子．在宥篇》云：「淖約柔乎剛強。」是也。

②倓與下憺字通，字或作澹，又作淡

《釋詁．卷四下》「恬……靜也」條下云：倓與下憺字通，字或作澹，又作淡。《眾經音義》卷九引《倉頡篇》云：「倓，恬也。」《說文》:「倓，安也。」又云:「憺，安也。」《莊子．刻意篇》云：「淡然無為。」〈知北遊篇〉云:「澹而靜乎。」《荀子．仲尼篇》云：「倓然見管仲之能足以託國也。」《淮南子．俶真訓》云：「蜂蠆螫指而神不能憺。」

③澳字或作隩，又作奧

《釋邱・卷九下》「隒……厓也」條下云：澳字或作隩，又作奧。《說文》：「澳，隈崖也。」又云：「隩，水隈崖也。」《爾雅》云：「隩、隈。」又云：「厓內為隩，外為鞫。」李巡注云：「厓內近水為隩，其外為鞫。」〈衛風〉：「瞻彼淇奧。」昭二年《左傳》及《大學》並作澳。澳之言奧也。鄭注〈堯典〉云：「奧，內也。」

（二）本作

「本作」這個術語的基本型式是「B 本作 A」，主要用來指出書中的訛誤、闡明假借本字或說明文字的本形。其中 A 是本字，而 B 是訛字或借字。例如：

（1）愍字本作忞

《釋詁・卷三上》「惃……亂也」條下云：愍字本作忞，或作暋，又作泯，其義並同。《說文》引〈立政〉云：「在受德忞。」今本作暋。〈康誥〉：云：「天惟與我民彝大泯亂。」泯亦亂也。〈呂刑〉云：「泯泯棼棼。」是也。傳訓泯為滅，失之。

（2）俇本作儣

《釋訓・卷六上》「孜孜……劇也」條下云：俇俇，曹憲音其往反，《楚辭・九歎》云：「魂俇俇而南行兮。」王逸注云：「俇俇，惶遽之貌。」司馬相如〈長門賦〉：「魂俇俇若有亡。」迋與俇通。梁鴻〈適吳詩〉：「嗟恇恇兮誰留。」恇與俇亦聲近義同。俇俇，各本譌作㒃㒃，俇本作儣，故譌而為㒃，今訂正。

（3）艗首本作鷁首

《釋水・卷九下》「舸……舟也」條下云：艗首本作鷁首，畫鷁於船首，因命其船為鷁首也。《方言》：「船首謂之閤閭，或謂之鷁首。」注云：「鷁，鳥名也。今江東貴人船前作青雀，是其像也。」

（三）通作

「通作」這個術語的基本型式是「A 通作 B」，主要用於釋音近義同的通假字。其中 A 是本字，而 B 則是通假字。例如：

（1）熹通作熙

《釋詁．卷一上》「腆……美也」條下云：熹通作熙，〈堯典〉：「有能奮庸熙帝之載。」《史記．五帝紀》作「美堯之事」。

（2）齎通作瓷

《釋言．卷五上》「馮……裝也」條下云：齎通作瓷。《爾雅》：「將，資也。」郭璞注云：「謂資裝。」裝、將聲近義同。《聘禮記》：「問幾月之資。」鄭注云：「資，行用也。古文資為齎。」

（3）髷通作副

《釋器．卷七下》「假結謂之髷」條下云：髷通作副。《釋名》云：「王后首飾曰副。副，覆也。以覆首也，亦言副貳也，兼用眾物成其飾也。」《周官．追師》：「掌王后之首服，為副編次。」鄭注云：「副之言覆，所以覆首為之飾，其遺象若今之步繇矣。編，編列髮為之，其遺象若今假紒矣。次，次第髮長短為之，所謂髮髢。」

（四）俗作、今俗作

「俗作」、「今俗作」這兩個術語的基本型式是「A，俗作B」、「〔A〕，俗作B」、「A，今俗作B」，主要用來標明雅俗字的關係。其中A是本字，而B則是俗字。例如：

（1）欑，俗作櫕

《釋詁．卷三下》「蕁……聚也」條下云：欑者，《文選．西都賦》注引〈倉頡篇〉云：「欑，聚也。」〈喪大記〉：「君殯用輴，欑至于上。」鄭注云：「欑猶菆也。」菆與叢同。《史記．司馬相如傳》云：「鑽羅列聚叢以龍茸兮。」鑽與欑通。《說文》：「欑，積竹杖一曰叢木。」皆聚之義也。又云：「儹，聚也。」亦與攢聲近義同。欑各本訛作揝。欑，俗作櫕，遂譌而為揝。《文選》顏延之〈應詔觀北湖田收詩注〉引《廣雅》「欑，聚也」今據以訂正。

（2）[圅]，俗作肣

《釋親．卷六下》「嗛、圅，舌也」條下云：《說文》：「圅，舌也。」俗作肣。據諸書所說，則嗛、圅為口上下之稱，而圅又訓為舌。《廣雅》以噱、圅同訓為舌，未詳所據也。噱，曹憲音劇。各本劇字誤入正文，今訂正。

(3) 鋟，今俗作尖

《釋詁・卷四下》「攙……銳也」條下云：鑯者，《爾雅》：「山銳而高嶠。」郭璞注云：「言鑯峻。」《集韻》引《廣雅》作鋟，今俗作尖。

(4) 鬵，今俗作鐺

《釋器・卷八上》「鼒……鼎也」條下云：《說文》引《魯詩》說：「鼒，小鼎也。」又云：「鬹，鬵也。」鬵，今俗作鐺。鐺形三足，似鼎，故唐薛大鼎、鄭德本、賈敦頤號鐺腳刺史。鐺又謂之鬹，亦三足之名也。

(五) 某書作

「某書作」術語的基本型式是「[A]，某書作 B」、「某書 A 作 B」，其中 A 和 B 是不同版本的典籍，這個術語主要在比對校勘不同典籍間的異文。例如：

(1) [奔]，《玉篇》作奰

《釋詁・卷一上》「道……大也」條下云：奔者，《說文》：「奔，大也。從大弗聲。」《玉篇》作奰。

(2)〈堯典〉：「有能奮庸熙帝之載。」《史記・五帝紀》作「美堯之事」

《釋詁・卷一上》「腆……美也」條下云：熹，通作熙。〈堯典〉：「有能奮庸熙帝之載。」《史記・五帝紀》作「美堯之事」。

(3)《史記》亭作楟

《釋木・卷十上》「樝、楟，梨也」條下云：《漢書・司馬相如傳》云：「亭奈厚朴。」張氏注云：「亭，山棃也。」《史記》亭作楟。《索隱》引司馬彪注云：「上黨謂之楟。」《初學記》引《序志》云：「上黨楟棃小而甘。」是也。

三、假借、借為

「借」和「借為」這兩個術語意義相同，都是說明假借或通假的現象。其基本型式是「[A]，B 之借字」、「借 A 為 B」、「某書 A 作 B，古字假借也（耳）」等。

（一）B 之借字

在這個術語中，A 是借字，而 B 是本字。有時會使用「A 蓋 B 之借字」、「A 即 B 之借字」的形式出現，有時 A 則在前面引述的句中，並未特別標出。

（1）茶蓋賒之借字

《釋詁．卷二下》「貰……借也」條下云：茶者，《方言》：「茶，借也。」郭注云：「茶，猶徒也。」案：茶蓋賒之借字，賒、茶古聲相近。《說文》：「賒，貰賣也。貰，貸也」賒、貸同義，故俱訓為借也。

（2）脫即挩之借字

《釋詁．卷三下》「僁……誤也」條下云：《廣韻》：「挩，誤也、遺也。」《後漢書．劉寬傳》云：「事容脫誤。」《文選．李康．運命論》：「棄之如脫遺。」李善注引《廣雅》：「脫，誤也。」脫即挩之借字，今據以補正。或云據《文選注》所引則《廣雅》本作脫，非作挩。

（3）捭者焷之借字

《釋器．卷八上》「焷謂之𤋎」條下云：正義引《通俗文》云：「燥煮曰焦。」〈禮運〉：「燔黍捭豚。」鄭讀捭為擘，云：「釋米擘肉，加於燒石之上而食之。」案：捭者焷之借字，焷與燔一聲之轉，皆謂加於火上也。《鹽鐵論．散不足篇》云：「古者燔黍食稗，而焷豚以相饗。」即用〈禮運〉之文。

（二）借 A 為 B

在這個術語中，A 是假借字，而 B 是本字。不過在王念孫《廣雅疏證》，「借 A 為 B」的型式並不多。例如：

(1) 借蓮為蘭

《釋草・卷十上》「蕑,蘭也」條下云:《管子・地員篇》:「五粟之土,五臭生之,薜荔、白芷、蘪蕪、椒、蓮。五沃之土,五臭疇生,蓮與蘪蕪、藁本、白芷。」是蘭通作蓮也。《詩・溱洧》釋文引《韓詩》:「蕑,蘭也。」《御覽》引《韓詩章句》云:「蕑,蘭也。」《初學記》引《韓詩章句》云:「秉蘭拂除不祥之故,皆借蓮為蘭。

(2) 借竺為竹

《釋草・卷十上》「竺,竹也」條下云:《廣韻》云:「竺姓出東莞,後漢擬陽侯竺晏本姓竹,報怨有仇,以胄始名賢,不改其族,乃加二字以存夷齊。」則即借竺為竹之證。

(三) 某書A作B,古字假借

這個術語是用來比對書中古今字的假借狀況。其中A是假借字,而B是本字,言「古字假借」表示現代A、B二字已析分,不再當假借字用。例如:

(1)《史記・春申君傳》憚作單,古字假借耳

《釋詁・卷二上》「馮⋯⋯怒也」條下云:《史記・春申君傳》憚作單,古字假借耳。司馬貞以單為盡,亦失之。

(2)〈月令〉狡作佼,古字假借耳

《釋詁・卷二上》「乾⋯⋯健也」條下云:狡者,《大戴禮・千乘篇》云:「壯狡用力。」《呂氏春秋・仲夏紀》:「養壯狡。」高誘注云:「壯狡,多力之士。」〈月令〉狡作佼,古字假借耳。

(3)《方言》崪作萃,待作時,皆古字假借

《釋詁・卷三下》「䉫⋯⋯止也」條下云:《莊子・逍遙遊篇》:「猶時女也。」司馬彪注云:「時女,猶處女也。」處,亦止也。《爾雅》:「止,待也。」《廣雅》:「止、待,逗也。」待與跱亦聲近而義同。待又通作時。《廣雅》:「崪離,待也。」《方言》崪作萃,待作時,皆古字假借,或以時為待之譌,非也。

四、脫、衍

「脫」和「衍」都是指原書因輾轉抄刊而脫落字句或衍生贅字。

（一）脫

「脫」這個術語的使用有兩種方式，一種是比對各版本後，有時是古籍脫字，有時是今本脫字，所以就用「各本脫某字」、「今本脫某字」來呈現，或補上脫文，或說明何時開始脫文……等。也有典校群書後，從上下文或照古籍條例合理懷疑有脫文，但是真實情狀已不可考。

（1）各本皆脫碣字

《釋宮・卷七上》「礎……礩也」條下云：張衡〈西京賦〉云：「雕楹玉碣。」字通作舄。《墨子・備城門篇》云：「柱下傅舄。」各本皆脫碣字。

（2）《集韻》引《廣雅》「疛，病也」今本脫疛字

《釋詁・卷一上》「欬……病也」條下云：府者，《玉篇》：「疛，附俱、扶禹二切，腫也。」《西山經》：「可以已胕。」郭璞注云：「治胕腫也。」《素問・水熱穴論》云：「胕腫者，聚水而生病也。」《呂氏春秋・情欲篇》云：「身盡府種。」疛、胕、府並通。《集韻》引《廣雅》「疛，病也」今本脫疛字。

（3）此條與上下文不相屬，當有脫字

《釋器・卷八上》「簣、笫」條下云：《史記・范雎傳》：「雎佯死，即卷以簣。」《索隱》云：「簣，謂葦荻之薄也。」蓋編葦為薄，嫧然齊平，故亦謂之簣，聲又轉為棧。棧亦齊平之意，猶編木為馬牀，謂之馬棧也，此條與上下文不相屬，當有脫字。

（4）此條內有脫文，不可復考

《釋器・卷八上》「笭、筸」條；下云：此條內有脫文，不可復考。《玉篇》：「筸，筵也。」《集韻》：「笭，郎丁切。」「筸，馳貞切。」云：「《廣雅》：『笭、筸』，竹席。」案：上文篳與籧條皆是竹席，則竹席不獨笭筸，蓋竹席二字，乃《集韻》釋《廣雅》之辭，非《廣雅》原文也。

（二）衍

衍生贅字的原因有很多，在《廣雅疏證》中最常見的型式有「因某而衍」、「衍作B」、「衍為B」、「A衍B字」、「從A而誤衍」、「衍文」等。例如：

（1）蓋因下文「驎，音林」而衍

《釋訓・卷六上》「雺雺……雪也」條下云：〈角弓篇〉云：「雨雪瀌瀌。」《漢書・劉向傳》作麃麃，各本「雪也」二字譌作「雪雪」，雪下又有林字，蓋因下文「驎，音林」而衍，今訂正。

（2）又衍作陽陽二字

《釋訓・卷六上》「洍洍……流也」條下云：〈衛風・碩人篇〉：「河水洋洋。」毛傳云：「洋洋，盛大也。」洋，曹憲音陽。各本脫去洋洋二字，其音內陽字入正文，又衍作陽陽二字，今訂正。

（3）既誤入正文，又衍為莫莫二字耳

《釋訓・卷六上》「莑莑……茂也」條下云：各本幪下又有莫莫二字。案莫莫已見上文，不應重出。《詩》「麻麥幪幪」釋文音莫孔反。各本幪下莫字，當是反語之上一字，既誤入正文，又衍為莫莫二字耳，今訂正。

（4）各本院下衍也字，今刪

《釋宮・卷七上》「墤……垣也」條下云：院之言亦環也，《說文》：「奐，周垣也。」或作院。《墨子・大取篇》云：「其類在院下之鼠。」各本院下衍也字，今刪。

（5）門字疑因下文鉅闕、辟閭等字從門而誤衍也

《釋器・卷八上》「龍淵……劍也」條下云：諸書說劍皆無莫門之名。《廣韻》劍字注全引《廣雅》此條文，亦無莫門二字。莫字疑是鏌字之音，誤入正文，門字疑因下文鉅闕、辟閭等字從門而誤衍也。

（6）上釆字蓋衍文也

《釋草・卷十上》「釆、蘽，釆也」條下云：釆字不應重出，上釆

字蓋衍文也。曹憲于上采字音似醉反，《爾雅·釋草》釋文亦引《廣雅》：「采、蘽，采也。」則隋、唐閒已誤衍此字。

五、當為、當作

「當為」、「當作」這兩種術語主要用於校正原文文字形體的訛誤。古籍中文字形體的訛誤來自兩方面：一為形近而誤；一為聲近而誤。

（一）形近而誤

形誤的狀況，注疏家在訓詁時，除了用「當為」、「當作」這兩種術語以外，在論述中通常也會加上「字之誤」來強調。例如：

（1）集當為準，字之誤也

《釋詁·卷一上》「端……正也」條下云：諸書無訓集為正者，集當為準，字之誤也。

（2）此摮字當作擊，字之誤也

《釋詁·卷三上》「担……擊也」條下云：上文已有擊字，此字當作摮，字之誤也。《玉篇》：「摮，擊皃也。」宣二年《公羊傳》：「以斗摮而殺之。」何休注云：「摮，猶擊也。」擊謂旁擊頭項。

（3）煨當為煤，字之誤也

《釋言·卷五下》「煨，火也」條下云：案：卷四云：「煨，煴也。」然則煨者，以火溫物，不得直訓為火，煨當為煤，字之誤也。

（二）聲近而誤

（1）吉當為佶

《釋詁·卷一上》「躔……行也」條下云：諸書無訓吉為行者，吉當為佶。《廣韻》：「佶，許吉切，行也。」《集韻》：「佶，行皃。」

（2）必當為毖

《釋詁·卷四下》「慎……敕也」條下云：必當為毖。〈酒誥〉：「厥誥毖庶邦庶士」、「汝劼毖殷獻臣」、「汝典聽朕毖」，皆戒敕之意也。

（3）其字當作䱻，音義皆協

《釋魚・卷十下》「鮷、鯷，鮎也」條下云：《御覽》引《廣志》云：「䱻魚似鮎，大口，大口故名為䱻。」〈周頌・絲衣篇〉釋文引何承天云：「魚之大口者名吴，胡化反。」案：其字當作䱻，音義皆協，承天不達字體，乃臆撰吴字，從口下大，斯為妄矣。

第六節　結　語

以上這些訓解的術語，有些在漢儒的註解中就常常見到。但隨著時代的不同，訓詁術語的使用率也跟著改變。

清朝是樸學興盛的朝代，因此繼漢儒許慎、鄭玄、唐朝孔穎達、顏師古等訓詁大家之後，清朝也出現了很多聞名的注疏家，包括戴震、段玉裁、王念孫父子等，他們挾著在清朝已發展成熟的聲韻學知識，把訓詁的領域推展得更廣更深。章太炎《訄書・清儒第十二》中言：

震生休寧，受學於婺源江永。治小學、禮經、算術、輿地，皆深通。……弟子最知名者，金壇段玉裁、高郵王念孫。玉裁為《六書音韵表》以解《說文》，《說文》明。念孫疏《廣雅》，以經傳諸子轉相證明，諸古書文義詰詘者皆理解。授子引之，為《經傳釋詞》，明三古辭氣，漢儒所不能理繹。其小學訓詁，自魏以來，未嘗有也。近世德清俞樾、瑞安孫詒讓，皆承念孫之學。〔註 14〕

戴震利用訓詁的功力研究義理，成效卓著。他的兩位弟子段玉裁和王念孫也都有極其驚人的成就。段玉裁以訓詁的深厚知識為根柢，本著「四毋」、「學與識不到不校」和「不迷信宋版」的嚴謹態度〔註 15〕，不但撰寫了至今仍聲名不墜的《說文解字注》，在上古音的韻部分類上也有很大的貢獻。

而王念孫在〈論音韻〉一文中也曾說：

古音有自漢以後未變者。於今音之方言可以見古音，於通作之字可以見古音，於訓詁之同聲者可以見古音，於漢以後之音讀可以

〔註 14〕參見徐復《訄書詳注》第 144～145 頁。

〔註 15〕參見林慶勳先生《段玉裁之生平及其學術研究》第 436 頁，1979 年，文化大學博士論文。

> 見古音，於諧聲可以見古音，於疊韻之字可以見古音（小字註：於《韻府》求之可也。）於急言、徐言可以見古音。古今韻須詳為引證（小字註：一、諸聲之不合者。二、字之或體。三、訓詁。四、通作。五、疊韻。須別為一書，如東通陽，又通唐，各分類以紀之）。古今通韻亦有可採者。〔註16〕

因此他在《廣雅疏證》中訓釋字音時，除標音外，還能因聲求義，利用形聲諧聲偏旁及轉注音同音近相轉的特性，追溯字源，這些都是訓詁上的一大進展，對後世學者更是極大的啟發。

〔註16〕參見李宗焜先生《王氏父子手稿》第204頁。

第三章　王念孫《廣雅疏證》重點術語詳析（一）——訓詁術語「轉」

第一節　「轉」字的釋義與由來

一、「轉」字釋義

在先秦典籍中，「轉」與字音的關係並不密切，也沒有訓詁術語「轉」的意思，直到漢代揚雄才將「轉」當成表達方言間語音流轉的術語，而唐代佛教傳入中國，賦予「轉」字新的意義，甚至帶動了等韻學的發展。到了現代，更有學者結合西方的語言學概念，重新詮釋「轉」字的意義。所以「轉」字隨著時間、空間的變化而衍生不同的意義，以下乃大致分為三類來闡述：

（一）「轉」是指迴還、往來或遂徙

許慎《說文解字》云：「轉，還也。」段注云：「還，大徐作運，非。還者，復也。復者，往來也。運訓遂徙，非其義也。還即今環字。」〔註1〕如《詩經・關雎》：「悠哉悠哉，輾轉反側」、《禮記・禮運》「轉而為陰陽，變而為四時」，或如大徐所言為「遂徙」，如《詩經・柏舟》：「我心匪石，不可轉也」、《孟子・公孫丑下篇》：「子之民，老羸轉於溝壑」。

〔註1〕參見段玉裁《說文解字注》第734頁的「轉」字。

《周禮・保氏》言其養國子，教之六書。鄭玄箋云：「六書，象形、會意、轉注、處事、假借、諧聲也。」〔註2〕朱駿聲《說文通訓定聲・轉注》云：

轉者旋也，如發軔之後，愈轉而愈遠；轉者還也，如軌轍之一，雖轉而同歸。〔註3〕

可見直到秦漢之際，「轉」字之義大多不脫《說文》訓解，尚未有學者將「轉」當成訓詁用的術語。

（二）「轉」是指方言或古今語間語音的流轉

將「轉」字用來詮釋語音間流轉的，首見西漢揚雄《方言》。《方言》原名《輶軒使者絕代語釋別國方言》，書中包含西漢、東漢間許多方言的材料，同時書中也出現「轉語」、「語之轉」等訓詁術語，以註解部分方音間的差異。戴震《聲韻考》云：「音有流變，一繫乎地，一繫乎時。」〔註4〕而閻若璩《尚書古文疏証》則云：

字有古音，以今音繩之，祇覺其扞格不合，猶語有北音，以南音繩之，扞格猶故也。人知南北之音繫乎地，不知古今之音繫乎時，地隔數十百里音即變易，而謂時歷數千百載音猶一律，尚得謂之通人乎？〔註5〕

周大璞先生在《訓詁學》中也說：

因為時地不同或其他原因以致音有轉變的詞語叫轉音，有音轉而義不變的，如《方言》卷三：「庸謂之倯，轉語也。」庸、倯是疊韻相轉。又卷十：「**煤**，火也，楚轉語也。猶齊言**焜**火也。」**煤**、**焜**、火是雙聲相轉。有音轉義變而分化為不同的詞的。如《爾雅・釋水》：「水注川曰溪，注溪曰谷，注谷曰溝，注溝曰澮，注澮曰瀆。」溪、谷、溝、澮都雙聲相轉，瀆和谷都是疊韻相轉。音轉義變，遂成為不同的詞，但其音義仍有聯繫，結為一個詞族。〔註6〕

但是《方言》中「轉語」、「語之轉」等術語使用的頻率不高，僅見於卷三：

〔註2〕參見《十三經注疏・3周禮》第213頁。
〔註3〕參見朱駿聲《說文通訓定聲》第12頁。
〔註4〕參見《音韻學叢書（十一）》，戴震《聲韻考》卷第三〈古音〉第5頁。
〔註5〕參見《尚書類聚初集（五）》第414頁，閻若璩《尚書古文疏証》五下第16頁。
〔註6〕參見周大璞先生《訓詁學》第257～258頁。

「庸謂之倯，轉語也。」「鋌，空也，語之轉也。」卷十：「煤，火也，楚轉語也。」「南楚曰謰謱或謂之支註，或謂之詀謕，轉語也。」「緤，末、紀、緒也，南楚皆曰緤，或曰端，或曰紀，或曰末，皆楚轉語也。」卷十一：「蠾蝓者侏儒，語之轉也。」其中「轉語」只出現四次，而「語之轉」也只出現二次。所以漢代用「轉」來當作音訓術語的情況仍不普遍，且各轉語間也有義轉的情形，未必一定有聲韻上的關係。

至於郭璞注《方言》時，則認為「轉」除了說明方言間的音轉外，古今語也是語轉形成的原因：

> 《方言·卷一》「敦……大也」條下云：「凡人之大謂之奘，或謂之壯，燕之北鄙、齊楚之郊，或曰京、或曰將，皆古今語也。」郭璞注云：「語聲轉耳。」〔註7〕

到了宋代，語轉的觀念已廣泛地被大眾所接受。戴侗《六書故·六書通釋》中提出了「義立於聲而非文」的說法：「夫文，生於聲者也。有聲而後形之以文。義與聲俱立，非生於文也。」〔註8〕但是在訓詁方面，大部分的學者還是比較重視詞義上的訓解，而非音義上的聯結。

（三）「轉」是指韻母和聲母之間的關係

龍宇純先生在〈內外轉名義後案〉中認為「轉」字的意思，主要是韻母和聲母之間的關係：

> 由於韻圖經聲緯韻的架構，四個等韻每一個都可以與十九至二十二個聲母結合成音，使我相信轉字基本意義，與羅文所引《悉曇字母并釋義》「此十二字者，一箇迦字之一轉也」的轉字類似，意思是指韻母與聲母的轉移配合。〔註9〕

而先師　孔仲溫（即之）先生則在《韻鏡研究》中說：

> 「轉」字於佛家乃屬專門術語，指因物之因緣而生起，誠以生起即其物有所轉變也。故〈唯識論〉云「有種種相轉」，同述記亦云「轉是起義」，所以轉即是「轉起」之詞也。……由是可知「轉經」、

〔註7〕參見《辭書集成·方言》第51頁。

〔註8〕參見《景印文淵閣四庫全書（226）》，戴侗《六書故·六書通釋》第3頁。

〔註9〕參見龍宇純先生《中上古漢語音韻論文集》中〈內外轉名義後案〉第268頁。

> 「轉藏」即言轉讀佛門群經，轉讀大藏經矣，而「轉」字實指誦讀之義！是以羅常培氏於〈釋內外轉〉一文末附釋轉字義即引字書以轉與囀為同一字，而轉字應訓唱誦之義。〔註10〕

趙憩之先生在《等韻源流》中，更明確地指出「轉」是十二元音與各輔音之間的關係，他說：

> 詩之後韻與前韻相叶，也是一個來復，所以人起了快感。新韻和舊韻相叶，就是轉一個圈子，所以中國人說一韻，悉曇家也說是一轉。「轉」如輪轉之轉；觀《大毘盧遮那成佛變加持經》卷第五有「字輪品」可證。所謂字輪者，從此輪轉而生諸字也。所以空海在〈悉曇字母並釋義〉於迦，迦，祈，鷄，句，句，計，蓋，句，晧，欠，迦之後注云：「此十二字者，一箇『迦』字之轉也。從此一迦字門出生十二字。……」從此看來，我們可以很明白「轉」是拿著十二元音與各個輔音相配合的意思。以一個輔音輪轉著十二元音相拼合，大有流轉不息之意。〔註11〕

其中元音就是韻母，而輔音指的是聲母，以聲母輪轉著與十二個韻母相拼合，即可產生諸多不同的字音。所以周祖謨先生《問學集‧宋人等韻圖中「轉」字的來源》中也說：

> 由此觀之，「轉」者，即以一個字母與諸母音展轉輪流相拼的意思。現在來看宋人等韻圖所謂之轉亦即由此而來。〔註12〕

唐朝佛教經典的譯讀，同時帶動了宋代等韻圖的發展，也使得中國聲韻學的發展更為系統化。

二、《廣雅疏證》中術語「轉」的由來

西漢揚雄用「轉」來釋方言間的差異，晉代郭璞則用「轉」來詮釋晉代方言（今語）與《方言》所載方言（古語）的差別。明朝陳第〈毛詩古音考自序〉中說明語言文字隨時地而轉變是必然的趨勢，他說：「蓋時有古今，地有南北，

〔註10〕參見先師　孔仲溫先生《韻鏡研究》第52頁。
〔註11〕參見趙憩之先生《等韻源流》第16頁。
〔註12〕參見周祖謨先生《問學集》第508頁。

字有更革，音有轉移，亦埶所必至。」〔註13〕又在《讀詩拙言》中說：「一郡之內，聲有不同，繫乎地者也；百年之內，語有遞轉，繫乎時者也。」〔註14〕而方以智也在《通雅》中指出：

上下古今數千年，文字屢變，音亦屢變。學者相沿不考，所稱音義，傳訛而已。〔註15〕

天地歲時推移，而人隨之，聲音亦隨之，方言可不察乎？古人名物，古系方言，訓詁相傳，遂為典實。〔註16〕

欲通古義，先通古音。聲音之道，與天地轉。歲差自東而西，地氣自南而北，方言之變，猶之草木移接之變也。歷代訓詁、讖緯、歌謠、小說，即具各時之聲稱，惟留心者察焉。〔註17〕

雖然他們也都觀察到了音變的現象，但真正從音韻的角度去看待音變規律的是清朝江永。江永在《古韻標準．平聲第八部總論》中說：

凡一韻之音變，則同類之音皆隨之變。雖變，而古音未嘗不存，各處方音往往有古音存焉。……大抵古音、今音之異，由唇吻有侈弇，聲音有轉紐。

而其所以異者，水土風氣為之，習俗漸染為之。人能通古今之音，則亦可以辨方音。入其地，聽其一兩字之不同，則其它字可類推也。〔註18〕

由於江永對音轉有了這樣的體認，所以他的弟子戴震也受到啟發，而將漢代揚雄《方言》中的「轉語」逐漸發展為規律性的音轉體系。何大安先生在〈聲韻學中的傳統、當代與現代〉一文中指出：

從漢代以來，學者們就提出「轉」或「轉語」的概念，來泛指義同音異的各種變體。另一方面，清代的古韻學家，也企圖利用同一個概念來概括例外的合韻或合調現象。但是從來沒有人像戴震一樣，

〔註13〕參見《音韻學叢書（二）》，陳第〈毛詩古音考自序〉第5頁。
〔註14〕參見《音韻學叢書（二）》，陳第《毛詩古音考．讀詩拙言附》第1頁。
〔註15〕參見《景印文淵閣四庫全書（857）》，方以智《通雅．自序》第3頁。
〔註16〕參見《景印文淵閣四庫全書（857）》，方以智《通雅．凡例》第5頁。
〔註17〕參見《景印文淵閣四庫全書（857）》，方以智《通雅．卷首．方言說》第21頁。
〔註18〕參見《叢書集成初編（1247）》，江永《古韻標準．平聲第八部總論》第122頁。

> 認識到「轉」應該是有規則的：語音的演變，大到方言古今的差異，小到兒童的母語習得，都應該有一個放之四海皆準的通則。「轉」用今天的話說，就是語音的演變。戴震，就是第一個提出「轉」的通則的人。〔註19〕

在《聲類表》中，戴震有「聲之大限五」，意指喉音、舌音、齶音、齒音、脣音五類，而每一類中「小限各四」，指每一類中又分為發聲、送氣、內收聲和外收聲四位。「以此大限五類，小限四位，參伍以求，則聲之用備矣。」〔註20〕戴震在《聲類表・卷首・答段若膺論韻》提出了「正轉」的法則：

> 其「正轉」之法有三：一為轉而不出其類，脂轉皆，之轉咍，支轉佳，是也；一為相配互轉，真、文、魂、先轉脂、微、灰、齊，換轉泰，咍、海轉登、等，侯轉東，厚轉講，模轉歌，是也；一為聯貫遞轉，蒸、登轉東，之、咍轉尤，職、德轉屋，東、冬轉江，尤、幽轉蕭，屋、燭轉覺，陽、唐轉庚，藥轉錫，真轉先，侵轉覃，是也。以正轉知其相配及次序，而不以旁轉惑之；以正轉之同入相配定其分合，而不徒恃古人用韻為證。〔註21〕

在《轉語廿章序》中，戴震也提出「凡同位為正轉，位同為變轉」的通則：

> 凡同位為正轉，位同為變轉。爾女而戎若，為人之詞，而如若然義又交通，並在次十有一章。〈周語〉：「若能有濟也。」注云：「若，乃也。」〈檀弓〉：「而曰然。」注云：「而，乃也。」〈魯語〉：「吾未如之何？」即奈之何。
>
> 鄭康成讀如為那，曰乃曰奈曰那，在次七章。七與十有一，數其位，亦至三而得之。〔註22〕
>
> 凡同位則同聲，同聲則可通乎其義，位同則聲變而同，聲變而同，則其義亦可比之而通。〔註23〕

〔註19〕參見《聲韻論叢》第十一輯何大安先生〈聲韻學中的傳統、當代與現代〉第6頁。

〔註20〕有關《聲類表》之列表及相配，請參見本師　陳伯元先生《古音學發微》第270～273頁。

〔註21〕參見《安徽古籍叢書（第二輯）戴震全書（三）》第350～351頁。

〔註22〕參見《安徽古籍叢書（第二輯）戴震全書（六）》第305頁。

〔註23〕參見《安徽古籍叢書（第二輯）戴震全書（六）》第305頁。

總結以上兩種理論，何大安先生說明了戴震對於「轉」的看法：

> 語言是有流轉變化的，而這種演變，都應當有其條例，有其一定的規則。這個思想，用他自己的話作代表，就是「轉而不出其類」。在一個「音聲相配」的結構之下來談「轉」，這時候的「轉」就不是泛泛的概括之詞，而是有音韻演變和同族詞派生作用的轉，是相當於 Halle（1962）所說的具有歷時和共時「生成」意義的轉。〔註 24〕

在戴震所建立的音轉通則下，他的弟子王念孫善用了「同聲則可以通乎其義」的思想，並將「轉」這個術語大量而廣泛地運用在訓詁疏證上，對後世的語源研究有著極大的貢獻。

由於古代往來交通不便，再加上中國人安土重遷的觀念，兩地人民「老死不相往來」也不是不可能的事，因此也造成各地方音互異的情形。而且在紙未發明以前，文字的書寫並非簡單普及的事情，人與人之間主要是靠語言來溝通。

倘若各地只有語言的流傳而未能形於文字，那麼方俗轉注的差異和古今音轉的現象也就難以避免。所以古人早已窺見在語言演變的過程裡，「音轉」是其中重要的因素之一，若要尋求古訓的真義，應該同時藉由聲音的流轉通則來推敲，否則就容易產生緣辭生訓的情形。正如陳第〈毛詩古音考自序〉云：

> 嗟夫古今一意，古今一聲，以吾之意而逆古人之意，其理不遠也；以吾之聲而調古人之聲，其韵不遠也。患在是今非古，執字泥音，則支離日甚，孔子所刪幾于不可讀矣。〔註 25〕

王念孫發現在前人訓詁時，往往有拘於形體或望文生義的情況產生，於是他將「因聲求義」的概念加以發揚，來尋求在訓詁方法論上的突破。他在《釋訓・卷六上》「揚推……都凡也」條下云：「大氐雙聲、疊韻之字，其義即存乎聲，求諸其聲則得，求諸其文則惑矣。」〔註 26〕此外，在〈廣雅疏證敘〉中他更進一步說明「轉」的條件：

〔註 24〕參見《聲韻論叢》第十一輯何大安先生〈聲韻學中的傳統、當代與現代〉第 6～7 頁。
〔註 25〕參見《音韻學叢書（二）》，陳第〈毛詩古音考自序〉第 6 頁。
〔註 26〕參見《廣雅疏證》廣文書局版第 199 頁。

竊以詁訓之旨本於聲音，故有聲同字異、聲近義同。雖或類聚羣分，實亦同條共貫。譬如振裘必提其領，舉網必挈其綱，故曰本立而道生，知天下之至嘖而不可亂也。此之不寤，則有字別為音，音別為義，或望文虛造而違古義，或墨守成訓而尟會通，易簡之理既失，而大道多岐矣！今則就古音以求古義，引申觸類，不限形體，苟可以發明前訓，斯淩雜之譏，亦所不辭！〔註27〕

所以「因聲求義」可說是突破字形的局限以詮釋古訓的好方法，但正如戴震所言，音轉要有一定的通則，並非漫無限制地牽連影射。於是今乃就王念孫《廣雅疏證》中有關聲轉的訓詁術語中，數量多且具有代表性的「一聲之轉」、「聲之轉」、「轉聲」等詳加分析，以期釐清訓詁術語「轉」運用的通則與功能。

第二節　「一聲之轉」術語析論

「一聲之轉」這個訓詁術語並非王念孫的創見，因為在宋朝戴侗《六書故》中就已運用了「一聲之轉」這個術語。

《六書故．卷九》「女」字下云：「人生陽曰男，陰曰女，象其婉孌。以女妻人為女（去聲），書曰：『女，于時借為爾、汝之女，爾呂切。』吾、卬、我、台、予，人所以自謂也；爾、女、而、若，所以謂人也。皆一聲之轉。亦作汝」〔註28〕

《六書故．卷二十三》：「竿、幹、个、箇、稾、笴，一聲之轉。」〔註29〕

所以朱國理先生在〈試論轉語理論的歷史發展〉一文中說：

關於對文字是語言紀錄符號的認識，戴侗不是第一個，如唐代的孔穎達就曾說：「言者，意之聲；書者，言之記。」而聲義同源，戴氏則是開路先鋒，「義與聲俱立」和清人「聲與義同源」幾乎沒有什麼兩樣。基於這種認識，戴侗又同文提出了「因聲以求義」的主

〔註27〕參見《廣雅疏證》廣文書局版第2頁。
〔註28〕參見《景印文淵閣四庫全書（226）》，戴侗《六書故．卷九》第157頁。
〔註29〕參見《景印文淵閣四庫全書（226）》，戴侗《六書故．卷二十三》第429頁。

張，突破了前期轉語兩兩式的局限，第一個將「一聲之轉」的術語運用於對一組同源詞的系聯，並且也注意到了詞義的變化。〔註30〕

此後在明朝方以智《通雅》和清朝戴震《方言疏證》中也都出現了「一聲之轉」的術語。例如：

《通雅》卷一：「无、亡、勿、毋、莫、末、沒、毛、耗、蔑、微、靡、曼、瞀，蓋一聲之轉也。」〔註31〕

《方言》卷六：「顛，頂上也。」戴震注曰：「《爾雅・釋言》：『顛，頂也。』顛與頂一聲之轉。《廣雅》：『顛，頂上也。』義本此。」〔註32〕

不過雖然戴侗在《六書故》中首先提出了「義與聲俱立，非生於文也」的看法，而後戴震也提出「各從其聲，以原其義」的意見。但真正將「一聲之轉」大量運用於訓詁疏證的卻是王念孫。所以「一聲之轉」的訓詁術語，可說是王念孫發揚師承的最佳例證。

一、「一聲之轉」術語釋例

【一】域：有

《釋詁・卷一上》「仁……有也」條下云：或者，〈微子〉：「殷其弗或亂正四方。」《史記・宋世家》作「殷不有治政，不治四方。」〈洪範〉：「無有作好。」《呂氏春秋・貴公篇》作「無或作好」，高誘注云：「或，有也。」〈小雅・天保篇〉：「無不爾或承。」鄭箋云：「或之言有也。」或即邦域之域。《說文》：「或，邦也，從口戈以守一，一，地也。」或從土作域。域、有一聲之轉，故〈商頌・元鳥篇〉：「正域彼四方。」毛傳云：「域，有也。」

謹案：域《廣韻》雨逼切：「居也，邦也。」《說文》云：「域，或又从土。」段注云：「从土是為後起之俗字。」為母、職韻開口三等，上古音聲母為匣母

〔註30〕參見《古漢語研究》2002年第1期第33頁，朱國理〈試論轉語理論的歷史發展〉。

〔註31〕參見《景印文淵閣四庫全書（857）》，方以智《通雅・卷一》第72頁。

〔註32〕參見《辭書集成・方言》第145頁。

*ɣj-，古韻分部在職部-i̯ək，上古音為*ɣji̯ək〔註33〕；王念孫二十一部中職部尚未從之部分出，所以古韻分部在之部。

有《廣韻》云久切：「有無，又果也、取也、質也、又也。」《說文》云：「有，不宜有也。」為母、有韻開口三等，上古聲母為匣母*ɣj-，古韻分部在之部-i̯ə，上古音為*ɣji̯ə；王念孫古韻分部在之部。

「域」和「有」上古聲母均為匣母，到了中古音則都變成為母。李方桂先生曾在《上古音研究》一書中提到有關喻母三等（為母）的擬測，他說：

> 最值得注意的是喻母三等多數是合口字(其中少數的開口字可以暫時保留另有解釋)，因此我們可以認為喻母三等是從圓唇舌根濁音*gw+j-來的，群母是不圓唇的舌根濁音*g+j-來的，或者是*gw+j+i-來的（詳見各韻部的討論），開口的喻母三等字常見的為矣jï，焉jän都是語助詞，語助詞在音韻的演變上往往有例外的地方（失去合口成分）。其他喻三開口字也多數可以用脣音異化作用（dissimilation）去解釋，如鴞 jäu 可以認為是*gwjagw＞*jwäu＞jäu，燁 jäp 可以認為是*gwjap＞*jwäp＞jäp 等的演變程式。〔註34〕

觀察《廣韻》雖將域的切語下字「逼」列入職部開口三等，但是域在《說文》中本為「或」字，或字是在德韻合口一等，段注云：「漢人多以有釋或，毛公之傳《詩・商頌》也曰：『域，有也。』傳〈大雅〉有曰囿，所以囿養禽獸也。」〔註35〕域本身在《韻鏡》中列在內轉第四十三合的三等韻，〔註36〕後來卻成為開口三等韻，推想應是受了囿字的影響。

本師　陳伯元先生懷疑「有字本是之部的合口字，*ɣji̯uə，經過換位作用變*ɣji̯əu→《切韻》ji̯əu，所以韻圖列開口三等。這個理論是基於為母多存在合口三等的事實上。如果有*ɣji̯uə、域*ɣji̯ək，則二音純為陰入對轉了。不僅聲母相同，韻也相近了。」因此「域」和「有」本應為合口三等，兩者聲母相同，在上古韻部方面，職部和之部是對轉的關係，所以本字組屬於聲同韻近而轉。就王念孫的分部來看是聲韻畢同的。

〔註33〕凡古音擬音皆據本師　陳伯元先生《古音研究》所定系統，後仿此，不更注。

〔註34〕參見李方桂先生《上古音研究》第18頁。

〔註35〕參見段玉裁《說文解字注》第637頁。

〔註36〕參見本師　陳伯元先生《廣韻研究》第730頁。

【二】撫：方

《釋詁・卷一上》「仁……有也」條下云：撫又為奄有之有。成十一年《左傳》：「使諸侯撫封。」杜注云：「各撫有其封內之地。」〈文王世子〉：「西方有九國焉，君王其終撫諸。」鄭注云：「撫，猶有也。」撫、方一聲之轉，方之言荒，撫之言幠也。

謹案：撫《廣韻》芳武切：「安存也，又持也、循也。」《說文》云：「安也，一曰揗也。」段注云：「揗，各本作循，今正。揗者摩也，拊亦訓揗，故拊撫或通用。」敷母、麌韻合口三等，上古聲母為滂母*p‘j-，古韻分部在魚部-i̯ua，上古音為*p‘ji̯ua；王念孫古韻分部在魚部。

方《廣韻》府良切：「四方也、正也、道也、比也、類也、法術也。」非母、陽韻開口三等，上古聲母為幫母*pj-，古韻分部在陽部-i̯aŋ，上古音為*pji̯aŋ；王念孫古韻分部在陽部。（又符方切：「縣名。」《說文》云：「併船也。」非母、陽韻合口三等，上古聲母為幫母*pj-，古韻分部在陽部-i̯uaŋ，上古音為*pji̯uaŋ；王念孫古韻分部在陽部。）〔註37〕

「撫」與「方」聲母發音部位同為雙脣音，屬同類相轉。而上古韻魚部和陽部屬陰陽對轉關係，兩者屬聲近韻近而轉。

【三】準：質：正

《釋詁・卷一上》「端……正也」條下云：諸書無訓集為正者，集當為準字之誤也。〈考工記〉：「㮚氏為量權之，然後準之。」鄭注云：「準，擊平正之。」《漢書・律厤志》云：「準者，所以揆平取正也。」《說文》：「埻，射臬也，讀若準。」埻或作準，臬或作蓺。〈大雅・行葦傳〉：「已均中蓺。」鄭箋云：「蓺，質也。」《周官・司弓矢》：「射甲革椹質。」鄭注云：「長，正也，樹椹以為射正。」質與準同物，皆取中正之義。準、質、正又一聲之轉，故準、質二字俱訓為正也。

謹案：準《廣韻》之尹切〔註38〕：「均也、平也、度也，又樂器名。」《說文》

〔註37〕案語中一字之兩音以上的反切，將首列與組中他字意義最相近的反切，其餘反切列入（）中置於後以供參考；若各音的意義皆相同，則任選一個列於首，其餘反切列於後。

〔註38〕如為同音之兩切，則列其中本字下的反切，而不列互注的反切。像準的照母、準韻

云：「準，平也。」照母、準韻合口三等，上古聲母為端母*tj-，古韻分部在諄部-i̯uən，上古音為*tji̯uən；王念孫古韻分部為諄部。（又職悅切：「應劭云：『準頰、權準也。』李斐云：『準，鼻也。』」照母、薛韻合口三等，上古聲母為端母*tj-，古韻分部在月部-i̯uat，上古音擬音為*tji̯uat；月部在王念孫古韻分部中稱為祭部。）

質《廣韻》之日切：「朴也、主也、信也、平也、謹也、正也。」照母、質韻開口三等，上古聲母為端母*tj-，古韻分部在質部-i̯ɐt，上古音為*tji̯ɐt；古韻分部中的質部，王念孫古韻分部稱為至部。（又陟利切：「交質，又物相贅。」《說文》云：「質，㠯物相贅。」段注：「引申其義為樸也、地也，如有質有文。」知母、至韻開口三等，上古聲母為端母*tr-，古韻分部在質部-i̯ɐts，上古音為*tri̯ɐts；古韻分部中的質部，王念孫古韻分部稱為至部。）

正《廣韻》之盛切：「正當也、長也、定也、平也、是也、君也。」照母、勁韻開口三等，上古聲母為端母*tj-，古韻分部在耕部-i̯ɐŋs，上古音為*tji̯ɐŋs；王念孫古韻分部在耕部。（又諸盈切：「正朔。」《說文》云：「是也。」照母、清韻開口三等，上古聲母為端母*tj-，古韻分部在耕部-i̯ɐŋ，上古音為*tji̯ɐŋ；王念孫古韻分部在耕部。）

「準」、「質」、「正」上古聲皆為端母，屬雙聲而轉的關係。

【四】掩：翳：愛：隱

> 《釋詁・卷一上》「悠……愛也」條下云：翳者，《爾雅・釋木》：「蔽者翳。」郭璞注云：「樹蔭翳覆地者。」《方言》：「掩翳，薆也。」郭注云：「謂薆蔽也。」引〈邶風・靜女篇〉：「薆而不見。」今本作「愛」。《爾雅》：「薆，隱也。」注云：「謂隱蔽。」〈大雅・烝民篇〉：「愛莫助之。」毛傳云：「愛，隱也。」掩、翳、愛、隱一聲之轉。愛與薆通。

謹案：掩《廣韻》衣儉切：「閉取也。」《說文》云：「斂也，小上曰掩。从手奄聲。」影母、鹽韻開口三等，上古聲母為影母*ʔ-，古韻分部在添部-i̯ɐm，上古音為*ʔi̯ɐm；王念孫時尚未將添部從談部分出，所以王念孫古韻分部在談部。

合口三的音在本字下為之尹切，在互注的反切為章允切，在此則列本字下的之尹切。

翳《廣韻》烏奚切：「蔽也。」《說文》云：「翳，華蓋也，从羽殹聲。」影母、齊韻開口四等，上古聲母為影母*ʔ-，古韻分部在脂部-iɐi，上古音為*ʔiɐi；王念孫古韻分部為脂部。（又於計切：「羽葆也。又隱也、奄也、障也，又鳥名似鳳。」影母、霽韻開口四等，上古聲母為影母*ʔ-，古韻分部在質部-iɐts，上古音為*ʔiɐts；古韻分部中的質部，王念孫古韻分部稱為至部。）

愛《廣韻》烏代切：「憐也。」《說文》云：「愛，行皃也。」影母、代韻開口一等，上古聲母為影母*ʔ-，古韻分部在沒部-əts，上古音為*ʔəts；王念孫時沒部尚未從脂部中分出，所以古韻分部在脂部。

隱《廣韻》於靳切：「隈隱之皃。」《說文》云：「隱，蔽也。从𨸏㥯聲。」影母、焮韻開口三等，上古聲母為影母*ʔ-，古韻分部在諄部-i̯əns，上古音為*ʔi̯əns；王念孫古韻分部在諄部。（又於謹切：「藏也、痛也、私也、安也、定也，又微也。」影母、隱韻開口三等，上古聲母為影母*ʔ-，古韻分部在諄部-i̯ən，上古音為*ʔi̯ən；王念孫古韻分部在諄部。

「掩」、「翳」、「愛」、「隱」上古聲母均在影母，所以此四字應屬雙聲相轉。

【五】俺：愛

> 《釋詁．卷一上》「憖……愛也」條下云：㥛、憮、俺者，㥛亦作亟。《方言》：「亟、憮、俺，愛也。東齊、海岱之閒曰亟。自關而西，秦、晉之閒，凡相敬愛謂之亟。宋、衛、邠、陶之閒曰憮，或曰俺。」又云：「韓、鄭曰憮，晉、衛曰俺。」《爾雅》：「煤，愛也。」「憮，撫也。」注云：「憮，愛撫也。」憮與煤通。又「矜憐撫掩之也」，注云：「撫掩猶撫拍，謂慰卹也。」撫掩與憮俺聲近義同。俺、愛一聲之轉，愛之轉為俺，猶薆之轉為掩矣。

謹案：俺《廣韻》一鹽切：「俺憸。」影母、鹽韻開口三等，上古聲母為影母*ʔ-，古韻分部在添部-i̯ɐm，上古音為*ʔi̯ɐm；王念孫時添部尚未從談部分出，所以古韻分部在談部。（又於劒切：「甘心。」影母、釅韻開口三等，上古聲母為影母*ʔ-，古韻分部在添部-i̯ɐms，上古音為*ʔi̯ɐms；王念孫時添部尚未從談部分出，所以古韻分部在談部。）

愛《廣韻》烏代切：「憐也。」《說文》云：「愛，行皃也。」影母、代韻開口口一等，上古聲母為影母*ʔ-，古韻分部在沒部-əts，上古音為*ʔəts；王念孫時沒部尚未從脂部分出，所以古韻分部在脂部。

「俺」和「愛」的上古聲母同為影母，故為雙聲相轉，韻部則相去甚遠。

【六】㥯：哀

《釋詁・卷一上》「悽……哀也」條下云：㥯者，《逸周書・謚法解》云：「隱，哀之方也。」〈檀弓〉云：「拜稽顙，哀戚之至隱也。」《孟子・梁惠王篇》云：「王若隱其無罪而就死地。」隱與㥯通。㥯、哀一聲之轉，哀之轉為㥯，猶薆之轉為隱矣。

謹案：㥯《廣韻》於靳切：「隈隱之皃。」《說文》云：「隱，蔽也。从𨸏㥯聲。」影母、焮韻開口三等，上古聲母為影母*ʔ-，古韻分部在諄部-i̯əns，上古音為*ʔi̯əns；王念孫古韻分部在諄部。（又於謹切：「謹也。」影母、隱韻開口三等，上古聲母為影母*ʔ-，古韻分部在諄部-i̯ən，上古音為*ʔi̯ən；王念孫古韻分部在諄部。）

哀《廣韻》烏開切：「悲哀也。」《說文》云：「哀，閔也。」影母、咍韻開口一等，上古聲母為影母*ʔ-，古韻分部在微部-əi，上古音為*ʔəi；王念孫時微部尚未從脂部分出，所以古韻分部在脂部。

「㥯」與「哀」上古聲母均為影母*ʔ-，在上古韻部方面，諄部和微部對轉，因此「㥯」與「哀」應屬聲同韻近而轉。

【七】勞：略

《釋詁・卷一上》「龕……取也」條下云：〈齊語〉：「犧牲不略，則牛羊遂。」《管子・小匡篇》作「犧牲不勞，則牛羊直。」勞、略一聲之轉，皆謂奪取也。尹知章注云：「過用謂之勞。」失之。

謹案：勞《廣韻》郎到切：「勞慰。」來母、號韻開口一等，上古聲母為來母*l-，古韻分部在宵部-ɐu，上古音為*lɐu；王念孫古韻分部在宵部。（又魯刀切：「倦也、勤也、病也。」《說文》云：「勞，劇也，从力熒省，焱火燒冂，用力者勞。」來母、豪韻開口一等，上古聲母為來母*l-，古韻分部在宵部-ɐu，上古音為*lɐu；王念孫古韻分部在宵部。）

略《廣韻》離灼切：「簡略、謀略，又求也、法也、要也。」《說文》云：

「經略土地也，从田各聲。」來母、藥韻開口三等，上古聲母為來母*l-，古韻分部在鐸部-i̯ak，上古音為*li̯ak；王念孫時鐸部尚未從魚部分出，所以古韻分部在魚部。

「勞」與「略」上古聲母同為來母*l-，故為雙聲相轉。在上古韻部方面，藥部和鐸部為旁轉，故兩者屬聲同韻近而轉。

【八】(1)窮：倦(2)極：㕁

《釋詁．卷一上》「殫……極也」條下云：窮極、倦㕁一聲之轉也。《爾雅．釋詁》釋文引《廣雅》：「憖，劇也。」劇，亦與御同。《史記．平準書》云：「作業劇而財匱。」是也。

謹案：窮《廣韻》渠弓切：「窮極也。」《說文》云：「極也，从穴躳聲。」群母、東韻開口三等，上古聲母為匣母*ɣ-，古韻分部在冬部-i̯əuŋ，上古音為*ɣi̯əuŋ；王念孫寫《廣雅疏證》時並未將冬部從東部分出，所以古韻分部在東部。

極《廣韻》渠力切：「中也、至也、終也、窮也、高也、遠也。」《說文》云：「棟也，从木亟聲。」群母、職韻開口三等，上古聲母為匣母*ɣ-，古韻分部在職部-i̯ək，上古音為*ɣi̯ək；王念孫古韻分部因職部尚未從之部中分出，所以在之部。

倦《廣韻》渠卷切：「疲也、猒也、懈也。」《說文》云：「倦，罷也，从人卷聲。」群母、線韻合口三等，上古聲母為匣母*ɣ-，古韻分部在元部-i̯uans，上古音為*ɣi̯uans；王念孫古韻分部在元部。

㕁，《廣韻》「谻」下云：「倦谻。」所以《廣雅疏證》中之「㕁」，當為「谻」字之訛字。谻《廣韻》奇逆切，群母、陌韻開口三等，上古聲母為匣母*ɣ-，古韻分部在鐸部-ri̯ak，上古音為*ɣri̯ak；王念孫時尚未從魚部中分出鐸部，所以古韻分部在魚部。

就詞的本身來看，「窮極」和「倦谻」都是雙聲詞，若就詞與詞的對應關係來看，則「窮」和「倦」聲母相同，屬雙聲而轉；而「極」和「谻」除了雙聲而轉的關係以外，職部和鐸部為旁轉，所以應屬聲同韻近而轉。

【九】剸：刖

《釋詁．卷一上》「刵……斷也」條下云：剸者，《說文》：「剸，刖鼻也。」或作劓。案：劓、刖一聲之轉，皆謂割斷也。《說文》：「刖，絕也。」〈盤庚〉：「我乃劓殄滅之無遺育。」傳云：「劓，割也。」〈多方〉云：「劓割夏邑。」是凡有所割斷者，通謂之劓刖。斷鼻為劓，斷足為刖，名異而實同也。

謹案：劓《廣韻》牛例切：「去鼻也。」疑母、祭韻開口三等，上古聲母為疑母*ŋ-，古韻分部在月部-i̯ats，上古音為*ŋi̯ats；月部在王念孫古韻分部中稱為祭部。

刖《廣韻》魚厥切：「絕也，斷足刑也。」疑母、月韻合口三等，上古聲母為疑母*ŋ-，古韻分部在月部-i̯uat，上古音為*ŋi̯uat；月部王念孫古韻分部稱為祭部。（又五刮切，疑母、鎋韻合口二等，上古聲母為疑母*ŋ-，古韻分部在月部-ruat，上古音為*ŋruat；又五忽切，疑母、沒韻合口一等，上古聲母為疑母*ŋ-，古韻分部在月部-uat，上古音為*ŋuat；月部王念孫古韻分部稱為祭部。）

「刖」的上古音與「劓」同在疑母、月韻，所以「刖」與「劓」屬於聲韻畢同而轉。

【一〇】揭：褰：摳

《釋詁．卷一下》「摳……舉也」條下云：揭又音去例反。〈邶風．匏有苦葉篇〉：「淺則揭。」毛《傳》云：「揭，褰衣也。」揭、褰、摳一聲之轉，故並訓為舉也。

謹案：揭《廣韻》又丘竭切：「高舉也，又擔也。」《說文》云：「高舉也。」溪母、月韻開口三等，上古聲母為溪母*k‘-，古韻分部在月部-i̯at，上古音為*k‘i̯at；月部在王念孫古韻分部中稱為祭部。（又居竭切：「揭起。」見母、月韻開口三等，上古聲母為見母*k-，古韻分部在月部-i̯at，上古音為*ki̯at；其謁切：「擖，擔物也，本亦作揭。」群母、月韻開口三等，上古聲母為匣母*ɣ-，古韻分部在月部-i̯at，上古音為*ɣi̯at；又渠列切：「高舉。」見母、薛韻開口三等，上古聲母為見母*k-，古韻分部在月部-i̯at，上古音為*ki̯at；月部在王念孫古韻分部中稱為祭部。）

褰《廣韻》去乾切：「褰衣。」溪母、仙韻開口三等，上古聲母為溪母*k‘-，古韻分部在元部-i̯an，上古音為*k‘i̯an；王念孫古韻分部在元部。

摳《廣韻》豈俱切：「褰裳。」溪母、虞韻合口三等，上古聲母為溪母*k‘-，古韻分部在侯部-i̯uau，上古音為*k'i̯uau；王念孫古韻分部在侯部。（又苦侯切，溪母、侯韻開口一等，上古聲母為溪母*k'-，古韻分部在侯部-au，上古音為*k'au；又恪侯切：「挈衣也。」溪母、侯韻開口一等，上古聲母為溪母*k'-，古韻分部在侯部-au，上古音為*k'au；王念孫古韻分部在侯部。）

「揭」、「褰」和「摳」的上古聲母同為溪母*k'-，故屬雙聲相轉。上古韻母元部、月部為陽入對轉，又屬韻近而轉。

【十一】堅：功

> 《釋詁．卷一下》「𩊄……堅也」條下云：攻之言鞏固也。〈小雅．車攻篇〉：「我車既攻。」毛傳云：「攻，堅也。」〈齊語〉：「辨其功苦。」韋昭注云：「功，牢也。苦，脃也。」〈月令〉：「必攻致為上。」《淮南子．時則訓》作堅致。堅、功一聲之轉，功與攻通。

謹案：堅《廣韻》古賢切：「固也、長也、強也。」《說文》云：「土剛也，从臤土。」見母、先韻開口四等，上古聲母為見母*k-，古韻分部在真部-iɐn，上古音為*kiɐn；王念孫古韻分部在真部。

功《廣韻》古紅切：「功績也。」《說文》云：「目勞定國也，从力工聲。」見母、東韻開口一等，上古聲母為見母*k-，古韻分部在東部-auŋ，上古音為*kauŋ；王念孫古韻分部在東部。

「堅」與「功」上古聲母均為見母*k-，雙聲而轉。

【十二】春：蠢：出

> 《釋詁．卷一下》「挺……出也」條下云：𢦏者，《說文》：「𢦏，古文蠢字。」《考工記．梓人》：「則春以功。」鄭注云：「春讀為蠢，蠢，作也，出也。」春、蠢皆有出義，故〈鄉飲酒義〉云：「春之為言蠢也，產萬物者也。」〈書大傳〉云：「春，出也，物之出也。」春、蠢、出一聲之轉耳。

謹案：春《廣韻》昌脣切：「四時之首。」《說文》云：「推也，从日艸屯、屯亦聲。」穿母、諄韻合口三等，上古聲母為透母*t'j-，古韻分部在諄部-i̯uən，上古音為*t'ji̯uən；王念孫古韻分部在諄部。

蠢《廣韻》尺尹切：「出也。《爾雅》云：『作也、動也。』」《說文》云：「蟲動也，从䖵春聲。」穿母、準韻合口三等，上古聲母為透母*t'j-，古韻分部在諄部-i̯uən，上古音為*t'ji̯uən；王念孫古韻分部在諄部。

出《廣韻》赤律切：「進也、見也、遠也。」穿母、術韻合口三等，上古聲母為透母*t'j-，古韻分部在沒部-i̯uət，上古音為*t'ji̯uət；王念孫古韻分部沒部尚未從脂部分出，所以歸於脂部。（又尺類切，穿母、至韻合口三等，上古聲母為透母*t'j-，古韻分部在沒部-i̯uət，上古音為*t'ji̯uət；王念孫古韻分部沒部尚未從脂部分出，所以歸於脂部。）

「春」、「蠢」和「出」上古聲母同為透母*t'j-，雙聲而轉。諄部與沒部為陽入對轉關係。所以「春」、「蠢」和「出」應屬聲同韻近而轉。

【十三】溢：涌：矞

《釋詁・卷一下》「挺……出也」條下云：矞，各本譌作裔。《說文》：「矞，滿有所出也。」《玉篇》：「矞，出也。」今據以訂正。矞字亦作䰕，《廣韻》：「䰕䰕，出也。」䰕出，猶言溢出。溢、涌、矞，一聲之轉，故皆訓為出也。凡物之銳出者，亦謂之矞。

謹案：溢《廣韻》夷質切：「滿溢。」《說文》云：「器滿也，从水益聲。」喻母、質韻開口三等，上古聲母擬音為*r-，古韻分部在錫部-i̯ɐk，上古音為*ri̯ɐk；王念孫時錫部尚未從支部分出，所以古韻分部在支部。

涌《廣韻》余隴切：「涌泉。」《說文》云：「滕也，从水甬聲。」段注云：「滕，水超踊也。」喻母、腫韻合口三等，上古聲母擬音為*r-，古韻分部在東部-i̯auŋ，上古音為*ri̯auŋ；王念孫上古韻分部在東部。

矞《廣韻》餘律切，《說文》云：「目錐有所穿也。从矛㕯，一曰滿有所出也。」喻母、術韻合口三等，上古聲母擬音為*r-，古韻分部在沒部-i̯uət，上古音為*ri̯uət；王念孫時沒部尚未從脂部分出，所以古韻分部在脂部。

「溢」、「涌」與「矞」的上古聲母相同，雙聲相轉。

【十四】饕：餮

《釋詁・卷二上》「㥏……貪也」條下云：《傳》云：「貪於飲食，冒於貨賄，侵欲崇侈，不可盈厭，聚斂積實，不知紀極，天下之民謂之饕餮。」是貪財貪食，總謂之饕餮。饕、餮一聲之轉，不得分貪財為饕、貪食為餮也。

謹案：饕《廣韻》土刀切：「貪財曰饕。」《說文》云：「貪也，从食號聲。」透母、豪韻開口一等，上古聲母為透母*t‘-，古韻分部在宵部-ɐu，上古音為*t‘ɐu；王念孫古韻分部在宵部。

餮《廣韻》他結切：「貪食。《說文》作飻：『貪也。』」透母、屑韻開口四等，上古聲母為透母*t‘-，古韻分部在質部-iɐt，上古音為*t‘iɐt；古韻分部中的質部，王念孫古韻分部稱為至部。

「饕」與「餮」為雙聲詞，屬於聲同韻遠而轉。

【十五】膂：力

《釋詁・卷二上》「樱……力也」條下云：戴先生《方言疏證》曰：「膂，通作旅，《詩・小雅》：『旅力方剛。』是也。毛《傳》：『旅，眾也。』失之。」謹案：〈大雅・桑柔篇〉云：「靡有旅力。」〈秦誓〉云：「番番良士，旅力既愆。」〈周語〉云：「四軍之帥，旅力方剛。」義並與膂同，膂、力，一聲之轉。今人猶呼力為膂力，是古之遺語也。舊訓旅為眾，皆失之。

謹案：膂《廣韻》力舉切，《說文》云：「膂，篆文呂，从肉旅聲。」「呂，脊骨也，象形。」來母、語韻開口三等，上古聲母為來母*l-，古韻分部在魚部-i̯a，上古音為*li̯a；王念孫古韻分部在魚部。

力《廣韻》林直切：「筋也。」《說文》云：「筋也，象人筋之形。治功曰力，能禦大災。」來母、職韻開口三等，上古聲母為來母*l-，古韻分部在職部-i̯ək，上古音為*li̯ək；王念孫古韻分部因職部尚未從之部中分出，所以古韻分部在之部。

「膂」和「力」上古聲母相同，為雙聲相轉。

【十六】髡：頣：頌

《釋詁・卷二上》「髯……禿也」條下云：《玉篇》頌音口本、口沒二切。《說文》：「頣，無髮也。」《玉篇》音苦昆、苦鈍二切。又《說文》：「髡，剔髮也。」髡、頣、頌一聲之轉，義並相近也。

謹案：髡《廣韻》苦昆切：「去髮。」《說文》云：「髡，鬄髮。」溪母、魂韻合口一等，上古聲母為溪母*k‘-，古韻分部在諄部-uən，上古音為*k‘uən；王念孫古韻分部在諄部。

顧《廣韻》苦昆切，《說文》云：「無髮也，一曰耳門也。」溪母、魂韻合口一等，上古聲母為溪母*k‘-，古韻分部在諄部-uən，上古音為*k‘uən；王念孫古韻分部在諄部。（又苦悶切：「耳門。」溪母、慁韻合口一等，上古聲母為溪母*k‘-，古韻分部在諄部-uəns，上古音為*k‘uəns；又苦根切，溪母、痕韻開口一等，上古聲母為溪母*k‘-，古韻分部在諄部-ən，上古音為*k‘ən；王念孫古韻分部在諄部。）

頌《廣韻》苦本切：「禿頭。」《說文》云：「禿也。」溪母、混韻合口一等，上古聲母為溪母*k‘-，古韻分部在諄部-uən，上古音為*k‘uən；王念孫古韻分部在諄部。（又苦骨切：「皃禿。」溪母、沒韻合口一等，上古聲母為溪母*k‘-，古韻分部在諄部-uən，上古音為*k‘uən；王念孫古韻分部在諄部。）

「髡」、「顧」與「頌」均為溪母、諄韻，所以是聲韻畢同而轉的情形。

【十七】苛：妎

《釋詁・卷二上》「馮……怒也」條下云：《說文》：苛、妎皆怒也。郭璞注以為煩苛者多嫉妎，失之。苛、妎一聲之轉。〈內則〉：「疾痛苛癢。」鄭注云：「苛，疥也。」苛癢之苛轉為疥，猶苛怒之苛轉為妎矣。

謹案：苛《廣韻》胡歌切：「政煩也、怒也。」《說文》云：「苛，小艸也。」匣母、歌韻開口一等，上古聲母為匣母*ɣ-，古韻分部在歌部-ai，上古音為*ɣai；王念孫古韻分部在歌部。

妎《廣韻》胡蓋切：「《字林》云：『疾、妎，妬也。』」《說文》云：「妬也。」匣母、泰韻開口一等，上古聲母為匣母*ɣ-，古韻分部在月部-ats，上古音為*ɣats；月部在王念孫古韻分部中稱為祭部。（又胡計切：「心不了也。」匣母、霽韻開口四等，上古聲母為匣母*ɣ-，古韻分部在月部-iats，上古音為*ɣiats；月部在王念孫古韻分部中稱為祭部。）

「苛」和「妎」上古聲母相同，而上古韻部方面，歌部與月部陰入對轉，所以本字組應歸類於聲同韻近而轉。

【十八】閭：里

《釋詁・卷二上》「里……凥也」條下云：閭者，〈周官・大司徒〉：「五家為比，五比為閭。」《說文》：「閭，侶也，二十五家相群侶也。」又云：「閭，里門也。」案：閭、里一聲之轉，鄉謂之閭，遂謂之里，其義一也。二十五家謂之閭，故其門亦謂之閭也。

謹案：閭《廣韻》力居切：「侶也、居也。」《說文》云：「里門也，从門呂聲，《周禮》五家為比，五比為閭。閭，侶也，二十五家相群侶也。」來母、魚韻開口三等，上古聲母為來母*l-，古韻分部在魚部-i̯a，上古音為*li̯a；王念孫古韻分部在魚部。

里《廣韻》良士切：「《周禮》五家為鄰，五鄰為里。」《說文》云：「里，凥也。」來母、止韻開口三等，上古聲母為來母*l-，古韻分部在之部-i̯ə，上古音為*li̯ə；王念孫古韻分部在之部。

「閭」和「里」的關係，本師　陳伯元先生〈梅祖麟《有中國特色的漢語歷史音韻學》講辭質疑〉一文中曾做過一番深入的分析，證明「閭」和「里」確有聲同韻近的同源詞關係：

王念孫在《廣雅疏證》卷二上：「里、㠩、閭……凥也」條下疏證云：「里者、《周官·遂人》：『五家為鄰，五鄰為里。』《廣韻》引《風俗通義》云：『里者止也，共居止也。』《爾雅》：『里、邑也。』《鄭風·將仲子》篇傳云：『里、居也。』《漢書·食貨志》云：『在野曰廬，在邑曰里。』居、《方言》、《說文》、《廣雅》作凥，古字假借耳。……閭者、《周官·大司徒》：『五家為比，五比為閭。』《說文》：『閭、侶也，二十五家相群侶也。』又云：『閭、里門也。』案：閭、里一聲之轉，鄉謂之閭，遂謂之里，其義一也。」閭來母魚部，上古擬音為[*lǐa]（李方桂先生擬作*ljag）；里來母之部，上古擬音為[*lǐə]（李方桂先生擬作*ljəg）。魚之相押，《詩經》已有，《鄘風·蝃蝀》二章：「朝隮于西，崇朝其雨。女子有行，遠兄弟父母。」孔廣森《詩聲類》卷之九云：「母字《詩》凡十七見，皆讀為每，唯此章讀為姥，蓋方音也。《易·繫辭》：『又明於憂患與故。無有師保，如臨父母。』《管子》：『不言之聲，疾於雷鼓。心氣之形，明於日月，察於父母。』《呂氏春秋》：『愛有大圜在上，大矩在下。汝能法之，為民父母。』《莊子》子桑歌：『父邪母邪。』《七發》：『內有保母，外有傅父。欲交無所。』《易林·訟之家人》：『扶堯戴禹，從喬彭祖。

見西王母。』亦皆讀為姥，似此字本有兩音。」〔註39〕

由此可知「閭」和「里」上古聲母相同，且上古韻部亦可通押，所以屬於聲同韻近的情形。

【十九】揫：嵏

《釋詁・卷二上》「嫢……小也」條下云：卷三云：「嵏，聚也。」《說文》「嵏，斂足也。」《爾雅》：「揫，斂聚也。」揫與嵏一聲之轉。斂與小義相近，故小謂之葼，亦謂之揫，聚斂謂之揫，謂之嵏矣。

謹案：揫《廣韻》即由切：「束也、聚也。」《說文》云：「束也。」精母、尤韻開口三等，上古聲母為精母*tsj-，古韻分部在幽部-i̯əu，上古音為*tsji̯əu；王念孫古韻分部在幽部。

嵏《廣韻》子紅切：「飛而斂足也。」《說文》云：「嵏，斂足也。」精母、東韻開口一等，上古聲母為精母*ts-，古韻分部在東部-auŋ，上古音為*tsauŋ；王念孫古韻分部在東部。（又作弄切：「斂足。」精母、送韻開口一等，上古聲母為精母*ts-，古韻分部在東部-auŋs，上古音為*tsauŋs；王念孫古韻分部在東部。）

「揫」和「嵏」上古聲母相同，為雙聲相轉。

【二〇】啾：吣

《釋詁・卷二上》「嫢……小也」條下云：《廣韻》「吣，姊列切，鳴吣吣也。」吣吣，猶啾啾。啾、吣亦一聲之轉也。

謹案：啾《廣韻》即由切：「啾唧小聲。」《說文》云：「啾，小兒聲也。」精母、尤韻開口三等，上古聲母為精母*tsj-，古韻分部在幽部-i̯əu，上古音為*tsji̯əu；王念孫古韻分部在幽部。

吣《廣韻》姊列切：「鳴吣吣。」精母、薛韻開口三等，上古聲母為精母*tsj-，古韻分部在月部-i̯at，上古音為*tsji̯at；月部在王念孫古韻分部中稱為祭部。

「啾」與「吣」上古聲母相同，屬雙聲而轉。

〔註39〕參見本師陳伯元先生〈梅祖麟《有中國特色的漢語歷史音韻學》講辭質疑〉，《語言研究》2003年3月第23卷第1期第35頁。

【二十一】䳺：鷔

> 《釋詁・卷二上》「嫢……小也」條下云：《方言》謂小雞為䳺子，䳺、鷔一聲之轉。

謹案：䳺《廣韻》七由切：「雞雛。」清母、尤韻開口三等，上古聲母為清母*ts'j-，古韻分部在幽部-i̯əu，上古音為*ts'ji̯əu；王念孫古韻分部在幽部。

鷔《廣韻》姊列切：「小雞。」《說文》云：「鷔，鳥也。」精母、薛韻開口三等，上古聲母為精母*tsj-，古韻分部在月部-i̯at，上古音為*tsji̯at；月部在王念孫古韻分部中稱為祭部。

「䳺」和「鷔」上古聲母均為舌尖前清塞擦音，一為清母*ts'-，一為精母*ts-，兩者僅送氣、不送氣的差異，但韻母方面相差較遠，所以「䳺」和「鷔」是屬於聲近韻遠而轉。

【二十二】肜：繹

> 《釋詁・卷二上》「鬱……長也」條下云：何休注宣八年《公羊傳》云：「繹者，繼昨日事。肜者，肜肜不絕。」肜、繹一聲之轉，皆長之義也。

謹案：肜《廣韻》以戎切：「祭名。」喻母、東韻開口三等，上古聲母擬音為*r-，古韻分部在冬部-i̯əuŋ，上古音為*ri̯əuŋ；王念孫當時尚未將冬部從東部中分出，所以古韻分部在東部。（又敕林切，徹母、侵韻開口三等，上古聲母為透母*t'r-，古韻分部在冬部-i̯əuŋ，上古音為*t'ri̯əuŋ；王念孫當時尚未將冬部從東部中分出，所以古韻分部在東部。）

繹《廣韻》羊益切：「理也、陳也、長也、大也、終也、充也。」《說文》云：「繹，掚絲也。」喻母、昔韻開口三等，上古聲母擬音為*r-，古韻分部在鐸部-i̯ak，上古音為*ri̯ak；王念孫時鐸部尚未從魚部分出，所以古韻分部在魚部。

「肜」和「繹」上古聲母相同，雙聲而轉，而古韻部之間並無韻轉的現象，所以屬於聲同韻遠的情形。

【二十三】荒：幠

> 《釋詁・卷二下》「幬……覆也」條下云：幠者，柳車上覆，即禮所謂荒也。〈喪大記〉記棺飾云：「素錦褚，加偽當為帷，大夫以

上，有褚以襯覆棺，乃加帷荒於其上。」荒、幠一聲之轉，皆謂覆也，故柳車上覆謂之荒，亦謂之幠。

謹案：荒《廣韻》呼光切：「荒蕪。」《說文》云：「荒，蕪也。从艸巟聲，一曰艸掩地也。」曉母、唐韻合口一等，上古聲母擬音為*hm-，古韻分部在陽部-uaŋ，上古音為*hmuaŋ；又呼浪切：「草多皃。」曉母、宕韻開口一等，上古聲母擬音為*hm-，古韻分部在陽部-uaŋs，上古音為*hmuaŋs；王念孫古韻分部在陽部。

幠《廣韻》荒烏切：「大也。」《說文》云：「幠，覆也。」曉母、模韻合口一等，上古聲母擬音為*hm-，古韻分部在魚部-ua，上古音為*hmua；王念孫古韻分部在魚部。

「荒」和「幠」上古聲母相同，雙聲而轉，古韻分部魚部和陽部為陰陽對轉，兩者在音韻方面是聲同韻近而轉。

【二十四】嬾：勞：儫

《釋詁・卷二下》「儫……嬾也」條下云：各本皆作「儫、疲，勞也。」「懈、惰、怠、嫯，嬾也。」案：疲或作罷，罷訓為勞，已見卷一，此卷內不當重見。考《說文》、《玉篇》、《廣韻》竝云：「儽、嬾，懈也。」《集》云：「或作傫。」又唐釋湛然《止觀輔行傳宏決》卷二之一引《倉頡篇》云：「疲，嬾也。」《周官・大司寇》：「以圜土聚教罷民。」鄭注云：「民不愍作勞，有似於罷。」《廣韻》：「罷，倦也。」「勞，倦也。」倦與嬾同義。嬾、勞、儫又一聲之轉，是儫、疲、勞三字，皆與嬾同義，今訂正。

謹案：嬾《廣韻》落旱切：「惰也。」《說文》云：「懈也，从女賴聲，一曰臥也。」來母、旱韻開口一等，上古聲母為來母*l-，古韻分部在元部-an，上古音為*lan；王念孫古韻分部在元部。

勞《廣韻》魯刀切：「倦也、勤也、病也。」《說文》云：「勞，勮也，从力熒省，焱火燒冂，用力者勞。」來母、豪韻開口一等，上古聲母為來母*l-，古韻分部在宵部-ɐu，上古音為*lɐu；王念孫古韻分部在宵部。（又郎到切：「勞慰。」來母、號韻開口一等，上古聲母為來母*l-，古韻分部在宵部-ɐu，上古音為*lɐu；王念孫古韻分部在宵部。）

傫《廣韻》力追切：「孏儽皃。」來母、脂韻合口三等，上古聲母為來母*l-，古韻分部在微部-i̯uəi，上古音為*li̯uəi；王念孫時微部尚未從脂部分出，所以古韻分部在脂部。（又盧對切：「極困也。」來母、隊韻合口一等，上古聲母為來母*l-，古韻分部在微部-uəi，上古音為*luəi；王念孫時微部尚未從脂部分出，所以古韻分部在脂部。）

「孏」、「勞」和「傫」上古聲母同為來母*l-，但上古韻部相距較遠，所以本字組是歸類於聲同韻遠而轉。

【二十五】漏：欒：淋

《釋詁．卷二下》「瀧……澤也」條下云：《說文》：「欒，漏流也。」漏、欒、淋一聲之轉。《呂氏春秋．開春篇》云：「昔王季葬於渦山之尾，欒水嚙其墓。」

謹案：漏《廣韻》盧候切：「漏刻。」《說文》云：「目銅受水，刻節，晝夜百節。从水屚，取屚下之義，屚亦聲。」來母、候韻開口一等，上古聲母為來母*l-，古韻分部在侯部-au，上古音為*lau；王念孫古韻分部在侯部。

欒《廣韻》落官切：「水沃也、漬也。」《說文》云：「欒，屚流也。」來母、桓韻合口一等，上古聲母為來母*l-，古韻分部在元部-uan，上古音擬音為*luan；；王念孫古韻分部在元部。（又郎段切：「絕水渡也，亦作亂。」來母、換韻合口一等，上古聲母為來母*l-，古韻分部在元部-uans，上古音擬音為*luans；又力卷切，來母、線韻合口三等，上古聲母為來母*l-，古韻分部在元部-i̯uans，上古音為*li̯uans；王念孫古韻分部在元部。）

淋《廣韻》力尋切，《說文》云：「目水　也。」來母、侵韻開口三等，上古聲母為來母*l-，古韻分部在侵部-i̯əm，上古音為*li̯əm；王念孫古韻分部在侵部。

「漏」、「欒」和「淋」的上古聲母同為來母*l-，雙聲而轉，上古韻部則差較遠，所以屬於聲同韻遠而轉。

【二十六】浚：湑：縮

《釋詁．卷二下》「清……盪也」條下云：〈小雅．伐木篇〉：「有酒湑我。」毛傳云：「湑，莤之也。」釋文云：「莤與《左傳》縮酒同義，謂以茅泲之而去其糟也。」〈大雅．鳧鷖篇〉：「爾酒既湑。」

> 鄭箋云：「湑，酒之泲者也。」〈士冠禮〉：「旨酒既湑。」鄭注云：「湑，清也。」《說文》：「浚，抒也。」〈大雅·生民〉釋文引《倉頡篇》云：「抒，取出也。」襄二十四年《左傳》：「毋寧使人謂子，子實生我，而謂子浚我以生乎。」杜預注云：「浚，取也。」浚與浚酒之浚同義。浚、湑、縮，一聲之轉，皆謂漉取之也。

謹案：浚《廣韻》私閏切：「水名。」《說文》云：「浚，抒也。」心母、稕韻合口三等，上古聲母為心母*s-，古韻分部在諄部-ri̯uəns，上古音為*sri̯uəns；王念孫古韻分部在諄部。

湑《廣韻》相居切：「露皃。」《說文》云：「莤酒也，一曰浚也，一曰露皃。」心母、魚韻開口三等，上古聲母為心母*s-，古韻分部在魚部-ri̯a，上古音為*sri̯a；王念孫古韻分部在魚部。（又思呂切：「露皃。」心母、語韻開口三等，上古聲母為心母*s-，古韻分部在魚部-ri̯a，上古音為*sri̯a；王念孫古韻分部在魚部。）

縮《廣韻》所六切：「斂也、退也、短也、亂也。」《說文》云：「縮，亂也，从糸宿聲，一曰蹴也。」疏母、屋韻開口三等，上古聲母為心母*s-，古韻分部在覺部-i̯əuk，上古音為*si̯əuk；王念孫時覺部尚未從幽部分出，所以古韻分部在幽部。

「浚」、「湑」和「縮」的上古聲母相同，雙聲而轉。

【二十七】濾：漉

> 《釋詁·卷二下》「清……盪也」條下云：《後漢書·馬援傳》：「擊牛釃酒。」李賢注云：「釃，猶濾也。」濾、漉一聲之轉。

謹案：濾《廣韻》中無此字，《集韻》良據切：「洗也、澄也。」領頭字為「慮」。《廣韻》慮字為良倨切，和《集韻》的濾字同為來母、御韻開口三等，上古聲母為來母*l-，古韻分部在魚部-i̯a，上古音為*li̯a；王念孫古韻分部在魚部。

漉《廣韻》盧谷切：「滲漉，又瀝也。」《說文》云：「漉，浚也。从水鹿聲，一曰水下皃也。」來母、屋韻開口一等，上古聲母為來母*l-，古韻分部在屋部-auk，上古音為*lauk；王念孫時屋部尚未從侯部分出，所以古韻分部在侯部。

「濾」和「漉」的上古聲母均為來母*l-，屬雙聲而轉。

【二十八】險：戲

《釋詁・卷二下》「陠……衺也」條下云：戲讀為險巇之巇。《楚辭・七諫》：「何周道之平易兮，然蕪穢而險戲。」王逸注云：「險戲，猶言傾危也。」王褒〈洞簫賦〉云：「又似流波，泡溲泛逮，趨巇道兮。」巇與戲通。險、戲一聲之轉，故俱訓為衺也。

謹案：險《廣韻》虛檢切：「危也、阻也、難也。」《說文》云：「險，阻難也。」曉母、儼韻開口三等，上古聲母為曉母*x-，古韻分部在添部-i̯ɐm，上古音為*xi̯ɐm；王念孫時添部尚未從談部分出，所以古韻分部在談部。

戲《廣韻》又香義切：「戲弄也、施也、謔也、歇也。」《說文》云：「戲，三軍之偏也，一曰兵也。」曉母、寘韻開口三等，上古聲母為曉母*x-，古韻分部在歌部-i̯ai，上古音為*xi̯ai；王念孫古韻分部在歌部。（又許羈切：「於戲，歎辭。」曉母、支韻開口三等，上古聲母為曉母*x-，古韻分部在歌部-ri̯ai，上古音為*xri̯ai；王念孫古韻分部在歌部。又荒烏切：「古文呼字。」曉母、模韻合口一等，上古聲母為曉母*x-，古韻分部在魚部-ua，上古音為*xua；王念孫古韻分部在魚部。）

「險」與「戲」上古聲母均為曉母*x-，為雙聲相轉。

【二十九】西：衺：夕

《釋詁・卷二下》「陠……衺也」條下云：案：此言室之偏向西也。西、衺、夕一聲之轉，故日衺、日西，總謂之夕。《周官・大司徒》云：「日東則景夕多風。」是也。〈神女賦〉云：「晡夕之後。」夕與晡皆有褒義，晡與陠同聲，故《廣雅》陠、夕二字俱訓為衺也。

謹案：西《廣韻》先稽切：「秋方。」《說文》云：「西，鳥在巢上也，象形。」心母、齊韻開口四等，上古聲母為心母*s-，古韻分部在支部-iɐ，上古音為*siɐ；王念孫古韻分部在支部。

衺《廣韻》似嗟切：「不正也。」《說文》云：「衺，𡨄也。」邪母、麻韻開口三等，上古聲母擬音為*rj-，古韻分部在魚部-i̯a，上古音為*rji̯a；王念孫古韻分部在魚部。

夕《廣韻》祥易切：「暮也，從半月。」《說文》云：「莫也，从月半見。」邪母、昔韻開口三等，上古聲母擬音為*rj-，古韻分部在鐸部-ri̯ak，上古音為

*rjrḭak；王念孫時鐸部尚未從魚部分出，所以古韻分部在魚部。

「衺」與「夕」上古聲母相同，屬於舌尖音，與「西」的心母*s-舌尖前音發音部位相近，在上古韻部方面，支部和魚部為旁轉，魚部與鐸部為陰陽對轉，所以「西」與「衺」、「夕」為聲近韻近而轉。

【三〇】詑：誕

《釋詁・卷二下》「詢……欺也」條下云：詑亦謾也，合言之則曰詑謾。《楚辭・九章》云：「或訑謾而不疑。」是也。倒言之則曰謾詑，《淮南子・說山訓》云：「媒伹者非學謾他。」是也。他與訑通。謾詑與謾誕又一聲之轉也。

謹案：詑《廣韻》徒河切：「欺也。」《說文》云：「詑，沇州謂欺曰詑。」定母、歌韻開口一等，上古聲母為定母*d‘-，古韻分部在歌部-ai，上古音為*d‘ai；王念孫古韻分部在歌部。（又土禾切，透母、戈韻合口一等，上古聲母為透母*t‘-，古韻分部在歌部-uai，上古音為*t‘uai；又徒可切：「輕也。」定母、哿韻開口一等，上古聲母為定母*d‘-，古韻分部在歌部-ai，上古音為*d‘ai；又弋支切：「詑詑自得皃，又淺意也。」喻母、支韻開口三等，上古聲母擬音為*r-，古韻分部在歌部-ḭai，上古音為*rḭai；又香支切：「自多皃。」曉母、支韻開口三等，上古聲母為曉母*x-，古韻分部在歌部-ḭai，上古音為*xḭai；又湯何切，透母、歌韻開口一等，上古聲母擬音為透母*t‘-，古韻分部在歌部-ai，上古音為*t‘ai；王念孫古韻分部在歌部。）

誕《廣韻》徒旱切：「大也、育也、欺也、信也。」《說文》云：「誕，詞誕也。」段注云：「此三字蓋有誤，〈釋詁〉、毛傳皆云：『誕，大也。』」定母、旱韻開口一等，上古聲母為定母*d‘-，古韻分部在元部-an，上古音擬音為*d‘an；王念孫古韻分部在元部。

「詑」和「誕」上古聲母均為定母*d‘-，雙聲相轉。在韻母方面，歌部和元部陰陽對轉，所以二者是屬於聲同韻近而轉。

【三十一】就：集

《釋詁・卷三上》「傅……就也」條下云：集謂相依就也。〈大雅・大明篇〉：「天監在下，有命既集。」毛傳云：「集，就也。」鄭箋云：「天命將有所依就。」是也。一曰集謂成就也。〈小雅・小閔篇〉：「謀夫孔多，是用不集。」毛傳云：「集，就也。」《韓詩外傳》作「是用不就」。就、集一聲之轉，皆謂成就也。

謹案：就《廣韻》疾僦切：「成也、迎也、即也。」《說文》云：「高也，从京尤，尤異於凡也。」從母、宥韻開口三等，上古聲母為從母*dz‘-，古韻分部在覺部-i̯əuks，上古音為dz‘i̯əuks；王念孫時覺部尚未從幽部分出，所以古韻分部在幽部。

集《廣韻》秦入切：「聚也、會也、就也、成也、安也、同也、眾也。」《說文》云：「群鳥在木上。」從母、緝韻開口三等，上古聲母為從母*dz‘-，古韻分部在緝部-i̯əp，上古音為*dz‘i̯əp，王念孫古韻分部在緝部。

「就」與「集」的上古聲母相同，雙聲相轉。上古韻部方面覺部和緝部為旁轉，所以兩者應屬聲同韻近而轉。

【三十二】刲：刳

《釋詁・卷三上》「梱……屠也」條下云：刲、刳一聲之轉，皆空中之意也。故以手摳物謂之搼，亦謂之刳。

謹案：刲《廣韻》苦圭切：「割刺，又作刲。」《說文》云：「刺也。」溪母、齊韻合口四等，上古聲母為溪母*k‘-，古韻分部在支部-iuɐ，上古音為*k‘iuɐ；王念孫古韻分部在支部。

刳《廣韻》苦胡切：「剖破，又判也，屠也。」《說文》云：「刳，判也。」溪母、模韻合口一等，上古聲母為溪母*k‘-，古韻分部在魚部-ua，上古音為*k‘ua；王念孫古韻分部魚部。

「刲」與「刳」上古聲母均為溪母*k‘-，雙聲相轉。在上古韻母方面，魚部和支部為旁轉關係。因此「刲」與「刳」屬於聲同韻近而轉。

【三十三】瓾：差：錯

《釋詁・卷三上》「確……磨也」條下云：差之言磋也。《說文》：「䶢，齒差也。」謂齒相摩切也。瓾、差、錯，一聲之轉，故皆訓為磨。《爾雅》：「爽，差也。」「爽，忒也。」郭注云：「皆謂用心，差錯不專一。」爽與差、錯同義，故瓾與差、錯亦同義也。

謹案：瓾《廣韻》初兩切，《說文》云：「瓾，瑳垢瓦石也。」初母、養韻開口三等，上古聲母為清母*ts‘-，古韻分部在陽部-i̯aŋ，上古音為*ts‘i̯aŋ；王念孫古韻分部在陽部。（又踈兩切：「半瓦。」疏母、養韻開口三等，上古聲母為心母*sr-，古韻分部在陽部-i̯aŋ，上古音為*sri̯aŋ；王念孫古韻分部在陽部。）

差《廣韻》楚宜切：「次也，不齊等也。」《說文》云：「差，貳也，左不相值也。」初母、支韻開口三等，上古聲母為清母*ts‘-，古韻分部在歌部-ri̯ai，上古音為*ts‘ri̯ai；王念孫古韻分部在歌部。（又楚佳切：「差殊，又不齊。」初母、佳韻開口二等，上古聲母為清母*ts‘-，古韻分部在支部-rɐ，上古音為*ts‘rɐ；王念孫古韻分部在支部。又楚懈切：「病除也。」初母、卦韻開口二等，上古聲母為清母*ts‘-，古韻分部在錫部-rɐks，上古音為*ts‘rɐks；王念孫時錫部尚未從支部分出，所以古韻分部在支部。又楚皆切：「簡也。」初母、皆韻開口二等，上古聲母為清母*ts‘-，古韻分部在脂部-rɐi，上古音為*ts‘rai；王念孫古韻分部在脂部。又初牙切：「擇也，又差舛也。」初母、麻韻開口二等，上古聲母為清母*ts‘-，古韻分部在歌部-rai，上古音為*ts‘rai；王念孫古韻分部在歌部。）

錯《廣韻》倉各切：「雜也、摩也。」清母、鐸韻開口一等，上古聲母為清母*ts‘-，古韻分部在鐸部-ak，上古音為*ts‘ak；王念孫時鐸部尚未從魚部分出，所以古韻分部在魚部。（又倉故切，《說文》云：「錯，金涂也。」清母、暮韻合口一等，上古聲母為清母*ts‘-，古韻分部在鐸部-uak，上古音為*ts‘uak；王念孫時鐸部尚未從魚部分出，所以古韻分部在魚部。）

「瓾」、「差」和「錯」上古聲母相同，雙聲相轉。

【三十四】鰥：寡：孤

《釋詁・卷三上》「絓……獨也」條下云：孤、寡、索者，《孟子・梁惠王篇》：「老而無妻曰鰥，老而無夫曰寡，老而無子曰獨，幼而無父曰孤。」襄二十七年《左傳》：「齊崔杼生成及彊而寡。」則無妻亦謂之寡。鰥、寡、孤，一聲之轉，皆與獨同義，因事而異名耳。

謹案：鰥《廣韻》古頑切：「鰥寡，鄭氏云：『六十無妻曰鰥，五十無夫曰寡。』又魚名。」《說文》云：「鰥魚也。」見母、山韻合口二等，上古聲母為見母*k-，古韻分部在諄部-ruən，上古音為*kruən；王念孫古韻分部在諄部。（又古幻切：「鰥視。」見母、襇韻合口二等，上古聲母為見母*k-，古韻分部在諄部-ruən，上古音為*kruən；王念孫古韻分部在諄部。）

寡《廣韻》古瓦切：「鰥寡。」《說文》云：「寡，少也。从宀頒。頒，分也。宀分，故為少也。」見母、馬韻合口二等，上古聲母為見母*k-，古韻分部在魚部-rua，上古音為*krua；王念孫古韻分部在魚部。

孤《廣韻》古胡切：「孤子。」《說文》云：「孤，無父也。」見母、模韻合口一等，上古聲母為見母*k-，古韻分部在魚部-ua，上古音為*kua；王念孫古韻分部在魚部。

「鰥」、「寡」與「孤」上古聲母相同，為雙聲相轉。

【三十五】害：曷：胡：盍：何

> 《釋詁．卷三上》「害、曷、胡、盍，何也」條下云：皆一聲之轉也。害曷，一字也。〈周南．葛覃篇〉：「害澣害否。」毛傳云：「害，何也。」釋文：「害，與何同。」

謹案：害《廣韻》胡蓋切，《說文》云：「害，傷也。」段注云：「詩書多假害為曷，故〈周南〉毛傳云：『害，何也。』」匣母、泰韻開口一等，上古聲母為匣母*ɣ-，古韻分部在月部-ats，上古音為*ɣats；月部在王念孫古韻分部中稱為祭部。

曷《廣韻》胡葛切，《說文》云：「曷，何也。」匣母、曷韻開口一等，上古聲母為匣母*ɣ-，古韻分部在月部-at，上古音為*ɣat；王念孫古韻分部在祭部。

胡《廣韻》戶吳切，《說文》云：「胡，牛顄垂也。」段注云：「經傳胡、侯、遐皆訓何。」匣母、模韻合口一等，上古聲母為匣母*ɣ-，古韻分部在魚部-ua，上古音為*ɣua；王念孫古韻分部在魚部。

盍《廣韻》胡臘切，《說文》云：「盍，覆也。」段注云：「曷，何也，凡言何不者，急言之亦曰何。是以〈釋言〉云：『曷，盍也。』鄭注《論語》云：『盍，何不也。』」匣母、盍韻開口一等，上古聲母為匣母*ɣ-，古韻分部在盍部-ap，上古音為*ɣap；王念孫古韻分部在盍部。

何《廣韻》胡歌切：「辭也。」《說文》云：「何，儋也，一曰誰也。」段注云：「按今義何者辭也、問也，今義行而古義廢矣。」匣母、歌韻開口一等，上古聲母為匣母*ɣ-，古韻分部在歌部-ai，上古音為*ɣai；王念孫古韻分部在歌部。（又胡可切：「負荷也。」匣母、哿韻開口一等，上古聲母為匣母*ɣ-，古韻分部在歌部-ai，上古音為*ɣai；王念孫古韻分部在歌部。）

「害」、「曷」、「胡」、「盍」和「何」上古聲母均為匣母*ɣ-，為雙聲相轉。在上古韻部方面，「害」、「曷」、「胡」、「盍」和「何」互為對轉或旁轉的關係。所以這一組字屬於聲同韻近而轉。

【三十六】叔：少

> 《釋詁．卷三上》「叔……少也」條下云：叔、少一聲之轉。《爾雅》云：「父之罤弟，先生為世父，後生為叔父。」又云：「婦謂夫之弟為叔。」《白虎通義》云：「叔者，少也。」《釋名》云：「仲父之弟曰叔父。叔，少也。」又云：「嫂，叜也，老者稱也。」「叔，少也；幼者，稱也。」

謹案：叔《廣韻》式竹切：「季父。」《說文》云：「拾也。」審母、屋韻開口三等，上古聲母擬音為*st‘j-，古韻分部在覺部-i̯əuk，上古音為st‘ji̯əuk；王念孫時覺部尚未從幽部分出，所以古韻分部在幽部。

少《廣韻》失照切：「幼少。」審母、笑韻開口三等，上古聲母擬音為*st‘j-，古韻分部在宵部-i̯ɐu，上古音為*st‘ji̯ɐu；王念孫古韻分部在宵部。（又書沼切，《說文》云：「不多也。」審母、小韻開口三等，上古聲母擬音為*st‘j-，古韻分部在宵部-i̯ɐu，上古音為*st‘ji̯ɐu；王念孫古韻分部在宵部。）

「叔」與「少」上古聲母相同，為雙聲相轉。

【三十七】緡：緜

> 《釋詁．卷三下》「緡……施也」條下云：緡、緜一聲之轉。《方言》：「緡、緜，施也。秦曰緡，趙曰緜，吳、越之閒，脫衣相被謂之緡緜。」郭璞注云：「相覆及之名也。」《說文》亦云：「吳人解衣相被謂之緡。」〈大雅．抑篇〉：「言緡之絲。」毛傳云：「緡，被也。」義竝同。

謹案：緡《廣韻》武巾切：「錢貫，亦絲緒釣魚綸也。」《說文》云：「緡，釣魚繁也。從糸昏聲，吳人解衣相被謂之緡。」明母、真韻開口三等，上古聲母為明母*hmj-，古韻分部在諄部-ri̯ən，上古音為*hmjri̯ən；王念孫古韻分部在諄部。

緜《廣韻》武延切：「精曰緜，麤曰絮。」《說文》云：「緜，聯㣲也。」明母、仙韻開口三等，上古聲母為明母*hmj-，古韻分部在元部-i̯an，上古音為*hmji̯an；王念孫古韻分部在元部。

「緍」與「緜」的上古聲母均為明母*hm-，為雙聲相轉。上古韻部方面，元部與諄部為旁轉，所以應屬聲同韻近而轉。

【三十八】漂：擎

> 《釋詁．卷三上》「抯……擎也」條下云：《文選．洞簫賦》：「聯緜漂擎。」李善注云：「漂擎，餘響發騰相擊之貌。」漂、擎一聲之轉，故擊謂之摽，亦謂之擎，水中擊絮謂之澈，亦謂之漂矣。

謹案：漂《廣韻》匹妙切：「水中打絮，韓信寄食於漂母。」滂母、笑韻開口三等，上古聲母為滂母*p‘-，古韻分部在宵部-i̯ɐu，上古音為*p‘i̯ɐu；王念孫古韻分部在宵部。（又撫招切，《說文》云：「浮也。」敷母、宵韻開口三等，上古聲母為滂母*p‘j-，古韻分部在宵部-i̯ɐu，上古音為*p‘ji̯ɐu；王念孫古韻分部在宵部。）

擎《廣韻》普蔑切：「小擊，又略也、引也，亦作撇。」《說文》云：「飾也，从手敝聲，一曰擊也。」滂母、屑韻開口四等，上古聲母為滂母*p‘-，古韻分部在月部-iat，上古音為*p‘iat；月部在王念孫古韻分部中稱為祭部。

「漂」與「擎」上古聲母均為滂母*p‘-，為雙聲相轉。

【三十九】狼：戾

> 《釋詁．卷三上》「掔……很也」條下云：狼、戾者，《說文》：「很，盭也。」卷四云：「狼，很盭也。」盭與戾同。狼與戾一聲之轉。〈燕策〉云：「趙王狼戾無親。」《漢書．嚴助傳》云：「今閩越王狼戾不仁。」

謹案：狼《廣韻》魯當切：「豺狼。」《說文》云：「似犬，銳頭白頰，高㞋廣後。」來母、唐韻開口一等，上古聲母為來母*l-，古韻分部在陽部-aŋ，上古音為*laŋ；王念孫古韻分部在陽部。

戾《廣韻》郎計切：「乖也、待也、利也、立也、罪也、來也、至也、定也。」《說文》云：「曲也，从犬出戶下。犬出戶下為戾者，身曲戾也。」來母、霽韻開口四等，上古聲母為來母*l-，古韻分部在質部-iɐts，上古音為*liɐts；古韻分部中的質部，王念孫古韻分部稱為至部。（又練結切：「罪也，曲也。」來母、屑韻開口四等，上古聲母為來母*l-，古韻分部在質部-iɐt，上古音為*liɐt；古韻分部中的質部，王念孫古韻分部稱為至部。）

「狼」與「戾」上古聲母同為來母*l-，為雙聲相轉。

【四〇】娉：妨

《釋詁．卷三下》「涂……害也」條下云：娉、妨一聲之轉，〈釋言〉云：「妨，娉也。」《說文》：「妨，害也。」〈周語〉云：「害於政而妨於後嗣。」

謹案：娉《廣韻》匹正切：「娶也。」《說文》云：「娉，問也。」滂母、勁韻開口三等，上古聲母為滂母*p‘-，古韻分部在耕部-i̯ɐŋs，上古音為*p‘i̯ɐŋs；王念孫古韻分部在耕部。

妨《廣韻》敷方切：「妨害。」《說文》云：「妨，害也。」敷母、陽韻開口三等，上古聲母為滂母*p‘j-，古韻分部在陽部-i̯aŋ，上古音為*p‘ji̯aŋ；王念孫古韻分部在陽部。

「娉」與「妨」上古聲母同為滂母*p‘-，為雙聲相轉。在上古韻部方面，耕部和陽部為旁轉，所以將「娉」與「妨」歸類在聲同韻近而轉。

【四十一】鋪：脾

《釋詁．卷三下》「禦……止也」條下云：鋪、脾者，《方言》：「鋪、脾，止也。」《疏證》云：《詩．大雅》：「匪安匪舒，淮夷來鋪。」言為淮夷之故來止，與上「匪安匪遊，淮夷來求」，文義適合。舊說讀鋪為痡，謂為淮夷而來，當討而病之，失於迂曲，鋪、脾一聲之轉，方俗或云鋪，或云脾耳。

謹案：鋪《廣韻》芳無切，《說文》云：「鋪，箸門抪首也。」敷母、虞韻合口三等，上古聲母為滂母*p‘j-，古韻分部在魚部-i̯ua，上古音為*p‘ji̯ua；王念孫古韻分部在魚部。（又普胡切：「鋪設也、陳也、布也。」滂母、模韻合口一等，上古聲母為滂母*p‘-，古韻分部在魚部-ua，上古音為*p‘ua；王念孫古韻分部在魚部。又普故切：「設也。」滂母、暮韻合口一等，上古聲母為滂母

*p‘-，古韻分部在古韻分部在魚部-ua，上古音為*p‘ua；王念孫時鐸部尚未從魚部分出，所以古韻分部在魚部。）

脾《廣韻》符支切，《說文》云：「脾，土藏也。」奉母、支韻開口三等，上古聲母為並母*b‘j-，古韻分部在支部-i̯ɐ，上古音為*b‘ji̯ɐ；王念孫古韻分部在支部。

「鋪」和「脾」上古聲母均為雙脣塞聲，僅有清濁之異，所以屬旁紐雙聲的同類而轉。在上古韻部方面，魚部和支部為旁轉，所以二者屬於聲近韻近而轉。

【四十二】族：叢

> 《釋詁・卷三下》「蕁……聚也」條下云：灌者，《爾雅》云：「灌木，叢木。」又云：「木族生為灌。」族、叢一聲之轉。

謹案：族《廣韻》昨木切：「宗族。」《說文》云：「族，矢鋒也。束之族族也，从㫃从矢。㫃所目標眾，眾矢之所集。」從母、屋韻開口一等，上古聲母為從母*dz‘-，古韻分部在屋部-auk，上古音為*dz‘auk；王念孫時屋部尚未從侯部分出，所以古韻分部在侯部。

叢《廣韻》徂紅切，《說文》云：「聚也。」從母、東韻開口一等，上古聲母為從母*dz‘-，古韻分部在東部-auŋ，上古音為*dz‘auŋ；王念孫古韻分部在東部。

「族」與「叢」上古聲母相同，為雙聲相轉。在上古韻部方面，屋部和東部為陽入對轉的關係，所以「族」與「叢」屬聲同韻近而轉。

【四十三】葆：本

> 《釋詁・卷三下》「樹……本也」條下云：《說文》：「葆，草盛皃。」《呂氏春秋・審時篇》云：「得時之稻，大本而莖葆。」《漢書・武五子傳》：「頭如蓬葆。」顏師古注云：「草叢生曰葆。」葆、本一聲之轉，皆是叢生之名。

謹案：葆《廣韻》博抱切：「草盛皃。」《說文》云：「葆，艸盛皃。」幫母、晧韻開口一等，上古聲母為幫母*p-，古韻分部在幽部-əu，上古音為*pəu；王念孫古韻分部在幽部。

本《廣韻》布忖切：「本末，又治也、下也、舊也。」《說文》云：「木下曰本。」幫母、混韻合口一等，上古聲母為幫母*p-，古韻分部在諄部-uən，上古音為*puən；王念孫古韻分部在諄部。

「葆」和「本」上古聲母同為幫母*p-，為雙聲相轉。

【四十四】居：踞：跽：曩：啟：跪

《釋詁・卷三下》「蹲……踞也」條下云：啟者，《爾雅》：「啟，跪也。」〈小雅・四牡篇〉：「不遑啟處。」毛傳訓與《爾雅》同。跪與踞皆有安處之義，故啟訓為跪，又訓為踞。〈采薇篇〉又云：「不遑啟居。」居、踞聲亦相近。《說文》：「居，蹲也。」「踞，蹲也。」「跽，長跪也。」「曩，長踞也。」居、踞、跽、曩、啟、跪一聲之轉，其義並相近也。

謹案：居《廣韻》九魚切：「當也、處也、安也。」《說文》云：「居，蹲也。」見母、魚韻開口三等，上古聲母為見母*k-，古韻分部在魚部-i̯a，上古音為*ki̯a；王念孫古韻分部在魚部。（又居之切：「語助，見禮。」見母、之韻開口三等，上古聲母為見母*k-，古韻分部在之部-i̯ə，上古音為*ki̯ə；王念孫古韻分部在之部。）

踞《廣韻》居御切：「蹲。又踑踞，大坐。」見母、御韻開口三等，上古聲母為見母*k-，古韻分部在魚部-ri̯a，上古音為*kri̯a；王念孫古韻分部在魚部。

跽《廣韻》暨几切，《說文》云：「長跽也。」群母、旨韻開口三等，上古聲母為匣母*ɣ-，古韻分部在之部-i̯ə，上古音為*ɣi̯ə；王念孫古韻分部在之部。

曩《說文》云：「曩，長居也。」《廣韻》無此字。《集韻》口已切：「古國名，衛宏說：『與杞同。』」《廣韻》杞，墟里切，與《集韻》曩同為溪母、止韻開口三等，上古聲母為溪母*k‘-，古韻分部在之部-i̯ə，上古音為*k‘i̯ə；王念孫古韻分部在之部。

啟《廣韻》康禮切：「開也、發也、別也、刻也。」《說文》云：「教也。」溪母、薺韻開口四等，上古聲母為溪母*k‘-，古韻分部在支部-iɐ，上古音為*k‘iɐ；王念孫古韻分部在支部。

跪《廣韻》去委切，《說文》云：「跪，拜也。」溪母、紙韻合口三等，上古聲母為溪母*k‘-，古韻分部在歌部-ri̯uai，上古音為*k‘ri̯uai；王念孫古韻分部在歌部。（又渠委切：「跟跪。」群母、紙韻合口三等，上古聲母為匣母*ɣ-，古韻分部在歌部-ri̯uai，上古音為*ɣri̯uai；王念孫古韻分部在歌部。）

就上古聲母方面，見母*k-、溪母*k'-和匣母*ɣ-都是屬於旁紐雙聲，乃聲近而轉；就上古韻部方面，魚部、之部、支部和歌部有旁轉關係，韻近易轉。所以本字組應屬聲近韻近而轉。

【四十五】空：窾

《釋詁．卷三下》「闞……空也」條下云：窾者，《莊子．養生主篇》：「道大窾。」崔譔注云：「窾，空也。」《漢書．司馬遷傳》：「實不中其聲者謂之款。」服虔注云：「款，空也。」款與窾通。《爾雅》：「鼎款足者謂之鬲。」郭璞注云：「鼎曲腳也。」案：款足猶空足也。《漢書．郊祀志》：「鼎空足曰鬲。」蘇林注云：「足中空不實者名曰鬲。」是其證矣。空、窾一聲之轉，空之轉為窾，猶悾之轉為款。《論語．泰伯篇》云：「悾悾而不信。」《楚辭．卜居篇》云：「吾寧悃悃款款朴以忠乎？」款款亦悾悾也。

謹案：空《廣韻》苦紅切：「空虛。」溪母、東韻開口一等，上古聲母為溪母*k'-，古韻分部在東部-auŋ，上古音為*k'auŋ；王念孫古韻分部在東部。（又苦貢切：「空缺。」溪母、送韻開口一等，上古聲母為溪母*k'-，古韻分部在東部-auŋ，上古音為*k'auŋ；王念孫古韻分部在東部。）

窾《廣韻》苦管切：「空也。」溪母、緩韻合口一等，上古聲母為溪母*k'-，古韻分部在元部-uan，上古音為*k'uan；王念孫古韻分部在元部。

「空」和「窾」上古聲母同為溪母*k'-，為雙聲相轉。

【四十六】拈：捻

《釋詁．卷三下》「秉……持也」條下云：《玉篇》：「捻，乃協切，指捻也。」今俗語猶謂兩指取物為捻。拈與捻一聲之轉，捻與抐聲相近也。

謹案：拈《廣韻》奴兼切：「指取物也。」泥母、添韻開口四等，上古聲母為泥母*n-，古韻分部在添部-iɐm，上古音為*niɐm；王念孫時添部尚未從談部分出，所以古韻分部在談部。

捻《廣韻》奴協切：「指捻。」泥母、怗韻開口四等，上古聲母為泥母*n-，古韻分部在侵部-iəm，上古音為*niəm；王念孫古韻分部在侵部。

「拈」和「捻」同義，上古聲母均為泥母*n-，為雙聲相轉。在上古韻部方面，侵部和添部為旁轉關係，所以「拈」和「捻」屬於聲同韻近而轉。

【四十七】朴：皮：膚

《釋詁・卷三下》「剝……離也」條下云：膚、朴、皮者，〈釋言〉云：「皮、膚，剝也。」《說文》云：「剝取獸革者謂之皮。」〈韓策〉云：「因自皮面抉眼，自屠出腸。」鄭注〈內則〉云：「膚，切肉也。」是皮、膚皆離之義也。朴與皮、膚，一聲之轉。《說文》：「朴，木皮也。」又云：「柿，削木札朴也。」亦離之義也。

謹案：朴《廣韻》匹角切，《說文》：「朴，木皮也。」滂母、覺韻開口二等，上古聲母為滂母*p'-，古韻分部在屋部-rauk，上古音為*p'rauk；王念孫時屋部尚未從侯部分出，所以古韻分部在侯部。

皮《廣韻》符羈切：「皮膚也。」《說文》云：「剝取獸革者謂之皮。」奉母、支韻開口三等，上古聲母為並母*b'j-，古韻分部在歌部-i̯ai，上古音為*b'ji̯ai；王念孫古韻分部在歌部。

膚《廣韻》甫無切：「皮膚，又美也，傅也。」非母、虞韻合口三等，上古聲母為幫母*pj-，古韻分部在魚部-i̯ua，上古音為*pji̯ua；王念孫古韻分部在魚部。

「朴」、「皮」與「膚」上古聲母均為重脣音，屬旁紐雙聲，聲近而轉的情形。在上古韻部方面，依王念孫古韻分部，侯部、歌部和魚部有旁轉的關係，所以三者為聲近韻近而轉。

【四十八】佻：偷

《釋詁・卷三下》「貌……巧也」條下云：婾者，《說文》：「婾，巧黠也。」《爾雅》：「佻，偷也。」《楚辭・離騷》：「余猶惡其佻巧。」佻、偷一聲之轉，偷與婾通。

謹案：佻《廣韻》吐彫切：「輕佻。《爾雅》曰：『佻，偷也。』」透母、蕭韻開口四等，上古聲母為透母*t'-，古韻分部在宵部-iɐu，上古音為*t'iɐu；王念孫古韻分部在宵部。（又徒聊切：「獨行皃。」定母、蕭韻開口四等，上古聲母為定母*d'-，古韻分部在宵部-iɐu，上古音為*d'iɐu；王念孫古韻分部在宵部。）

偷《廣韻》託侯切：「盜也。」透母、侯韻開口一等，上古聲母為透母*t'-，古韻分部在侯部-au，上古音為*t'au；王念孫古韻分部在侯部。

「佻」和「偷」上古聲母相同，為雙聲相轉，在上古韻部方面，宵部和侯部為旁轉，所以「佻」和「偷」屬於聲同韻近而轉。

【四十九】昵：黏：𪏆

《釋詁．卷四上》「𣂷……黏也」條下云：𪏆、昵者，《方言》：「𥻦、𪏆，黏也。」齊、魯、青徐，自關而東或曰𥻦，或曰𪏆。」《爾雅》：「𥻦，膠也。」郭璞注云：「膠，黏𥻦也。」《說文》：「昵，黏也。」……昵、黏、𪏆，一聲之轉也。

謹案：昵《廣韻》尼質切：「膠昵。」《說文》云：「昵，黏也。」娘母、質韻開口三等，上古聲母為泥母*nr-，古韻分部在質部-i̯ɐt，上古音為*nri̯ɐt；古韻分部中的質部，在王念孫古韻分部稱為至部。

黏《廣韻》女廉切：「黏麴。」《說文》云：「黏，相箸也。从黍占聲。」娘母、鹽韻開口三等，上古聲母為泥母*nr-，古韻分部在添部-i̯ɐm，上古音為*nri̯ɐm；王念孫時添部尚未從談部分出，所以古韻分部在談部。

𪏆《廣韻》人渚切：「𪏆，黏也。」日母、語韻開口三等，上古聲母為泥母*nj-，古韻分部在魚部-i̯a，上古音為*nji̯a；王念孫古韻分部在魚部。

「昵」、「黏」和「𪏆」上古聲母相同，為雙聲相轉。

【五〇】匪：勿：非

《釋詁．卷四上》「匪……非也」條下云：〈大雅．靈臺篇〉：「經始勿亟。」鄭箋訓勿為非。匪、勿、非一聲之轉。

謹案：匪《廣韻》府尾切：「非也。」《說文》云：「匪，器佀竹匧。」非母、尾韻合口三等，上古聲母為幫母*pj-，古韻分部在微部-i̯uəi，上古音為*pji̯uəi；王念孫時微部尚未從脂部分出，所以古韻分部在脂部。

勿《廣韻》文弗切：「無也，莫也。」《說文》云：「州里所建旗，象其柄，有三游，襍帛，幅半翼，所𠂢趣民，故遽稱勿勿。」段注云：「經傳多作物，而假借勿為毋字，亦有借為沒字者。」微母、物韻合口三等，上古聲母為明母*mj-，古韻分部在沒部-i̯uət，上古音為*mji̯uət；王念孫時沒部尚未從脂部分出，所以古韻分部在脂部。

非《廣韻》甫微切：「不是也、責也、違也。」《說文》云：「違也，从飛下𣬉，取其相背也。」非母、微韻合口三等，上古聲母為幫母*pj-，古韻分部在微部-i̯uəi，上古音為*pji̯uəi；王念孫古韻分部在脂部。

「匪」和「非」在上古屬音義皆同。它們的上古聲為幫母*p-，和「勿」的明母*m-同為重脣音旁紐雙聲，屬聲近而轉。在上古韻部方面，脂部與沒部並無旁轉及對轉關係，而王念孫時沒部尚未從脂部分出，「匪」、「勿」和「非」為韻同而轉。今依　伯元師韻部分類，本組字歸類於聲近韻遠而轉。

【五十一】徒：袒

《釋詁・卷四上》「嬴……袒也」條下云：徒與袒一聲之轉也，《韓非子・初見秦篇》云：「頓足徒裼。」〈韓策〉云：「秦人捐甲徒裎以趨敵。」

謹案：徒《廣韻》同都切：「黨也，又步行也、空也、隸也。」《說文》云：「徒，步行也。」定母、模韻合口一等，上古聲母為定母*d‘-，古韻分部在魚部-ua，上古音為*d‘ua；王念孫古韻分部在魚部。

袒《廣韻》徒旱切：「袒裼。」《說文》云：「袒，衣縫解。」定母、旱韻開口一等，上古聲母為定母*d‘-，古韻分部在元部-an，上古音為*d‘an；王念孫古韻分部在元部。（又丈莧切：「衣縫解。」澄母、襇韻開口二等，上古聲母為定母*d‘-，古韻分部在元部-ran，上古音為*d‘ran；王念孫古韻分部在元部。）

「徒」和「袒」上古聲母均為定母*d‘，為雙聲相轉。

【五十二】僑：嬌：赳

《釋詁・卷四上》「孂……材也」條下云：僑者，《說文》：「僑，高也。」春秋鄭公孫僑字子產，一字子美，皆才之意也。《說文》：「趫，善緣木之才也。」左思〈吳都賦〉：「趫材悍壯。」義與僑亦相近。僑、孂、赳，一聲之轉也。《眾經音義》卷四、卷十四竝引《廣雅》：「僑，才也，」今本脫僑字。

謹案：僑《廣韻》巨嬌切、巨朝切：「寄也、客也。」《說文》云：「橋，高也。」群母、宵韻開口三等，上古聲母為匣母*ɣ-，古韻分部在宵部-i̯au，上古音為*ɣi̯au；王念孫古韻分部在宵部。

孂《廣韻》居夭切，《說文》云：「孂，竦身也。」見母、小韻開口三等，上古聲母為見母*k-，古韻分部在幽部-i̯əu，上古音為*ki̯əu；王念孫古韻分部在幽部。（又兼玷切：「竦身皃。」見母、忝韻開口四等，上古聲母為見母*k-，古韻分部在添部-iɐm，上古音為*kiɐm；王念孫古韻分部在談部。又古得切：「竦身皃。」見母、德韻開口一等，上古聲母為見母*k-，古韻分部在職部-ək，上古音為*kək；王念孫古韻分部在之部。）

赳《廣韻》居黝切：「武皃，《詩》曰：『赳赳武夫。』」《說文》云：「赳，輕勁有才力也。」見母、黝韻開口三等，上古聲母為見母*k-，古韻分部在幽部-i̯əu，上古音為*ki̯əu；王念孫古韻分部在幽部。

「嬌」、「赳」的上古聲母與「僑」屬同為牙音的旁紐雙聲，在上古韻部方面，宵部和幽部為旁轉，所以「嬌」、「赳」和「僑」應屬於聲近韻近而轉。

【五十三】綏：舒

> 《釋詁・卷四上》「攄……舒也」條下云：綏者，安之舒也。《說文》：「夊，行遲曳夊夊也。」義與綏相近。綏、舒又一聲之轉。

謹案：綏《廣韻》息遺切：「安也。」《說文》云：「綏，車中靶也。」心母、脂韻合口三等，上古聲母為心母*s-，古韻分部在微部-i̯uəi，上古音為*si̯uəi；王念孫古韻分部在脂部。

舒《廣韻》傷魚切：「緩也、遲也、伸也、徐也、敘也。」《說文》云：「舒，伸也，从予舍聲，一曰舒緩也。」審母、魚韻開口三等，上古聲母擬為*st‘j-，古韻分部在魚部-i̯a，上古音為*st‘ji̯a；王念孫古韻分部在魚部。

「綏」和「舒」上古聲母屬同位，發音方法相同，皆清聲送氣，屬聲近而轉。與王念孫同期的錢大昕曾提出「古無心、審之別。」本師陳伯元《古音學發微》中也說：「蓋審紐錢君玄同以為其音值為ɕ，而心紐為s，s遇細音i則齶化為ɕ，實極為自然之事也。」〔註40〕或許在王念孫撰《廣雅疏證》之時，聲母的區分還不像現在這樣精確，所以心母與審母在當時也有可能是同聲。

【五十四】否：弗：倗：粃：不

> 《釋詁・卷四上》「否、弗、倗、粃，不也」條下云：皆一聲之轉也。倗者，《廣韻》：「倗，不肯也。」粃者，《方言》：「粃，不知也。」郭璞注云：「今淮、楚閒語，呼聲如非也。」曹憲云：「彼比俱得。」方語有輕重耳。倗即不肯之合聲，粃即不知之合聲。《說文》：

〔註40〕有關錢大昕「古無心、審之別」的說法及本師陳伯元的詮釋，敬請參見本師陳伯元《古音學發微》第605頁。

「秕，不成粟也。」義亦與粃同。

謹案：否《廣韻》方久切，《說文》云：「否，不也。」非母、尤韻開口三等，上古聲母為幫母*pj-，古韻分部在之部-i̯ə，上古音為*pji̯ə部；王念孫古韻分部在之部。（又符鄙切：「塞也。」奉母、旨韻開口三等，上古聲母為並母*b'j-，古韻分部在之部-i̯ə，上古音為*b'ji̯ə；王念孫古韻分部在之部。）

弗《廣韻》分勿切，《說文》云：「弗，撟也。」非母、物韻合口三等，上古聲母為幫母*pj-，古韻分部在沒部-i̯uət，上古音為*pji̯uət；王念孫時沒部尚未從脂部分出，所以古韻分部在脂部。

倗《廣韻》普等切：「不肯也。」滂母、等韻開口一等，上古聲母為滂母*p'-，古韻分部在蒸部-əŋ，上古音為*p'əŋ；王念孫古韻分部在蒸部。（又步崩切，《說文》云：「輔也。」並母、登韻開口一等，上古聲母為並母*b'-，古韻分部在蒸部-əŋ，上古音為*b'əŋ；又父鄧切：「輔也。」並母、嶝韻開口一等，上古聲母為並母*b'-，古韻分部在蒸部-əŋs，上古音為*b'əŋs；王念孫古韻分部在蒸部。）

粃《廣韻》、《說文》無此字，《集韻》頻脂切：「穀不成也。」奉母、脂韻開口三等，上古聲母為並母*b'j-，古韻分部在脂部-i̯ɐi，上古音為*b'ji̯ɐi；王念孫古韻分部在脂部。（又卑履切，幫母、旨韻開口三等，上古聲母為幫母*p-，古韻分部在脂部-i̯ɐi，上古音為*pi̯ɐi；王念孫古韻分部在脂部。）

不《廣韻》方久切：「弗也。」《說文》云：「不，鳥飛上翔不下來也，从一，一猶天也，象形。」非母、有韻開口三等，上古聲母為幫母*pj-，古韻分部在之部-i̯ə，上古音為*pji̯ə；王念孫古韻分部在之部。（又甫鳩切：「弗也。」非母、尤韻開口三等，上古聲母為幫母*pj-，古韻分部在之部-i̯ə，上古音為*pji̯ə；又分勿切：「與弗同。」非母、物韻合口三等，上古聲母為幫母*pj-，古韻分部在之部-i̯uə，上古音為*pji̯uə；王念孫古韻分部在之部。）

「否」、「弗」、「粃」和「不」上古聲母為雙聲相轉，而「否」、「倗」和「粃」在上古聲母方面也是雙聲相轉，五字均為同類的重脣音，所以屬於聲近而轉。在上古韻部方面，之部與蒸部為對轉，與脂部為旁轉，所以本組字屬聲近韻近而轉。

【五十五】梗：覺

《釋詁．卷四上》「學……覺也」條下云：梗之言剛也。《爾雅》：

「梏、梗，直也。」《方言》：「梗，覺也。」〈緇衣〉引《詩》：「有梏德行。」今《詩》作覺。毛《傳》云：「覺，直也。」覺與梏通。梗、覺一聲之轉，今俗語猶云：「梗，直矣。」

謹案：梗《廣韻》古杏切：「梗，直也。」《說文》云：「梗，山枌榆，有朿，莢可為蕪荑。」見母、梗韻開口二等，上古聲母為見母*k-，古韻分部在陽部-raŋ，上古音為*kraŋ；王念孫古韻分部在陽部。

覺《廣韻》古岳切：「曉也、大也、明也、寤也、知也。」見母、覺韻開口二等，上古聲母為見母*k-，古韻分部在覺部-rəuk，上古音為*krəuk；王念孫古韻分部在幽部。（又古孝切：「睡覺。」《說文》云：「覺，悟也。從見學省聲。一曰發也。」見母、效韻開口二等，上古聲母為見母*k-，古韻分部在覺部-rəuks，上古音為*krəuks；王念孫古韻分部在幽部。）

「梗」和「覺」上古聲母同為見母*k-，為雙聲相轉。

【五十六】玲：瓏

《釋詁．卷四下》「砰……声也」條下云：玲瓏者，《說文》：「玲，玉聲也。」玲與瓏一聲之轉。《說文》：「籠，笭也。」笭之轉為籠，猶玲之轉為瓏，合言之則曰玲瓏，倒言之則曰瓏玲。

謹案：玲《廣韻》郎丁切：「玲瓏，玉聲。」《說文》云：「玲，玉聲也。」來母、青韻開口四等，上古聲母為來母*l-，古韻分部在真部-iɐn，上古音為*liɐn；王念孫古韻分部在真部。

瓏《廣韻》盧紅切：「玲瓏，玉聲。」《說文》云：「瓏，禱旱玉也，為龍文。」來母、東韻開口一等，上古聲母為來母*l-，古韻分部在東部-auŋ，上古音為*lauŋ；王念孫古韻分部在東部。

「玲」和「瓏」上古聲母均為來母*l-，為雙聲相轉。

【五十七】剖：辟：片：胖：半

《釋詁．卷四下》「剖、辟、片、胖，半也」條下云：皆一聲之轉也。剖者，襄十四年《左傳》：「與女剖分而食之。」杜預注云：「中分為剖。」片、胖、半，聲並相近。

謹案：剖《廣韻》普后切：「判也、破也。」《說文》云：「剖，判也。」滂母、厚韻開口一等，上古聲母為滂母*p‘-，古韻分部在之部-uə，上古音為*p‘uə；

王念孫古韻分部在之部。（又芳武切：「判也。」敷母、麌韻合口三等，上古聲母為滂母*p‘j-，古韻分部在侯部-i̯au，上古音為*p‘ji̯au；王念孫古韻分部在侯部。）

辟《廣韻》必益切：「除也。」《說文》云：「辟，法也。」幫母、昔韻開口三等，上古聲母為幫母*p-，古韻分部在錫部-i̯ɐk，上古音為*pi̯ɐk；王念孫時錫部尚未從支部分出，所以古韻分部在支部。

片《廣韻》普麵切：「半也、判也、析木也。」《說文》云：「片，判木也，从半木。」滂母、霰韻開口四等，上古聲母為滂母*p‘-，古韻分部在元部-ians，上古音為*p‘ians；王念孫古韻分部在元部。

胖《廣韻》無此字。《集韻》中胖字有三個音：補綰切，《說文》云：「半體也，一曰廣肉。」幫母、潸韻合口二等，上古聲母為幫母*p-，古韻分部在元部-ruan，上古音為*pruan；王念孫古韻分部在元部。（又蒲官切：「大也。」並母、桓韻合口一等，上古聲母為並母*b‘-，古韻分部在元部-uan，上古音為*b‘uan；又普半切，滂母、換韻合口一等，上古聲母為滂母*p‘-，古韻分部在元部-uan，上古音為*p‘uan；王念孫古韻分部在元部。）

半《廣韻》博漫切：「物中分也。」幫母、換韻合口一等，上古聲母為幫母*p-，古韻分部在元部-uan，上古音為*puan；王念孫古韻分部在元部。

「剖」、「辟」、「片」、「胖」和「半」上古聲母滂母與幫母屬同類的旁紐雙聲聲近而轉。

【五十八】若：而

> 《釋詁．卷四下》「曰……詞也」條下云：各當為若，若隸或作莕，與各相近，故訛而為各。若、而一聲之轉，皆語詞也。

謹案：若《廣韻》而灼切：「如也、順也、汝也、辝也，又杜若香草。」日母、藥韻開口三等，上古聲母為泥母*nj-，古韻分部在鐸部-i̯ak，上古音為*nji̯ak；王念孫時鐸部尚未從魚部分出，所以古韻分部在魚部。（又人者切：「乾草，又般若。」日母、馬韻開口三等，上古聲母為泥母*nj-，古韻分部在魚部-i̯a，上古音為*nji̯a；王念孫古韻分部在魚部。又人賒切：「蜀地名。」《說文》云：「若，擇菜也。从艸右。右，手也。」日母、麻韻開口三等，上古聲母為泥母*nj-，古韻分部在鐸部-i̯ak，上古音為*nji̯ak；王念孫時鐸部尚未從魚部分出，所以古韻分部在魚部。）

而《廣韻》如之切：「語助。」《說文》云：「而，須也，象形。」日母、之韻開口三等，上古聲母為泥母*nj-，古韻分部在之部-i̯ə，上古音為*nji̯ə；王念孫古韻分部在之部。

「若」和「而」上古聲母相同，為雙聲相轉。

【五十九】榜：輔

> 《釋詁・卷四下》「拔……輔也」條下云：榜者，《說文》：「榜，所目輔弓弩也。」《楚辭・九章》：「有志極而無旁。」王逸注云：「旁，輔也。」旁與榜通。榜、輔一聲之轉，榜之轉為輔，猶方之轉為甫，旁之轉為溥矣。

謹案：榜《廣韻》薄庚切，《說文》云：「所目輔弓弩也。」並母、庚韻開口二等，上古聲母為並母*b‘-，古韻分部在陽部-raŋ，則上古音為*b‘raŋ；王念孫古韻分部在陽部。（又北孟切：「木片。」幫母、敬韻開口二等，上古聲母為幫母*p-，古韻分部在陽部-raŋs，則上古音為*praŋs；又北朗切：「木片。」幫母、蕩韻開口一等，上古聲母為幫母*p-，古韻分部在陽部-aŋ，上古音為*paŋ；王念孫古韻分部在陽部。）

輔《廣韻》扶雨切：「毗輔，又助也、弼也。」《說文》云：「《春秋傳》曰：『輔車相依。』从車甫聲，人頰車也。」奉母、麌韻合口三等，上古聲母為並母*b‘j-，古韻分部在魚部-i̯ua，上古音為*b‘ji̯ua；王念孫古韻分部在魚部。

「榜」和「輔」上古聲母相同，為雙聲相轉。而上古韻部分部陽部和魚部為對轉的關係，所以「榜」和「輔」屬於聲同韻近而轉。

【六〇】撣：提

> 《釋詁・卷四下》「攜……提也」條下云：撣者，《說文》：「撣，提持也，讀若行遅驒驒。」〈大元・盛〉次五云：「何福滿肩，提禍撣撣。」撣與提一聲之轉。〈釋器篇〉云：「𥌊謂之彈。」𥌊之轉為彈，猶提之轉為撣矣。

謹案：撣《廣韻》徒干切：「觸也。」《說文》云：「撣，提持也。」定母、寒韻開口一等，上古聲母為定母*d‘-，古韻分部在元部-an，上古音為*d‘an；（又徒案切：「觸也。」定母、翰韻開口一等，上古聲母為定母*d‘-，古韻分部在元部-an，上古音為*d‘an；又市連切：「撣，撣援，牽引。」禪母、仙韻開口三等，上古聲母擬音為*sd‘j-，古韻分部在元部-i̯an，上古音為*sd‘ji̯an；王念孫古韻分部在元部。）

提《廣韻》杜奚切：「提攜。」《說文》云：「提，挈也。」定母、齊韻開口四等，上古聲母為定母*d‘-，古韻分部在支部-iɐ，上古音為*d‘iɐ；王念孫古韻分部在支部。（又是支切：「群飛皃。」禪母、支韻開口三等，上古聲母擬音為*sd‘j-，古韻分部在支部-i̯ɐ，上古音為*sd‘ji̯ɐ；王念孫古韻分部在支部。）

「撣」和「提」上古聲母相同，為雙聲相轉。

【六十一】衰：差

> 《釋詁・卷四下》「僭……差也」條下云：羼者，襄二十六年《左傳》：「自上以下，降殺以兩。」謂有等差也。卷二云：「羼、殺、衰，減也。」衰、差一聲之轉。

謹案：衰《廣韻》所追切：「微也。」《說文》云：「衰，艸雨衣，秦謂之萆，从衣象形。」疏母、脂韻合口三等，上古聲母為心母*s-，古韻分部在脂部-i̯uɐi，上古音為*si̯uɐi；王念孫古韻分部為脂部。（又楚危切：「小也、減也、殺也。」初母、支韻合口三等，上古聲母為清母*ts‘-，古韻分部在支部-i̯uɐ，上古音為*ts‘i̯uɐ；王念孫古韻分部為支部。）

差《廣韻》楚宜切：「次也，不齊等也。」《說文》云：「差，貳也，左不相值也。」初母、支韻開口三等，上古聲母為清母*ts‘-，古韻分部在歌部-ri̯ai，上古音為*ts‘ri̯ai；王念孫古韻分部在歌部。（又楚佳切：「差殊，又不齊。」初母、佳韻開口二等，上古聲母為清母*ts‘-，古韻分部在支部-rɐ，上古音為*ts‘rɐ；王念孫古韻分部在支部。又楚懈切：「病除也。」初母、卦韻開口二等，上古聲母為清母*ts‘-，古韻分部在錫部-rɐks，上古音為*ts‘rɐks；王念孫時錫部尚未從支部分出，所以古韻分部在支部。又楚皆切：「簡也。」初母、皆韻開口二等，上古聲母為清母*ts‘-，古韻分部在脂部-rɐi，上古音為*ts‘rai；王念孫古韻分部在脂部。又初牙切：「擇也，又差舛也。」初母、麻韻開口二等，上古聲母為清母*ts‘-，古韻分部在歌部-rai，上古音為*ts‘rai；王念孫古韻分部在歌部。）

「衰」和「差」上古聲母相同，為雙聲相轉。在上古韻部的分部方面，歌部和脂部旁轉，所以兩者屬於聲同韻近而轉。

【六十二】裹：鞏

《釋詁·卷四下》「衄……鞏也」條下云：幰者，上文云：「幰，裹也。」裹與鞏一聲之轉。

謹案：裹《廣韻》古火切：「苞裹、又纏也。」《說文》云：「裹，纏也。」見母、果韻合口一等，上古聲母為見母*k-，古韻分部在歌部-uai，上古音為*kuai；王念孫古韻分部在歌部。（又古臥切：「包也。」見母、過韻合口一等，上古聲母為見母*k-，古韻分部在歌部-uai，上古音為*kuai；王念孫古韻分部在歌部。）

鞏《廣韻》居轉切：「《爾雅》曰：『革中辨謂之鞏，車上所用皮也。』」《說文》云：「革中辨謂之鞏。」見母、獮韻合口三等，上古聲母為見母*k-，古韻分部在元部-i̯uan，上古音為*ki̯uan；王念孫古韻分部在元部。（又去願切：「曲也，又革中辨也。」溪母、願韻合口三等，上古聲母為溪母*k'-，古韻分部為元部-i̯uan，上古音為*k'i̯uan；又渠卷切：「緣　縫也。」群母、線韻合口三等，上古聲母為匣母*ɣ-，古韻分部在元部-i̯uans，上古音為*ɣi̯uans；王念孫古韻分部在元部。）

「裹」和「鞏」上古聲母相同，為雙聲相轉。在上古韻部方面，歌部與元部為陰陽對轉，所以兩者屬聲同韻近而轉。

【六十三】爊：煾：煨：熅

《釋詁·卷四下》「爊……熅也」條下云：煨者，《說文》：「煨，盆中火也。」《眾經音義》卷四引《通俗文》云：「熱灰謂之煻煨。」〈秦策〉云：「蹈煨炭。」今俗語猶謂煻火為煨。爊、煾、煨、熅，皆一聲之轉也。

謹案：爊《廣韻》於刀切：「埋物灰中令熟。」影母、豪韻開口一等，上古聲母為影母*ʔ-，古韻分部在幽部-əu，上古音為*ʔəu；王念孫古韻分部在幽部。

煾《廣韻》烏痕切：「炮炙也，以微火溫肉。」影母、痕韻開口一等，上古聲母為影母*ʔ-，古韻分部在諄部-ən，上古音為*ʔən；王念孫古韻分部在諄部。

煨《廣韻》烏恢切：「煻煨火。」《說文》云：「盆中火。」影母、灰韻合口一等，上古聲母為影母*ʔ-，古韻分部在微部-uəi，上古音為*ʔuəi；王念孫時尚未將微部從脂部分出，所以古韻分部在脂部。

熅《廣韻》於云切：「烟熅，天地氣也。」《說文》云：「熅，鬱煙也。」影母、文韻合口三等，上古聲母為影母*ʔ-，古韻分部在諄部-i̯uən，上古音為*ʔi̯uən；王念孫古韻分部在諄部。

「爊」、「熪」、「煨」和「熅」上古聲母同為影母*ʔ-，為雙聲相轉。

【六十四】庸：由：以

> 《釋詁．卷四下》「庸……用也」條下云：庸、由、以，一聲之轉。〈盤庚〉云：「弔由靈。」

謹案：庸《廣韻》餘封切：「常也、用也、功也、和也、次也、易也。」喻母、鍾韻合口三等，上古聲母擬音為*r-，古韻分部在東部-i̯uauŋ，上古音為*ri̯uauŋ；王念孫古韻分部在東部。

由《廣韻》以周切：「從也、經也、用也、行也。」喻母、尤韻開口三等，上古聲母擬音為*r-，古韻分部在幽部-i̯əu，上古音為*ri̯əu；王念孫古韻分部在幽部。

以《廣韻》羊已切、羊止切：「用也、與也、為也。」喻母、止韻開口三等，上古聲母擬音為*r-，古韻分部在之部-i̯ə，上古音為*ri̯ə；王念孫古韻分部在之部。

「庸」、「由」和「以」上古聲母相同，為雙聲相轉。上古韻部分部方面，幽部和之部為旁轉，所以屬於聲同韻近而轉。

【六十五】蔫：菸：矮：葾

> 《釋詁．卷四下》「蔫、菸、矮，葾也。」條下云：皆一聲之轉也。蔫者，《說文》：「蔫，菸也。」《大戴禮．用兵篇》：「草木殤黄。」殤與蔫同。

謹案：蔫《廣韻》謁言切，《說文》云：「蔫，菸也。」影母、元韻開口三等，上古聲母為影母*ʔ-，古韻分部在元部-i̯an，上古音為*ʔi̯an；王念孫古韻分部在元部。（又於乾切：「物不鮮也。」影母、仙韻開口三等，上古聲母為影母*ʔ-，古韻分部在元部-i̯an，上古音為*ʔi̯an；王念孫古韻分部在元部。）

菸《廣韻》依倨切：「臭草。」《說文》云：「菸，鬱也，从艸於聲。一曰矮也。」影母、御韻開口三等，上古聲母為影母*ʔ-，古韻分部在魚部-i̯a，上古音為*ʔi̯a；王念孫古韻分部在魚部。

痿《廣韻》於為切：「枯死。」《說文》云：「痿，病也。」影母、支韻合口三等，上古聲母為影母*ʔ-，古韻分部在微部-i̯uəi，上古音為*ʔi̯uəi；王念孫時尚未將微部從脂部分出，所以古韻分部在脂部。（又於偽切：「《禮記》注益州有鹿痿。」影母、寘韻合口三等，上古聲母為影母*ʔ-，古韻分部在微部-i̯uəi，上古音為*ʔi̯uəi；王念孫時尚未將微部從脂部分出，所以古韻分部在脂部。）

葾《廣韻》於袁切：「敗也。」影母、元韻合口三等，上古聲母為影母*ʔ-，古韻分部在元部-i̯uan，上古音為*ʔi̯uan；王念孫古韻分部在元部。

「蔫」、「菸」、「痿」和「葾」上古聲母相同，為雙聲相轉。

【六十六】皵：䱜

> 《釋言・卷五上》「皵……皵也」條下云：皵之言麤也。《玉篇》、《廣韻》並音麤。皵、䱜一聲之轉。《釋名》云：「齊人謂草屨曰搏腊，搏腊猶把鮓，麤貌也，荊州人曰麤。」腊與䱜、麤與皵並同義。

謹案：皵《廣韻》倉胡切：「皮䱜惡也。」清母、模韻合口一等，上古聲母為清母*ts‘-，古韻分部在魚部-ua，上古音為*ts‘ua；王念孫古韻分部在魚部。（又七與切，清母、語韻開口三等，上古聲母為清母*ts‘-，古韻分部在魚部-i̯a，上古音為*ts‘i̯a；王念孫古韻分部在魚部。）

䱜《廣韻》七雀切：「皮皴。《爾雅》云：『棤䱜謂木皮甲錯。』」清母、藥韻開口三等，上古聲母為清母*ts‘-，古韻分部在鐸部-i̯ak，上古音為*ts‘i̯ak；王念孫時尚未將鐸部從魚部分出，所以古韻分部在魚部。（又七迹切：「皮細起。」清母、昔韻開口三等，上古聲母為清母*ts‘-，古韻分部在鐸部-i̯ak，上古音為*ts‘i̯ak；王念孫時尚未將鐸部從魚部分出，所以古韻分部在魚部。）

「皵」和「䱜」上古聲母相同，為雙聲相轉。在上古韻部分部方面，魚部和鐸部為陰入對轉，所以屬於聲同韻近而轉。

【六十七】曼：莫：無

> 《釋言・卷五上》「曼……無也」條下云：《小爾雅》：「曼，無也。」《法言・寡見篇》云：「曼是為也。」〈五百篇〉云：「行有之也，病曼之也。」皆謂無為曼。《文選・四子講德論》：「空柯無刃，公輸不能以斲，但懸曼矰，蒲苴不能以射。」曼，亦無也，李善注

訓為長，失之。曼、莫、無，一聲之轉，猶覆謂之幔，亦謂之幕，亦謂之幠也。

謹案：曼《廣韻》母官切：「路遠。」《說文》云：「曼，引也。」明母、桓韻合口一等，上古聲母為明母*m-，古韻分部在元部-uan，上古音為*muan；王念孫古韻分部在元部。（又無販切：「長也。」微母、願韻合口三等，上古聲母為明母*mj-，古韻分部在元部-i̯uans，上古音為*mji̯uans；王念孫古韻分部在元部。）

莫《廣韻》慕各切：「無也、定也。」《說文》云：「莫，日且冥也，从日在茻中，茻亦聲。」明母、鐸韻開口一等，上古聲母為明母*m-，古韻分部在鐸部-ak，上古音為*mak；王念孫時尚未將鐸部從魚部分出，所以古韻分部在魚部。

無《廣韻》武夫切：「有無也。」《說文》云：「無，亡也。」段注云：「其轉語則《水經注》云：『燕人謂無為毛。』楊子以曼為無，今人謂無有為沒有，皆是也。」微母、虞韻合口三等，上古聲母為明母*mj-，古韻分部在魚部-i̯ua，上古音為*mji̯ua；王念孫古韻分部在魚部。

「曼」、「莫」與「無」上古聲母相同，為雙聲相轉。

【六十八】磓：沰：磓

《釋言‧卷五上》「磓……磓也」條下云：《廣韻》：「磓，落也。」《玉篇》：「沰，落也。」磓、沰、磓一聲之轉。

謹案：磓《廣韻》都歷切：「磓磓。」端母、錫韻開口四等，上古聲母為端母*t-，古韻分部在錫部-iɐk，上古音為*tiɐk；王念孫二十一部中錫部尚未從支部分出，所以古韻分部在支部。

沰《廣韻》他各切：「赭也，又磓也。」透母、鐸韻開口一等，上古聲母為透母*t‘-，古韻分部在鐸部-ak，上古音為*t‘ak；王念孫二十一部中鐸部尚未從魚部分出，所以古韻分部在魚部。

磓《廣韻》都回切：「落也。」端母、灰韻合口一等，上古聲母為端母*t-，古韻分部在微部-uəi，上古音為*tuəi；王念孫二十一部中微部尚未從脂部分出，所以古韻分部在脂部。

「磓」、「沰」和「磓」上古聲母發音部位同為舌頭音，是旁紐雙聲，屬聲近而轉，上古韻部分部方面，支部和魚部、脂部均有旁轉關係，所以歸類在聲近韻近而轉。

【六十九】易：與：如

《釋言・卷五上》「易、與，如也」條下云：皆一聲之轉也。宋定之云：「〈繫辭傳〉：『易者，象也；象也者，像也。』像即如似之意。」引之云：《論語》：「賢賢易色。」「易者，如也。」猶言好德如好色也。二說竝通。易訓為如，又有平均之義，下文云：「如，均也。」《爾雅》：「平、均，易也。」是易、如與平均同義。《方言》：「易，始也。」郭璞注云：「易，代更始也。」義近於鑿。《廣雅》之訓多本《方言》。此條訓易為如，而〈釋詁〉：「始也。」一條內不載易字，疑張氏所見本始作如也。

謹案：易《廣韻》以豉切、盈義切：「難易也、簡易也。」《說文》云：「易，蜥易、蝘蜓，守宮也。象形。祕書說曰：『日月為易，象侌易也。』」喻母、寘韻開口三等，上古聲母擬音為*r-，古韻分部在錫部-i̯ɐks，上古音為*ri̯ɐks；王念孫二十一部中錫部尚未從支部分出，所以古韻分部在支部。（又以益切、羊益切：「變易，又始也、改也、奪也、轉也。」喻母、昔韻開口三等，上古聲母擬音為*r-，古韻分部在錫部-i̯ɐks，上古音為*ri̯ɐks；王念孫二十一部中錫部尚未從支部分出，所以古韻分部在支部。）

與《廣韻》以諸切，《說文》云：「與，黨與也。」喻母、魚韻開口三等，上古聲母擬音為*r-，古韻分部在魚部-i̯a，上古音為*ri̯a；王念孫古韻分部在魚部。（又餘佇切、余呂切：「參與也。」喻母、語韻開口三等，上古聲母擬音為*r-，古韻分部在魚部-i̯a，上古音為*ri̯a；又余譽切：「參與也。」喻母、御韻開口三等，上古聲母擬音為*r-，古韻分部在魚部-i̯a，上古音為*ri̯a；王念孫古韻分部在魚部。）

如《廣韻》人諸切、尒諸切：「而也、均也、似也、謀也、往也、若也。」《說文》云：「如，從隨也。」日母、魚韻開口三等，上古聲母為泥母*nj-，古韻分部在魚部-i̯a，上古音為*nji̯a；王念孫古韻分部在魚部。（又人恕切，日母、御韻開口三等，上古聲母為泥母*nj-，古韻分部在魚部-i̯a，上古音為*nji̯a；王念孫古韻分部在魚部。）

「易」和「與」上古聲母相同，兩者與「如」的上古聲母是同位的關係，所以音間易流轉而互變。在上古韻部分部方面，魚部和支部為旁轉關係，歸類於聲近韻近而轉。

【七〇】與：如：若

> 《釋言．卷五上》「易……如也」條下云：襄二十六年《左傳》引《夏書》曰：「與其殺不辜，甯失不經。」凡經傳言與其者，皆謂如其也。閔元年《左傳》：「猶有令名，與其及也。」《史記集解》引王肅注云：「雖去猶可有令名，其坐而及禍也。」何與，猶何如也。〈秦策〉云：「秦昭王謂左右曰：『今日韓、魏孰與始強？』對曰：『弗如也。』王曰：『今之如耳魏、齊，孰如孟嘗芒卯之賢？』對曰：『弗如也。』」孰與，猶孰如也。班固〈東都賦〉云：「僻界西戎，險阻四塞，脩其防禦，孰與處乎土中？平夷洞達，萬方輻湊，秦嶺九峻，涇渭之川，曷若四瀆五嶽，帶河泝洛，圖書之淵？」曷若，猶孰與也。《漢書．鼂錯傳》：「今匈奴上下山阪，出入溪澗，中國之馬弗與也。」弗與，猶弗如也。與、如、若亦一聲之轉，與訓為如又有相當之義。

謹案：與《廣韻》以諸切，《說文》云：「與，黨與也。」喻母、魚韻開口三等，上古聲母擬音為*r-，古韻分部在魚部-i̯a，上古音為*ri̯a；王念孫古韻分部在魚部。（又餘佇切、余呂切：「參與也。」喻母、語韻開口三等，上古聲母擬音為*r-，古韻分部在魚部-i̯a，上古音為*ri̯a；又余譽切：「參與也。」喻母、御韻開口三等，上古聲母擬音為*r-，古韻分部在魚部-i̯a，上古音為*ri̯a；王念孫古韻分部在魚部。）

如《廣韻》人諸切、尒諸切：「而也、均也、似也、謀也、往也、若也。」《說文》云：「如，從隨也。」日母、魚韻開口三等，上古聲母為泥母*nj-，古韻分部在魚部-i̯a，上古音為*nji̯a；王念孫古韻分部在魚部。（又人恕切，日母、御韻開口三等，上古聲母為泥母*nj-，古韻分部在魚部-i̯a，上古音為*nji̯a；王念孫古韻分部在魚部。）

若《廣韻》而灼切：「如也、順也、汝也、辝也，又杜若香草。」日母、藥韻開口三等，上古聲母為泥母*nj-，古韻分部在鐸部-i̯ak，上古音為*nji̯ak；王念孫時鐸部尚未從魚部分出，所以古韻分部在魚部。（又人者切：「乾草，又般若。」日母、馬韻開口三等，上古聲母為泥母*nj-，古韻分部在魚部-i̯a，上古音為*nji̯a；王念孫古韻分部在魚部。又人賒切：「蜀地名。」《說文》云：「若，擇菜也。从艸右。右，手也。」日母、麻韻開口三等，上古聲母為泥母*nj-，古韻分部在鐸部-i̯ak，上古音為*nji̯ak；王念孫時鐸部尚未從魚部分出，所以古韻分部在魚部。）

「如」、「若」和「與」的上古聲母發音部位相同，為同類聲近而轉。上古韻母的部分，魚部和鐸部為陰入對轉，所以屬於聲近韻近而轉。

【七十一】諸：旃：之

> 《釋言·卷五上》「諸、旃，之也」條下云：皆一聲之轉也。諸者，「之於」之合聲，故諸訓為之，又訓為於。旃者，「之焉」之合聲，故旃訓為之，又訓為焉。〈唐風·采苓〉箋云：「旃之言焉也。」

謹案：諸《廣韻》章魚切、職余切：「之也、旃也、辯也、非一也。」照母、魚韻開口三等，上古聲母為端母*tj-，古韻分部在魚部-i̯a，上古音為*tji̯a；王念孫古韻分部在魚部。（又正奢切，照母、麻韻開口三等，上古聲母為端母*tj-，古韻分部在魚部-i̯a，上古音為*tji̯a；王念孫古韻分部在魚部。）

旃《廣韻》諸延切：「之也。」照母、仙韻開口三等，上古聲母為端母*tj-，古韻分部在元部-i̯an，上古音為*tji̯an；王念孫古韻分部在元部。

之《廣韻》止而切：「適也、往也、閒也。」照母、之韻開口三等，上古聲母為端母*tj-，古韻分部在之部-i̯ə，上古音為*tji̯ə；王念孫古韻分部在之部。

「諸」、「旃」和「之」上古聲母同為端母*t-，為雙聲相轉。

【七十二】靈：祿

> 《釋言·卷五上》「靈……福也」條下云：卷一云：「祿、靈，善也。」《爾雅》：「祿，福也。」福與善義相近，故皆謂之祿，又皆謂之靈。靈與祿，一聲之轉耳。

謹案：靈《廣韻》郎丁切：「神也、善也、巫也、寵也、福也。」來母、青韻開口四等，上古聲母為來母*l-，古韻分部在耕部-iɐŋ，上古音為*liɐŋ；王念孫古韻分部在耕部。

祿《廣韻》盧谷切：「俸也、善也、福也、錄也。」來母、屋韻開口一等，上古聲母為來母*l-，古韻分部在屋部-auk，上古音為*lauk；王念孫二十一部中屋部尚未從侯部分出，所以古韻分部在侯部。

「靈」和「祿」上古聲母同為來母*l-，雙聲相轉。

【七十三】嘉：皆

《釋言．卷五上》「賀……嘉也」條下云：《說苑．辨物篇》賀作嘉，皆是也。嘉、皆一聲之轉，字通作偕。〈小雅．魚麗〉曰：「維其嘉矣。」又曰：「維其偕矣。」〈賓之初筵〉曰：「飲酒孔嘉。」又曰：「飲酒孔偕。」偕，亦嘉也，解者多失之。

謹案：嘉《廣韻》古牙切：「善也、美也。」見母、麻韻開口二等，上古聲母為見母*k-，古韻分部在歌部-rai，上古音為*krai；王念孫古韻分部在歌部。

皆《廣韻》古諧切，《說文》云：「皆，俱詞也。」見母、皆韻開口二等，上古聲母為見母*k-，古韻分部在脂部-rɐi，上古音為*krɐi；王念孫古韻分部在脂部。

「嘉」和「皆」上古聲母均為見母*k-，雙聲相轉。在上古韻部方面，歌部和脂部為旁轉關係，所以「嘉」和「皆」屬於聲同韻近而轉。

【七十四】捋：流

《釋詁．卷五上》「摎，捋也」條下云：〈周南．關雎篇〉：「參差荇菜，左右流之。」流與摎通，謂捋取之也。捋、流一聲之轉。「左右流之」、「左右采之」猶言「薄言采之」、「薄言捋之」耳。

謹案：捋《廣韻》郎括切：「手捋也、取也、摩也。」《說文》云：「捋，取易也。」來母、末韻合口一等，上古聲母為來母*l-，古韻分部在月部-uat，上古音為*luat；月部在王念孫古韻分部中稱為祭部。

流《廣韻》力求切：「演也、求也、覃也、放也。」《說文》云：「流，水行也。」來母、尤韻開口三等，上古聲母為來母*l-，古韻分部在幽部-i̯əu，上古音為*li̯əu；王念孫古韻分部在幽部。

「捋」和「流」上古聲母同為來母*l-，雙聲相轉。

【七十五】檢：括

《釋言．卷五上》「檢，括也」條下云：檢、括一聲之轉。《文選．辨亡論》注引薛君《韓詩章句》云：「括，約束也。」《法言．君子篇》：「蠢迪檢押。」李軌注云：「檢押，猶隱括也。」蔡邕〈薦邊讓書〉云：「檢括竝合。」各本脫檢字。《眾經音義》卷六卷十四竝引《廣雅》：「檢，括也。」今據以訂正。

謹案：檢《廣韻》居奄切：「書檢印窠封題也，又檢校，俗作撿。」《說文》云：「檢，書署也。」見母、琰韻開口三等，上古聲母為見母*k-，古韻分部在添部-i̯ɐm，上古音為*ki̯ɐm；王念孫二十一部中添部尚未從談部分出，所以古韻分部在談部。

括《廣韻》古活切：「檢也、結也、至也。」見母、末韻合口一等，上古聲母為見母*k-，古韻分部在月部-uat，上古音為*kuat；月部在王念孫古韻分部中稱為祭部。

「檢」和「括」上古聲母均為見母*k-，雙聲相轉。

【七十六】漂：潎：洴：澼

《釋言．卷五上》「漂，潎也」條下云：漂、潎、洴、澼，一聲之轉。漂之言摽，潎之言擊，洴之言拼，僻之言擗，皆謂擊也。

謹案：漂《廣韻》撫招切，《說文》云：「浮也。」敷母、宵韻開口三等，上古聲母為滂母*p‘j-，古韻分部在宵部-i̯ɐu，上古音為*p‘ji̯ɐu；王念孫古韻分部在宵部。（又匹妙切：「水中打絮，韓信寄食於漂母。」滂母、笑韻開口三等，上古聲母為滂母*p‘-，古韻分部在宵部-i̯ɐu，上古音為*p‘i̯ɐu；王念孫古韻分部在宵部。）

撇《廣韻》普蔑切：「小擊，又略也、引也，亦作擏。」《說文》云：「飾也，从手敝聲，一曰擊也。」滂母、屑韻開口四等，上古聲母為滂母*p‘-，古韻分部在月部-i̯at，上古音為*p‘i̯at；月部在王念孫古韻分部中稱為祭部。

洴《廣韻》薄經切：「《莊子》曰：『有洴澼造絮者也。』」並母、青韻開口四等，上古聲母為並母*b‘-，古韻分部在耕部-iɐŋ，上古音為*b‘iɐŋ；王念孫古韻分部在耕部。

澼《廣韻》普擊切：「《莊子》：『洴澼絖漂絮者。』」滂母、錫韻開口四等，上古聲母為滂母*p‘-，古韻分部在錫部-iɐk，上古音為*p‘iɐk；王念孫二十一部中錫部尚未從支部分出，所以古韻分部在支部。

「漂」、「擎」和「澼」上古聲母均為滂母*p‘-，但「洴」是並母*b‘-，所以本組字為同類的旁紐雙聲，屬於聲近而轉。

【七十七】浮：罰

《釋言．卷五下》「浮，罰也」條下云：見〈閑居賦〉注，〈投壺〉：「若是者浮。」鄭注云：「浮，罰也。」《晏子春秋．雜篇》云：「景公飲酒，田桓子侍，望見晏子而復於公曰：『請浮晏子。』」浮、罰一聲之轉。

謹案：浮《廣韻》縛謀切，《說文》云：「汎也。」奉母、尤韻開口三等，上古聲母為並母*b‘j-，古韻分部在幽部-i̯əu，上古音為*b‘ji̯əu；王念孫古韻分部在幽部。

罰《廣韻》房越切：「罪罰。」《說文》云：「罰，辠之小者。从刀詈，未目刀有所賊，但持刀罵詈則應罰。」奉母、月韻合口三等，上古聲母為並母*b‘j-，古韻分部在月部-i̯uat，上古音為*b‘ji̯uat；月部在王念孫古韻分部中稱為祭部。

「浮」和「罰」上古聲母相同，為雙聲相轉。

【七十八】呪：袾

《釋言．卷五下》「袾，袓也」條下云：見《集韻》、《類篇》、《玉篇》云：「袾，呪詛也。」呪、袾一聲之轉。

謹案：呪《廣韻》職救切：「呪詛。」照母、宥韻開口三等，上古聲母為端母*tj-，古韻分部在幽部-i̯əu，上古音為*tji̯əu；王念孫古韻分部在幽部。

袾《廣韻》陟輸切：「《字統》云：『朱衣曰袾。』」知母、虞韻合口三等，上古聲母為端母*tr-，古韻分部在侯部-i̯uau，上古音為*tri̯uau；又昌朱切，穿母、虞韻合口三等，上古聲母為透母*t‘j-，古韻分部在侯部-i̯uau，上古音為*t‘ji̯uau；王念孫古韻分部在侯部。

「呪」和「袾」上古聲母均為端母*tj-，雙聲相轉。在上古韻部分部方面，幽部和侯部屬於旁轉的關係，所以這兩個字屬於聲同韻近而轉。

【七十九】拳：區：款

《釋訓．卷六上》「拳拳、區區、款款，愛也」條下云：皆一聲之轉也，《漢書．劉向傳》云：「念忠臣雖在甽畝，猶不忘君惓惓之義也。」〈貫捐之傳〉云：「敢昧死竭卷卷。」〈貢禹傳〉云：「臣禹不勝拳拳。」竝字異而義同。

謹案：拳《廣韻》巨員切：「屈手也。《廣雅》云：『拳拳，憂也。』又拳拳，奉持之皃。」《說文》云：「拳，手也。」群母、仙韻合口三等，上古聲母為匣母*ɣ-，古韻分部在元部-i̯uan，上古音為*ɣi̯uan；王念孫古韻分部在元部。

區《廣韻》豈俱切，《說文》云：「區，踦區，臧隱也。从品在匸中。品，眾也。」溪母、虞韻合口三等，上古聲母為溪母*k‘-，古韻分部在侯部-i̯uau，上古音為*k‘i̯uau；王念孫古韻分部在侯部。（又烏侯切：「姓也，古善劍區冶子之後，今郴州有之。」影母、侯韻開口一等，上古聲母為影母*ʔ-，古韻分部在侯部-au，上古音為*ʔau；王念孫古韻分部在侯部。）

款《廣韻》苦管切：「誠也，叩也，至也，重也，愛也。」《說文》云：「款，意有所欲也。」溪母、緩韻合口一等，上古聲母為溪母*k‘-，古韻分部在元部-uan，上古音為*k‘uan；王念孫古韻分部在元部。

「區」與「款」的上古聲母同為溪母*k‘-，與「拳」的匣母屬同類的旁紐雙聲。

【八〇】悾：愨：懇：叩

《釋訓．卷六上》「悾悾……誠也」條下云：《楚辭．九歎》：「行叩誠而不阿兮。」叩，亦誠也。王逸注訓叩為擊，失之。重言之則曰叩叩，繁欽〈定情詩〉云：「何以致叩叩，香囊懸肘後。」是也。悾悾、愨愨、懇懇、叩叩，皆一聲之轉，或轉為款款，猶叩門之轉為款門也。叩叩、各本譌作叨叨，今訂正。

謹案：悾《廣韻》苦紅切：「信也、愨也。」溪母、東韻開口一等，上古聲母為溪母*k‘-，古韻分部在東部-auŋ，上古音為*k‘auŋ；王念孫古韻分部在東部。（又苦江切，溪母、江韻開口二等，上古聲母為溪母*k‘-，古韻分部在冬部-rəuŋ，上古音為*k‘rəuŋ；王念孫撰《廣雅疏證》時尚未將冬部從東部分出，所以古韻分部在東部；又苦貢切：「誠心。」溪母、送韻開口一等，上古聲母為溪母*k‘-，古韻分部在東部-auŋ，上古音為*k‘auŋ；王念孫古韻分部在東部。）

愨《廣韻》苦角切：「謹也、善也、愿也、誠也。」溪母、覺韻開口二等，上古聲母為溪母*k‘-，古韻分部在屋部-rauk，上古音為*k‘rauk；王念孫二十一部中屋部尚未從侯部分出，所以古韻分部在侯部。

懇《廣韻》康很切：「懇側至誠也，又信也。」溪母、很韻開口一等，上古聲母為溪母*k‘-，古韻分部在諄部-ən，上古音為*k‘ən；王念孫古韻分部在諄部。

叩《廣韻》苦后切：「叩頭。」溪母、厚韻開口一等，上古聲母為溪母*k‘-，古韻分部在侯部-au，上古音為*k‘au；王念孫古韻分部在侯部。

「悾」、「慤」、「懇」和「叩」的上古聲母同為溪母*k‘-，雙聲相轉。

【八十一】狐：嫌

> 《釋訓．卷六上》「躊躇，猶豫也」條下云：案：〈曲禮〉云：「卜筮者，先聖王之所以使民決嫌疑，定猶與也。」〈離騷〉云：「心猶豫而狐疑兮。」《史記．淮陰侯傳》云：「猛虎之猶豫，不若蜂蠆之致螫；騏驥之蹢躅，不如駑馬之安步；孟賁之狐疑，不如庸夫之必至也。」嫌疑、狐疑、猶豫、蹢躅，皆雙聲字，狐疑與嫌疑一聲之轉耳，後人誤讀狐疑二字，以為狐性多疑，故曰狐疑，又因〈離騷〉猶豫、狐疑相對成文，而謂猶是犬名，犬隨人行，每豫在前，待人不得，又來迎候，故曰猶豫。或又謂猶是獸名，每聞人聲，即豫上樹，久之復下，故曰猶豫。或又以豫從象，而謂猶豫俱是多疑之獸。以上諸說，具於《水經注》、《顏氏家訓》、《禮記正義》及《漢書注》、《文選注》、《史記索隱》等書。夫雙聲之字，本因聲以見義，不求諸聲，而求諸字，固宜其說之多鑿也。

謹案：狐《廣韻》戶吳切：「狐狢。」《說文》云：「狐，妖獸也，鬼所乘之，有三德：其色中和，小前大後，死則丘首，謂之三德。」匣母、模韻合口一等，上古聲母為匣母*ɣ-，古韻分部在魚部-ua，上古音為*ɣua；王念孫古韻分部在魚部。

嫌《廣韻》戶兼切，《說文》云：「不平於心也，从女兼聲，一曰疑也。」匣母、添韻開口四等，上古聲母為匣母*ɣ-，古韻分部在添部-iɐm，上古音為*ɣiɐm；王念孫二十一部中添部尚未從談部分出，所以古韻分部在談部。

「狐」和「嫌」上古聲母均為匣母*ɣ-，雙聲相轉。

【八十二】（1）翱：敖（2）遊：翔

《釋訓．卷六上》「翱翔，浮游也」條下云：〈齊風．載驅〉傳云：「翱翔猶彷徉也。」翔字古讀若羊，翱、翔雙聲也。〈載驅〉云「齊子翱翔」、「齊子遊敖」。翱翔，遊敖，皆一聲之轉，故《釋名》云：「翱，敖也，言敖遊也。翔，佯也，言彷佯也。」《楚辭．離騷》：「聊浮遊以逍遙。」遊與游同。浮游、彷徉，亦一聲之轉。

謹案：《詩經．載馳》：「汶水滔滔，行人儦儦。魯道有蕩，齊子遊敖。」張允中《詩經古韻今注》云：「敖，同遨。遊敖，遨遊也。」〔註41〕〈邶風．柏舟〉：「微我無酒，以敖以遊。」釋文：「敖本亦作遨。」〔註42〕《文選．謝惠連贈別》：「無陳心悁勞，旅人豈遊遨。」又宋玉〈小言賦〉：「蠅蚋皆以顧盼，附蠛蠓而遨遊。」所以「遊敖」一作「敖遊」，亦作「遨遊」。

翱《廣韻》五勞切：「翱翔。」《說文》云：「翱，翔也。」疑母、豪韻開口一等，上古聲母為疑母*ŋ-，古韻分部在宵部-ɐu，上古音為*ŋɐu；王念孫古韻分部在宵部。

敖《廣韻》五勞切，《說文》云：「敖，遊也。」疑母、豪韻開口一等，上古聲母為疑母*ŋ-，古韻分部在宵部-ɐu，上古音為*ŋɐu；王念孫古韻分部在宵部。

翔《廣韻》似羊切：「翱翔。」《說文》云：「翔，回飛也。」邪母、陽韻開口三等，上古聲母擬音為*rj-，古韻分部在陽部-i̯aŋ，上古音為*rji̯aŋ；王念孫古韻分部在陽部。

遊《廣韻》以周切，《說文》云：「遊，旌旗之流也。」喻母、尤韻開口三等，上古聲母擬音為*r-，古韻分部在幽部-i̯əu，上古音為*ri̯əu；王念孫古韻分部在幽部。

本組可分為兩部分來討論，就詞本身而言，王念孫在疏中云：「翔字古讀若羊，翱、翔雙聲也。」邪母和喻母古歸定母，而疑母和喻母為同位次濁聲，所以屬聲近，但韻部的分部方面則無音轉條件。「遊敖」的上古聲母為喻母和疑母，為同位次濁聲，在上古韻方面，幽部和宵部有旁轉的關係。

就詞與詞之間的音轉條件來看，「翱」與「敖」聲韻畢同。「翔」與「遊」則雙聲而轉。

〔註41〕參見張允中先生《詩經古韻今注》第120頁。

〔註42〕參見《十三經注疏．詩經》第74頁。

【八十三】(1)浮:彷(2)游:徉

《釋訓・卷六上》「翱翔,浮游也」條下云:〈齊風・載驅〉傳云:「翱翔猶彷徉也。」翔字古讀若羊,翱、翔雙聲也。〈載驅〉云「齊子翱翔」、「齊子遊敖」。翱翔,遊敖,皆一聲之轉,故《釋名》云:「翱,敖也,言敖遊也。翔,佯也,言仿佯也。」《楚辭・離騷》:「聊浮遊以逍遙。」遊與游同。浮游、彷徉,亦一聲之轉。

謹案:浮《廣韻》縛謀切,《說文》云:「汎也。」奉母、尤韻開口三等,上古聲母為並母*b'j-,古韻分部在幽部-i̯əu,上古音為*b'ji̯əu;王念孫古韻分部在幽部。

游《廣韻》以周切,《說文》云:「遊,旌旗之流也。」喻母、尤韻開口三等,上古聲母擬音為*r-,古韻分部在幽部-i̯əu,上古音為*ri̯əu;王念孫古韻分部在幽部。

彷《廣韻》步光切:「彷徨。」並母、唐韻合口一等,上古聲母為並母*b'-,古韻分部在陽部-uaŋ,上古音為*b'uaŋ;王念孫古韻分部在陽部。(又妃兩切,敷母、養韻開口三等,上古聲母為滂母*p'j-,古韻分部在陽部-i̯aŋ,上古音為*p'ji̯aŋ;王念孫古韻分部在陽部。)

徉《廣韻》與章切:「儴徉徙倚。」為喻母、陽韻開口三等,上古聲母擬音為*r-,古韻分部在陽部-i̯aŋ,上古音為*ri̯aŋ;王念孫古韻分部在陽部。

本組可以分兩部分來分析,就詞本身而言,「浮游」和「彷徉」都是疊韻詞。就詞與詞音聲的流轉部分,「浮」和「彷」上古聲母同為並母*b'-,而「游」和「徉」上古聲母相同,兩者均為雙聲相轉。

【八十四】(1)梗:辜(2)槩:較

《釋訓・卷六上》「揚搉……都凡也」條下云:《孝經》:「蓋天子之孝也。」孔傳云:「蓋者,辜較之辭。」劉炫《述義》云:「辜較,猶梗槩也。道既廣,此纔舉其大略也。」梗槩與辜較,一聲之轉。略陳指趣謂之辜較,總括財利亦謂之辜較,皆都凡之意也。

謹案:梗《廣韻》古杏切:「梗,直也。」《說文》云:「梗,山枌榆,有朿,莢可為蕪荑。」見母、梗韻開口二等,上古聲母為見母*k-,古韻分部在陽部-raŋ,上古音為*kraŋ;王念孫古韻分部在陽部。

槩《廣韻》古代切：「平斗斛木。」《說文》云：「槩，所㠯杚斗斛也。」見母、代韻開口一等，上古聲母為見母*k-，古韻分部在沒部-əts，上古音為*kəts；王念孫二十一沒部中部尚未從脂部分出，所以古韻分部在脂部。

辜《廣韻》古胡切，《說文》云：「辜，辠也。」見母、模韻合口一等，上古聲母為見母*k-，古韻分部在魚部-ua，上古音為*kua；王念孫古韻分部在魚部。

較《廣韻》古孝切：「不等。」見母、效韻開口二等，上古聲母為見母*k-，古韻分部在藥部-reuks，上古音為*kreuks；王念孫二十一部中藥部尚未從宵部分出，所以古韻分部在宵部。（又古岳切：「車箱，又直也、略也。」見母、覺韻開口二等，上古聲母為見母*k-，古韻分部在藥部-reuks，上古音為*kreuks；王念孫二十一部中藥部尚未從宵部分出，所以古韻分部在宵部。）

「梗槩」和「辜較」都是雙聲詞，這四個字有共同的上古聲見母*k-，為雙聲相轉。在上古韻部方面，「梗」和「辜」的魚部及陽部為陰陽對轉。

【八十五】顛：顁：題

《釋親・卷六下》「𩑰……頟也」條下云：《說文》：「顙，頟也。」〈說卦〉傳云：「其於人也，為廣顙。」又云：「其於馬也，為的顙。」《爾雅》：「的顙白顛。」顛、顁、題，一聲之轉。

謹案：顛《廣韻》都年切，《說文》云：「頂也。」端母、先韻開口四等，上古聲母為端母*t-，古韻分部在真部-ien，上古音為*tien；王念孫古韻分部在真部。（又他甸切，透母、霰韻開口四等，上古聲母為透母*t‘-，古韻分部在真部-iens，上古音為*t‘iens；王念孫古韻分部在真部。）

顁《廣韻》丁定切：「題顁。」端母、徑韻開口四等，上古聲母為端母*t-，古韻分部在耕部-ieŋs，上古音為*tieŋs；王念孫古韻分部在耕部。

題《廣韻》杜奚切、徒雞切：「書題。」《說文》云：「題，頟也。」定母、齊韻開口四等，上古聲母為定母*d‘-，古韻分部在支部-ie，上古音為*d‘ie；王念孫古韻分部在支部。（又特計切，定母、霽韻開口四等，上古聲母為定母*d‘-，古韻分部在支部-ie，上古音為*d‘ie；王念孫古韻分部在支部。）

「顛」和「顁」上古聲母為端母*t-，和「題」的定母屬同類的旁紐雙聲。上古韻部方面，三者的主要元音相同，耕部和支部為對轉關係，和真部為旁轉關係，所以本組字歸類於聲近韻近而轉。

【八十六】顴：頄

> 《釋親・卷六下》「顴……　也」條下云：〈夬〉九三：「壯于頄。」釋文：「頄，翟云：『面顴頰閒骨也。』鄭作頯，蜀才作仇。」《素問・氣府論》作鼽，竝字異而義同。顴、頄一聲之轉。

謹案：顴《廣韻》巨員切：「頰骨。」群母、仙韻合口三等，上古聲母為匣母*ɣ-，古韻分部在元部-i̯uan，上古音為*ɣi̯uan；王念孫古韻分部在元部。

頄《廣韻》渠追切：「面顴也。」群母、脂韻合口三等，上古聲母為匣母*ɣ-，古韻分部在脂部-i̯uɐi，上古音為*ɣi̯uɐi；王念孫古韻分部在脂部。（又巨鳩切，群母、尤韻開口三等，上古聲母為匣母*ɣ-，古韻分部在幽部-i̯əu，上古音為*ɣi̯əu；王念孫古韻分部在幽部。）

「顴」和「頄」上古聲母均為匣母*ɣ-，雙聲相轉。

【八十七】(1) 莫：孟：無 (2) 絡：浪：慮

> 《釋訓・卷六上》「揚搉……都凡也」條下云：《淮南子》注云：「無慮，大數名也。」《周髀算經》：「無慮後天十三度十九分度之七。」趙爽注云：「無慮者，粗計也。」《後漢書・光武紀》：「將作大匠竇融上言園陵廣袤，無慮所用。」李賢注云：「謂請園陵都凡制度也。」無慮之轉為孟浪，《莊子・齊物論篇》：「夫子以為孟浪之言，而我以為妙道之行也。」李頤云：「孟浪猶較略也。」崔譔云：「不精要之貌。」左思〈吳都賦〉：「若吾之所傳，孟浪之遺言，略舉其梗概，而未得其要妙也。」劉逵注云：「孟浪，猶莫絡不委細之意。」莫絡、孟浪、無慮，皆一聲之轉。總計物數謂之無慮，總度事情亦謂之無慮，皆都凡之意也。

謹案：莫《廣韻》慕各切：「無也、定也。」《說文》云：「莫，日且冥也，从日在茻中，茻亦聲。」明母、鐸韻開口一等，上古聲母為明母*m-，古韻分部在鐸部-ak，上古音為*mak；王念孫二十一部中鐸部尚未從魚部分出，所以古韻分部在魚部。

絡《廣韻》盧各切：「絡絲。」《說文》云：「絡，絮也。一曰麻未漚也。」來母、鐸韻開口一等，上古聲母為來母*l-，古韻分部在鐸部-ak，上古音為*lak；王念孫古韻分部在魚部。

孟《廣韻》莫更切：「勉也、始也。」《說文》云：「孟，長也，从子皿聲。」明母、敬韻開口二等，上古聲母為明母*m-，古韻分部在陽部-raŋ，上古音為*mraŋ；王念孫古韻分部在陽部。

浪《廣韻》魯當切：「滄浪，水名。」《說文》云：「浪，滄浪水也，南入江。」來母、唐韻開口一等，上古聲母為來母*l-，古韻分部在陽部-aŋ，上古音為*laŋ；王念孫古韻分部在陽部。（又來宕切，來母、宕韻開口一等，上古聲母為來母*l-，古韻分部在陽部-aŋs，上古音為*laŋs；王念孫古韻分部在陽部。）

無《廣韻》武夫切：「有無也。」《說文》云：「無，亡也。」段注云：「其轉語則《水經注》云：『燕人謂無為毛。』楊子以曼為無，今人謂無有為沒有，皆是也。」微母、虞韻合口三等，上古聲母為明母*mj-，古韻分部在魚部-i̯ua，上古音為*mji̯ua；王念孫古韻分部在魚部。

慮《廣韻》良倨切：「思也。」《說文》云：「慮，謀思也。」來母、御韻開口三等，上古聲母為來母*l-，古韻分部在魚部-i̯a，上古音為*li̯a；王念孫古韻分部在魚部。

本組可分兩部分討論，就各詞本身而言，「莫絡」、「孟浪」和「無慮」皆為疊韻詞，但就詞與詞之間音聲流轉的關係來看，「莫」、「孟」和「無」上古聲母均為明母*m-，雙聲相轉，且上古韻部方面，魚部和陽部為陰陽對轉的關係，屬於聲同韻近而轉；「絡」、「浪」和「慮」上古聲母均為來母*l-，雙聲相轉，在上古韻部方面和「莫」、「孟」和「無」一樣有陰陽對轉關係，屬於聲同韻近而轉。

【八十八】楷：笮

《釋宮・卷七上》「楷謂之笮」條下云：楷字或作楶，又作節。《說文》：「楷，欂櫨也。」《爾雅》：「栭謂之楶。」郭注云：「即櫨也。」《釋文》：「楶，舊本及《論語》、《禮記》皆作節。」〈明堂位〉：「山節藻棁。」鄭注云：「山節，刻欂盧為山也。」《逸周書・作雒解》：「復格藻棁。」孔晁注云：「復格，累芝栭也。」〈魯靈光殿賦〉：「芝栭欑羅以戢孴。」張載注云：「芝栭，柱上節，方小木為之，長三尺。」今本《逸周書》楷字譌作格。楷、笮一聲之轉。《爾雅》：「屋上薄謂之筄。」注云：「屋笮也。」屋上薄謂之笮，猶柱上欂謂之笮矣。

謹案：楶《廣韻》子結切：「屋梁上木。」《說文》云：「楶，欂櫨也。」精母、屑韻開口四等，上古聲母為精母*ts-，古韻分部在質部-iɐt，上古音為*tsiɐt；質部在王念孫古韻分部中稱為至部。

笮《廣韻》側駕切：「笮酒器也。」莊母、禡韻開口三等，上古聲母為精母*tsr-，古韻分部在鐸部-i̯aks，上古音為*tsri̯aks；（又在各切：「竹索，西南夷尋之以渡水。」從母、鐸韻開口一等，上古聲母為從母*dz‘-，古韻分部在鐸部-ak，上古音為*dz‘ak；又側伯切：「矢箙，又屋上版，又迫也。」《說文》云：「迫也，在瓦之下棼上。」莊母、陌韻開口二等，上古聲母為精母*ts-，古韻分部在鐸部-rak，上古音為*tsrak；王念孫二十一部中鐸部尚未從魚部分出，所以古韻分部在魚部。）

「楶」和「笮」上古聲母相同，為雙聲相轉。

【八十九】匾：椑

《釋器・卷七下》「題……甂也」條下云：《太平御覽》引《通俗文》云：「小甌曰題。甂題猶匾㔸也。」《眾經音義》卷六云：「《韻集》『匾，方殄反』『㔸，他奚反』，《纂文》云：『匾㔸，薄也。』今俗呼廣薄為匾㔸，關中呼椑㔸。」器之大口而卑者，與廣薄同義，故亦有甂題之名，又匾㔸與椑㔸，一聲之轉。大口而卑者謂之甂，猶下文「匾榼謂之椑」矣。

謹案：匾《廣韻》方典切：「匾㔸，薄也。」幫母、銑韻開口四等，上古聲母為幫母*p-，古韻分部在真部-iɐn，上古音為*piɐn；王念孫古韻分部在真部。（又卑連切，幫母、仙韻開口三等，上古聲母為幫母*p-，古韻分部在元部-i̯an，上古音為*pi̯an；王念孫古韻分部在真部。）

椑《廣韻》邊兮切：「椑㼽，短皃。」幫母、齊韻開口四等，上古聲母為幫母*p-，古韻分部在支部-iɐ，上古音為*piɐ；王念孫古韻分部在支部。

「匾」和「椑」上古聲母均為幫母*p-，是聲同而轉。

【九〇】欏：落：杝

《釋宮・卷七上》「欏，杝也」條下云：落之言落落然也，古通作落。《管子・地員篇》云：「行嗇落。」欏、落、杝，一聲之轉。

《莊子·胠篋篇》：「削格羅落罝罘之知多，則獸亂於澤矣。」羅落謂獸網也。網謂之羅落，亦謂之畢，杝謂之篳，亦謂之羅落，義並相近也。

謹案：欏《廣韻》魯何切：「杪欏，木名，出崐崘山。」來母、歌韻開口一等，上古聲母為來母*l-，古韻分部在歌部-ai，上古音為*lai；王念孫古韻分部在歌部。（又來可切：「裂也。」來母、哿韻開口一等，上古聲母為來母*l-，古韻分部在歌部-ai，上古音為*lai；王念孫古韻分部在歌部。）

落《廣韻》盧各切：「零落，草曰零，木曰落，又始也、聚落也。」《說文》云：「落，凡艸曰零，木曰落，从艸洛聲。」來母、鐸韻開口一等，上古聲母為來母*l-，古韻分部在鐸部-ak，上古音為*lak；王念孫古韻分部在魚部。

杝《廣韻》弋支切：「木名。」《說文》云：「杝，落也。」喻母、支韻開口三等，上古聲母擬音為*r-，古韻分部在錫部-i̯ɐk，上古音為*ri̯ɐk；王念孫二十一部中錫部尚未從支部分出，所以古韻分部在支部。（又池爾切，澄母、紙韻開口三等，上古聲母為定母*d‘-，古韻分部在錫部-i̯ɐk，上古音為*d‘i̯ɐk；又敕氏切，徹母、紙韻開口三等，上古聲母為透母*t‘-，古韻分部在錫部-i̯ɐk，上古音為*t‘i̯ɐk；王念孫二十一部中錫部尚未從支部分出，所以古韻分部在支部。）

「欏」和「落」上古聲母相同，與「杝」屬同位的收聲，所以屬於聲近而轉。

【九十一】(1) 銼：族：接 (2) 鏀：累：慮

《釋器·卷七下》「鎢錥……銼鏀」條下云：物形之小而圓者，謂之銼鏀，單言之則曰銼。《廣韻》：「銼，蜀呼鈷鏻也。」銼者，族羸之合聲，故銼鏀又謂之鏃。《急就篇》注云：「小釜曰鏃鏀。」是也。《說文》：「痤，小腫也，一曰族累病。」桓六年《左傳》：「謂其不疾瘯蠡也。」瘯蠡與族累同，急言之則為痤矣，《爾雅·釋木》：「痤，接慮李。」郭注云：「今之麥李。」《齊民要術》引《廣志》云：「麥李細小。」麥李細小，故有接慮之名，急言之亦近於痤，故又謂之痤。銼鏀、族累、接慮一聲之轉，皆物形之小而圓者也。

謹案：銼《廣韻》昨禾切：「銼，小釜。」從母、戈韻合口一等，上古聲母為從母*dz‘-，古韻分部在歌部-uai，上古音為*dz‘uai；王念孫古韻分部在歌部。（又麤臥切，清母、過韻合口一等，上古聲母為清母*ts‘-，古韻分部在歌部-uai，上古音為*ts‘uai；王念孫古韻分部在歌部。又昨木切，從母、屋韻開口一等，上古聲母為從母*dz‘-，古韻分部在屋部-auk，上古音為*dz‘auk；王念孫時屋部尚未從侯部分出，所以古韻分部在侯部。）

鑹《廣韻》落戈切：「小釜，或作鏍。」來母、戈韻合口一等，上古聲母為來母*l-，古韻分部在歌部-uai，上古音為*luai；王念孫古韻分部在歌部。

族《廣韻》昨木切，《說文》云：「族，矢鏠也。束之族族也，从㫃从矢。㫃所目標眾，眾矢之所集。」從母、屋韻開口一等，上古聲母為從母*dz‘-，古韻分部在屋部-auk，上古音為*dz‘auk；王念孫古韻分部在侯部。

累《廣韻》力委切：「《說文》曰：『增也，十黍之重也。』」來母、紙韻合口三等，上古聲母為來母*l-，古韻分部在微部-i̯uəi，上古音為*li̯uəi；王念孫二十一部中微部尚未從脂部分出，所以古韻分部在脂部。（又良僞切：「緣坐也。」來母、寘韻合口三等，上古聲母為來母*l-，古韻分部在微部-i̯uəi，上古音為*li̯uəi；王念孫二十一部中微部尚未從脂部分出，所以古韻分部在脂部。）

接《廣韻》即葉切：「交也，持也，合也，會也。」精母、葉韻開口三等，上古聲母為精母*tsj-，古韻分部在怗部-i̯ɐp，上古音為*tsji̯ɐp；王念孫二十一部中怗部尚未從盍部分出，所以古韻分部在盍部。

慮《廣韻》良倨切：「思也。」《說文》云：「慮，謀思也。」來母、御韻開口三等，上古聲母為來母*l-，古韻分部在魚部-i̯a，上古音為*li̯a；王念孫古韻分部在魚部。

本組的音韻關係可從兩方面來觀察：首先就詞本身來看，「銼鑹」有疊韻的關係，但「族累」和「接慮」則沒有雙聲或疊韻的關係。其次就詞與詞之間的音聲流轉來觀察，「銼」和「族」上古聲母均為從母*dz‘-，和「接」的精母*ts-同為齒頭音，三者乃屬於同類的旁紐雙聲關係，是聲近而轉。「鑹」、「累」和「慮」上古聲母均為來母*l-，雙聲相轉。在上古韻部方面，歌部和脂部、魚部均為旁轉的關係。

【九十二】縮：籔：匴

《釋器．卷七下》「䈹……篽也」條下云：《說文》：「匴，盝米籔也。」《集韻》：「匴，或作𠥴。」《方言》注云：「江東呼𠥴為淅籤。」

匴之言浚也。卷二云：「浚，盪也。」《周官》注云：「縮，浚也。」縮、籔、匴一聲之轉。籔之轉為匴，猶數之轉為算矣。

謹案：縮《廣韻》所六切：「斂也、退也、短也、亂也。」《說文》云：「縮，亂也，从糸宿聲，一曰蹴也。」疏母、屋韻開口三等，上古聲母為心母*s-，古韻分部在覺部-i̯əuk，上古音為*si̯əuk；王念孫二十一部中覺部尚未從幽部分出，所以古韻分部在幽部。

籔《廣韻》所矩切：「窶籔，四足几也。」《說文》云：「籔，炊䉛也。」疏母、麌韻合口三等，上古聲母為心母*s-，古韻分部在侯部-i̯au，上古音為*si̯au；王念孫古韻分部在侯部。（又所句切，疏母、遇韻合口三等，上古聲母為心母*s-，古韻分部在侯部-i̯au，上古音為*si̯au；又所角切，疏母、覺韻開口二等，上古聲母為心母*s-，古韻分部在侯部-rau，上古音為*srau；又蘇后切：「漉米器也。」心母、厚韻開口一等，上古聲母為心母*s-，古韻分部在侯部-au，上古音為*sau；王念孫古韻分部在侯部。）

匴《廣韻》吐緩切：「器也，冠箱也。」《說文》云：「匴，漉米籔也。」透母、緩韻合口一等，上古聲母為透母*t'-，古韻分部在元部-uan，上古音為*t'uan；王念孫古韻分部在元部。

「縮」和「籔」上古聲母均為心母*s-，與「匴」的上古聲母透母*t'-同為清聲送氣，發音方法相同，屬於同位聲近而轉。

【九十三】匾：椑

《釋器．卷七下》「匾，榼謂之椑」條下云：《太平御覽》引謝承《後漢書》云：「傳車有美酒一椑。」椑之言卑也，《說文》以為圜榼，《廣雅》以為匾榼。凡器之名為椑者，皆兼此二義。〈考工記．廬人〉：「句兵椑，刺兵摶。」鄭注云：「齊人謂柯斧柄為椑，則椑，隋圜也；摶，圜也。」然則正圜者謂之摶圜，而匾者謂之椑，故齊人謂柯斧柄為椑也。又匾與椑一聲之轉，故盆之大口而卑者謂之㼪。

謹案：匾《廣韻》方典切：「匾匲，薄也。」幫母、銑韻開口四等，上古聲母為幫母*p-，古韻分部在真部-iɐn，上古音為*piɐn；王念孫古韻分部在真部。（又卑連切，幫母、仙韻開口三等，上古聲母為幫母*p-，古韻分部在元部-i̯an，上古音為*pi̯an；王念孫古韻分部在真部。）

椑《廣韻》府移切：「木名。」《說文》云：「椑，圜榼也。」非母、支韻開口三等，上古聲母為幫母*pj-，古韻分部在支部-i̯ɐ，上古音為*pji̯ɐ；王念孫古韻分部在支部。（又部迷切：「圓榼。《漢書》云：『美酒一椑。』」並母、齊韻開口四等，上古聲母為並母*b'-，古韻分部在支部-iɐ，上古音為*b'iɐ；又房益切：「棺也。」奉母、昔韻開口三等，上古聲母為並母*b'j-，古韻分部在支部-i̯ɐ，上古音為*b'ji̯ɐ；王念孫古韻分部在支部。又扶歷切：「棺也。」並母、錫韻開口四等，上古聲母為並母*b'-，古韻分部在錫部-iɐk，上古音為*b'iɐk；王念孫古韻分部在錫部。）

「匾」和「椑」上古聲母相同，為雙聲相轉。

【九十四】篋：椷

> 《釋器．卷七下》「匧謂之椷」條下云：匧之言挾也。《爾雅》云：「挾，藏也。」《說文》：「匧，椷藏也，」或作篋。〈士冠禮〉：「同篋。」鄭注云：「隋方曰篋。」篋、椷一聲之轉。

謹案：篋《廣韻》苦協切：「箱篋。」《說文》云：「篋，椷臧也。」段注云：「小徐本如是，大徐本無椷字。木部椷下曰：『匧也。』是二篆為轉注，臧字似衍。」溪母、怗韻開口四等，上古聲母為溪母*k'-，古韻分部在怗部-iɐp，上古音為*k'iɐp；王念孫二十一部中怗部尚未從盍部分出，所以古韻分部在盍部。

椷《廣韻》胡讒切：「杯也。」《說文》云：「椷，篋也。」匣母、咸韻開口二等，上古聲母為匣母*ɣ-，古韻分部在侵部-rəm，上古音為*ɣrəm；王念孫古韻分部在侵部。

「篋」和「椷」上古聲母均為舌根音，發音部位相同，所以屬於旁紐雙聲，同類聲近而轉。

【九十五】陌：冒

> 《釋器．卷七下》「帕頭……幧頭也」條下云：鄭注〈問喪〉云：「今時始喪者，邪巾貊頭，笄纚之存象也。」《釋文》貊作袹。《漢書．周勃傳》：「太后以冒絮提文帝。」應劭曰：「陌額絮也。」晉灼曰：「《巴蜀異物志》謂頭上巾為昌絮。」貊、袹、陌並通。陌與冒一聲之轉。

謹案：陌《廣韻》莫白切：「阡陌。南北為阡，東西為陌。」明母、陌韻開口二等，上古聲母為明母*m-，古韻分部在鐸部-rak，上古音為*mrak；王念孫二十一部中鐸部尚未從魚部分出，所以古韻分部在魚部。

冒《廣韻》莫北切：「千也。」明母、德韻開口一等，上古聲母為明母*m-，古韻分部在職部-ək，上古音為*mək；王念孫時職部尚未從之部分出，所以古韻分部在之部。（又莫報切：「覆也、涉也。」《說文》云：「冒，冡而前也。」明母、號韻開口一等，上古聲母為明母*m-，古韻分部在幽部-əu，上古音為*məu；；王念孫古韻分部在幽部。）

「陌」和「冒」上古聲母同為明母*m-，雙聲相轉。在上古韻部方面，鐸部與職部為旁轉，所以本組字屬於聲同韻近而轉。

【九十六】䍀：罠：幕

《釋器．卷七下》「罝……兔罟也」條下云：《爾雅》：「𦤵罟謂之䍀。」郭注云：「䍀，幕也。」釋文：「䍀，力端反，又莫潘反，本或作罠，亡巾反。」案：罠亦幕也，䍀、罠、幕一聲之轉。左思〈吳都賦〉：「罠蹏連綱。」劉逵注云：「罠，麋網也。」張協〈七命〉：「布飛䍀，張脩罠。」李善注引《廣雅》：「罠，兔罟也。」今本脫罠字。

謹案：䍀《廣韻》落官切：「𦤵罟。」來母、桓韻合口一等，上古聲母為來母*l-，古韻分部在元部-uan，上古音為*luan；王念孫古韻分部在元部。

罠《廣韻》武巾切：「𦤵網。」《說文》云：「罠，所目釣也。从网民聲。」微母、真韻開口三等，上古聲母為明母*mj-，古韻分部在真部-i̯ɐn，上古音為*mji̯ɐn；王念孫古韻分部在真部。

幕《廣韻》慕各切：「帷幕。」《說文》云：「幕，帷在上曰幕。」明母、鐸韻開口一等，上古聲母為明母*m-，古韻分部在鐸部-ak，上古音為*mak；王念孫二十一部中鐸部尚未從魚部分出，所以古韻分部在魚部。

「罠」和「幕」上古聲母同為明母，「䍀」的上古聲母為來母，和明母發音方法同為收聲，屬同位聲近而轉。

【九十七】蔽：韠：韍

《釋器．卷七下》「大巾……謂之縪」條下云：祓、韍一字也。

《說文》作市，云：「從巾，象其連帶之形。」《易》作紱，《詩》作芾，《禮記》作韍，《左傳》作黻，《方言》作袚，《易・乾鑿度》作茀，《白虎通義》作紼，竝字異而義同，縪本作韠，即蔽膝之合聲。蔽、韠、韍又一聲之轉，《說文》：「篳，藩落也。」引襄十年《左傳》：「篳門圭窬。」《爾雅》：「畢，堂牆。」李巡注云：「厓似堂牆曰畢。」其謂之畢者、皆取障蔽之意，與韠同也。

謹案：蔽《廣韻》必袂切：「掩也。」《說文》云：「蔽，蔽蔽，小艸也。」幫母、祭韻開口三等，上古聲母為幫母*p-，古韻分部在月部-i̯ats，上古音為*pi̯ats；月部在王念孫古韻分部中稱為祭部。

韠《廣韻》卑吉切：「胡服蔽膝。」《說文》云：「韠，韍也，所吕蔽前者，下廣二尺，上廣一尺，其頸五寸。」幫母、質韻開口三等，上古聲母為幫母*p-，古韻分部在質部-i̯ɐt，上古音為*pi̯ɐt；質部在王念孫古韻分部中稱為至部。

韍《廣韻》分勿切，《說文》：「韍，韠也，古衣蔽前而已，市以象之。天子朱市，諸侯赤市，卿大夫蔥衡，从巾象連帶之形。」段注云：「韋部曰：『韠，韍也。』二字相轉注也。」非母、物韻合口三等，上古聲母為幫母*pj-，古韻分部在沒部-i̯uət，上古音為*pji̯uət；王念孫時沒部尚未從脂部分出，所以古韻分部在脂部。（又平祕切：「車絥也。」並母、至韻開口三等，上古聲母為並母*b‘-，古韻分部在質部-i̯ɐts，上古音為*b‘i̯ɐts；質部在王念孫古韻分部中稱為至部。）

「蔽」、「韠」和「韍」上古聲母均為幫母*p-，屬雙聲相轉。其中「蔽」與「韍」上古音相同，且段玉裁認為「韠」和「韍」是屬於轉注字。在上古韻部方面，月部、質部和沒部均為旁轉，所以本組屬於聲同韻近而轉。

【九十八】卷：頍

《釋器・卷七下》「纗……幘也」條下云：《士冠禮》注云：「緇布冠無笄者，著頍圍髮際，結項中隅，為四綴以固冠，今未冠笄者，著卷幘，頍象之所生也。」《釋文》：「卷，去員反。」《輿服志》云：「未入學小童幘句卷屋者，示尚幼少，未遠冒也。」卷、帣、纗並通，卷與頍一聲之轉也。

謹案：卷《廣韻》居轉切：「卷，卷舒。」《說文》云：「卷，厀曲也。」見母、獮韻合口三等，上古聲母為見母*k-，古韻分部在元部-i̯uan，上古音擬音為*ki̯uan；（又居倦切：「曲也。」見母、線韻合口三等，上古聲母為見母*k-，古韻分部在元部-i̯uan，上古音為*ki̯uan；又求晚切：「《風俗傳》云：『陳留太守琅邪徐焉改圈姓卷氏，字異音同。』」群母、阮韻合口三等，上古聲母為匣母*ɣ-，古韻分部在元部-i̯uan，上古音為*ɣi̯uan；又巨員切：「曲也。」群母、仙韻合口三等，上古聲母為匣母*ɣ-，古韻分部在元部-i̯uan，上古音為*ɣi̯uan；王念孫古韻分部在元部。）

頍《廣韻》丘弭切，《說文》云：「頍，舉頭也，从頁支聲，詩曰：『有頍者弁。』」溪母、支韻開口三等，上古聲母為溪母*k'-，古韻分部在支部-i̯ɐ，上古音為*k'i̯ɐ；王念孫古韻分部在支部。

「卷」和「頍」上古聲母發音部位相同，僅送氣、不送氣的區別，屬聲近而轉。

【九十九】紟：綦

《釋器・卷七下》「其紟謂之綦」條下云：紟之言禁也。屨系謂之紟，衣系謂之紟，佩系謂之紟，其義一也。紟、綦一聲之轉。綦之言戒也，戒亦禁也。屨系謂之綦，車下紩謂之綦，其義一也。《說文》緥字注云：「一曰不借緥。」〈周官・弁師〉注作薄借綦。

謹案：紟《廣韻》巨禁切：「紟帶，或作襟。」《說文》云：「紟，衣系也。」群母、沁韻開口三等，上古聲母為匣母*ɣ-，古韻分部在侵部-i̯əms，上古音為*ɣi̯əms；王念孫古韻分部在侵部。

綦《廣韻》渠之切：「履飾，又蒼白色巾。」《說文》云：「帛蒼艾色也。」群母、之韻開口三等，上古聲母為匣母*ɣ-，古韻分部在之部-i̯ə，上古音為*ɣi̯ə；王念孫古韻分部在之部。

「紟」和「綦」上古聲母相同，為雙聲相轉。

【一〇〇】笄：笳

《釋器・卷七下》「笄……䰅也」條下云：《釋名》云：「揥，摘也，所以摘髮也。」《說文》：「擿，搔也。」〈君子偕老〉《正義》云：「以象骨搔首，因以為飾，故云所以摘髮。」《說文》：「髺，骨擿之可會髮者。」〈喪服記〉注云：「笄有首者，若今時刻鏤摘頭矣。」摘、擿、揥並與䚀同義，笄、笳一聲之轉。

謹案：笄《廣韻》古奚切：「女十有五而笄也。」《說文》云：「笄，旡也。」見母、齊韻開口四等，上古聲母為見母*k-，古韻分部在支部-iɐ，上古音為*kiɐ；王念孫古韻分部在支部。

笳《廣韻》古牙切：「笳簫，卷蘆葉吹之也。」見母、麻韻開口二等，上古聲母為見母*k-，古韻分部在歌部-rai，上古音為*krai；王念孫古韻分部在歌部。

「笄」和「笳」上古聲母均為見母*k-，雙聲相轉。在上古韻部方面，支部和歌部為旁轉的關係，所以本組屬於聲同韻近而轉。

【一〇一】衊：衁

《釋器．卷八上》「衁……血也」條下云：《釋名》云：「血，濊也。出於肉流而濊濊也。」《說文》：「衁，血也。」〈歸妹〉上六：「士刲羊無血。」僖十五年《左傳》作無衁。衊之言汚衊也。《說文》：「衊，汚血也」《素問．氣厥論》云：「膽移熱於腦，則辛頞鼻淵，傳為衄衊瞑目。」衊與衁，一聲之轉也。上文云：「帓，幭幞也。」帓之轉為幭，猶衁之轉為衊矣。

謹案：衊《廣韻》莫結切，《說文》云：「衊，污血也。」明母、屑韻開口四等，上古聲母為明母*m-，古韻分部在質部-iɐt，上古音為*miɐt；質部在王念孫古韻分部中稱為至部。

衁《廣韻》呼光切，《說文》云：「衁，血也。从血亡聲，《春秋傳》曰：『士刲羊亦無衁也。』」曉母、唐韻合口一等，上古聲母擬音為*hm-，古韻分部在陽部-uaŋ，上古音為*hmuaŋ；王念孫古韻分部在陽部。

「衊」和「衁」上古聲母音相近，屬於聲近而轉。

【一〇二】軑：轄

《釋器．卷七下》「鍊鏞……錧也」條下云：《說文》：「軑，車輨也。」《楚辭．離騷》：「齊玉釱而竝馳。」王逸注云：「軑，車輨也。」釱與軑同。軑之言鈐制也。《史記．平準書》：「敢私鑄鐵器煮鹽者，釱左趾。」索隱引《三倉》云：「釱，踏腳鉗也。」軑、轄一聲之轉。踏腳鉗謂之釱，轂耑錔謂之釱，其義一也。

謹案：軑《廣韻》特計切，《說文》云：「車輨也，从車大聲。」定母、霽韻開口四等，上古聲母為定母*d‘-，古韻分部在月部-iat，上古音為*d‘iat；月部在王念孫古韻分部中稱為祭部。（又徒蓋切，定母、泰韻開口一等，上古聲母為定母*d‘-，古韻分部在月部-at，上古音為*d‘at；月部在王念孫古韻分部中稱為祭部。）

軩《廣韻》他合切：「軩，車釭軩也。」透母、合韻開口一等，上古聲母為透母*t‘-，古韻分部在緝部-əp，上古音為*t‘əp；王念孫古韻分部在緝部。

「軑」和「軩」上古聲母同屬舌尖音，亦即發音部位相同的旁紐雙聲字。至於上古韻部方面，緝部和月部有旁轉的關係。

【一〇三】膷：臐：膮

《釋器・卷八上》「膷……臛也」條下云：臛字本作脽，亦作膗。《說文》：「脽，肉羹也。」《釋名》云：「膗，蒿也，香氣蒿蒿也。」鄭注《公食大夫禮》云：「膷、臐、膮，今時脽也。牛曰膷，羊曰臐，豕曰膮，皆香美之名也。」膮音呼堯反。膷、臐、膮一聲之轉，膮、脽聲相近也。

《釋器・卷八上》「芳……香也」條下云：《說文》：「膮，豕肉羹也。」《公食大夫禮》：「膷以東臐膮牛炙。」鄭注云：「膷、臐、膮，今時脽也，牛曰膷，羊曰臐，豕曰膮，皆香美之名也，古文膷作香，臐作薰。」案：膷、臐、膮，一聲之轉。膮，亦脽也。脽字或作膗。《釋名》云：「膗，蒿也，香氣蒿蒿也。」膷亦香也，臐亦薰也。

謹案：膷《廣韻》許良切：「牛羹。」曉母、陽韻開口三等，上古聲母為曉母*x-，古韻分部在陽部-i̯aŋ，上古音為*xi̯aŋ；王念孫古韻分部在陽部。

臐《廣韻》許云切：「《儀禮》鄭玄注云：『羊曰臐，豕曰膮，皆香美之名。』」曉母、文韻合口三等，上古聲母為曉母*x-，古韻分部在諄部-i̯uən，上古音為*xi̯uən；王念孫古韻分部在諄部。（又許運切：「羊羹。」曉母、問韻合口三等，上古聲母為曉母*x-，古韻分部在諄部-i̯uən，上古音為*xi̯uən；王念孫古韻分部在諄部。）

膮《廣韻》許幺切：「豕羹也。」曉母、蕭韻開口四等，上古聲母為曉母*x-，古韻分部在宵部-iɐu，上古音為*xiɐu；王念孫古韻分部在宵部。（又馨皛切，曉母、篠韻開口四等，上古聲母為曉母*x-，古韻分部在宵部-iɐu，上古音為*xiɐu；王念孫古韻分部在宵部。）

「膷」、「臐」和「膮」上古聲母同為曉母*x-，雙聲相轉。

【一〇四】焷：燔

《釋器・卷八上》「焷謂之𤙴」條下云：〈禮運〉：「燔黍捭豚。」鄭讀捭為擘，云：「釋米擘肉，加於燒石之上而食之。」案：捭者之借字，焷與燔一聲之轉，皆謂加於火上也。《鹽鐵論・散不足篇》云：「古者燔黍食稗，而焷豚以相饗。」即用〈禮運〉之文。

謹案：焷《廣韻》符支切：「炰也。」奉母、支韻開口三等，上古聲母為並母*b‘j-，古韻分部在支部-i̯ɐ，上古音為*b‘ji̯ɐ；王念孫古韻分部在支部。

燔《廣韻》附袁切：「炙也。」《說文》云：「爇也，从火番聲。」奉母、元韻合口三等，上古聲母為並母*b‘j-，古韻分部在元部-i̯uan，上古音為*b‘ji̯uan；王念孫古韻分部在元部。

「焷」和「燔」上古聲母同為並母*b‘-，雙聲相轉。

【一〇五】餲：餲：饐

《釋器・卷八上》「䱤鱢……臭也」條下云：《廣韻》：「䱥，䱥臭也。」䱥與餲同，餲之言穢也，《說文》：「餲，飯傷熱也。」《爾雅》：「食饐謂之餲。」郭注云：「飯餲臭也。」釋文引《倉頡篇》云：「餲食，臭敗也。」餲、餲、饐，一聲之轉。

謹案：餲《廣韻》於廢切：「飯臭。」《說文》云：「餲，飯傷熱也。」影母、廢韻合口三等，上古聲母為影母*ʔ-，古韻分部在月部-i̯uat，上古音為*ʔi̯uat；月部在王念孫古韻分部中稱為祭部。

餲《廣韻》於罽切，《說文》云：「餲，飯餲也。」影母、祭韻開口三等，上古聲母為影母*ʔ-，古韻分部在月部-i̯at，上古音為*ʔi̯at；月部在王念孫古韻分部中稱為祭部。（又烏葛切：「食傷臭。」影母、曷韻開口一等，上古聲母為影母*ʔ-，古韻分部在月部-at，上古音為*ʔat；月部在王念孫古韻分部中稱為祭部。）

饐《廣韻》乙粜切：「食傷熟也。」《說文》云：「饐，飯傷溼也。」影母、至韻開口三等，上古聲母為影母*ʔ-，古韻分部在質部-i̯ɐt，上古音為*ʔi̯ɐt；質部在王念孫古韻分部中稱為至部。

「鱴」、「餲」和「饐」上古聲母相同，為雙聲相轉。在上古韻分部方面，「鱴」和「餲」同為月部，它們和「饐」的質部有旁轉的關係，所以歸類於聲同韻近而轉。

【一〇六】箂：籥

《釋器．卷八上》「箹……籥也」條下云：《說文》：「箂，籥也。」《廣韻》云：「篇，簿書箂也。」箂之言葉也，與簡牒之牒同義，故《文心雕龍》云：「牒者，葉也。短簡編牒，如葉在枝。」箂與籥一聲之轉。卷二云：「煠，爚也。」爚之轉為煠，猶籥之轉為箂矣。

謹案：箂《廣韻》與涉切：「篇簿書箂。」《說文》云：「箂，籥也。从竹枼聲。」喻母、葉韻開口三等，上古聲母擬音為*r-，古韻分部在怗部-i̯ɐp，上古音為*ri̯ɐp；王念孫二十一部中怗部尚未從盍部分出，所以古韻分部在盍部。（又式涉切，審母、葉韻開口三等，上古聲母擬音為*st‘j-，古韻分部在怗部-i̯ɐp，上古音為*st‘ji̯ɐp；又丑輒切，徹母、葉韻開口三等，上古聲母為透母*t‘r-，古韻分部在怗部-i̯ɐp，上古音為*t‘ri̯ɐp；王念孫二十一部中怗部尚未從盍部分出，所以古韻分部在盍部。）

籥《廣韻》以灼切：「樂器。郭璞云：『如笛三孔而短小。』《廣雅》云『七孔』。」《說文》云：「書僮竹笘也。」喻母、藥韻開口三等，上古聲母擬音為*r-，古韻分部在藥部-i̯ɐuk，上古音為*ri̯ɐuk；王念孫二十一部中藥部尚未從宵部分出，所以古韻分部在宵部。

「箂」和「籥」上古聲母相同，為雙聲相轉。

【一〇七】羅：連

《釋器．卷八上》「柫謂之枷」條下云：《釋名》云：「枷，加也。加杖於柄頭，以檛穗而出其穀也。或曰羅枷，羅三杖而用之也。」羅、連一聲之轉，今江、淮閒謂打穀器為連皆，皆、枷亦一聲之轉。

謹案：羅《廣韻》魯何切：「羅，綺也。」《說文》云：「羅，㠯絲罟鳥也。从网从維。古者芒氏初作羅。」來母、歌韻開口一等，上古聲母為來母*l-，古韻分部在歌部-ai，上古音為*lai；王念孫古韻分部在歌部。

連《廣韻》力延切：「合也，續也，還也。」《說文》云：「連，負車也。从辵車。會意。」來母、仙韻開口三等，上古聲母為來母*l-，古韻分部在元部-i̯an，上古音為*li̯an；王念孫古韻分部在元部。

「羅」和「連」上古聲母同為來母*l-，在上古韻母方面，歌部和元部為陰陽對轉，所以本組應歸於聲同韻近而轉。

【一〇八】皆：枷

《釋器・卷八上》「柫謂之枷」條下云：《釋名》云：「枷，加也。加杖於柄頭，以檛穗而出其穀也。或曰羅枷，羅三杖而用之也。」羅、連一聲之轉，今江、淮閒謂打穀器為連皆，皆、枷亦一聲之轉。

謹案：皆《廣韻》古諧切，《說文》云：「皆，俱詞也。」見母、皆韻開口二等，上古聲母為見母*k-，古韻分部在脂部-rɐi，上古音為*krɐi；王念孫古韻分部在脂部。

枷《廣韻》求迦切：「刑具。」《說文》云：「柫也，從木加聲。淮南謂之柍。」群母、戈韻開口三等，上古聲母為匣母*ɣ-，古韻分部在歌部-i̯ai，上古音為*ɣi̯ai；王念孫古韻分部在歌部。（又古牙切：「枷鎖。」見母、麻韻開口二等，上古聲母為見母*k-，古韻分部在歌部-rai，上古音為*ɣrai；王念孫古韻分部在歌部。）

「皆」和「枷」上古聲母相同，為雙聲相轉。在上古韻母方面，脂部和歌部為旁轉關係。

【一〇九】薦：蔣

《釋器・卷八上》「笙……席也」條下云：《釋名》云：「薦，所以自薦藉也。」《晏子春秋・雜篇》云：「布薦席，陳簠簋。」薦、蔣一聲之轉。

謹案：薦《廣韻》丈買切：「薦席，又薦進也。」《說文》云：「薦，獸之所食艸，从廌艸，古者神人目廌遺黃帝，帝曰何食何處，曰食廌，夏處水澤，冬處松柏。」澄母、蟹韻開口二等，上古聲母為定母*d‘-，古韻分部在元部-ran，上古音為*d‘ran；王念孫古韻分部在元部。

蔣《廣韻》即兩切，《說文》云：「蔣，剖竹未去節謂之蔣。」精母、養韻開口三等，上古聲母為精母*tsj-，古韻分部在陽部-i̯aŋ，上古音為*tsji̯aŋ；王念孫古韻分部在陽部。（又《廣韻》秦杖切，從母、養韻開口三等，上古聲母為從母*dz‘j-，古韻分部在陽部-i̯aŋ，上古音為*dz‘ji̯aŋ；王念孫古韻分部在陽部。）

「薦」和「篰」上古聲母定母與從母同為濁聲送氣，發音方法相同，屬於同位聲近而轉。上古韻部方面，元部及陽部為旁轉，所以本組屬於聲近韻近而轉。

【一一〇】句：戈

> 《釋器．卷八上》「鏔……戟也」條下云：《說文》：「戟，有枝兵也。」「戈，平頭戟也。」《釋名》云：「戟，格也，旁有枝格也。戈，句子戟也。戈，過也，所刺擣則決過，所鉤引則制之弗得過也。」案：謂所刺擣所鉤引皆決過也。〈考工記〉注以戈為句兵，句、戈一聲之轉，猶鐮謂之刉，亦謂之划也。

謹案：句《廣韻》古侯切，《說文》云：「句，曲也。」見母、侯韻開口一等，上古聲母為見母*k-，古韻分部在侯部-au，上古音為*kau；王念孫古韻分部在侯部。（又古候切：「句當，俗作勾。」見母、候韻開口一等，上古聲母為見母*k-，古韻分部在侯部-au，上古音為*kau；又九遇切：「句，章句。」見母、遇韻合口三等，上古聲母為見母*k-，古韻分部在侯部-i̯uau，上古音為*ki̯uau；又其俱切：「冤句縣名。」群母、虞韻合口三等，上古聲母為匣母*ɣ-，古韻分部在侯部-i̯uau，上古音為*ɣi̯uau；王念孫古韻分部在侯部。）

戈《廣韻》古禾切：「干戈。」《說文》云：「戈，平頭戟也。」見母、戈韻合口一等，上古聲母為見母*k-，古韻分部在歌部-uai，上古音為*kuai；王念孫古韻分部在歌部。

「句」和「戈」上古聲母相同，為雙聲相轉。在上古韻部方面，侯部和歌部為旁轉，因此本組歸類於聲同韻近而轉。

【一一一】渠：魁

> 《釋器．卷八上》「吳魁……盾也」條下云：案：吳者，大也，魁亦盾名也，吳魁猶言大盾，不必出於吳，不必為魁帥所持也。《方言》：「吳，大也。」〈吳語〉：「奉文犀之渠。」韋昭注云：「渠，楯也。」渠與魁一聲之轉，故盾謂之渠，亦謂之魁，帥謂之渠，亦謂之魁，芋根謂之芋渠，亦謂之芋魁也。

> 《釋草．卷十上》「蕖，芋也」條下云：芋之大根曰蕖。蕖者，

巨也，或謂之芋魁，或謂之莒。《後漢書・馬融傳》云：「蘘荷，芋渠。」李賢注云：「芋渠即芋魁也。」渠與蕖同，渠、魁一聲之轉，而皆訓為大。

謹案：渠《廣韻》強魚切：「溝渠也。」《說文》云：「渠，水所居也。」群母、魚韻開口三等，上古聲母為匣母*ɣ-，古韻分部在魚部-i̯a，上古音為*ɣi̯a；王念孫古韻分部在魚部。

魁《廣韻》苦回切：「魁師，一曰北斗星。」溪母、灰韻合口一等，上古聲母為溪母*k‘-，古韻分部在微部-uəi，上古音為*k‘uəi；王念孫二十一部中微部尚未從脂部分出，所以古韻分部在脂部。

「渠」和「魁」上古聲母同為舌根音，屬同類聲近而轉。

【一一二】橛：距

《釋器・卷八上》「梡……几也」條下云：橛、距，一聲之轉。〈少牢・饋食禮〉注云：「俎距，脛中當橫節也。」

謹案：橛《廣韻》其月切，群母、月韻合口三等，上古聲母為匣母*ɣ-，古韻分部在月部-i̯uat，上古音為*ɣi̯uat；月部在王念孫古韻分部中稱為祭部。（又居月切：「橜，亦作橛也。」《說文》云：「橜，弋也，從木厥聲，一曰門梱也。」見母、月韻合口三等，上古聲母為見母*k-，古韻分部在月部-i̯uat，上古音為*ki̯uat；月部在王念孫古韻分部中稱為祭部。）

距《廣韻》其呂切，《說文》云：「距，雞距也。」群母、語韻開口三等，上古聲母為匣母*ɣ-，古韻分部在魚部-i̯a，上古音為*ɣi̯a；王念孫古韻分部在魚部。

「橛」和「距」上古聲母相同，為雙聲相轉。

【一一三】格：枷：竿

《釋器・卷八上》「箷謂之枷」條下云：《爾雅》：「竿謂之箷。」郭注云：「衣架也。」釋文：「箷，李本作箟。」〈曲禮〉：「男女不同椸枷。」鄭注云：「枷，可以枷衣者。」釋文椸作䙊，〈內則〉云：「不敢縣於夫之楎椸。」椸、䙊、箟，竝與箷同。架與枷同。《眾經音義》卷十二引《倉頡篇》云：「椸，格也。」格、枷、竿一聲之轉。枷，各本譌作榤，今訂正。

謹案：格《廣韻》古伯切：「式也，度也，量也，書傳云：『來也。』《爾雅》云：『至也。』」見母、陌韻開口二等，上古聲母為見母*k-，古韻分部在鐸部-rak，上古音為*krak；王念孫二十一部中鐸部尚未從魚部分出，所以古韻分部在魚部。（又古落切：「樹枝。」見母、鐸韻開口一等，上古聲母為見母*k-，古韻分部在鐸部-ak，上古音為*kak；王念孫二十一部中鐸部尚未從魚部分出，所以古韻分部在魚部。）

枷《廣韻》古牙切：「枷鎖。」見母、麻韻開口二等，上古聲母為見母*k-，古韻分部在歌部-rai，上古音為*ɣrai；王念孫古韻分部在歌部。（又求迦切：「刑具。」《說文》云：「柫也，從木加聲。淮南謂之柍。」群母、戈韻開口三等，上古聲母為匣母*ɣ-，古韻分部在歌部-i̯ai，上古音為*ɣi̯ai；王念孫古韻分部在歌部。）

竿《廣韻》古寒切：「竹竿。」見母、寒韻開口一等，上古聲母為見母*k-，古韻分部在元部-an，上古音為*kan；王念孫古韻分部在元部。

「格」、「枷」和「竿」上古聲母同為見母*k-，雙聲相轉。

【一一四】黶：䵤：黳

> 《釋器・卷八上》「黝……黑也」條下云：《說文》：「黳，小黑子也。」黶、䵤、黳一聲之轉。

謹案：黶《廣韻》於琰切：「面有黑子。」《說文》云：「黶，中黑也。」影母、琰韻開口三等，上古聲母為影母*ʔ-，古韻分部在談部-i̯am，上古音為*ʔi̯am；王念孫古韻分部在談部。

䵤《廣韻》以證切：「面黑子。」喻母、證韻開口三等，上古聲母擬音為*r-，古韻分部在蒸部-i̯əŋ，上古音為*ri̯əŋ；王念孫古韻分部在蒸部。

黳《廣韻》烏奚切，《說文》云：「小黑子。」段注云：「按：黶、黳雙聲。」影母、齊韻開口四等，上古聲母為影母*ʔ-，古韻分部在質部-iɐt，上古音為*ʔiɐt；質部在王念孫古韻分部中稱為至部。

「黶」和「黳」在上古聲母方面為雙聲喉音，而與「䵤」並無聲韻關係。但三者在字義的詮釋上相同。

【一一五】壚、塿

> 《釋地・卷九下》「𤳅……土也」條下云：塿謂疏土也。《說文》：

「塿，塺土也。」《管子·地員篇》:「赤壚塺彊肥。」尹知章注云:「塺，疏也。」塺、塿一聲之轉。塺之言塺塺，塿之言婁婁也。〈地員篇〉:「觳土之狀婁婁然。」注云:「婁婁，疏也。」

謹案:塺《廣韻》莫杯切:「塵也。」《說文》云:「塺，　也。」明母、灰韻合口一等，上古聲母為明母*m-，古韻分部在歌部-uai，上古音為*muai；王念孫古韻分部在歌部。(又摸臥切，明母、過韻合口一等，上古聲母為明母*m-，古韻分部在歌部-uai，上古音為*muai；又莫禾切，明母、戈韻合口一等，上古聲母為明母*m-，古韻分部在歌部-uai，上古音為*muai；王念孫古韻分部在歌部。)

塿《廣韻》郎斗切:「培塿。」《說文》云:「塿，塺土也。」來母、厚韻開口一等，上古聲母為來母*l-，古韻分部在侯部-au，上古音為*lau；王念孫古韻分部在侯部。

「塺」和「塿」上古聲母明母和來母均為收聲，發音方法相同，為同位聲近而轉。在上古韻部方面，歌部和侯部為旁轉的關係。

【一一六】沆、湖

《釋地·卷九下》「湖……池也」條下云:沆、湖一聲之轉，齊人謂湖為沆，即《博物志》所云:「東方謂停水曰沆也。」《漢書·刑法志》:「除山川沈斥，城池邑居，園囿術路。」沈亦沆之譌。沆與斥同類，故《漢書》、《廣雅》皆以沆、斥連文。顏師古不知沆之譌為沈，乃云:「沈謂居深水之下。」其失也鑿矣。

謹案:沆《廣韻》胡朗切:「沆瀣，氣也。」《說文》云:「沆，莽沆。大水也。从水亢聲。一曰大澤貌。」匣母、蕩韻開口一等，上古聲母為匣母*ɣ-，古韻分部在陽部-aŋ，上古音為*ɣaŋ；王念孫古韻分部在陽部。

湖《廣韻》戶吳切:「江湖廣曰湖也。」《說文》云:「湖，大陂也。」匣母、模韻合口一等，上古聲母為匣母*ɣ-，古韻分部在魚部-ua，上古音為*ɣua；王念孫古韻分部在魚部。

「沆」和「湖」上古聲母同為匣母*ɣ-，在上古韻部方面，陽部和魚部主要元音相同，陽部和魚部為陰陽對轉，所以本組屬於聲同韻近而轉。

【一一七】耕：耩

《釋地．卷九下》「耦……耕也」條下云：《玉篇》：「耩，穮也。」《齊民要術》云：「鋤得五縣以上不須耩。」耕與耩一聲之轉，今北方猶耕而下種曰耩矣。

謹案：耕《廣韻》古莖切：「犂也。」見母、耕韻開口二等，上古聲母為見母*k-，古韻分部在耕部-rɐŋ，上古音為*krɐŋ；王念孫古韻分部在耕部。

耩《廣韻》古項切：「耕也。」見母、講韻開口二等，上古聲母為見母*k-，古韻分部在東部-rauŋ，上古音為*krauŋ；王念孫古韻分部在東部。

「耕」和「耩」上古聲母同為見母*k-，雙聲相轉。在上古韻部方面，耕部和東部為旁轉，所以本組歸為聲同韻近而轉。

【一一八】墳：封：墦

《釋邱．卷九下》「墳……冢也」條下云：郭璞注云：「墳，取名於大防也。」《爾雅》：「墳，大防。」李巡注云：「謂厓岸狀如墳墓。」墳、封、墦，一聲之轉，皆謂土之高大也。《方言》云：「墳，地大也。青、幽之閒，凡土而高且大者謂之墳。」

謹案：墳《廣韻》符分切：「墳籍，又墓也。」奉母、文韻合口三等，上古聲母為並母*b‘j-，古韻分部在諄部-i̯uən，上古音為*b‘ji̯uən；王念孫古韻分部在諄部。（又房吻切：「上膏肥也。」奉母、吻韻合口三等，上古聲母為並母*b‘j-，古韻分部在諄部-i̯uən，上古音為*b‘ji̯uən；王念孫古韻分部在諄部。）

封《廣韻》府容切：「大也、國也、厚也、爵也。」《說文》云：「封，爵諸侯之土也。」非母、鍾韻合口三等，上古聲母為幫母*pj-，古韻分部在東部-i̯auŋ，上古音為*pji̯auŋ；王念孫古韻分部在東部。（又方用切，非母、用韻合口三等，上古聲母為幫母*pj-，古韻分部在東部-i̯auŋ，上古音為*pji̯auŋ；王念孫古韻分部在東部。）

墦《廣韻》附袁切：「冢也。」奉母、元韻合口三等，上古聲母為並母*b‘j-，古韻分部在元部-i̯uan，上古音為*b‘ji̯uan；王念孫古韻分部在元部。

「墳」和「墦」上古聲母同為並母，與「封」的上古聲母幫母發音部位均為脣音，屬同類聲近而轉。

【一一九】(1) 厓：垠 (2) 岸：堮

《釋邱・卷九下》「隒……厓也」條下云：《說文》：「垠，岸也。」或作圻。《漢書・敘傳》漢良受書於邳沂。晉灼注云：「沂，崖也。」圻、沂竝與垠同。凡邊界謂之垠，或謂之堮。《文選・西京賦》注引許慎《淮南子》注云：「垠堮，端崖也。」厓岸、垠堮，一聲之轉。

謹案：厓《廣韻》五佳切，《說文》云：「厓，山邊也。」疑母、佳韻開口二等，上古聲母為疑母*ŋ-，古韻分部在支部-rɐ，上古音為*ŋrɐ；王念孫古韻分部在支部。

岸《廣韻》五旰切，《說文》云：「水厓洒而高者。」疑母、翰韻開口一等，上古聲母為疑母*ŋ-，古韻分部在元部-an，上古音為*ŋan；王念孫古韻分部在元部。

垠《廣韻》語巾切：「垠岸也。」《說文》云：「垠，地垠咢也，从土艮聲，一曰岸也。」疑母、真韻開口三等，上古聲母為疑母*ŋ-，古韻分部在諄部-i̯ən，上古音為*ŋi̯ən；王念孫古韻分部在諄部。(又語斤切，疑母、欣韻開口三等，上古聲母為疑母*ŋ-，古韻分部在諄部-i̯ən，上古音為*ŋi̯ən；又五根切，疑母、痕韻開口一等，上古聲母為疑母*ŋ-，古韻分部在諄部-ən，上古音為*ŋən；王念孫古韻分部在諄部。)

堮《廣韻》五各切：「圻堮。」疑母、鐸韻開口一等，上古聲母為疑母*ŋ-，古韻分部在鐸部-ak，上古音為*ŋak；王念孫二十一部中鐸部尚未從魚部分出，所以古韻分部在魚部。

「厓岸」和「垠堮」都是雙聲詞，且這四個字的上古聲母都是疑母*ŋ-，為雙聲相轉。

【一二〇】沸：濆

《釋水・卷九下》「濆泉，直泉也；直泉，涌泉也」條下云：《公羊春秋》昭五年：「叔弓帥師敗莒師于濆泉。」傳云：「濆泉者何？直泉也。直泉者何？涌泉也。」《左氏》作蚡泉，《穀梁》作賁泉，皆古字通用，〈小雅・采菽篇〉：「觱沸檻泉。」沸、濆一聲之轉。

謹案：沸《廣韻》方味切，《王一》、《全王》作府謂反：「《詩》曰：『觱沸濫泉。』箋云：『觱沸者謂泉涌出皃。』」《說文》云：「沸，畢沸，濫泉也。」

非母、未韻合口三等，上古聲母為幫母*pj-，古韻分部在沒部-i̯uəts，上古音為*pji̯uəts；王念孫二十一部中沒部尚未從脂部分出，所以古韻分部在脂部。

濆《廣韻》普魂切：「潠也。」滂母、魂韻合口一等，上古聲母為滂母*p‘-，古韻分部在諄部-uən，上古音為*p‘uən；王念孫古韻分部在諄部。（又符分切：「水際也，又水名。」《說文》云：「濆，水厓也。从水賁聲，《詩》曰：『敦彼淮濆。』」奉母、文韻合口三等，上古聲母為並母*b‘j-，古韻分部在諄部-i̯uən，上古音為*b‘ji̯uən；王念孫古韻分部在諄部。）

幫母、滂母在上古聲母中均屬於脣音，所以「沸」與「濆」上古聲母發音部位相同、同類聲近相轉。在上古韻部方面，諄部和沒部為陽入對轉，因此本組屬聲近韻近而轉。

【一二一】濤：汏

《釋水・卷九下》「陽侯、濤汏，波也」條下云：《文選・西都賦》注引《倉頡篇》云：「濤，大波也。」濤與瀉同。《楚辭・九章》：「齊吳榜以擊汏。」王注云：「汏，水波也。」〈九歎〉云：「挑揄揚汏盪迅疾兮。」濤、汏一聲之轉，猶淅米謂之淘，亦謂之汏矣。

謹案：濤《廣韻》徒刀切：「波濤。」定母、豪韻開口一等，上古聲母為定母*d‘-，古韻分部在幽部-əu，上古音為*d‘əu；王念孫古韻分部在幽部。

汏《廣韻》徒蓋切：「濤汏。」定母、泰韻開口一等，上古聲母為定母*d‘-，古韻分部在月部-ats，上古音為*d‘ats；月部在王念孫古韻分部中稱為祭部。（又他達切：「汏過。」透母、曷韻開口一等，上古聲母為透母*t‘-，古韻分部在月部-ats，上古音為*t‘ats；月部在王念孫古韻分部中稱為祭部。）

「濤」和「汏」上古聲母相同，為雙聲相轉。

【一二二】造：次

《釋水・卷九下》「艁舟謂之浮梁」條下云：《方言》：「艁舟謂之浮梁。」郭璞注云：「即今浮橋。」《說文》：「艁，古文造。」案：造之言曹也，相比次之名也。造、次一聲之轉，故凡物之次謂之蓸。

謹案：造《廣韻》七到切：「至也。」清母、號韻開口一等，上古聲母為清母*ts‘-，古韻分部在幽部-əu，上古音為*ts‘əu；王念孫古韻分部在幽部。（又七刀切：「至也。」清母、豪韻開口一等，上古聲母為清母*ts‘-，古韻分部在幽部

-əu，上古音為*ts‘əu；又昨早切：「造作。」《說文》云：「造，就也。从辵告聲，譚長說造上士也。」從母、晧韻開口一等，上古聲母為從母*dz‘-，古韻分部在幽部-əu，上古音為*dz‘əu；王念孫古韻分部在幽部。）

次《廣韻》七四切：「次第也，亦三宿曰次，又姓。」《說文》云：「次，不前不精也，从欠二聲。」清母、至韻開口三等，上古聲母為清母*ts‘j-，古韻分部在脂部-i̯ɐi，上古音為*ts‘ji̯ɐi；王念孫古韻分部在脂部。

「造」和「次」上古聲母同為清母*ts‘-，雙聲相轉。

【一二三】(1) 蕨：英：薢 (2) 攈：光：茩

《釋草・卷十上》「蔆芰，薢茩也」條下云：「薢茩，芵光」「蔆，蕨攈」或亦是也。蕨攈之攈，孫炎作攗，音居郡反，又居群反。蕨攈、芵光、薢茩，正一聲之轉矣。

謹案：蕨《廣韻》居月切：「蕨菜。」見母、月韻合口三等，上古聲母為見母*k-，古韻分部在月部-i̯uat，上古音為*ki̯uat；月部在王念孫古韻分部中稱為祭部。

攈《廣韻》居運切：《說文》：「拾也。」見母、問韻合口三等，上古聲母為見母*k-，古韻分部在諄部-i̯uən，上古音為*ki̯uən；王念孫古韻分部在諄部。

芵《廣韻》古穴切：「芵明菜花黃。」見母、屑韻合口四等，上古聲母為見母*k-，古韻分部在月部-iuat，上古音為*kiuat；王念孫古韻分部在祭部。

光《廣韻》古黃切：「明也。」見母、唐韻合口一等，上古聲母為見母*k-，古韻分部在陽部-uaŋ，上古音為*kuaŋ；王念孫古韻分部在陽部。（又古曠切：「上色。」見母、宕韻合口一等，上古聲母為見母*k-，古韻分部在陽部-uaŋ，上古音為*kuaŋ；王念孫古韻分部在陽部。）

薢《廣韻》古諧切：「藥名，決明子是也。」《說文》云：「薢，薢茩。」見母、皆韻開口二等，上古聲母為見母*k-，古韻分部在支部-rɐ，上古音為*krɐ；王念孫古韻分部在支部。（又佳買切：「《爾雅》曰：『薢茩，芵茪。』」見母、蟹韻開口二等，上古聲母為見母*k-，古韻分部在支部-rɐ，上古音為*krɐ；又古隘切，見母、卦韻開口二等，上古聲母為見母*k-，古韻分部在支部-rɐ，上古音為*krɐ；王念孫古韻分部在支部。）

茩《廣韻》古厚切，《說文》云：「茩，薢茩。」見母、厚韻開口一等，上古聲母為見母*k-，古韻分部在侯部-au，上古音為*kau；王念孫古韻分部在侯部。

「蕨攈」、「芵光」和「薢茩」皆為雙聲詞，且這六個字的上古聲母均為見母，雙聲相轉。

【一二四】（1）葃：茨（2）菇：菰

《釋草・卷十上》「葃菇、水芋，烏芋也」條下云：茨菰生水中，葉本有椏，根黃如芋子而小，與陶注前說同狀，蓋烏芋即此也。葃菇、茨菰正一聲之轉矣。

謹案：葃《廣韻》在各切：「葃，茹草。」從母、鐸韻開口一等，上古聲母為從母*dz‘-，古韻分部在鐸部-ak，上古音為*dz‘ak；王念孫二十一部中鐸部尚未從魚部分出，所以古韻分部在魚部。（又士革切，牀母、麥韻開口二等，上古聲母為從母*dz‘-，古韻分部在鐸部-rak，上古音為*dz'rak；又秦昔切，從母、昔韻開口三等，上古聲母為從母*dz‘j-，上古韻分部在鐸部-i̯ak，上古音為*dz‘ji̯ak；王念孫二十一部中鐸部尚未從魚部分出，所以古韻分部在魚部。）

菇《集韻》攻乎切：「正瓜也。」見母、模韻合口一等，上古聲母為見母*k-，古韻分部在魚部-ua，上古音為*kua；王念孫古韻分部在魚部。

茨《廣韻》疾資切：「茅茨。」《說文》云：「茅蓋屋。从艸次聲。」從母、脂韻開口三等，上古聲母為從母*dz‘j-，古韻分部在脂部-i̯ɐi，上古音為*dz‘ji̯ɐi；王念孫古韻分部在脂部。

菰《廣韻》古胡切：「孤子。」見母、模韻合口一等，上古聲母為見母*k-，古韻分部在魚部-ua，上古音為*kua；王念孫古韻分部在魚部。

「葃」與「茨」上古聲母都是從母，為雙聲相轉。「菇」和「菰」上古聲母和上古韻部均相同，是聲韻畢同的關係。

【一二五】蓱：薸

《釋草・卷十上》「薸，蓱也」條下云：：〈秦策〉：「百人輿瓢。」《淮南・說山訓》作「百人抗浮」，則瓢、浮古同聲，蓱浮故謂之薸矣。蓱、薸一聲之轉。蓱之為薸，猶洴之為漂。《莊子・消搖遊篇》：「拙世以洴澼絖為事。」李頤注云：「漂絮於水上。」是其例也。

謹案：蓱《廣韻》旁經切，《說文》云：「蓱，苹也。」並母、青韻開口四等，上古聲母為並母*b‘-，古韻分部在耕部-iɐŋ，上古音為*b‘iɐŋ；王念孫古韻分部在耕部。

瓢《集韻》紕招切：「萍屬。」奉母、宵韻開口三等，上古聲母為並母*b'j-，古韻分部在宵部-i̯ɐu，上古音為*b'ji̯ɐu；王念孫古韻分部在宵部。（又毗霄切，並母、宵韻開口三等，上古聲母為並母*b'-，古韻分部在宵部-i̯ɐu，上古音為*b'i̯ɐu；又彌遙切：「萍也。江東語或从瓢。」明母、宵韻開口三等，上古聲母為明母*m-，古韻分部在宵部-i̯ɐu，上古音為*mi̯ɐu；王念孫古韻分部在宵部。）

「蓱」和「瓢」上古聲母相同，為雙聲相轉。

【一二六】（1）盧：離（2）茹：樓

> 《釋草・卷十上》「屈居，盧茹也」條下云：《御覽》引吳普《本草》云：「閭茹，一名離樓，一名屈居，葉員黃，高四五尺，葉四四相當，四月華黃，五月實黑，根黃有汁，亦同，黃黑頭者良。」盧茹、離樓，一聲之轉也。又引范子計然云：「閭茹出武都，黃色者善。」又引《建康記》云：「建康出草盧茹。」

謹案：盧《廣韻》落胡切，《說文》云：「盧，飯器也。」來母、模韻合口一等，上古聲母為來母*l-，古韻分部在魚部-ua，上古音為*lua；王念孫古韻分部在魚部。

茹《廣韻》人諸切：「乾菜也、臭也、貪也、雜糅也。」《說文》云：「茹，飤馬也。」日母、魚韻開口三等，上古聲母為泥母*nj-，古韻分部在魚部-i̯a，上古音為*nji̯a；王念孫古韻分部在魚部。（又人恕切：「飯牛，又菜茹也。」日母、御韻開口三等，上古聲母為泥母*nj-，古韻分部在魚部-i̯a，上古音為*nji̯a；又而與切，日母、語韻開口三等，上古聲母為泥母*nj-，古韻分部在魚部-i̯a，上古音為*nji̯a；王念孫古韻分部在魚部。）

離《廣韻》呂支切、力知切：「近曰離，遠曰別。」《說文》云：「離黃，倉庚也。鳴則蠶生。」來母、支韻開口三等，上古聲母為來母*l-，古韻分部在歌部-i̯ai，上古音為*li̯ai；（又力智切：「去也。」來母、寘韻開口三等，上古聲母為來母*l-，古韻分部在歌部-i̯ai，上古音為*li̯ai；又郎計切，來母、霽韻開口四等，上古聲母為來母*l-，古韻分部在歌部-iai，上古音為*liai；王念孫古韻分部在歌部。）

樓《廣韻》落侯切，《說文》云：「重屋也。」來母、侯韻開口一等，上古聲母為來母*l-，古韻分部在侯部-au，上古音為*lau；王念孫古韻分部在侯部。

「盧」與「離」的上古聲母均為來母，雙聲相轉。在上古韻部方面，魚部和歌部為旁轉關係，所以是聲同韻近而轉；「茹」和「樓」的上古聲母均為收聲，屬同位聲近而轉，在上古韻部方面，魚部和侯部為旁轉關係，所以是聲近韻近而轉。

【一二七】薄：苔

《釋草．卷十上》「石髮，石衣也」條下云：《爾雅》云：「薄，石衣。」郭璞注云：「水苔也，一名石髮，江東食之或曰薄，葉似𩅿而大，生水底，亦可食。」案：薄，釋文音徒南反，薄、苔，一聲之轉也。

謹案：薄《廣韻》徒含切：「水衣。」定母、覃韻開口一等，上古聲母為定母*d'-，古韻分部在侵部-əm，上古音為*d'əm；王念孫古韻分部在侵部。

苔《廣韻》徒哀切：「魚衣濕者曰濡菭，亦作苔。」《說文》云：「菭，水青衣也。」定母、咍韻開口一等，上古聲母為定母*d'-，古韻分部在之部-ə，上古音為*d'ə；王念孫古韻分部在之部。

「薄」和「苔」上古聲母同為定母*d'-，雙聲相轉。

【一二八】秆：稭：稾

《釋草．卷十上》「秆、稈、稭，稾也」條下云：秆、稭、稾，一聲之轉也；秆、稭、稾、稈，一聲之變轉也。《說文》云：「稈，禾莖也。《春秋傳》曰：『或頭一秉稈。』」或從干作秆。《說文》所引，乃昭二十七年《左傳》文，今本作秆字。杜預注云：「秆，稾也。」

謹案：秆《廣韻》古旱切：「禾莖。」見母、旱韻開口一等，上古聲母為見母*k-，古韻分部在元部-an，上古音為*kan；王念孫古韻分部在元部。

稭《廣韻》古諧切：「麻稈。」見母、皆韻開口二等，上古聲母為見母*k-，古韻分部在脂部-rɐi，上古音為*krɐi；王念孫古韻分部在脂部。（又古黠切，《說文》云：「稭，禾稾去其皮，祭天目為席。」見母、黠韻開口二等，上古聲母為見母、皆韻開口二等，上古聲母為見母*k-，古韻分部在脂部-rɐi，上古音為*krɐi；王念孫古韻分部在脂部。）

稾《廣韻》古老切：「禾稈，又稾《本草》枂之本。」《說文》云：「稾，稈也。」見母、晧韻開口一等，上古聲母為見母*k-，古韻分部在宵部-ɐu，上古音為*kɐu；又苦到切，溪母、號韻開口一等，上古聲母為溪母*k'-，古韻分部在宵部-ɐu，上古音為*k'ɐu；王念孫古韻分部在宵部。

「秆」、「稭」和「稾」上古聲母相同，為雙聲相轉。

【一二九】私：穗

《釋草．卷十上》「蕛、䅂，茅穗也」條下云：《說文》云：「䅂，茅秀也，從艸，私聲。」案：《說文》云：「私，禾也，北道名禾主人曰私主人。」私與䅂同聲，當亦是禾秀之稱，後乃通名禾為私耳。私、穗正一聲之轉也，茅穗名䅂，禾穗亦名私，猶茅穗名蕛，禾穗亦名蕛。

謹案：私《廣韻》息夷切：「不公也。」《說文》云：「私，禾也。」心母、脂韻開口三等，上古聲母為心母*s-，古韻分部在脂部-i̯ɐi，上古音為*si̯ɐi；王念孫古韻分部在脂部。

穗《廣韻》徐醉切：「禾穟成皃。」《說文》云：「禾成秀人所收者也。」邪母、至韻合口三等，上古聲母擬音為*rj-，古韻分部在質部-i̯uɐts，上古音為*rji̯uɐts；質部在王念孫古韻分部中稱為至部。

「私」和「穗」上古聲母發音部位相同，屬於同類聲近而轉。在上古韻部方面，脂部和質部為陰入對轉。

【一三〇】蕛：䅂

《釋草．卷十上》「蕛、䅂，茅穗也」條下云：《廣韻》云：「穄，穗也。」《集韻》云：「禾穗曰穄，或從斜作蕛。」《玉篇》、《廣韻》竝云：「蕛，穗也。」不言茅穗則為禾穗可知，故禾穗之亦名䅂，可以蕛定之也。蕛、䅂亦一聲之轉。

謹案：蕛《廣韻》似嗟切，邪母、麻韻開口三等，上古聲母擬音為*rj-，古韻分部在魚部-i̯a，上古音為*rji̯a；王念孫古韻分部在魚部。（又以遮切：「穗也。」喻母、麻韻開口三等，上古聲母擬音為*r-，古韻分部在魚部-i̯a，上古音為*ri̯a；王念孫古韻分部在魚部。）

秜《廣韻》息夷切，《說文》云：「秜，茅秀也。」心母、脂韻開口三等，上古聲母為心母*sj-，古韻分部在脂部-i̯ɐi，上古音為*sji̯ɐi；王念孫古韻分部在脂部。

「蕛」和「秜」上古聲母為喻母和邪母，喻母和邪母都是舌尖音，應歸為聲近而轉。

【一三一】萉：菔

> 《釋草．卷十上》「菈蘧，蘆菔也」條下云：萉與菔，特一聲之轉耳，自郭氏誤以萉宜為菔，而後世遂直讀為菔，無作肥音者，蓋古義之失久矣。

謹案：萉《廣韻》扶沸切：「枲屬。」《說文》云：「萉，枲實也。」奉母、未韻合三口等，上古聲母為並母*b‘j-，古韻分部在微部-i̯uəi，上古音為*b‘ji̯uəi；王念孫古韻分部在脂部。

菔《廣韻》房六切：「蘆菔菜也。」《說文》云：「蘆菔，佀蕪菁實如小尗者。」奉母、屋韻開口三等，上古聲母為並母*b‘j-，古韻分部在職部-i̯ək，上古音為*b‘ji̯ək；王念孫二十一部中職部尚未從之部分出，所以古韻分部在之部。（又蒲北切，並母、德韻開口一等，上古聲母為並母*b‘-，古韻分部在職部-ək，上古音為*b‘ək；王念孫二十一部中職部尚未從之部分出，所以古韻分部在之部。）

「萉」和「菔」上古聲母同為並母*b‘-，雙聲相轉。

【一三二】蠡：藺：荔

> 《釋草．卷十上》「馬. 䪥，荔也」條下云：蘇頌《本草圖經》云：「蠡實馬藺子也，北人音訛，呼為馬楝子，葉似䪥而長厚，三月開紫碧花，五月結實作角，子如麻，大而赤色，有棱，根細長通黃色，人取以為刷。」案：蠡、藺、荔一聲之轉，故張氏注〈子虛賦〉謂之馬荔。馬荔、猶言馬藺也，荔葉似䪥而大，則馬䪥之所以名矣。

謹案：蠡《廣韻》呂支切，《說文》云：「蠡，蟲齧木中也。」來母、支韻開口三等，上古聲母為來母*l-，古韻分部在歌部-i̯ai，上古音擬音為*li̯ai；王念孫古韻分部在歌部。（又落戈切，來母、戈韻合口一等，上古聲母為來母*l-，古韻分部在歌部-uai，上古音為*luai；又盧啟切，來母、薺韻開口四等，上古聲母為來母*l-，古韻分部在歌部-iai，上古音為*liai；王念孫古韻分部在歌部。）

藺《廣韻》良刃切，《說文》云：「藺，莞屬，可為席。」來母、震韻開口三等，上古聲母為來母*l-，古韻分部在真部-i̯ɐns，上古音為*li̯ɐns；王念孫古韻分部在真部。

荔《廣韻》力智切：「荔支，樹名，葉綠實赤，味甘，高五六丈，子似石榴。」《說文》云：「荔，艸也，佀蒲而小根可作刷。」來母、寘韻開口三等，上古聲母為來母*l-，古韻分部在支部-i̯ɐ，上古音為*li̯ɐ；王念孫古韻分部在支部。（又郎計切：「薜荔，香草。」來母、霽韻開口四等，上古聲母為來母*l-，古韻分部在支部-iɐ，上古音為*liɐ；王念孫古韻分部在支部。）

「蠡」、「藺」和「荔」上古聲母相同，為雙聲相轉。

【一三三】翣：扇

《釋草．卷十上》「鳶尾……射干也」條下云：蘇頌《圖經》云：「葉似蠻薑而狹長，横張，疏如翅羽狀，故一名烏翣，謂其葉耳。」案：翣與萐通，翣、扇一聲之轉。高誘注《淮南．說林訓》云：「扇，楚人謂之翣。」字亦作箑。《方言》云：「扇，自關而東謂之箑。」

謹案：翣《廣韻》所甲切，《說文》云：「翣，棺羽飾也，天子八、諸侯六、大夫四、士二。」疏母、狎韻開口二等，上古聲母為心母*s-，古韻分部在盍部-rap，上古音為*srap；王念孫古韻分部在盍部。

扇《廣韻》式連切：「扇涼。」《說文》云：「扇，扉也。」審母、仙韻開口三等，上古聲母擬音為*st'j-，古韻分部在元部-i̯an，上古音為*st'ji̯an；王念孫古韻分部在元部。（又式戰切，審母、線韻開口三等，上古聲母擬音為*st'j-，古韻分部在元部-i̯ans，上古音為*st'ji̯ans；王念孫古韻分部在元部。）

「翣」和「扇」上古聲母皆清聲送氣，屬同位聲近而轉。

【一三四】蚍：蟞

《釋蟲．卷十下》「蛾……螘也」條下云：螘與蛾同，俗作蟻。《爾雅》「蚍蜉，大螘；小者螘」郭璞注云：「齊人呼螘為蛘。」《方言》：「蚍蜉，齊、魯之閒謂之蚼蟓，西南梁、益之閒謂之元蚼，燕謂之蛾蛘。」郭璞注云：「蚍蜉，亦呼蟞蜉。」案：蚍與蟞一聲之轉，蟞、蜉亦一聲之轉也。

謹案：蚍《廣韻》房脂切：「蚍蜉，大螘。」奉母、脂韻開口三等，上古聲母為並母*b'j-，古韻分部在脂部-i̯ɐi，上古音為*b'ji̯ɐi；王念孫古韻分部在脂部。

蟞《集韻》蒲結切，並母、屑韻開口四等，上古聲母為並母*b'-，古韻分部在月部-iat，上古音為*b'iat；月部在王念孫古韻分部中稱為祭部。（又匹蔑切：「蟞蜉，蟲名，蟻也。」滂母、屑韻開口四等，上古聲母為滂母*p'-，古韻分部在月部-iat，上古音為*p'iat；又必結切，幫母、屑韻開口四等，上古聲母為幫母*p-，古韻分部在月部-iat，上古音為*piat；又必列切，幫母、薛韻開口三等，上古聲母為幫母*p-，古韻分部在月部-i̯at，上古音為*pi̯at；月部在王念孫古韻分部中稱為祭部。）

「蚍」和「蟞」上古聲母相同，為雙聲相轉。

【一三五】蟞：蜉

> 《釋蟲．卷十下》「蛾……螘也」條下云：螘與蛾同，俗作蟻。《爾雅》「蚍蜉，大螘；小者螘」郭璞注云：「齊人呼螘為蛘。」《方言》：「蚍蜉，齊、魯之閒謂之蚼蟓，西南梁、益之閒謂之元蚼，燕謂之蛾蛘。」郭璞注云：「蚍蜉，亦呼蟞蜉。」案：蚍與蟞一聲之轉，蟞、蜉亦一聲之轉也。

謹案：蟞《集韻》蒲結切，並母、屑韻開口四等，上古聲母為並母*b'-，古韻分部在月部-iat，上古音為*b'iat；月部在王念孫古韻分部中稱為祭部。（又匹蔑切：「蟞蜉，蟲名，蟻也。」滂母、屑韻開口四等，上古聲母為滂母*p'-，古韻分部在月部-iat，上古音為*p'iat；又必結切，幫母、屑韻開口四等，上古聲母為幫母*p-，古韻分部在月部-iat，上古音為*piat；又必列切，幫母、薛韻開口三等，上古聲母為幫母*p-，古韻分部在月部-i̯at，上古音為*pi̯at；月部在王念孫古韻分部中稱為祭部。）

蜉《廣韻》縛謀切，《說文》云：「蠶蠹也。」奉母、尤韻開口三等，上古聲母為並母*b'j-，古韻分部在幽部-i̯əu，上古音為*b'ji̯əu；王念孫古韻分部在幽部。

「蟞」和「蜉」上古聲母相同，為雙聲相轉。

【一三六】（1）鶗：杜（2）鴂：鵑

> 《釋鳥．卷十下》「鶗鴂、鷶鶬，子鳺也」條下云：況鶗鴂、杜鵑一聲之轉，方俗所傳，尤為可據也，而顏師古《漢書》注乃牽就

其說云：「鷤鴂常以立夏鳴，鳴則眾芳皆歇。」

謹案：鷤《廣韻》杜奚切：「鷤鴂鳥。」定母、齊韻開口四等，上古聲母為定母*d‘-，古韻分部在元部-ian，上古音為*d‘ian；王念孫古韻分部在元部。（又徒干切：「鸛鷤如鵲短尾，射之銜矢射人。《說文》、《爾雅》並作鸛鶇。」定母、寒韻開口一等，上古聲母為定母*d‘-，古韻分部在元部-an，上古音為*d‘an；又特計切，定母、霽韻開口四等，上古聲母為定母*d‘-，古韻分部在元部-ian，上古音為*d‘ian；王念孫古韻分部在元部。）

鴂《廣韻》古惠切：「鶗鴂，即杜鵑也。」見母、霽韻合口四等，上古聲母為見母*k-，古韻分部在支部-iɐ，上古音為*kiɐ；王念孫古韻分部在支部。

杜《廣韻》徒古切：「甘棠子，似梨，又塞也、澀也。」定母、姥韻合口一等，上古聲母為定母*d‘-，古韻分部在魚部-ua，上古音為*d‘ua；王念孫古韻分部在魚部。

鵑《廣韻》古玄切：「杜鵑鳥。」見母、先韻合口四等，上古聲母為見母*k-，古韻分部在元部-iuan，上古音為*kiuan；王念孫古韻分部在元部。

「鷤」和「杜」的上古聲母同為定母，雙聲相轉。「鴂」和「鵑」上古聲母同為見母，亦為雙聲相轉。

【一三七】鶓：懱：蒙

《釋鳥・卷十下》「鷦鶓……工雀也」條下云：是鷦鶓、桃蟲，即《荀子》蒙鳩。或謂之蒙鳩，或謂之鷦鶓，或謂之懱雀。鶓、懱、蒙一聲之轉，皆小貌也。故《方言》：「懱爵。」注云：「言懱䁢也。」謂懱䁢然小也。

謹案：鶓《廣韻》彌遙切：「工雀。」明母、宵韻開口三等，上古聲母為明母*m-，古韻分部在宵部-i̯ɐu，上古音為*mi̯ɐu；王念孫古韻分部在宵部。

懱《廣韻》莫結切：「輕懱。」明母、屑韻開口四等，上古聲母為明母*m-，古韻分部在質部-iɐt，上古音為*miɐt；質部在王念孫古韻分部中稱為至部。

蒙《廣韻》莫紅切：「覆也，奄也。《爾雅・釋草》：『蒙王女也。』」明母、東韻開口一等，上古聲母為明母*m-，古韻分部在東部-auŋ，上古音為*mauŋ；王念孫古韻分部在東部。

「鶓」、「懱」和「蒙」上古聲母都在明母，為雙聲相轉。

二、小結

以上 137 組中有 126 組為字，11 組為詞。在分析字義時以詞為單位，總計有 137 組。但是在分析聲韻時，則以字組為單位，所以每個詞又各細分為 2 個字組，總計有 148 組。

（一）聲韻方面

「一聲之轉」的聲韻分析圖

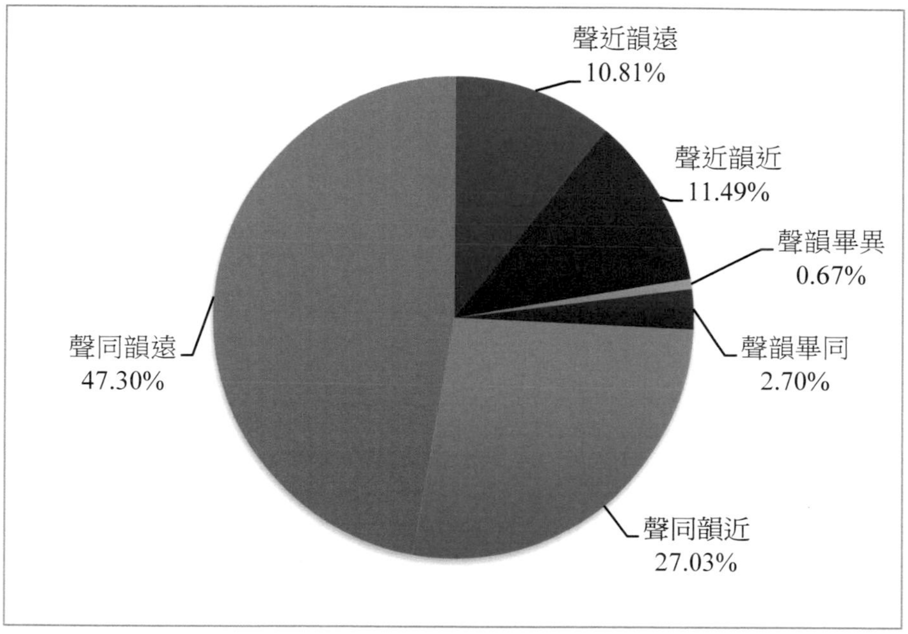

在聲韻條件方面可將 148 個字組分為六大類，其中聲韻畢同的有 4 組，佔 2.70%；聲同韻近的有 40 組，佔 27.03%；聲同韻遠的有 70 組，佔 47.30%；聲近韻近的有 17 組，佔 11.49%；聲近韻遠的有 16 組，佔 10.81%，而聲韻畢異的有 1 組，佔 0.67%，其詳細分類如下：

（1）聲韻畢同－

【九】剸：刖；【十六】髡：顐：頌；【八十二】（1）翱：敖【一二四】（2）菇：菰；共 4 組。

（2）聲同韻近－

【一】域：有；【六】悥：哀；【七】勞：略；【八】（2）極：瓴；【一〇】揭：褰：摳；【十二】春：蠢：出；【十七】苛：妎；【十八】閭：里；【二〇】啾：吣；【二十三】荒：幠；【三〇】詑：誕；【三十一】就：集；【三十二】刲：刳；

【三十五】害：曷：胡：盍：何；【三十七】縎：緐；【四〇】娉：妨；【四十二】族：叢；【四十六】拈：捻；【四十八】佻：偷；【五十九】榜：輔；【六十一】衰：差；【六十二】裹：韏；【六十四】庸：由：以；【六十六】皶：皵；【七十三】嘉：皆；【七十八】呪：祩；【八十四】（1）梗：辜；【八十七】（1）莫：孟：無；【八十七】（2）絡：浪：慮；【九十一】（2）鑢：累：慮；【九十五】陌：冒；【九十七】蔽：韠：韍；【一〇〇】笄：笳；【一〇五】饖：餲：饐；【一〇七】羅：連；【一〇八】皆：枷；【一一〇】句：戈；【一一六】沆：湖；【一一七】耕：耩；【一二六】（1）盧：離；共40組。

（3）聲同韻遠－

【三】質：準：正；【四】掩：翳：愛：隱；【五】惵：愛；【八】（1）窮：倦；【十一】堅：功；【十三】溢：涌：矞；【十四】饕：餮；【十五】膂：力；【十九】掔：叜；【二十二】肜：繹；【二十四】嬾：勞：傺；【二十五】漏：欒：淋；【二十六】浚：湑：縮；【二十七】濾：漉；【二十八】險：戲；【三十三】瓻：差：錯；【三十四】鰥：寡：孤；【三十六】叔：少；【三十八】漂：擎；【三十九】狼：戾；【四十三】葆：本；【四十五】空：窾；【四十九】黏：黏：敎；【五十一】徒：袒；【五十五】梗：覺；【五十六】玲：瓏；【五十八】若：而；【六〇】撣：提；【六十三】�：煾：煨：熅；【六十五】蔫：菸：矮：葱；【六十七】曼：莫：無；【七十一】諸：旃：之；【七十二】靈：祿；【七十四】捋：流；【七十五】檢：括；【七十七】浮：罰；【八〇】倥：慤：悫：叩；【八十一】狐：嫌；【八十二】（2）翔：遊；【八十三】（1）浮：彷；【八十三】（2）游：徉；【八十四】（2）槩：較；【八十六】顴：頄；【八十八】格：笮；【八十九】匾：椑；【九十三】匾：椑；【九十九】紟：綦；【一〇三】膷：臐：膮；【一〇四】焯：燔；【一〇六】箕：籥；【一一二】橛：距；【一一三】格：枷：竿；【一一九】（1）厓：垠；【一一九】（2）岸：堮；【一二一】濤：汏；【一二二】造：次；【一二三】（1）蕨：芙：薢；【一二三】（2）攑：光：苫；【一二四】（1）蓶：茨；【一二五】蓱：蘋；【一二七】薄：苔；【一二八】秆：稭：稾；【一三一】葩：葭；【一三二】蠡：蘭：荔；【一三三】翣：扇；【一三四】蚍：蟞；【一三五】蟞：蜉；【一三六】（1）鸊：杜；【一三六】（2）鴂：鵑；【一三七】鵝：懱：蒙；共70組。

（4）聲近韻近－

【二】撫：方；【二十九】西：衺：夕；【四十一】鋪：脾；【四十四】居：踞：跽：曩：啟：跪；【四十七】朴：皮：膚；【五十二】僑：嬌：趫；【五十四】否：弗：倗：粃：不；【六十八】磇：沰：磓；【六十九】易：與：如；【七〇】與：如：若；【八十五】顛：頷：題；【一〇二】軑：轄；【一〇九】薦：箬；【一一五】塺：塿；【一二〇】沸：濆；【一二六】（2）茹：樓；【一二九】私：穗；共 17 組。

（5）聲近韻遠－

【二十一】翟：鸐；【五〇】匪：勿：非【五十三】綏：舒；【五十七】剖：辟：片：胖：半；【七十六】漂：擎：洴：澼；【七十九】拳：區：款；【九〇】欏：落：杝；【九十一】（1）銼：族：接；【九十二】縮：籔：匴；【九十四】篋：椷；【九十六】羉：罠：幕；【九十八】卷：頍；【一〇一】巇：盂；【一一一】渠：魁；【一一八】墳：封：墦；【一三〇】蔛：菘；共 16 組。

（6）聲韻畢異－

【一一四】黶：黵：黳；共 1 組。

若從聲母方面來看，則聲同的共有 114 組，佔總數的 77.03%；聲近的共有 33 組，佔總數的 22.30%；聲遠的有 1 組，佔總數的 0.67%。可見在一聲之轉中，聲同或聲近是最主要的條件。此外若將聲近的部分加以分析，可以發現下列的情形：

<table>
<tr><td rowspan="6">聲　近</td><td rowspan="4">同　類</td><td>喉牙音</td><td>3</td></tr>
<tr><td>舌　音</td><td>9</td></tr>
<tr><td>齒　音</td><td>1</td></tr>
<tr><td>脣　音</td><td>10</td></tr>
<tr><td>同　位</td><td colspan="2">8</td></tr>
<tr><td>發音部位相近</td><td colspan="2">2</td></tr>
</table>

在 33 組聲近的關係中，因同類聲近的有 23 組，因同位聲近的有 8 組，因發音部位相近的有 2 組，而同類聲近的 23 組中以脣音聲近最多，其次是舌音，而喉牙音也有混用的狀況，所以在王念孫撰寫《廣雅疏證》時，聲母的分類還不是很精細。

在韻部方面，韻同或韻近的有 61 組，佔 41.22%，但韻遠的也有 87 組，佔 58.78%。所以韻同或韻近以及韻遠所佔的比例還少了 17.56%。可見在一聲之轉中韻部的遠近，並非一聲之轉的必要條件，而聲母的同與近則是主要條件。

第三節 「聲之轉」術語析論

「聲之轉」這個術語，晉朝郭璞注《方言》時就曾使用過：

《方言・卷二》「剩……楚鄭曰蔿」下郭璞注云：「音指撝，亦或聲之轉也。」

《方言・卷三》「蔿、譌、譁、涅，化也」下郭璞注云：「譁，五瓜反。皆化聲之轉也。」

後來戴震為《方言》作疏時也用了「聲之轉」，只是他們使用的數量不像王念孫那麼多：

《方言・卷一》「搏、攫……或謂之挻」下戴震曰：「今杭人猶有此語，音近撮，蓋即篡聲之轉。

《方言・卷十三》「蟬，毒也」下戴震曰：「蟬即慘聲之轉耳，《說文》云：『慘，毒也。』《廣雅》：『毒，惡也。』」

在王念孫《廣雅疏證》中，有關訓詁術語「聲之轉」的條例共有三十五條，今逐一列舉釋例如下：

一、「聲之轉」術語釋例

【一】隱：穩

《釋詁・卷一上》「虞……安也」條下云：隱者，《說文》：「㥯，所依據也。讀與隱同。」《方言》：「隱，據定也。」隱與㥯通。今俗語言安穩者，隱聲之轉也。

謹案：隱《廣韻》於謹切：「藏也，痛也，私也，安也，定也，又微也。」《說文》云：「蔽也，從𨸏㥯聲。」影母、隱韻開口三等，上古聲母為影母*ʔ-，古韻分部在諄部-i̯ən，上古音為*ʔi̯ən；王念孫古韻分部在諄部。（又於靳切，影母、焮韻開口三等，上古聲母為影母*ʔ-，古韻分部在諄部-i̯əns，上古音為

*ʔi̯əns；工念孫古韻分部在諄部。）

穩《廣韻》烏本切：「持穀聚，亦安穩。」影母、混韻合口一等，上古聲母為影母*ʔ-，古韻分部在諄部-uən，上古音為*ʔuən；王念孫古韻分部在諄部。

「隱」和「穩」上古聲母同為影母*ʔ-，在上古韻部方面，也同在諄部-ən，屬於聲韻畢同而轉。

【二】膊：曝

> 《釋詁．卷二上》「曬……曝也」條下云：《說文》：「膊，薄脯膊之屋上也。」成二年《左傳》云：「殺而膊諸城上。」《釋名》：「膊，迫也。薄㧊肉迫著物使燥也。」又云：「膊，搏也，乾燥相搏著也。」脯與膊聲相近，膊與曝聲之轉也。

謹案：膊《廣韻》匹各切，滂母、鐸韻開口一等，上古聲母為滂母*p‘-，古韻分部在鐸部-ak，上古音為*p‘ak；王念孫二十一部中鐸部尚未從魚部分出，所以古韻分部在魚部。

曝《廣韻》薄報切：「曝乾。」並母、号韻開口一等，上古聲母為並母*b‘-，古韻分部在藥部-ɐuks，上古音為*b‘ɐuks；王念孫二十一部中藥部尚未從宵部分出，所以古韻分部在宵部。（又蒲木切，並母、屋韻開口一等，上古聲母為並母*b‘-，古韻分部在藥部-ɐuks，上古音為*b‘ɐuks；王念孫二十一部中藥部尚未從宵部分出，所以古韻分部在宵部。）

「膊」與「曝」上古聲母發音部位為重脣音，同類聲近相轉，在上古韻部方面，鐸部與藥部為旁轉關係。所以本字組歸類於聲近韻近而轉。

【三】怕：怖

> 《釋詁．卷二下》「惶……懼也」條下云：怖者，《說文》：「悑，惶也。」《吳子．料敵篇》云：「敵人心怖可擊。」怖與悑同。今人或言怕者，怖聲之轉耳。

謹案：怕《廣韻》普駕切：「怕懼。」《說文》云：「怕，無偽也。」滂母、禡韻開口三等，上古聲母為滂母*p‘-，古韻分部在鐸部-i̯aks，上古音為*p‘i̯aks；王念孫二十一部中鐸部尚未從魚部分出，所以古韻分部在魚部。（又普伯切：「憺怕，靜也。」滂母、陌韻開口二等，上古聲母為滂母*p‘-，古韻分部在鐸部-rak，上古音為*p‘rak；王念孫二十一部中鐸部尚未從魚部分出，所以古韻分部在魚部。）

怖《廣韻》普故切：「惶懼也。」《說文》云：「怖，悑或从布聲。」「悑，惶也。」滂母、暮韻合口一等，上古聲母為滂母*p‘-，古韻分部在魚部-ua，上古音為*p‘ua；王念孫古韻分部在魚部。

「怕」和「怖」上古聲母相同，為雙聲相轉。在上古韻部方面，鐸部和魚部為陰入對轉的關係。

【四】輸：脫

《釋詁・卷四下》「揄……脫也」條下云：揄、墮者，《方言》：「揄、㨋，脫也。」又云：「輸，捝也。」郭璞注云：「捝，猶脫耳。」枚乘〈七發〉云：「揄弃恬怠，輸寫淟濁。」揄、輸聲相近，輸、脫聲之轉。輸轉之為脫，若愉之轉為悅矣。㨋與墮通。剝者，馬融注〈剝卦〉云：「剝，落也。」

謹案：輸《廣韻》式朱切：「盡也，寫也，墮也。」《說文》：「輸，委輸也。」審母、虞韻合口三等，上古聲母擬音為*st‘j-，古韻分部在侯部-i̯au，上古音為*st‘ji̯au；王念孫古韻分部在侯部。（又傷遇切，審母、遇韻合口三等，上古聲母擬音為*st‘j-，古韻分部在侯部-i̯au，上古音為*st‘ji̯au；王念孫古韻分部在侯部。）

脫《廣韻》他括切，透母、末韻合口一等，上古聲母為透母*t‘-，古韻分部在月部-uat，上古音為*t‘uat；月部在王念孫古韻分部中稱為祭部。（又徒活切：「肉去骨。」《說文》云：「消肉臞也。」定母、末韻合口一等，上古聲母為定母*d‘-，古韻分部在月部-uat，上古音為*d‘uat；月部在王念孫古韻分部中稱為祭部。）

「輸」與「脫」上古聲母皆清聲送氣，屬同位聲近而轉。

【五】（1）逍：襀：徙（2）遙：徉：倚

《釋訓・卷六上》「仿佯，徙倚也」條下云：哀十七年《左傳》：「如魚竀尾，衡流而方羊。」鄭眾注云：「方羊，遊戲。」《呂氏春秋・行論篇》云：「仿佯於野。」《淮南子・原道訓》云：「仿洋于山峽之旁。」《史記・吳王濞傳》云：「彷徉天下。」《漢書》作方洋，並字異而義同。〈齊風・載驅〉《傳》云：「翱翔，猶彷徉也。」

> 翔與徉古亦同聲，故《釋名》云：「翔，佯也。言仿佯也。」遊戲放蕩謂之仿佯，地勢潰蕩亦謂之仿佯。《楚辭·招魂》云：「西方仿佯無所倚，廣大無所極。」是也。《楚辭·遠遊》:「步徙倚而遙思兮。」〈哀時命〉注云：「徙倚，猶低佪也。」逍遙、儴徉、徙倚，聲之轉。儴徉、仿佯聲相近，上言逍遙、儴徉，此言仿佯、徙倚，一也。故《離騷》云：「聊逍遙以相羊。」〈遠遊〉云：「聊仿佯而逍遙。」〈哀時命〉云：「獨徙倚而仿佯。」

謹案：逍《廣韻》相邀切：「逍遙。」心母、宵韻開口三等，上古聲母為心母*sj-，古韻分部在宵部-i̯ɐu，上古音為*sji̯ɐu；王念孫古韻分部在宵部。

遙《廣韻》餘昭切：「遠也，行也。」喻母、宵韻開口三等，上古聲母擬音為*r-，古韻分部在宵部-i̯ɐu，上古音為*ri̯ɐu；王念孫古韻分部在宵部。

儴《廣韻》息良切：「儴徉。」心母、陽韻開口三等，上古聲母為心母*sj-，古韻分部在陽部-i̯aŋ，上古音為*sji̯aŋ；王念孫古韻分部在陽部。

徉《廣韻》與章切：「儴徉、徙倚。」喻母、陽韻開口三等，上古聲母擬音為*r-，古韻分部在陽部-i̯aŋ，上古音為*ri̯aŋ；王念孫古韻分部在陽部。

徙《廣韻》斯氏切：「移也。」為心母、紙韻開口三等，上古聲母為心母*sj-，古韻分部在歌部-i̯ai，上古音為*sji̯ai；王念孫古韻分部在歌部。

倚《廣韻》於綺切：「依倚也。」影母、紙韻開口三等，上古聲母為影母*ʔ-，古韻分部在歌部-i̯ai，上古音為*ʔi̯ai；又於義切：「侍也，因也，加也。」影母、寘韻開口三等，上古聲母為影母*ʔ-，古韻分部在歌部-i̯ai，上古音為*ʔi̯ai；王念孫古韻分部在歌部。

「逍」、「儴」和「徙」的上古聲母相同，為雙聲相轉。而在「遙」、「徉」與「倚」的部分，「遙」和「徉」上古聲母同為喻母，古為影母之變聲，屬發音部位聲近而轉。

【六】爸：父

> 《釋親·卷六下》「翁……父也」條下云：爸者，父聲之轉。

謹案：爸《廣韻》捕可切：「父也。」並母、哿韻開口一等，上古聲母為並母*b‘-，古韻分部在魚部-a，上古音為*b‘a；王念孫古韻分部在魚部。

父《廣韻》扶雨切，奉母、麌韻合口三等，上古聲母為並母*b‘j-，古韻分部在魚部-i̯ua，上古音擬音為*b'ji̯ua；王念孫古韻分部在魚部。（又方矩切：「尼父、尚父皆男子之美稱。」《說文》云：「巨也，家長率教者。」非母、麌韻合口三等，上古聲母為幫母*pj-，古韻分部在魚部-i̯ua，上古音為*pji̯ua；王念孫古韻分部在魚部。）

「爸」與「父」的上古聲母和韻部分部皆相同，所以屬於聲韻畢同。

【七】倩：壻

《釋親・卷六下》「壻謂之倩」條下云：《方言》：「東齊之閒壻謂之倩。」郭注云：「言可借倩也，今俗呼女壻為卒便是也。」案：壻、倩皆有才知之稱也。壻之言胥也。鄭注《周官》云：「胥，有才知之稱也。」倩之言婧也。《說文》：「婧，有才也。」顏師古注《漢書・朱邑傳》云：「倩，士之美稱。」義與壻謂之倩相近。《史記・倉公傳》云：「黃氏諸倩。」倩者，壻聲之轉，緩言之則為卒便矣。

謹案：倩《廣韻》倉甸切：「倩利，又巧笑皃。」《說文》云：「人美字也，从人青聲，東齊壻謂之倩。」清母、霰韻開口四等，上古聲母為清母*ts'-，古韻分部在耕部-iɐŋ，上古音為*ts'iɐŋ；王念孫古韻分部在耕部。（又七政切，清母、勁韻開口三等，上古聲母為清母*ts'j-，古韻分部在耕部-i̯ɐŋ，上古音為*ts'ji̯ɐŋ；又七見切，清母、線韻開口三等，上古聲母為清母*ts'j-，古韻分部在耕部-i̯ɐŋ，上古音為*ts'ji̯ɐŋ；王念孫古韻分部在耕部。）

壻《集韻》思計切，《說文》云：「夫也，从士胥。《詩》曰：『女也不爽，士貳其行。』士者，夫也，讀與細同。」心母、霽韻開口四等，上古聲母為心母*s-，古韻分部在魚部-ia，上古音為*sia；王念孫古韻分部在魚部。

「倩」與「壻」的上古聲母皆為清聲送氣，且均為舌尖前音，屬同位同類聲近而轉。

【八】歉：空

《釋天・卷九上》「一穀不升……曰大侵」條下云：歉者，空聲之轉。《說文》：「歉，飢虛也。」《淮南子・天文訓》云：「三歲而一饑，六歲而一衰，十二歲而一康。」《韓詩外傳》歉作鎌，歉作荒，荒亦歉也。《爾雅》：「㝩，虛也。」郭璞《音義》云：「本或作荒。」〈泰〉九二：「包荒。」鄭讀為康。

謹案：歀《廣韻》苦岡切：「糓升謂之歀。」《說文》云：「歀，飢虛也。」溪母、唐韻開口一等，上古聲母為溪母*k‘-，古韻分部在陽部-aŋ，上古音為*k‘aŋ；王念孫古韻分部在陽部。

空《廣韻》苦紅切：「空虛。」《說文》云：「竅也。」溪母、東韻開口一等，上古聲母為溪母*k‘-，古韻分部在東部-auŋ，上古音為*k‘auŋ；王念孫古韻分部在東部。（又苦貢切：「空缺。」溪母、送韻開口一等，上古聲母為溪母*k‘-，古韻分部在東部-auŋ，上古音為*k‘auŋ；王念孫古韻分部在東部。）

「歀」與「空」上古聲母相同，為雙聲相轉。在上古韻部方面，陽部和東部為旁轉關係，所以本組為聲同韻近而轉。

【九】(1) 培：墳 (2) 塿：堬

> 《釋邱・卷九下》「墳……冢也」條下云：塿，亦高貌也。《孟子・告子篇》：「可使高於岑樓。」趙注云：「岑樓，山之銳嶺者。」義與塿同。《方言》注云：「培塿亦堆高之貌，因名之也。」培塿、堬，聲之轉。冢謂之堬，亦謂之培塿；罌謂之甂，亦謂之瓿甊；北陵謂之西隃，小山謂之部婁，義竝相近也。

謹案：培《廣韻》薄回切：「益也，隄也，助也，治也，隨也，重也。」《說文》云：「培敦，土田山川也，从土音聲。」並母、灰韻合口一等，上古聲母為並母*b‘-，古韻分部在之部-uə，上古音為*b‘uə；王念孫古韻分部在之部。（又蒲口切：「培塿，小阜。」並母、厚韻開口一等，上古聲母為並母*b‘-，古韻分部在之部-ə，上古音為*b‘ə；王念孫古韻分部在之部。）

塿《廣韻》郎斗切：「培塿。」《說文》云：「塺土也，从土婁聲。」來母、厚韻開口一等，上古聲母為來母*l-，古韻分部在侯部-au，上古音為*lau；王念孫古韻分部在侯部。

墳《廣韻》符分切：「墳籍，又墓也。」奉母、文韻合口三等，上古聲母為並母*b‘j-，古韻分部在諄部-i̯uən，上古音為*b‘ji̯uən；王念孫古韻分部在諄部。（又房吻切：「土膏肥也。」奉母、吻韻合口三等，上古聲母為並母*b‘j-，古韻分部在諄部-i̯uən，上古音為*b‘ji̯uən；王念孫古韻分部在諄部。）

堬《廣韻》羊朱切：「《方言》云：『墳堬、培塿、埰埌、塋壟，皆冢別名。』」喻母、虞韻合口三等，上古聲母擬音為*r-，古韻分部在侯部-i̯uau，上古音為

*ri̯uau；王念孫古韻分部在侯部。

根據《方言》所云：「墳堬、培塿、埰埌、塋壟，皆冢別名。」「培塿」應為「墳堬」的聲轉。「培」與「墳」上古聲母相同，為雙聲相轉。「塿」與「堬」上古聲母均為收聲，發音部位都是舌尖音，屬同類同位聲近而轉，在上古韻部方面，兩者都是侯韻，所以本字組屬於聲近韻同而轉。

【一〇】留：攣

《釋草．卷十上》「攣夷，芍藥也」條下云：攣夷，即留夷。留、攣聲之轉也。

謹案：留《廣韻》力求切：「住也，止也。」《說文》云：「止也，从田丣聲。」來母、尤韻開口三等，上古聲母為來母*l-，古韻分部在幽部-i̯əu，上古音為*li̯əu；王念孫古韻分部在幽部。（又力救切，來母、宥韻開口三等，上古聲母為來母*l-，古韻分部在幽部-i̯əu，上古音為*li̯əu；王念孫古韻分部在幽部。）

攣《廣韻》呂員切，《說文》云：「係也。」來母、仙韻合口三等，上古聲母為來母*lj-，古韻分部在元部-i̯uan，上古音為*lji̯uan；王念孫古韻分部在元部。

「留」和「攣」上古聲母同為來母*l-，雙聲相轉。

【十一】盧：犁

《釋草．卷十上》「犁如，桔梗也」條下云：《神農本草》：「桔梗，一名利如，生山谷。」利、犁古字通，又名盧如。盧、犁，聲之轉也。

謹案：盧《廣韻》落胡切，《說文》云：「盧，飯器也。」來母、模韻合口一等，上古聲母為來母*l-，古韻分部在魚部-ua，上古音為*lua；王念孫古韻分部在魚部。

犁《集韻》力求切：「犁然，栗然也。」來母、尤韻開口三等，上古聲母為來母*l-，古韻分部在質部-i̯ɐt，上古音為*li̯ɐt；質部在王念孫古韻分部中稱為至部。

「盧」與「犁」上古聲母均為來母，雙聲相轉。

【十二】本：茇

《釋草·卷十上》「山茝、蔚香，藁本也」條下云：又《西山經》云：「皋塗之山有草焉，其狀如槀茇。」郭注云：「槀茇香草。」又注〈上林賦〉云：「槀本，槀茇也。」本、茇聲之轉，皆訓為根。下文云：「茇，根也。」

謹案：本《廣韻》布忖切：「本末，又治也、下也、舊也。」《說文》云：「木下曰本。」幫母、混韻合口一等，上古聲母為幫母*p-，古韻分部在諄部-uən，上古音為*puən；王念孫古韻分部在諄部。

茇《廣韻》北末切：「草茇。」《說文》云：「艸根也，从艸犮聲，春艸根枯，引之而發土為撥，故謂之茇；一曰：艸之白華為茇。」幫母、末韻合口一等，上古聲母為幫母*p-，古韻分部在月部-uat，上古音為*puat；月部在王念孫古韻分部中稱為祭部。（又蒲撥切：「草木根也。」並母、末韻合口一等，上古聲母為並母*b'-，古韻分部在月部-uat，上古音為*b'uat；月部在王念孫古韻分部中稱為祭部。）

「本」與「茇」上古聲母相同，為雙聲相轉。

【十三】簳：贛

《釋草·卷十上》「贛、起實，蠶𦬁也」條下云：《名醫別錄》云：「一名屋菼，一名起實，一名贛。」贛與贛同。陶注云：「近道處處有，多生人家，交阯者子最大，彼土呼為簳珠，馬援大取將還，人讒以為珍珠也，實重累者良。」案：《後漢書·馬援傳》云：「初援在交阯，常餌薏苡，南方薏苡實大，援欲以為種。軍還載之一車。」是其事。簳、贛，聲之轉也。

謹案：簳《廣韻》古旱切：「箭笴。」見母、旱韻開口一等，上古聲母為見母*k-，古韻分部在元部-an，上古音為*kan；王念孫古韻分部在元部。

贛《廣韻》古禫切：「竹名，亦作竷。」《說文》云：「艸名，从艸贛聲。一曰：薏苢。」見母、感韻開口一等，上古聲母為見母*k-，古韻分部在侵部-əm，上古音為*kəm；王念孫古韻分部在侵部。（又古送切：「薏苡別名。」見母、送韻開口一等，上古聲母為見母*k-，古韻分部在侵部-əm，上古音為*kəm；王念孫古韻分部在侵部。）

「簭」與「虄」上古聲母相同，為雙聲相轉。

【十四】蘡：燕

《釋草・卷十上》「燕薁，蘡舌也」條下云：即蘡薁也。蘡、燕，聲之轉。

謹案：蘡《廣韻》於盈切：「藤也。」影母、清韻開口三等，上古聲母為影母*ʔ-，古韻分部在耕部-i̯eŋ，上古音為*ʔi̯eŋ；王念孫古韻分部在耕部。

燕《廣韻》烏前切：「國名。」《說文》云：「燕燕，元鳥也。」影母、先韻開口四等，上古聲母為影母*ʔ-，古韻分部在元部-ian，上古音為*ʔian；王念孫古韻分部在元部。（又於甸切，影母、霰韻開口四等，上古聲母為影母*ʔ-，古韻分部在元部-ians，上古音為*ʔians；王念孫古韻分部在元部。）

「蘡」與「燕」古聲母均為影母，雙聲相轉。在上古韻部方面，耕部和元部為旁轉的關係。

【十五】葇：茸

《釋草・卷十上》「公蕡……蘇也」條下云：香葇、香茸，聲之轉；孟詵《食療本草》謂之香戎，戎與茸同聲。顏師古《匡繆正俗》云：「戎，即葇也，俗語變訛謂之戎耳。猶今之香葇謂之香戎也。」

謹案：葇《廣韻》耳由切：「香葇菜。」日母、尤韻開口三等，上古聲母為泥母*nj-，古韻分部在幽部-i̯əu，上古音為*nji̯əu；王念孫古韻分部在幽部。（又人九切：「葇，葇蘸菜不切也。」日母、有韻開口三等，上古聲母為泥母*nj-，韻部在幽部-i̯əu，上古音為*nji̯əu；王念孫古韻分部在幽部。）

茸《廣韻》而容切：「草生皃。」《說文》云：「艸茸茸皃，从艸耳聲。」日母、鍾韻開口三等，上古聲母為泥母*nj-，韻部在東部-i̯auŋ，上古音為*nji̯auŋ；王念孫古韻分部在東部。

「葇」與「茸」上古聲母相同，為雙聲相轉。

【十六】棓、茇

《釋草・卷十上》「棓……根也」條下云：棓、茇，聲之轉。根之名茇，又名棓，猶杖之名柭，又名棓也。《說文》云：「柭，棓也。」高誘注《淮南・詮言訓》云：「棓，大杖也。」是其例矣。《名醫別錄》有「百根部。」陶注云：「根數十相連。」然則此草根多，因名百部與？部與棓古字通。若《淮南・詮言訓》：「羿死於桃棓。」〈說山訓〉作桃部矣。

謹案：棓《廣韻》薄回切：「姓也。」《說文》云：「棓，棁也。」「棁，木杖也。」並母、灰韻合口一等，上古聲母為並母*b‘-，古韻分部在之部-uə，上古音為*b‘uə；王念孫古韻分部在之部。（又步項切：「杖也，打也。」並母、講韻開口二等，上古聲母為並母*b‘-，古韻分部在之部-rə，上古音為*b‘rə；又縛謀切：「杖也。」奉母、尤韻開口三等，上古聲母為並母*b‘j-，古韻分部在之部-i̯ə，上古音為*b‘ji̯ə；王念孫古韻分部在之部。）

茇《廣韻》蒲撥切：「草木根也。」《說文》云：「艸根也，从艸犮聲，春艸根枯，引之而發土為撥，故謂之茇；一曰：艸之白華為茇。」並母、末韻合口一等，上古聲母為並母*b‘-，古韻分部在月部-uat，上古音為*b‘uat；月部在王念孫古韻分部中稱為祭部。（又北末切：「華茇。」幫母、末韻合口一等，上古聲母為幫母*p-，古韻分部在月部-uat，上古音為*puat；月部在王念孫古韻分部中稱為祭部。）

「棓」和「茇」上古聲母相同，為雙聲相轉。

【十七】蘧：芑

《釋草・卷十上》「蕒，蘪也」條下云：蘧、芑，聲之轉，故蘧又謂之芑。〈小雅・采芑傳〉云：「芑，菜也。」《齊民要術》引《詩義疏》云：「蘧似苦菜，莖青，摘去葉，白汁出，甘脆可食，亦可為茹。青州謂之芑。西河、鴈門蘧尤美，時人戀戀不能出塞。」

謹案：蘧《說文》云：「菜也，似蘇者。」《廣韻》強魚切：「蘧菜似蘇。」群母、魚韻開口三等，上古聲母為匣母*ɣ-，古韻分部在魚部-i̯a，上古音為*ɣi̯a；王念孫古韻分部在魚部。（又其呂切：「苦蘧，江東呼為苦蕒。」群母、語韻開口三等，上古聲母為匣母*ɣ-，古韻分部在魚部-i̯a，上古音為*ɣi̯a；王念孫古韻分部在魚部。）

芑《廣韻》墟里切：「白粱粟也。」溪母、止韻開口三等，上古聲母為溪母*k‘-，古韻分部在之部-i̯ə，上古音為*k‘i̯ə；王念孫古韻分部在之部。

「蘧」與「芑」上古聲母均為舌根音，屬同類聲近而轉。

【十八】鬱：薁

《釋木‧卷十上》「山李……鬱也」條下云：鬱者，棣之類。〈豳風‧七月〉傳：「鬱，棣屬也。」故古人多以二物竝言。《史記‧司馬相如傳》云：「隱夫鬱棣。」《漢書》作「薁棣」，《御覽》引曹毗〈魏都賦〉云：「若榴郁棣」，皆是也。薁、郁古同聲，鬱、薁，聲之轉也，薁李、車下李為一物，而〈豳風〉正義引〈晉宮閣銘〉云：「華林園中有車下李三百一十四株，薁李一株。」則是一種之中，又復有異但稱名可以互通耳。

謹案：鬱《廣韻》紆物切：「香草，又氣也，長也，幽也，滯也，腐臭也，悠思也。」《說文》云：「木叢者。」影母、物韻合口三等，上古聲母為影母*ʔ-，古韻分部在沒部-i̯uət，上古音為*ʔi̯uət；王念孫二十一部中沒部尚未從脂部分出，所以古韻分部在脂部。

薁《廣韻》於六切，《說文》云：「嬰薁也。」影母、屋韻開口三等，上古聲母為影母*ʔ-，古韻分部在覺部-i̯əuk，上古音為*ʔi̯əuk；王念孫二十一部中覺部尚未從幽部分出，所以古韻分部在幽部。

「鬱」和「薁」上古聲母相同，為雙聲相轉。

【十九】柢：桗

《釋木‧卷十上》「桗，株也」條下云：《廣韻》云：「桗，木本也。」《說文》云：「株，木根也。」是桗即株也。《爾雅》云：「柢，本也。」柢、桗，聲之轉耳。

謹案：柢《廣韻》都奚切：「木根也。」端母、齊韻開口四等，上古聲母為端母*t-，古韻分部在脂部-iɐi，上古音為*tiɐi；王念孫古韻分部在脂部。（又都禮切，端母、薺韻開口四等，上古聲母為端母*t-，古韻分部在脂部-iɐi，上古音為*tiɐi；又都計切，端母、霽韻開口四等，上古聲母為端母*t-，古韻分部在脂部-iɐi，上古音為*tiɐi；王念孫古韻分部在脂部。）

桗《廣韻》丁戈切：「木桗也。」端母、戈韻合口一等，上古聲母為端母*t-，古韻分部在歌部-iuai，上古音為*tiuai；王念孫古韻分部在歌部。（又都唾切：「木本。」端母、過韻合口一等，上古聲母為端母*t-，古韻分部在歌部-iuai，上古音為*tiuai；王念孫古韻分部在歌部。）

「柢」和「�」上古聲母同為端母*t-，雙聲相轉。在上古韻部方面，脂部和歌部為旁轉的關係。

【二〇】柯：股

《釋木・卷十上》「笴……枝也」條下云：各本枝字誤在股上，今訂正。笴當讀為柯。《玉篇》云：「柯，枝也。」《廣韻》云：「柯，枝柯也。」柯本莖名，因而枝亦通稱柯。股，聲之轉也。

謹案：柯《廣韻》古俄切：「枝柯，又斧柯。」《說文》云：「斧柄也，從木可聲。」見母、歌韻開口一等，上古聲母為見母*k-，古韻分部在歌部-ai，上古音為*kai；王念孫古韻分部在歌部。

股《廣韻》公戶切，《說文》云：「股，髀也。」見母、姥韻合口一等，上古聲母為見母*k-，古韻分部在魚部-ua，上古音為*kua；王念孫古韻分部在魚部。

「柯」和「股」上古聲母相同，為雙聲相轉。在上古韻部方面，歌部和魚部為旁轉，所以屬於聲同韻近而轉。

【二十一】橡：柔

《釋木・卷十上》「橡，柔也」條下云：橡、柔聲之轉也。柔與杼同，各本譌作柔，惟影宋本、皇甫本不譌。《爾雅》云：「栩，杼。」郭注云：「柞樹也。」

謹案：橡《廣韻》徐兩切：「櫟實。」邪母、養韻開口三等，上古聲母擬音為*rj-，古韻分部在陽部-i̯aŋ，上古音為*rji̯aŋ；王念孫古韻分部在陽部。

柔《廣韻》力舉切，《說文》云：「栩也。從木予聲，讀若杼。」《說文》曰：「杼，機持緯者。」來母、語韻開口三等，上古聲母為來母*l-，古韻分部在魚部-i̯a，上古音為*li̯a；王念孫古韻分部在魚部。（又神與切，神母、語韻開口三等，上古聲母擬音為*d‘j-，古韻分部在魚部-i̯a，上古音為*d‘ji̯a；王念孫古韻分部在魚部。）

「橡」和「柔」上古聲母均為舌尖音，屬同類聲近而轉。在上古韻部方面，陽部和魚部為陰陽對轉的關係。

【二十二】蚼：蛣

《釋蟲・卷十下》「蚼、蛣，蟬也」條下云：蚼、蛣聲之轉也。

《方言》云：「蟬，楚謂之蜩，秦、晉之閒謂之蟬。海、岱之閒謂之蛴。」郭璞注云：「齊人呼為巨蛴。」蛣，曹憲音去結反。《玉篇》：「蛪，古頡切。」《廣韻》：「苦結切。」竝云：「蛪蚼似蟬而小。」苦結之音與去結同，疑蛪即蛣也。

謹案：蛴《廣韻》去奇切：「長腳鼅鼄。」溪母、支韻開口三等，上古聲母為溪母*k‘-，古韻分部在歌部-i̯ai，上古音為*k‘i̯ai；王念孫古韻分部在歌部。（又渠綺切：「蟬也。」群母、紙韻開口三等，上古聲母為匣母*ɣ-，古韻分部在歌部-i̯ai，上古音為*ɣi̯ai；王念孫古韻分部在歌部。）

蛣《廣韻》去吉切：「蛣蜣，蜣蜋。」《說文》云：「蛣蚍，蝎也。」溪母、質韻開口三等，上古聲母為溪母*k‘-，古韻分部在質部-i̯ɐt，上古音為*k‘i̯ɐt；質部在王念孫古韻分部中稱為至部。

「蛴」和「蛣」上古聲母同為溪母*k‘-，雙聲相轉。

【二十三】蚿：蚿

《釋蟲・卷十下》「蛆蟝……馬蚿也」條下云：即下文：「馬蠽，蠀蛆也。」蠽與蟽，聲之轉；蠀蛆與蛆蟝，聲之遞轉也。《爾雅》云：「蚿，馬蠽。」蚿與蚿亦聲之轉。《方言》：「馬蚿，北燕謂之蛆蟝，其大者謂之馬蚰。」郭璞注云：「今關西云馬蚰。」蚰與蟽同，字通作軸。

謹案：蚿《廣韻》戶閒切：「蟲名。」匣母、山韻開口二等，上古聲母為匣母*ɣ-，古韻分部在諄部-rən，上古音為*ɣrən；王念孫古韻分部在諄部。

蚿《廣韻》胡田切：「馬蚿蟲，一名百足。」匣母、先韻開口四等，上古聲母為匣母*ɣ-，古韻分部在真部-iɐn，上古音為*ɣiɐn；王念孫古韻分部在真部。

「蚿」和「蚿」上古聲母相同，為雙聲相轉。在上古韻部方面，諄部和真部為旁轉的關係。

【二十四】蠽：蟽

《釋蟲・卷十下》「蛆蟝……馬蚿也」條下云：即下文：「馬蠽，蠀蛆也。」蠽與蟽，聲之轉；蠀蛆與蛆蟝，聲之遞轉也。《爾雅》云：「蚿，馬蠽。」蚿與蚿亦聲之轉。《方言》：「馬蚿，北燕謂之蛆蟝，其大者謂之馬蚰。」郭璞注云：「今關西云馬蚰。」蚰與蝬同，字通作軸。

謹案：蝬《廣韻》士板切：「蟲名。」牀母、潸韻開口二等，上古聲母為從母*dz‘-，古韻分部在元部-ran，上古音為*dz‘ran；王念孫古韻分部在元部。（又士諫切，牀母、諫韻開口二等，上古聲母為從母*dz‘-，古韻分部在元部-ran，上古音為*dz‘ran；王念孫古韻分部在元部。）

蝬《廣韻》直六切：「馬蚿蟲。」澄母、屋韻開口三等，上古聲母為定母*d-，古韻分部在覺部-i̯əuk，上古音為*di̯əuk；王念孫二十一部中覺部尚未從幽部分出，所以古韻分部在幽部。

「蝬」和「蝬」上古聲母皆濁聲送氣，屬同位聲近而轉。

【二十五】（1）螳：刀（2）良：蜋

《釋蟲・卷十下》「芉芉、蚿肬，螗蜋也」條下云：螳良今謂之刀蜋，聲之轉也，其性鷙悍，喜搏擊。《莊子・人閒世篇》：「女不知夫螳良乎，怒其臂以當車轍，不知其不勝任也。」〈山木篇〉：「覩一蟬，方得美蔭，螳良執翳而搏之。」是也。

謹案：螳《廣韻》徒郎切：「螳蜋，《禮記》：『仲夏月，螳蜋生。』」定母、唐韻開口一等，上古聲母為定母*d‘-，古韻分部在陽部-aŋ，上古音為*d‘aŋ；王念孫古韻分部在陽部。

良《廣韻》呂張切：「賢也，善也，首也，長也。」《說文》云：「良，善也。」來母、陽韻開口三等，上古聲母為來母*l-，古韻分部在陽部-i̯aŋ，上古音為*li̯aŋ；王念孫古韻分部在陽部。

刀《廣韻》都牢切：「《釋名》曰：『刀，到也。以斬伐到其所也。』」《說文》云：「兵也。」端母、豪韻開口一等，上古聲母為端母*t-，古韻分部在宵部-ɐu，上古音為*tɐu；王念孫古韻分部在宵部。

蜋《廣韻》呂張切：「蜣蜋蟲，一名蛣蜣。」《說文》云：「蜋，堂蜋也，从虫良聲，一名斫父。」來母、陽韻開口三等，上古聲母為來母*l-，古韻分部在陽部-i̯aŋ，上古音為*li̯aŋ；（又魯當切，來母、唐韻開口一等，上古聲母為來母*l-，古韻分部在陽部-aŋ，上古音為*laŋ；王念孫古韻分部在陽部。）

「螳」和「刀」上古聲母同為舌尖音，屬同類聲近而轉。而「良」和「蜋」

上古聲母和韻部都相同，屬於聲韻畢同而轉。

【二十六】(1) 蜙：蝩 (2) 蝑：蝜

《釋蟲．卷十下》「蜙蝑，蝩也」條下云：聲之轉也。蜙與蚣同。《爾雅》：「蜇螽，蚣蝑。」郭璞注云：「蚣蜙也，俗呼蝽蜲。」《方言》：「舂黍謂之蜙蝑。」注云：「又名蚣蜙，江東呼虴蜢。」

謹案：蜙《廣韻》息恭切：「蟲名。」《說文》云：「蜙蝑，舂黍也。目股鳴者，从虫松聲。」心母、鍾韻開口三等，上古聲母為心母*s-，古韻分部在東部-i̯auŋ，上古音為*si̯auŋ；王念孫古韻分部在東部。

蝑《廣韻》相居切，《說文》云：「蝑，蜙蝑也。」心母、魚韻開口三等，上古聲母為心母*s-，古韻分部在魚部-i̯a，上古音為*si̯a；王念孫古韻分部在魚部。（又息呂切，心母、語韻開口三等，上古聲母為心母*s-，古韻分部在魚部-i̯a，上古音為*si̯a；又司夜切，心母、禡韻開口二等，上古聲母為心母*s-，古韻分部在魚部-ra，上古音為*sra；王念孫古韻分部在魚部。）

蝩《廣韻》書容切：「蜙蝑俗呼蝽蜲。」審母、鍾韻開口三等，上古聲母擬音為*st‘j-，古韻分部在東部-i̯auŋ，上古音為*st‘ji̯auŋ；王念孫古韻分部在東部。

蝜《廣韻》舒呂切：「蜲蝜。」審母、語韻開口三等，上古聲母擬音為*st‘j-，古韻分部在魚部-i̯a，上古音為*st‘ji̯a；王念孫古韻分部在魚部。

「蜙」和「蝩」上古聲母發音方法相同，都是清聲送氣，屬同位聲近而轉，在上古韻部方面，二者都是東部，所以「蜙」和「蝩」是聲近韻同疊韻相轉。「蝑」和「蝜」上古聲母發音方法相同，都是清聲送氣，屬同位聲近而轉，在上古韻部方面都是魚部，所以「蝑」和「蝜」也是聲近韻同疊韻相轉。

【二十七】蚑：肌

《釋蟲．卷十下》「蛷螋，蟧蛷也」條下云：《周官．赤犮氏》：「凡隙屋，除其貍蟲。」鄭注云：「貍蟲，䗪肌求之屬。」釋文：「求，本或作蛷。」疑即蚑蛷也。蚑與肌聲之轉耳。

謹案：蚑《廣韻》去智切，溪母、寘韻開口三等，上古聲母為溪母*k‘-，古韻分部在支部-i̯ɐ，上古音為*k‘i̯ɐ；王念孫古韻分部在支部。（又巨支切：「蟲行皃。」《說文》云：「徐行也，凡生之類行皆曰蚑。」群母、支韻開口三等，上古聲母為匣母*ɣ-，古韻分部在支部-i̯ɐ，上古音為*ɣi̯ɐ；王念孫古韻分部在支部。）

肌《廣韻》居夷切：「肌膚。」《說文》云：「肉也。」見母、脂韻開口三等，上古聲母為見母*k-，古韻分部在脂部-i̯ɐi，上古音為*ki̯ɐi；王念孫古韻分部在脂部。

「蚑」與「肌」的上古聲母為溪母和見母，二者同為舌根音，發音部位相同，只有送氣與不送氣的差別，屬於同類聲近而轉。在上古韻部方面，支部和脂部為旁轉的關係。

【二十八】蠷：蛷

《釋蟲・卷十下》「蛷螋，蠎蛷也」條下云：《博物志》云：「蠷螋蟲溺人影，隨所箸處生瘡。」《本草拾遺》云：「蠷螋蟲能溺人影，令發瘡如熱沸而大，繞腰蟲如小蜈蚣，色青黑，長足。」蠷螋、蛷螋亦聲之轉耳，今揚州人謂之蓑衣蟲，順天人謂之錢龍，長可盈寸，行於壁上，往來甚捷。

謹案：蠷《廣韻》其俱切：「蠷螋蟲。」群母、虞韻合口三等，上古聲母為匣母*ɣ-，古韻分部在魚部-i̯ua，上古音為*ɣi̯ua；王念孫古韻分部在魚部。

蛷《廣韻》巨鳩切：「蛷螋蟲。」群母、尤韻開口三等，上古聲母為匣母*ɣ-，古韻分部在幽部-i̯əu，上古音為*ɣi̯əu；王念孫古韻分部在幽部。

「蠷」與「蛷」上古聲母相同，在上古韻部方面，魚部和幽部為旁轉的關係。

【二十九】螼：蚯

《釋蟲・卷十下》「蚯蚓、蜿蟺，引無也」條下云：《爾雅》：「螼蚓，豎蚕。」郭璞注云：「即蛩蟺也，江東呼寒蚓。」螼蚓、蚯蚓，聲之轉也。

謹案：螼《廣韻》弃忍切：「蚯蚓也。」《說文》云：「螾也，从虫堇聲。」溪母、軫韻開口三等，上古聲母為溪母*k‘-，古韻分部在諄部-i̯ən，上古音為*k‘i̯ən；王念孫古韻分部在諄部。（又羌印切，溪母、震韻開口三等，上古聲母為溪母*k‘-，古韻分部在諄部-i̯ən，上古音為*k‘i̯ən；王念孫古韻分部在諄部。）

蚯《廣韻》去鳩切：「蚯蚓，蟲名。」溪母、尤韻開口三等，上古聲母為溪母*k‘-，古韻分部在之部-i̯ə，上古音為*k‘i̯ə；王念孫古韻分部在之部。

「蝩」與「蚯」上古聲母相同，為雙聲相轉。

【三〇】白：蛃

《釋蟲．卷十下》「白魚，蛃魚也」條下云：《爾雅翼》云：「衣書中蟲，始則黃色，既老而身有粉，視之如銀，故名曰白魚。」白與蛃，聲之轉，蛃之為言猶白也。《淮南．原道訓》：「馮夷大丙之御。」高誘注云：「丙，或作白。」是其例也。蟫之為言蟫蟫然也。《後漢書．馬融傳》：「蝡蝡蟫蟫。」李賢注云：「動貌。」

謹案：白《廣韻》傍陌切：「西方色，又告也，語也。」《說文》云：「西方色也，侌用事物色白，从入合二。二，侌數。」並母、陌韻開口二等，上古聲母為並母*b‘-，古韻分部在鐸部-rak，上古音為*b‘rak；王念孫二十一部中鐸部尚未從魚部分出，所以古韻分部在魚部。

蛃《廣韻》兵永切：「蟲名。」幫母、梗韻合口三等，上古聲母為幫母*p-，古韻分部在陽部-i̯uaŋ，上古音為*pi̯uaŋ；王念孫古韻分部在陽部。

「白」與「蛃」上古聲母發音部位相同，皆為脣音，屬同類聲近而轉。在上古韻部方面，陽部和鐸部為陽入對轉的關係，所以「白」與「蛃」歸類於聲近韻近而轉。

【三十一】鰂：鰳

《釋魚．卷十下》「鱃……鰌也」條下云：鰂與鰳聲之轉，鰳之言幼也、小也。《說文》鰳讀若幽，若《方言》「蕪菁小者謂之幽芥」矣。

謹案：鰂《廣韻》烏到切：「小鰌名。」影母、號韻開口一等，上古聲母為影母*ʔ-，古韻分部在覺部-əuks，上古音為*ʔəuks；王念孫古韻分部在幽部。

鰳《廣韻》於堯切：「魚名。」《說文》云：「鰳魚也，从魚幼聲，讀若幽。」影母、蕭韻開口四等，上古聲母為影母*ʔ-，古韻分部在幽部-iəu，上古音為*ʔiəu；王念孫古韻分部在幽部。（又於柳切，影母、有韻開口三等，上古聲母為影母*ʔ-，古韻分部在幽部-i̯əu，上古音為*ʔi̯əu；王念孫古韻分部在幽部。）

「鰒」和「鰌」上古聲母同為影母，雙聲相轉。在上古韻部方面，覺部和幽部為陰入對轉的關係，所以二者屬於聲同韻近而轉。

【三十二】鯬：鯠

《釋魚・卷十下》「鯫，鯬也」條下云：見《爾雅》釋文。《爾雅》：「魴鯫，鯬鯠。」郭璞注云：「江東呼魴魚為鯿。鯬鯠未詳。」是郭以鯬鯠非魴鯫也。釋文引《埤倉》云：「鯬鯠，鯫也。」與《廣雅》同。是張以鯬鯠即鯫也。蓋《爾雅》舊注有謂鯫一名鯬，一名鯠者，而張用其說，亦如「巂周、燕燕，鳦。」舍人、孫炎以為巂周一名燕燕，一名鳦爾。案：鯬、鯠聲之轉，《爾雅》以鯠釋鯬，非以鯬鯠釋鯫也。《廣韻》、《龍龕手鑑》並云：「鰻鯠，魚名。」或是此與？鰻鯠者，鰻鱺之轉聲也。詳見「鮎，鯷也」下。

謹案：鯬《廣韻》力脂切：「鯬，魚名。」來母、脂韻開口三等，上古聲母為來母*l-，古韻分部在脂部-i̯ɐi，上古音為*li̯ɐi；王念孫古韻分部在脂部。（又徂奚切，從母、齊韻開口四等，上古聲母為從母*dz‘-，古韻分部在脂部-iɐi，上古音為*dz‘iɐi；王念孫古韻分部在脂部。）

鯠《廣韻》落哀切：「魚名。」來母、咍韻開口一等，上古聲母為來母*l-，古韻分部在之部-ə，上古音為*lə；王念孫古韻分部在之部。

「鯬」和「鯠」上古聲母都相同，為雙聲相轉。在上古韻部方面，脂部與之部為旁轉的關係。

【三十三】(1) 擊：鴶 (2) 穀：鵴

《釋鳥・卷十下》「擊鼓、鴶鵴，布穀也」條下云：《方言》：「布穀自關而東，梁、楚之閒謂之結誥，周、魏之閒謂之擊穀，自關而西謂之布穀。」擊穀、鴶鵴聲之轉耳。

謹案：擊《廣韻》古歷切：「打也。」《說文》云：「攴也。」見母、錫韻開口四等，上古聲母為見母*k-，古韻分部在錫部-iɐk，上古音為*kiɐk；王念孫二十一部中錫部尚未從支部分出，所以古韻分部在支部。

穀《廣韻》古祿切：「五穀也，又生也，祿也，善也。」《說文》云：「穀，續也，百穀之總名也。」見母、屋韻開口一等，上古聲母為見母*k-，古韻分部在屋部-auk，上古音為*kauk；王念孫二十一部中屋部尚未從侯部分出，所以古韻分部在侯部。

鴶《廣韻》古黠切：「鴶鵴，鳲鳩。」見母、黠韻開口二等，上古聲母為見母*k-，古韻分部在質部-rɐt，上古音為*krɐt；質部在王念孫古韻分部中稱為至部。

鵴《廣韻》居六切：「郭璞云：『今之布穀也。』」《說文》云：「鵴，秸鵴，尸鳩也。」見母、屋韻開口三等，上古聲母為見母*k-，古韻分部在覺部-i̯əuk，上古音為*ki̯əuk；王念孫二十一部中覺部尚未從幽部分出，所以古韻分部在幽部。

布穀鳥的名稱原即從鳥叫聲擬音而來，「擊」和「鴶」上古聲母同為見母，為雙聲相轉。在上古韻部方面，錫部和質部為旁轉的關係，屬於聲同韻近而轉；而「穀」和「鵴」上古聲母同為見母，為雙聲相轉。在上古韻部方面，屋部和覺部為旁轉，應歸類於聲同韻近而轉。

【三十四】茅：𪀚

> 《釋鳥・卷十下》「鵂鶹……𪀚也」條下云：鶜與茅同。《爾雅》：「狂，茅鴟。」郭璞云：「今𪀚鴟也，似鷹而白。」案：𪀚者，白色之名。《爾雅》說馬云：「面顙皆白惟駹駹。」與𪀚聲義正同。茅、𪀚則聲之轉耳。《太元・聚》次八：「鴟𪀚在林，吱彼眾禽。」范望注云：「吱，怒也。鴟𪀚賊鳥，所在，眾禽所避也。」襄二十八年《左傳》：「使工為之誦〈茅鴟〉。」杜預注云：「〈茅鴟〉，逸詩，刺不敬。」蓋以鳥名篇，若雄雉，鳥鳩之等矣。又以為鵂鶹者。《御覽》引孫炎《爾雅》注云：「茅鴟，大目鵂鶹也。」如孫注則亦怪鴟之屬，但目大為異耳。

謹案：茅《廣韻》莫交切：「草名。」《說文》云：「菅也，可縮酒為藉。」明母、肴韻開口二等，上古聲母為明母*m-，古韻分部在幽部-rəu，上古音為*mrəu；王念孫古韻分部在幽部。

𪀚《廣韻》莫湩切：「鴟鳥。」明母、腫韻開口三等，上古聲母為明母*m-，古韻分部在東部-i̯auŋ，上古音為*mi̯auŋ；（又莫項切，明母、講韻開口二等，上古聲母為明母*m-，古韻分部在東部-i̯auŋ，上古音為*mi̯auŋ；又武項切，微母、講韻開口二等，上古聲母擬音為*hm-，古韻分部在東部-auŋ，上古音為*hmauŋ；王念孫古韻分部在東部。）

「茅」與「鶛」上古聲母相同，為雙聲相轉。

【三十五】鴆：鶩

《釋鳥・卷十下》「鴆……鸓也」條下云：鴆與鶩聲之轉也。

謹案：鴆《廣韻》莫撥切：「鳥名。」明母、末韻合口一等，上古聲母為明母*m-，古韻分部在月部-uat，上古音為*muat；月部在王念孫古韻分部中稱為祭部。

鶩《廣韻》亡遇切：「鳥名。」《說文》云：「舒鳧也。」微母、遇韻合口三等，上古聲母為明母*mj-，古韻分部在侯部-i̯au，上古音為*mji̯au；又莫卜切，明母、屋韻開口一等，上古聲母為明母*m-，古韻分部在侯部-au，上古音為*mau；王念孫古韻分部在侯部。

「鴆」與「鶩」上古聲母相同，為雙聲相轉。

二、小結

以上 35 組中有 30 組為字組，5 組為詞。在分析字義時以詞為單位，總計有 35 組。但是在分析聲韻時，則以字組為單位，每個詞又各細分為 2 個字組，所以總計有 40 組。

（一）聲韻方面

「聲之轉」的聲韻分析圖

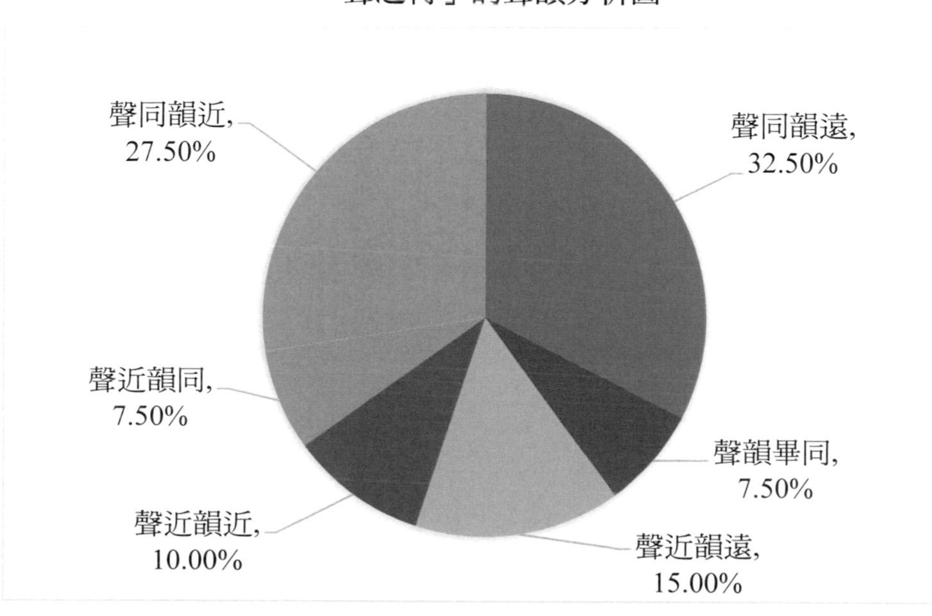

在聲韻條件方面，可將 40 個字組分為六大類，其中聲韻畢同的有 3 組，佔 7.5%；聲同韻近的有 11 組，佔 27.5%；聲同韻遠的有 13 組，佔 32.5%；聲近韻同的有 3 組，佔 7.5%；聲近韻近的有 4 組，佔 10%，而聲近韻遠的有 6 組，佔 15%：

（1）聲韻畢同－

【一】穩：隱；【六】爸：父；【二十五】良：蜋；共 3 組。

（2）聲同韻近－

【三】怕：怖；【八】歉：空；【十四】蘡：燕；【十九】柢：桗；【二〇】柯：股；【二十三】蜫：蚿；【二十八】蠷：蛷；【三十二】鰲：鯠；【三十三】（1）擊：鵠；【三十三】（2）瞉：鸛；【三十一】鰂：鰗；共 11 組。

（3）聲同韻遠－

【五】（1）逍：儴：徙；【九】（1）培：墳；【一〇】留：攣；【十一】盧：犁；【十二】本：芨；【十三】簳：虈；【十五】菜：茸；【十六】棓：芨；【十八】鬱：蒷；【二十二】蚵：蛄；【二十九】蟔：蚽；【三十四】茅：鷉；【三十五】鴸：鵟；共 13 組。

（4）聲近韻同－

【九】（2）塿：堬；【二十六】（1）蝵：蠹；【二十六】（2）蛸：蚤；共 3 組。

（5）聲近韻近－【二】膊：曝；【二十一】橡：柔；【三〇】白：蚢；【二十七】蚑：肌；共 4 組。

（6）聲近韻遠－

【四】輸：脫；【五】（2）遙：徉：倚；【七】倩：壻；【十七】藼：芑；【二十四】蝬：蟋；【二十五】（1）螳：刀；共 6 組。

若不論韻部的遠近，則聲同的共有 27 組，佔總數的 67.5%；聲近的共有 13 組，佔總數的 32.5%。若將聲近的部分加以分析，可以發現下列的情形：

<table>
<tr><td rowspan="5">聲　近</td><td rowspan="3">同　類</td><td>喉牙音</td><td>2</td></tr>
<tr><td>舌　音</td><td>4</td></tr>
<tr><td>脣　音</td><td>2</td></tr>
<tr><td>同　位</td><td colspan="2">4</td></tr>
<tr><td>發音部位相近</td><td colspan="2">1</td></tr>
</table>

在13組聲近的關係中，因同類聲近的有8組，因同位聲近的有4組，因發音部位相近的有1組，而同類聲近的8組中以舌音聲近為多，其次是喉牙音和脣音，可見當時有同類相混的狀況。

在韻部方面，韻同或韻近的雖然有21組，佔52.5%，但韻遠的也有19組，佔47.5%。所以韻同或韻近以及韻遠所佔的比例只相差5%。可見字組中韻部的遠近，並不是聲之轉的必要條件。

所以在《廣雅疏證》中「聲之轉」和「一聲之轉」這兩個術語的使用條件是相同的，只要字與字的聲母相同或相近，使得音聲得以流轉時，王念孫就會用「聲之轉」或「一聲之轉」的術語來訓詁。

第四節　「轉聲」術語析論

「轉聲」的術語並非自王念孫開始，明朝楊慎撰《古音獵要》中即用到這個術語，例如：

> 《古音獵要・卷一》四支「騃」字下云：「音怡，古音騃作矣，又自矣轉聲而為怡也。」〔註43〕

> 《古音獵要・卷四》二十四敬、二十五徑「蠲」字下云：「《說文》腐草為蠲字，从益者，螢、影、瑩、益蓋於四聲為轉聲也。」〔註44〕

一、「轉聲」術語釋例

【一】（1）醦：醫（2）醏：⿰酉俞

> 《釋器・卷八上》「䤑⿰酉齊……醬也」條下云：《玉篇》：「醦醏，醬也。」即醫⿰酉俞之轉聲。

謹案：醦《廣韻》莫撥切：「醬也。」明母、末韻合口一等，上古聲母為明母*m-，古韻分部在月部-uat，上古音為*muat；月部在王念孫古韻分部中稱為祭部。

醏《廣韻》當孤切：「醦醏，醬也。」端母、模韻合口一等，上古聲母為端

〔註43〕參見《欽定四庫全書・經部・古音獵要》第279頁。
〔註44〕參見《欽定四庫全書・經部・古音獵要》第289頁。

母*t-，古韻分部在魚部-ua，上古音為*tua；王念孫古韻分部在魚部。

醔《廣韻》莫胡切：「醔醶，楡子醬也。」明母、模韻合口一等，上古聲母為明母*m-，古韻分部在魚部-ua，上古音為*mua；王念孫古韻分部在魚部。（又莫浮切，明母、尤韻開口三等，上古聲母為明母*m-，古韻分部在幽部-i̯əu，上古音為*mi̯əu；王念孫古韻分部在幽部。）

醶《廣韻》大胡切：「醿醏，醬也。」定母、模韻合口一等，上古聲母為定母*d'-，古韻分部在魚部-ua，上古音為*d'ua；王念孫古韻分部在魚部。（又度侯切，定母、侯韻開口一等，上古聲母為定母*d'-，古韻分部在侯部-au，上古音為*d'au；王念孫古韻分部在侯部。）

「醿」和「醔」上古聲母相同，為雙聲相轉。「醏」和「醶」的上古聲母發音部位均為舌尖音，屬旁紐雙聲同類而轉，上古韻部方面則同為魚部。

【二】浦：旁

《釋邱・卷九下》「隒……厓也」條下云：《說文》：「浦，水瀕也。」〈大雅・常武篇〉：「率彼淮浦。」毛《傳》云：「浦，厓也。」《楚辭・九歌》云：「望涔陽兮極浦。」浦者，旁之轉聲，猶言水旁耳。

謹案：浦《廣韻》滂古切：「《風土記》云：『大水有小口別通曰浦。』」《說文》：「水瀕也。」滂母、姥韻合口一等，上古聲母為滂母*p'-，古韻分部在魚部-ua，上古音為*p'ua；王念孫古韻分部在魚部。

旁《廣韻》步光切：「《爾雅》曰：『上達謂之歧，旁謂之歧道旁出也。』」《說文》曰：「溥也。」「溥，大也」並母、唐韻合口一等，上古聲母為並母*b'-，古韻分部在陽部-uaŋ，上古音為*b'uaŋ；王念孫古韻分部在陽部。

「浦」和「旁」上古聲母發音部位相同，皆屬於脣音，兩者只有清濁的不同，因此是同類聲近而轉。在上古韻部方面，魚部和陽部為對轉的關係。

【三】康：坑：欿：科：渠：空

《釋水・卷九下》「阱……坑也」條下云：《爾雅》：「阬，虛也。」阬與坑同。坑之言康也。《爾雅》：「康，虛也。」康、坑、欿、科、渠皆空之轉聲也。

謹案：康《廣韻》苦岡切：「和也，樂也。」溪母、唐韻開口一等，上古聲母為溪母*k‘-，古韻分部在陽部-aŋ，上古音為*k‘aŋ；王念孫古韻分部在陽部。

坑《廣韻》客庚切，《集韻》云：「阬或从土、从石。」《說文》云：「阬，閬也。」《廣韻》云：「阬，《爾雅》曰：『虛也。』郭璞云：『阬，壍也。』」溪母、庚韻開口二等，上古聲母為溪母*k‘-，古韻分部在陽部-raŋ，上古音為*k‘raŋ；王念孫古韻分部在陽部。

欿《廣韻》胡感切，《說文》：「欿，欲得。」匣母、感韻開口一等，上古聲母為匣母*ɣ-，古韻分部在添部-ɐm，上古音為*ɣɐm；添部在王念孫古韻分部中尚未自談部分出，所以欿的古韻部在談部。

科《廣韻》苦禾切：「條也，本也，品也，又科斷也。」《說文》云：「科，程也，从禾斗，斗者量也。」溪母、戈韻合口一等，上古聲母為溪母*k‘-，古韻分部在歌部-uai，上古音為*k‘uai；王念孫古韻分部在歌部。（又苦臥切：「滋生也。」溪母、過韻合口一等，上古聲母為溪母*k‘-，古韻分部在歌部-uai，上古音為*k‘uai；王念孫古韻分部在歌部。）

渠《廣韻》強魚切：「溝渠也。」《說文》云：「渠，水所居也。」群母、魚韻開口三等，上古聲母為匣母*ɣ-，古韻分部在魚部-i̯a，上古音為*ɣi̯a；王念孫古韻分部在魚部。

空《廣韻》苦紅切：「空虛。」《說文》云：「竅也。」溪母、東韻開口一等，上古聲母為溪母*k‘-，古韻分部在東部-auŋ，上古音為*k‘auŋ；王念孫古韻分部在東部。（又苦貢切：「空缺。」溪母、送韻開口一等，上古聲母為溪母*k‘-，古韻分部在東部-auŋ，上古音為*k‘auŋ；王念孫古韻分部在東部。）

「康」、「坑」、「科」、「空」上古聲母同為溪母，而「欿」和「渠」則為匣母。溪母和匣母同為舌根音，即發音部位相同。古音凡發音部位相同者，即可互相諧聲或通用也，因為發音部位相同，音就容易流轉的緣故。在上古韻部方面，陽部與魚部為陰陽對轉，與東部為旁轉，魚部與歌部為旁轉，東部與談部為旁轉，所以本組屬於聲近韻近而轉。

【四】⿱⿰谷又土：谼：洫：⿰阝肙：臽：虛

《釋水・卷九下》「谼……坑也」條下云：谼者，空大之名。谼猶洪也，字亦作䜫，《玉篇》：「䜫，大谷名。」《廣韻》云：「大⿱⿰谷又土也。」⿱⿰谷又土、谼、洫、⿰阝肙、臽皆虛之轉聲也。

謹案：壑《廣韻》呵各切：「溝也，谷也，坑也，虛也。」曉母、鐸韻開口一等，上古聲母為曉母*x-，古韻分部在鐸部-ak，上古音為*xak；王念孫時鐸部尚未從魚部分出，所以古韻分部在魚部。（又火酷切，曉母、沃韻合口一等，上古聲母為曉母*x-，古韻分部在鐸部-uak，上古音為*xuak；王念孫時鐸部尚未從魚部分出，所以古韻分部在魚部。）

烘《廣韻》戶公切：「坑也。」匣母、東韻開口一等，上古聲母為匣母*ɣ-，古韻分部在東部-auŋ，上古音為*ɣauŋ；王念孫古韻分部在東部。

洫《廣韻》況逼切：「溝洫。」曉母、職韻開口三等，上古聲母為曉母*x-，古韻分部在質部-i̯ət，上古音為*xi̯ət；質部在王念孫古韻分部中稱為至部。

隕《廣韻》胡畎切：「坑也。」匣母、銑韻合口四等，上古聲母為匣母*ɣ-，古韻分部在元部-ian，上古音為*ɣian；王念孫古韻分部在元部。

臽《廣韻》苦感切，《說文》云：「小阱也，从人在臼上。」段注云：「古者掘地為臼，故从人臼，會意。臼，猶坑也。」溪母、感韻開口一等，上古聲母為溪母*k‘-，古韻分部在古韻分部在添部-ɐm，上古音為*k‘ɐm；添部在王念孫古韻二十一部分部中尚未自談部分出，所以臽的上古韻部在談部。（又戶韽切：「小坑。」匣母、陷韻開口二等，上古聲母為匣母*ɣ-，古韻分部在添部-rɐms，上古音為*ɣrɐms；添部在王念孫古韻二十一部分部中尚未自談部分出，所以臽的上古韻部在談部。）

虛《廣韻》朽居切、許魚切：「空虛也。」《說文》云：「虛，大丘也。昆侖丘謂之昆侖虛。古者九夫為井，四井為邑，四邑為丘，丘謂之虛。」曉母、魚韻開口三等，上古聲母為曉母*x-，古韻分部在魚部-i̯a，上古音為*xi̯a；王念孫古韻分部在魚部。（又去魚切，溪母、魚韻開口三等，上古聲母為*k‘-，古韻分部在魚部-i̯a，上古音為*k‘i̯a；王念孫古韻分部在魚部。）

「壑」、「洫」、「虛」上古聲母均為曉母，而「烘」、「隕」和「臽」均為匣母，曉母和匣母均為舌根音，同類聲近而轉。

【五】舫：艀：艐：筏：泭：舫：浮

《釋水．卷九下》「舟周……舟也」條下云：船與筏異物而同用，故船謂之舫，亦謂之艀，亦謂之艐，編木謂之筏，亦謂之泭，亦謂之舫。凡此皆浮之轉聲也。

謹案：舫《廣韻》甫妄切：「並兩船。」非母、漾韻合口三等，上古聲母為幫母*pj-，古韻分部在陽部-i̯uaŋs，上古音為*pji̯uaŋs；王念孫古韻分部在陽部。（又補曠切：「舫人，習水者也。」幫母、宕韻合口一等，上古聲母為幫母*p-，古韻分部在陽部-uaŋ，上古音為*puaŋ；王念孫古韻分部在陽部。）

艀《廣韻》芳無切：「艀艇舩也。」敷母、虞韻合口三等，上古聲母為滂母*p‘j-，古韻分部在侯部-i̯au，上古音為*p‘ji̯au；王念孫古韻分部在侯部。（又薄故切，並母、暮韻合口一等，上古聲母為並母*b‘-，古韻分部在鐸部-uaks，上古音為*b‘uaks；王念孫時鐸部尚未從魚部分出，所以古韻分部在魚部。）

𦪇《廣韻》北末切：「大船名。」幫母、末韻合口一等，上古聲母為幫母*p-，古韻分部在月部-uat，上古音為*puat；月部在王念孫古韻分部中稱為祭部。

筏《廣韻》房越切：「大曰筏，小曰桴，乘之渡水。」奉母、月韻合口三等，上古聲母為並母*b‘j-，古韻分部在月部-i̯uat，上古音為*b‘ji̯uat；月部在王念孫古韻分部中稱為祭部。（又北末切，幫母、末韻合口一等，上古聲母為幫母*p-，古韻分部在月部-uat，上古音為*puat；月部在王念孫古韻分部中稱為祭部。）

泭《廣韻》防無切：「小木栰也。」《說文》云：「泭，編木目渡也。」奉母、虞韻合口三等，上古聲母為並母*b‘j-，古韻分部在侯部-i̯au，上古音為*b‘ji̯au；王念孫古韻分部在侯部。（又芳無切，敷母、虞韻合口三等，上古聲母為滂母*p‘j-，古韻分部在侯部-i̯au，上古音為*p‘ji̯au；王念孫古韻分部在侯部。）

浮《廣韻》縛謀切，《說文》云：「汎也。」奉母、尤韻開口三等，上古聲母為並母*b‘j-，古韻分部在幽部-i̯əu，上古音為*b‘ji̯əu；王念孫古韻分部在幽部。

「舫」、「艀」、「𦪇」、「筏」、「泭」、「舫」和「浮」的上古聲母均為脣音，屬於同類聲近而轉。

【六】莽：毛

《釋草・卷十上》「蘇……草也」條下云：《易・同人》鄭注云：「莽，叢木也。」《淮南・時則訓》：「山雲草莽。」高誘注云：「山中氣出雲似草木。」則莽又為草木眾盛之通稱，故《楚詞・九章》云「草木莽莽」也。莽之轉聲為毛。隱三年《左傳》云：「澗谿沼沚之毛。」杜注云：「毛，草也。」〈召南・采蘩傳〉云：「沼沚谿澗之草。」是也。

謹案：莽《廣韻》莫補切、莫古切：「宿草。」明母、姥韻合口一等，上古聲母為明母*m-，古韻分部在陽部-uaŋ，上古音為*muaŋ；王念孫古韻分部在陽部。（又模朗切：「草莽。」明母、蕩韻開口一等，上古聲母為明母*m-，古韻分部在陽部-aŋ，上古音為*maŋ；又莫厚切，明母、厚韻開口一等，上古聲母為明母*m-，古韻分部在陽部-aŋ，上古音為*maŋ；王念孫古韻分部在陽部。）

毛《廣韻》莫袍切，《說文》曰：「眉髮及獸毛也。」明母、豪韻開口一等，上古聲母為明母*m-，古韻分部在宵部-au，上古音為*mau；王念孫古韻分部在宵部。（又莫報切：「毛鷹鵜鶘。」明母、號韻開口一等，上古聲母為明母*m-，古韻分部在宵部-au，上古音為*mau；王念孫古韻分部在宵部。）

「莽」和「毛」上古聲母相同，為雙聲相轉。

【七】蘆：草

《釋草．卷十上》「蘇……草也」條下云：蘆，草之轉聲也，字或作苴。《管子．地圖篇》：「苴草林木蒲葦之所茂。」《靈樞經．癰疽篇》：「草苴不成，五穀不殖。」草謂之蘆，因而枯草亦謂之蘆。《廣韻》：「蘆，草死也。」《眾經音義》云：「蘆，枯草也，今陝以西言草　，江南、山東言草蘆。」《楚詞．九章》：「草苴比而不芳。」王逸注云：「生曰草，枯曰苴。」〈大雅．召旻篇〉：「如彼棲苴。」傳云：「苴，水中浮草也。」

謹案：蘆《廣韻》采古切：「草死。」清母、號姥韻合口一等，上古聲母為清母*ts‘-，古韻分部在魚部-ua，上古音為*ts‘ua；王念孫古韻分部在魚部。（又徒河切：「《爾雅》曰：『蒤蘆。』郭璞曰：『履苴菜。』」定母、歌韻開口一等，上古聲母為定母*d‘-，古韻分部在魚部-a，上古音為*d‘a；王念孫古韻分部在魚部。）

草《廣韻》采老切：「百卉也。」清母、晧韻開口一等，上古聲母為清母*ts‘-，上古韻分部在幽部-əu，上古音為*ts‘əu；王念孫古韻分部在幽部。

「蘆」和「草」都有上古聲母相同，為雙聲相轉。在上古韻部方面，魚部和幽部為旁轉的關係，兩者應歸類於聲同韻近而轉。

【八】（1）充：臭（2）蔚：穢

《釋草．卷十上》「益母，充蔚也」條下云：蓷者，充蔚之合聲。

充蔚者，臭穢之轉聲。《韓詩》云：「蓷，茺蔚也。」陸機《詩疏》云：「舊說及魏博士濟陽周元明皆云菴蕳，是也。《韓詩》及《三倉說》悉云益母，故曾子見益母而感。案：《本草》云：『益母，茺蔚也。』故劉歆云：『蓷，臭穢。』臭穢，即茺蔚也。」李巡《爾雅》注亦同劉歆。

謹案：充《廣韻》昌終切：「美也，塞也，行也，滿也。」《說文》云：「充，長也，高也。」穿母、東韻開口三等，上古聲母為透母*t'j-，古韻分部在東部-i̯auŋ，上古音為*t'ji̯auŋ；王念孫古韻分部在東部。

蔚《廣韻》於胃切：「茺蔚。」《說文》云：「蔚，牡蒿也。」影母、未韻合口三等，上古聲母為影母*ʔ-，古韻分部在沒部-i̯uət，上古音為*ʔi̯uət；王念孫時沒部尚未從脂部分出，所以古韻分部在脂部。（又紆物切，影母、物韻合口三等，上古聲母為影母*ʔ-，古韻分部在沒部-i̯uət，上古音為*ʔi̯uət；王念孫時沒部尚未從脂部分出，所以古韻分部在脂部。）

臭《廣韻》尺救切：「凡氣之揔名。」《說文》云：「臭，禽走臭而知其迹者犬也，从犬自。」穿母、宥韻開口三等，上古聲母為透母*t'j-，古韻分部在幽部-i̯əu，上古音為*t'ji̯əu；王念孫古韻分部在幽部。

穢《廣韻》於廢切：「惡也。」影母、廢韻合口三等，上古聲母為影母*ʔ-，古韻分部在月部-i̯uats，上古音為*ʔi̯uats；月部在王念孫古韻分部中稱為祭部。

「充」與「臭」上古聲母相同，為雙聲相轉。「蔚」與「穢」上古聲母相同，也是雙聲相轉。

【九】菘：須

《釋草・卷十上》「蘴、蕘，蕪菁也」條下云：蘴與葑同。《爾雅》云：「須、葑、蓯。」《齊民要術》引舊注云：「江東呼為蕪菁，或為菘。」菘、須音相近。《方言》云：「蘴、蕘，蕪菁也；陳、楚之郊謂之蘴，魯、齊之郊謂之蕘，關之東、西謂之蕪菁，趙、魏之郊謂之大芥，其小者謂之辛芥，或謂之幽芥。」郭璞注云：「蘴，舊音蜂，今江東音嵩，字作菘也。」案：菘者，須之轉聲，蕪者，蘴之轉聲也。蕪之聲又轉而為蔓。

謹案：菘《廣韻》息弓切：「菜名。」心母、東韻開口三等，上古聲母為心母*sj-，古韻分部在東部-i̯auŋ，上古音為*sji̯auŋ；王念孫古韻分部在東部。

須《廣韻》相俞切：「意所欲也。」《說文》云：「須，頤下毛也。」心母、虞韻合口三等，上古聲母為心母*sj-，古韻分部在侯部-i̯au，上古音為*sji̯au；王念孫古韻分部在侯部。

「菘」和「須」上古聲母相同，為雙聲相轉。在上古韻部方面，東部和侯部為陰陽對轉的關係，所以本字組屬於聲同韻近而轉。

【一〇】蕪：蘴

《釋草・卷十上》「蘴、蕘，蕪菁也」條下云：蘴與葑同。《爾雅》云：「須、葑、蓯。」《齊民要術》引舊注云：「江東呼為蕪菁，或為菘。」菘、須音相近。《方言》云：「蘴、蕘，蕪菁也；陳、楚之郊謂之蘴，魯、齊之郊謂之蕘，關之東、西謂之蕪菁，趙、魏之郊謂之大芥，其小者謂之辛芥，或謂之幽芥。」郭璞注云：「蘴，舊音蜂，今江東音嵩，字作菘也。」案：菘者，須之轉聲，蕪者，蘴之轉聲也。蕪之聲又轉而為蔓。

謹案：蕪《廣韻》武夫切：「荒蕪。」《說文》云：「蕪，薉也。」微母、虞韻合口三等，上古聲母為明母*mj-，古韻分部在魚部-i̯ua，上古音為*mji̯ua；王念孫古韻分部在魚部。

蘴《廣韻》敷隆切：「蕪菁苗也。」敷母、東韻開口三等，上古聲母為滂母*p‘j-，古韻分部在東部-i̯auŋ，上古音為*p‘ji̯auŋ；王念孫古韻分部在東部。（又敷容切，敷母、鍾韻合口三等，上古聲母為滂母*p‘j-，古韻分部在東部-i̯uauŋ，上古音為*p‘ji̯uauŋ；王念孫古韻分部在東部。）

「蕪」和「蘴」上古聲母均為脣音，發音部位相同，屬於旁紐雙聲，為同類聲近而轉。

【十一】匏：瓠

《釋草・卷十上》「匏，瓠也」條下云：匏之轉聲為瓠，瓠之疊韻為瓠盧。《周官・鬯人》：「禜門用瓢齎。」杜子春云：「瓢，瓠蠡也。」後鄭云：「取甘瓠割去柢，以齊為尊。」蜀《本草》引《切韻》云：「瓢，匏也。」《玉篇》云：「瓢，瓠瓜也。」《廣韻》云：

「瓠𤬏，瓢也。」然則匏也、瓢也、瓠也、瓠𤬏也，實一物也。

謹案：匏《廣韻》薄交切：「瓠也，可以為笙竽。」《說文》云：「瓠也。从包从瓠省。包，取其可包藏物也。」並母、肴韻開口二等，上古聲母為並母*b‘-，古韻分部在幽部-rəu，上古音為*b‘rəu；王念孫古韻分部在幽部。

瓠《廣韻》戶吳切：「瓠𤬏瓢也。」《說文》云：「瓠，匏也。」匣母、模韻合口一等，上古聲母為匣母*ɣ-，古韻分部在魚部-ua，上古音為*ɣua；王念孫古韻分部在魚部。

「匏」和「瓠」上古聲母發音方法相同，為濁聲送氣，屬同位聲近而轉。在上古韻部方面，幽部和魚部為旁轉的關係，二者屬於聲近韻近而轉。

【十二】苔：蕁

《釋草・卷十上》「海蘿，海藻也」條下云：〈初學記〉引沈懷遠《南越志》云：「海藻一名海苔，或曰海羅，生研石上。」案：苔之轉聲為蕁，故《爾雅》云：「蕁，海藻也。」

謹案：苔《廣韻》徒哀切：「魚衣溼者曰濡菭，亦作苔。」《說文》云：「菭，水青衣也。」定母、咍韻開口一等，上古聲母為定母*d‘-，古韻分部在之部-ə，上古音為*d‘ə；王念孫古韻分部在之部。

蕁《廣韻》徒含切：「草名，《爾雅》曰：『蕁，莸藩。』」段注《說文》云：「《本艸》作沈燔，說《爾雅》者謂即今之知母。」定母、覃韻開口一等，上古聲母為定母*d‘-，古韻分部在侵部-əm，上古音為*d‘əm；王念孫古韻分部在侵部。

「苔」和「蕁」上古聲母同為定母*d‘-，雙聲相轉。

【十三】(1) 蝭：蝃：蛁 (2) 蠑：螃：蟟

《釋蟲・卷十下》「蟪蛄……蛁蟟也」條下云：〈夏小正〉：「七月寒蟬鳴。」傳云：「寒蟬也者，蝭蠑也。」蝭蠑與蝃螃同，蛁蟟之轉聲也，今揚州人謂此蟬為都蟡，亦蛁蟟之轉聲也。

謹案：蝭《廣韻》杜奚切：「蝭螃，又音帝。」定母、齊韻開口四等，上古聲母為定母*d‘-，古韻分部在支部-iɐ，上古音為*d‘iɐ；王念孫古韻分部在支部。（又都計切：「寒蟬。」端母、霽韻開口四等，上古聲母為端母*t-，古韻分部在支部-iɐ，上古音為*tiɐ；王念孫古韻分部在支部。）

蝶字《說文》、《玉篇》、《廣韻》、《集韻》、《康熙字典》等字韻書均不見，高明《大戴禮記今註今譯・夏小正》「蝭蝶也」下註：「蝶，或為『蟧』，《玉篇》、《廣韻》都說是『蝭蟧，小蟬也。』」〔註 45〕蟧，落蕭切：「馬蟧，大蟬。」來母、蕭韻開口四等，上古聲母為來母*l-，古韻分部在宵部-iɐu，上古音為*liɐu；王念孫古韻分部在宵部。（又魯刀切：「小蟬，一曰虭蟧，蟪蛄也。」來母、豪韻開口一等，上古聲母為來母*l-，古韻分部在宵部-ɐu，上古音為*lɐu；王念孫古韻分部在宵部。）

蹄《廣韻》無此字，《集韻》田黎切：「蝭、蹄、蜣，蝭蟧，蟲名，蟪蛄也，或作蹄、蜣。」定母、齊韻開口四等，上古聲母為定母*d‘-，古韻分部在錫部-iɐk，上古音為*d‘iɐk；錫部在王念孫古韻分部中尚未從支部分出，所以古韻分部在支部。（又丁計切，端母、霽韻開口四等，上古聲母為端母*t-，古韻分部在錫部-iɐks，上古音為*tiɐks；錫部在王念孫古韻分部中尚未從支部分出，所以古韻分部在支部。）

蟧《廣韻》落蕭切：「馬蟧，大蟬。」來母、蕭韻開口四等，上古聲母為來母*l-，古韻分部在宵部-iɐu，上古音為*liɐu；王念孫古韻分部在宵部。（又魯刀切：「小蟬，一曰虭蟧，蟪蛄也。」來母、豪韻開口一等，上古聲母為來母*l-，古韻分部在宵部-ɐu，上古音為*lɐu；王念孫古韻分部在宵部。）

蛁《廣韻》都聊切：「蛁蟟，苑中小蟲。」《說文》云：「蛁，蟲也。」端母、蕭韻開口四等，上古聲母為端母*t-，古韻分部在宵部-iɐu，上古音為*tiɐu；王念孫古韻分部在宵部。

蟟《廣韻》落蕭切：「蛁蟟。」來母、蕭韻開口四等，上古聲母為來母*l-，古韻分部在宵部-iɐu，上古音為*liɐu；王念孫古韻分部在宵部。

「蝭」、「蹄」和「蛁」上古聲母相同，為雙聲相轉。「蝶」、「蟧」和「蟟」上古音均為來母、宵部，所以是聲韻畢同的。

【十四】(1) 蛁：都 (2) 蟟：螭

> 《釋蟲・卷十下》「蟪蛄……蛁蟟也」條下云：〈夏小正〉：「七月寒蟬鳴。」傳云：「寒蟬也者，蝭蝶也。」蝭蝶與蹄蟧同，蛁蟟之轉聲也，今揚州人謂此蟬為都螭，亦蛁蟟之轉聲也。

〔註 45〕參見高明先生《大戴禮記今註今譯》第 96 頁註 13。

謹案：蛁《廣韻》都聊切：「蛁蟟，苑中小蟲。」《說文》云：「蛁，蟲也。」端母、蕭韻開口四等，上古聲母為端母*t-，古韻分部在宵部-iɐu，上古音為*tiɐu；王念孫古韻分部在宵部。

蟟《廣韻》落蕭切：「蛁蟟。」來母、蕭韻開口四等，上古聲母為來母*l-，古韻分部在宵部-iɐu，上古音為*liɐu；王念孫古韻分部在宵部。

都《廣韻》當孤切：「都，猶揔也。」《說文》云：「都，有先君之舊宗廟曰都。」端母、模韻合口一等，上古聲母為端母*t-，古韻分部在魚部-ua，上古音為*tua；王念孫古韻分部在魚部。

螭《廣韻》丑知切，《說文》云：「螭，若龍而黃，北方謂之地螻。从虫离聲。或云無角曰螭。」徹母、支韻開口三等，上古聲母為透母*t'r-，古韻分部在歌部-i̯ai，上古音為*t'ri̯ai；王念孫古韻分部在歌部。

「蛁」與「都」上古聲母相同，在上古韻部方面，宵部和魚部為旁轉，所以屬於聲同韻近而轉；「蟟」和「螭」上古聲母的發音部位同為舌尖音，屬於同類旁紐雙聲音近而轉。

【十五】蛩：屈

《釋蟲．卷十下》「蛩……蜻蛚也」條下云：《古今注》云：「蟋蟀，一名吟蛩，」一名蛩。蛩與蛩同，今人謂之屈，屈則蛩之轉聲。

謹案：蛩《廣韻》無此字，《集韻》古勇切：「蟲名，《博雅》：『蛩，起織。』或作蛬。」見母、腫韻合口三等，上古聲母為見母*k-，古韻分部在東部-i̯auŋ，上古音為*ki̯auŋ；王念孫古韻分部在東部。

屈《廣韻》九勿切，見母、物韻合口三等，上古聲母為見母*k-，古韻分部在沒部-i̯uət，上古音為*ki̯uət；沒部在王念孫古韻分部中尚未分出，還是歸於脂部。（又九月切，見母、月韻開口三等，上古聲母為見母*k-，古韻分部在沒部-i̯ət，上古音為*ki̯ət；又區勿切：「拗曲。」《說文》云：「屈，無尾也。」溪母、物韻合口三等，上古聲母為溪母*k'-，古韻分部在沒部-i̯uət，上古音為*k'i̯uət；沒部在王念孫古韻分部中尚未分出，還是歸於脂部。）

「蛩」和「屈」上古聲母相同，為雙聲相轉。

【十六】（1）蟼：蛆（2）蛆：蝶

《釋蟲．卷十下》「蛆蝶……馬蚿也」條下云：蛆蝶之轉聲為蟼

> 蛆，又轉而為秦渠。高誘注《呂氏春秋・季夏紀》云：「馬蚿，幽州謂之秦渠。」是也。又轉而為商蚷。《莊子・秋水篇》：「使商蚷馳河，必不勝任矣。」司馬彪注云：「商蚷，蟲名，北燕謂之馬蚿。」是也。

謹案：蠽《廣韻》姊列切：「茅蠽，似蟬而小。」《說文》云：「小蟬蜩也。」精母、薛韻開口三等，上古聲母為精母*ts-，古韻分部在月部-i̯at，上古音為*tsi̯at；月部在王念孫古韻分部中稱為祭部。

蛆《廣韻》子魚切，精母、魚韻開口三等，上古聲母為精母*ts-，古韻分部在魚部-i̯a，上古音為*tsi̯a；王念孫古韻分部在魚部。（又七余切：「俗胆字。」《說文》云：「胆，蠅乳肉中也。」清母、魚韻開口三等，上古聲母為清母*ts‘-，古韻分部在魚部-i̯a，上古音為*ts‘i̯a；又七也切，清母、馬韻開口三等，上古聲母為清母*ts‘-，古韻分部在魚部-i̯a，上古音為*ts‘i̯a；王念孫古韻分部在魚部。）

蟝《廣韻》強魚切：「同蝚。一曰蜉蝣，朝生暮死者。《爾雅》作渠略。」《說文》云：「蝚，蟓也。」群母、魚韻開口三等，上古聲母為匣母*ɣ-，古韻分部在魚部-i̯a，上古音為*ɣi̯a；王念孫古韻分部在魚部。

以詞與詞的相對關係來看，本組對應是屬於「AB：BC」的情形。「蠽」轉為「蛆」是因為聲同的關係，而「蛆」轉為「蟝」則是因為韻同的關係。

【十七】蝭：蚿

> 《釋蟲・卷十下》「蛆蟝……馬蚿也」條下云：蚿之轉聲為蝭，又轉而為蠲、為蚼。

謹案：蝭《廣韻》戶閒切：「蟲名。」匣母、山韻開口二等，上古聲母為匣母*ɣ-，古韻分部在諄部-rən，上古音為*ɣrən；王念孫古韻分部在諄部。

蚿《廣韻》胡田切：「馬蚿蟲，一名百足。」匣母、先韻開口四等，上古聲母為匣母*ɣ-，古韻分部在真部-iɐn，上古音為*ɣiɐn；王念孫古韻分部在真部。

「蝭」和「蚿」上古聲母相同，為雙聲相轉。在上古韻部方面，諄部與真部為旁轉的關係，所以為聲同韻近而轉。

【十八】（1）冒：蚼：蟔（2）焦：蟭：蛸

> 《釋蟲・卷十下》「芊芊、齕肬，螗蜋也」條下云：《御覽》引范子計然云：「螵蛸出三輔。」又引吳普《本草》云：「桑螵蛸，一名冒

焦。」冒焦、蚆蟭，皆螵蛸之轉聲也。

謹案：冒《廣韻》莫報切：「覆也、涉也。」《說文》云：「冒，冢而前也。」明母、號韻開口一等，上古聲母為明母*m-，古韻分部在幽部-əu，上古音為*məu；王念孫古韻分部在幽部。（又莫北切：「干也。」明母、德韻開口一等，上古聲母為明母*m-，古韻分部在幽部-əu，上古音為*məu；王念孫古韻分部在幽部。）

焦《廣韻》即消切：「傷火也。」精母、宵韻開口三等，上古聲母為精母*ts-，古韻分部在宵部-i̯ɐu，上古音為*tsi̯ɐu；王念孫古韻分部在宵部。

蚆《廣韻》補各切：「蚆蟭，螗蜋卵也。」幫母、鐸韻開口一等，上古聲母為幫母*p-，古韻分部在鐸部-ak，上古音為*pak；在王念孫古韻分部中，鐸部尚未自魚部中分出，所以古韻分部在魚部。

蟭《廣韻》即消切：「蚆蟭，螗蜋卵也。」精母、宵韻開口三等，上古聲母為精母*ts-，古韻分部在宵部-i̯ɐu，上古音為*tsi̯ɐu；王念孫古韻分部在宵部。

螵《廣韻》符霄切：「蟲名。」奉母、宵韻開口三等，上古聲母為並母*b'j-，古韻分部在宵部-i̯ɐu，上古音為*b'ji̯ɐu；王念孫古韻分部在宵部。（又撫招切，敷母、宵韻開口三等，上古聲母為滂母*p'j-，古韻分部在宵部-i̯ɐu，上古音為*p'ji̯ɐu；王念孫古韻分部在宵部。）

蛸《廣韻》相邀切：「螵蛸蟲也。《爾雅》注云：『一名蚆蟭。』」心母、宵韻開口三等，上古聲母為心母*s-，古韻分部在宵部-i̯ɐu，上古音為*si̯ɐu；王念孫古韻分部在宵部。（又所交切：「蠨蛸喜子。」疏母、肴韻開口二等，上古聲母為心母*s-，古韻分部在宵部-rɐu，上古音為*srɐu；王念孫古韻分部在宵部。）

「冒」、「蚆」和「螵」上古聲母同為脣音，同類音近而轉。在上古韻部方面，鐸部與幽部和宵部均無音轉條件，所以本組屬於聲近韻遠而轉。「焦」、「蟭」和「蛸」的上古聲母均為舌尖前音，也是同類音近而轉。在上古韻部方面，「焦」、「蟭」和「蛸」同為宵部，所以屬於聲近韻同而轉。

【十九】（1）蠀：趀（2）蝛：趄

《釋蟲・卷十下》「尺蠖，蠀蝛也」條下云：尺蠖之行，屈而後申，故謂之步屈，又謂之蠀蝛。蠀蝛者，趀趄之轉聲。《說文》云：「趀趄，行不進也。」《廣韻》蝛作縮，音縮，云：「蝍蝜，尺蠖也。」則蝍蝜之名，正以退縮為義矣。

謹案：蠀《廣韻》取私切：「蝎化也。」清母、脂韻開口三等，上古聲母為清母*ts‘-，古韻分部在脂部-i̯ɐi，上古音為*ts‘i̯ɐi；王念孫古韻分部在脂部。（又七西切，清母、齊韻開口四等，上古聲母為清母*ts‘-，古韻分部在脂部-iɐi，上古音為*ts‘iɐi；王念孫古韻分部在脂部。）

蝛《廣韻》子六切：「蝍蝛，蚇蠖也。」精母、屋韻開口三等，上古聲母為精母*ts-，古韻分部在覺部-i̯əuk，上古音為*tsi̯əuk；覺部在王念孫古韻分部時尚未自幽部分出，所以歸於幽部。

趑《廣韻》取私切：「趑趄，趨不前也。」《說文》云：「趑趄，行不進也。从走次聲。」清母、脂韻開口三等，上古聲母為清母*ts‘-，古韻分部在脂部-i̯ɐi，上古音為*ts‘i̯ɐi；王念孫古韻分部在脂部。（又七西切，清母、齊韻開口四等，上古聲母為清母*ts‘-，古韻分部在脂部-iɐi，上古音為*ts‘iɐi；王念孫古韻分部在脂部。）

趄《廣韻》七余切，《說文》云：「趑趄也。」清母、魚韻開口三等，上古聲母為清母*ts‘-，古韻分部在魚部-i̯a，上古音為*ts‘i̯a；王念孫古韻分部在魚部。

「蠀」和「趑」是聲韻畢同而轉，「蝛」和「趄」上古聲母均為舌尖前音，是同類聲近而轉，在上古韻部方面，幽部和魚部為旁轉，所以「蝛」和「趄」是聲近韻近的關係。

【二〇】菌：蟒

《釋蟲·卷十下》「朝蟒，孳母也」條下云：蟒，一作秀。《莊子·逍遙遊篇》：「朝菌不知晦朔。」《淮南·道應訓》引作「朝秀」，高誘注云：「朝秀，朝生暮死之蟲也，生水上，似蠶蛾；一名孳母；海南謂之蟲邪。」案：菌者，蟒之轉聲，《莊子》：「朝菌不知晦朔，蟪蛄不知春秋。」皆謂蟲也。上文云：「之二蟲者，又何知？」謂蜩與學鳩；此云「不知晦朔」亦必謂朝菌之蟲，蟲者，微有知之物，故以知不知言之，若草木無知之物，何須言不知也，訓為芝菌者失之矣。《藝文類聚》引《廣志》云：「蜉蝣在水中，翕然生覆水上，尋死隨流。」與高注相合，其即朝秀與？

謹案：菌《廣韻》渠殞切：「地菌。」《說文》云：「菌，地蕈也。」群母、準韻合口三等，上古聲母為匣母*ɣ-，古韻分部在諄部-i̯uən，上古音為*ɣi̯uən；

王念孫古韻分部在諄部。（又求晚切，群母、阮韻合口三等，上古聲母為匣母*ɣ-，古韻分部在諄部-i̯uən，上古音為*ɣi̯uən；又求敏切，群母、軫韻開口三等，上古聲母為匣母*ɣ-，古韻分部在諄部-i̯ən，上古音為*ɣi̯ən；王念孫古韻分部在諄部。）

蜏《廣韻》與久切：「朝生暮死，蟲名。」喻母、有韻開口三等，上古聲母擬音為*r-，古韻分部在幽部-i̯əu，上古音為*ri̯əu；王念孫古韻分部在幽部。（又息救切，心母、宥韻開口三等，上古聲母為心母*s-，古韻分部在幽部-i̯əu，上古音為*si̯əu；王念孫古韻分部在幽部。）

「菌」和「蜏」上古聲母一為匣母、一為喻母，兩者可謂發音部位相近，屬聲近而轉。

【二十一】（1）蓬：蝒（2）活：蜁

> 《釋蟲·卷十下》「沙蝨，蝒蜁也」條下云：蓬活即蝒蜁之轉聲也。蝒蜁之言便旋也。《方言》：「膔，短也。」郭璞注云：「便旋，庳小貌也。」

謹案：蓬《廣韻》薄紅切：「草名。」《說文》云：「蓬，蒿也。」並母、東韻開口一等，上古聲母為並母*b‘-，古韻分部在東部-auŋ，上古音為*b‘auŋ；王念孫古韻分部在東部。

活《廣韻》古活切：「水流聲。」《說文》云：「活，流聲也。」見母、末韻合口一等，上古聲母為見母*k-，古韻分部在月部-uat，上古音為*kuat；月部在王念孫古韻分部中稱為祭部。（又乎括切、戶括切：「不死也。」匣母、末韻合口一等，上古聲母為匣母*ɣ-，古韻分部在月部-uat，上古音為*ɣuat；月部在王念孫古韻分部中稱為祭部。）

蝒《廣韻》房連切：「蝒蜁，沙蝨也。」奉母、仙韻開口三等，上古聲母為並母*b‘j-，古韻分部在元部-i̯an，上古音為*b‘ji̯an；王念孫古韻分部在元部。

蜁《廣韻》似宣切：「沙蝨。」邪母、仙韻合口三等，上古聲母擬音為*rj-，古韻分部在元部-i̯uan，上古音為*rji̯uan；王念孫古韻分部在元部。

「蓬」和「蝒」上古聲母相同，為雙聲相轉。「活」和「蜁」上古聲母為見母和邪母，兩者發音部位相近，在上古韻部方面，月部和元部為陽入對轉的關係，所以「活」和「蜁」是聲近韻近的關係。

【二十二】(1) 䴴：鯸 (2) 夷：鮐

《釋魚・卷十下》「鯸鮐，魺也」條下云：鮐，一作鮐。〈北山經〉:「敦薨之水其中多赤鮭。」郭璞注云:「今名鯸鮐為鮭魚，音圭。」〈吳都賦〉:「王鮪鯸鮐。」劉逵注云:「鯸鮐魚狀如科斗，大者尺餘腹下白，背上青黑，有黃文，性有毒，雖小獺及大魚，不敢餤之，蒸煮餤之肥美，豫章人珍之。」《論衡・言毒篇》云:「毒螫渥者，在魚則為鮭與鮗鮲，故人食鮭肝而死。」《本草拾遺》云:「䲅魚肝及子有大毒，一名䴴夷魚，以物觸之，即嗔，腹如氣球，亦名嗔魚，腹白，背有赤道，甘印魚；目得合，與諸魚不同。」䲅即鮭之俗體，䴴夷即鯸鮐之轉聲，今人謂之河豚者是也。河豚善怒，故謂之鮭，又謂之魺，鮭之言恚，魺之言訶。

謹案：䴴《廣韻》戶吳切:「鶘䴴，鳥名。」匣母、模韻合口一等，上古聲母為匣母*ɣ-，古韻分部在魚部-ua，上古音為*ɣua；王念孫古韻分部在魚部。

夷《廣韻》以脂切:「夷，猶等也、滅也、易也。」《說文》云:「夷，東方之人也。」喻母、脂韻開口三等，上古聲母擬音為*r-，古韻分部在脂部-i̯ɐi，上古音為*ri̯ɐi；王念孫古韻分部在脂部。

鯸《廣韻》戶鉤切:「鯸鮐，魚名。」匣母、侯韻開口一等，上古聲母為匣母*ɣ-，古韻分部在侯部-au，上古音為*ɣau；王念孫古韻分部在侯部。

鮐《廣韻》與之切:「鯸鮐，魚也。」喻母、之韻開口三等，上古聲母擬音為*r-，古韻分部在之部-i̯ə，上古音為*ri̯ə；王念孫古韻分部在之部。

「䴴」和「鯸」上古聲母相同，為雙聲相轉。魚部和侯部為旁轉，所以屬於聲同韻近而轉。「夷」和「鮐」上古聲母相同，為雙聲相轉。脂部和之部為旁轉，所以也是屬於聲同韻近而轉。

【二十三】(1) 蝦：胡 (2) 蟆：蜢

《釋魚・卷十下》「鼀、蟈，長股也」條下云:《爾雅》:「螯蟆。」郭璞注云:「蛙類。」蟆者，黽之轉聲；螯蟆者，耿黽之轉聲也，黽與蜢同聲，故蝦蟆之轉聲為胡蜢。《爾雅》:「在水者黽。」郭注云:「耿黽也，似青蛙，大腹，一名土鴨。」《說文》:「黽，蛙黽也，從它，象形。黽頭與它頭同。即胡蜢也，其在陸地者為詹諸。」

謹案：蝦《廣韻》胡加切，《說文》云：「蝦蟆也。」匣母、麻韻開口三等，上古聲母為匣母*ɣ-，古韻分部在魚部-i̯a，上古音為*ɣi̯a；王念孫古韻分部在魚部。

蟆《廣韻》莫霞切：「蝦蟆，亦作蟇。」《說文》云：「蝦蟆也。」明母、麻韻開口二等，上古聲母為明母*m-，古韻分部在鐸部-rak，上古音為*mrak；王念孫時鐸部尚未從魚部分出，所以古韻分部在魚部。

胡《廣韻》戶吳切：「何也，又胡虜。」《說文》云：「胡，牛顄垂也。」匣母、模韻合口一等，上古聲母為匣母*ɣ-，古韻分部在魚部-ua，上古音為*ɣua；王念孫古韻分部在魚部-ua，上古音為*ɣua。

蜢《廣韻》莫幸切：「蚱蜢蟲。」明母、梗韻開口二等，上古聲母為明母*m-，古韻分部在陽部-raŋ，上古音為*mraŋ；王念孫古韻分部在陽部。

「蝦」和「胡」上古聲母相同，為雙聲相轉。魚部和侯部為旁轉，所以屬於聲同韻近而轉。「蟆」和「蜢」同為明母，鐸部和陽部為陽入對轉，所以也是屬於聲同韻近而轉。

【二十四】蟆：黽

> 《釋魚・卷十下》「鼁、蟈，長股也」條下云：《爾雅》：「鼃蟆。」郭璞注云：「蛙類。」蟆者，黽之轉聲；鼃蟆者，耿黽之轉聲也，黽與蜢同聲，故蝦蟆之轉聲為胡蜢。《爾雅》：「在水者黽。」郭注云：「耿黽也，似青蛙，大腹，一名土鴨。」《說文》：「黽，蛙黽也，從它，象形。黽頭與它頭同。即胡蜢也，其在陸地者為詹諸。」

謹案：蟆《廣韻》莫霞切：「蝦蟆，亦作蟇。」《說文》云：「蝦蟆也。」明母、麻韻開口二等，上古聲母為明母*m-，古韻分部在鐸部-rak，上古音為*mrak；王念孫時鐸部尚未從魚部分出，所以古韻分部在魚部。

黽《廣韻》武盡切、忘忍切：「黽池縣在河南府。」《說文》云：「黽，鼃黽也。」微母、軫韻開口三等，上古聲母為明母*mj-，古韻分部在真部-i̯ɐn，上古音為*mji̯ɐn；王念孫古韻分部在真部。（又彌兗切，明母、獮韻合口三等，上古聲母為明母*m-，古韻分部在元部-i̯uan，上古音為*mi̯uan；王念孫古韻分部在元部。又武幸切：「蛙屬。」明母、耿韻開口二等，上古聲母為明母*m-，古韻分部在耕部-rɐŋ，上古音為*mrɐŋ；王念孫古韻分部在耕部。）

「蟆」和「黽」上古聲母相同，為雙聲相轉。在上古韻部方面，鐸部和陽部為陽入對轉，所以屬於聲同韻近而轉。

【二十五】（1）鳌：耿（2）蟆：黽

《釋魚．卷十下》「鼃、蟈，長股也」條下云：《爾雅》：「鳌蟆。」郭璞注云：「蛙類。」蟆者，黽之轉聲；鳌蟆者，耿黽之轉聲也，黽與蝹同聲，故蝦蟆之轉聲為胡蝹。《爾雅》：「在水者黽。」郭注云：「耿黽也，似青蛙，大腹，一名土鴨。」《說文》：「黽，蛙黽也，從它，象形。黽頭與它頭同。即胡蝹也，其在陸地者為詹諸。」

謹案：鳌《廣韻》古牙切：「蛙類也。」見母、麻韻開口三等，上古聲母為見母*k-，古韻分部在耕部-i̯eŋ，上古音為*ki̯eŋ；王念孫古韻分部在耕部。

蟆《廣韻》莫霞切：「蝦蟆，亦作蟇。」《說文》云：「蝦蟆也。」明母、麻韻開口二等，上古聲母為明母*m-，古韻分部在鐸部-rak，上古音為*mrak；王念孫時鐸部尚未從魚部分出，所以古韻分部在魚部。

耿《廣韻》古幸切：「耿介也，又耿耿不安也。」《說文》云：「耿，耳箸頰也，从耳烓省聲，杜林說：『耿，光也，从火聖省聲。』凡字皆左形又聲，杜說非也。」見母、耿韻開口二等，上古聲母為見母*k-，古韻分部在耕部-reŋ，上古音為*kreŋ；王念孫古韻分部在耕部。

黽《廣韻》武盡切、忘忍切：「黽池縣在河南府。」《說文》云：「黽，鼃黽也。」微母、軫韻開口三等，上古聲母為明母*mj-，古韻分部在真部-i̯en，上古音為*mji̯en；王念孫古韻分部在真部。（又彌兖切，明母、獮韻合口三等，上古聲母為明母*m-，古韻分部在元部-i̯uan，上古音為*mi̯uan；王念孫古韻分部在元部。又武幸切：「蛙屬。」明母、耿韻開口二等，上古聲母為明母*m-，古韻分部在耕部-reŋ，上古音為*mreŋ；王念孫古韻分部在耕部。）

「鳌」和「耿」上古聲母和韻部皆相同，屬於聲韻畢同而轉。「蟆」和「黽」同為明母，鐸部和陽部為陽入對轉，所以也是屬於聲同韻近而轉。

【二十六】（1）蜓：螔（2）蚰：蝓

《釋魚．卷十下》「蠡……螔蝓也」條下云：案：蝸牛有殼者四角而小，色近白，無殼者兩角而大，色近黑，其實則一類耳，謂之

> 蝸牛者，有角之稱。日華子《本草》謂之負殼蜒蚰。蜒蚰，即蠡蝓之轉聲矣。

謹案：蜓《廣韻》特丁切：「蜻蜓，亦蟌蛄別名。」《說文》云：「蜓，蝘蜓也，从虫廷聲，一曰螾蜓。」定母、青韻開口四等，上古聲母為定母*d‘-，古韻分部在耕部-ieŋ，上古音為*d‘ieŋ；王念孫古韻分部在耕部。（又徒典切：「蝘蜓，一名守宮，《博物志》云：『以器養之，食以朱沙，體盡赤，重七斤，擣萬杵以點女人體，終身不滅，婬則點滅，故号守宮，漢武試之驗也。』」定母、銑韻開口四等，上古聲母為定母*d‘-，古韻分部在耕部-ieŋ，上古音為*d‘ieŋ；又徒鼎切，定母、迥韻開口四等，上古聲母為定母*d‘-，古韻分部在耕部-ieŋ，上古音為*d‘ieŋ；王念孫古韻分部在耕部。）

蚰《廣韻》以周切：「蚰蜓。」喻母、尤韻開口三等，上古聲母擬音為*r-，古韻分部在幽部-i̯əu，上古音為*ri̯əu；王念孫古韻分部在幽部。

螔《廣韻》弋支切：「《爾雅》曰：『蚹蠃，螔蝓。』注謂即蝸牛也。」喻母、支韻開口三等，上古聲母擬音為*r-，古韻分部在支部-i̯ɐ，上古音為*ri̯ɐ；王念孫古韻分部在支部。（又息移切：「守宮別名。」心母、支韻口等，上古聲母為心母*sj-，古韻分部在支部-i̯ɐ，上古音為*sji̯ɐ；王念孫古韻分部在支部。）

蝓《廣韻》羊朱切：「螔蝓，蝸牛。」《說文》云：「虒蝓也。」喻母、虞韻合口三等，上古聲母擬音為*r-，古韻分部在侯部-i̯uau，上古音為*ri̯uau；王念孫古韻分部在侯部。

「蜓」和「螔」上古聲母均為舌尖音，屬旁紐雙聲音近而轉。在上古韻部方面，耕部和支部為陰陽對轉的關係。「蚰」和「蝓」同為喻母，幽部和侯部為旁轉關係。

【二十七】鯠：鱺

> 《釋魚·卷十下》「鮤，鱴也」條下云：案：鱴、鯠聲之轉，《爾雅》以鯠釋鱴，非以鱴鯠釋鮤也。《廣韻》、《龍龕手鑑》並云：「鰻鯠，魚名。」或是此與？鰻鯠者，鰻鱺之轉聲也。詳見「鮎，鯷也」下。

謹案：鯠《廣韻》落哀切：「魚名。」來母、咍韻開口一等，上古聲母為來母*l-，古韻分部在之部-ə，上古音為*lə；王念孫古韻分部在之部。

鱺《廣韻》盧啟切，《說文》云：「鱺，鱺魚也。」來母、薺韻開口四等，上古聲母為來母*l-，古韻分部在歌部-iai，上古音為*liai；王念孫古韻分部在歌部。

「鯠」和「鱺」上古聲母相同，為雙聲相轉。在上古韻部方面，之部和歌部為旁轉的關係，所以本字組屬於聲同韻近而轉。

【二十八】(1) 郭：擊 (2) 公：穀

《釋鳥‧卷十下》「擊鼓、鴶鵴，布穀也」條下云：《本草拾遺》云：「布穀，江東呼為郭公，北人云撥穀，似鷂，長尾。」《六書故》云：「其聲若曰布穀，故謂之布穀，又謂勃姑，又謂步姑。」郭公者，擊穀之轉聲，撥穀、勃姑、步姑者，布穀之轉聲也。今揚州人呼之為卜姑，德州人呼之為保姑，身灰色，翅末、尾末並雜黑毛，以三、四月閒鳴也。

謹案：郭《廣韻》古博切：「城郭也，《釋名》曰：『郭，廓也，廓落在城外也。』《世本》曰：『鯀作郭。』」《說文》云：「郭，齊之郭氏虛，善善不能進，惡惡不能退，是㠯亡國也。」見母、鐸韻開口一等，上古聲母為見母*k-，古韻分部在鐸部-ak，上古音為*kak；王念孫時鐸部尚未從魚部分出，所以古韻分部在魚部。

公《廣韻》古紅切：「通也、父也、正也、共也、官也，三公論道。又公者，無私也。」《說文》云：「公，平分也，从八厶，八猶背也。韓非曰：『背厶為公。』」見母、東韻開口一等，上古聲母為見母*k-，古韻分部在東部-auŋ，上古音為*kauŋ；王念孫古韻分部在東部。

擊《廣韻》古歷切：「打也。」《說文》云：「擊，攴也。」見母、錫韻開口四等，上古聲母為見母*k-，古韻分部在錫部-iɐk，上古音為*kiɐk；王念孫時錫部尚未從支部分出，所以古韻分部在支部。

穀《廣韻》古祿切：「五穀也，又生也、祿也、善也、窮也。」《說文》云：「穀，續也。百穀之總名也。」見母、屋韻開口一等，上古聲母為見母*k-，古韻分部在屋部-auk，上古音為*kauk；王念孫時屋部尚未從侯部分出，所以古韻分部在侯部。

「郭」和「擊」上古聲母相同，為雙聲相轉。鐸部和錫部為旁轉，所以屬於聲同韻近而轉。「公」和「穀」同為見母，雙聲相轉。東部和屋部為陽入對轉關係，所以也是屬於聲同韻近而轉。

【二十九】（1）撥：勃：步：布（2）穀：姑

《釋鳥・卷十下》「擊鼓、鴶鵴，布穀也」條下云：《本草拾遺》云：「布穀，江東呼為郭公，北人云撥穀，似鷂，長尾。」《六書故》云：「其聲若曰布穀，故謂之布穀，又謂勃姑，又謂步姑。」郭公者，擊穀之轉聲，撥穀、勃姑、步姑者，布穀之轉聲也。今揚州人呼之為卜姑，德州人呼之為保姑，身灰色，翅末、尾末並雜黑毛，以三、四月閒鳴也。

謹案：撥《廣韻》北末切：「理也、絕也、除也。」《說文》云：「撥，治也。」幫母、末韻合口一等，上古聲母為幫母*p-，古韻分部在月部-uat，上古音為*puat；月部在王念孫古韻分部中稱為祭部。

穀《廣韻》古祿切：「五穀也，又生也、祿也、善也、窮也。」《說文》云：「穀，續也。百穀之總名也。」見母、屋韻開口一等，上古聲母為見母*k-，古韻分部在屋部-auk，上古音為*kauk；王念孫時屋部尚未從侯部分出，所以古韻分部在侯部。

勃《廣韻》蒲沒切：「卒也。」《說文》云：「勃，排也。」並母、沒韻合口一等，上古聲母為並母*b‘-，古韻分部在沒部-uət，上古音為*b‘uət；王念孫時沒部尚未從脂部分出，所以古韻分部在脂部。

姑《廣韻》古胡切：「舅姑，又父之姊妹也。」《說文》云：「姑，夫母也。」見母、模韻合口一等，上古聲母為見母*k-，古韻分部在魚部-ua，上古音為*kua；王念孫古韻分部在魚部。

步《廣韻》薄故切：「行步，《爾雅》曰：『堂下謂之步。』《白虎通》曰：『人踐三尺，法天地人，再舉足步，備陰陽也。』」《說文》云：「步，行也。」並母、暮韻合口一等，上古聲母為並母*b‘-，古韻分部在魚部-ua，上古音為*b‘ua；王念孫古韻分部在魚部。

布《廣韻》博故切：「布帛也，又陳也。《周禮》：『錢行之曰布，藏之曰帛。』」《說文》云：「布，枲織也。」幫母、暮韻合口一等，上古聲母為幫母*p-，古韻分部在魚部-ua，上古音為*pua；王念孫古韻分部在魚部。

「撥」、「勃」、「步」和「布」上古聲母同為脣音，屬於同類聲近而轉。「穀」

和「姑」均為見母，為雙聲相轉。

【三〇】矦：狐

《釋鳥．卷十下》「肥�……怪鴟也」條下云：《眾經音義》云：「鵂鶹，關西呼訓矦，山東謂之訓狐。」案：訓矦之轉聲為訓狐，其合聲則為鵂矣。

謹案：矦《廣韻》戶鉤切，《說文》云：「矦，春饗所射矦也。」匣母、侯韻開口一等，上古聲母為匣母*ɣ-，古韻分部在侯部-au，上古音為*ɣau；王念孫古韻分部在侯部。

狐《廣韻》戶吳切：「狐狢。」《說文》云：「狐，妖獸也，鬼所乘之，有三德：其色中和，小前大後，死則丘首，謂之三德。」匣母、模韻合口一等，上古聲母為匣母*ɣ-，古韻分部在魚部-ua，上古音為*ɣua；王念孫古韻分部在魚部。

「矦」和「狐」上古聲母相同，為雙聲相轉。在上古韻部方面，侯部和魚部為旁轉的關係，所以屬於聲同韻近而轉。

【三十一】鷍：鷯

《釋鳥．卷十下》「鷦鷍……工雀也」條下云：《說文》：「鷦䳄，桃蟲也。」《玉篇》：「女鴎，巧婦也，又名鴎雀。」鷦鷍者，鷦鷯之轉聲，鷦鷍、鷦鷯皆小貌也。小謂之糕，一曰小謂之眇；茆中小蟲謂之蛁蟟，剖葦小鳥謂之鳩鷯，聲義並同矣。

謹案：鷯《廣韻》落蕭切：「鷦鷯。」《說文》云：「鷯，刀鷯，剖葦食其中蟲。」來母、蕭韻開口四等，上古聲母為來母*l-，古韻分部在宵部-iɐu，上古音為*liɐu；王念孫古韻分部在宵部。（又力照切，來母、笑韻開口三等，上古聲母為來母*l-，古韻分部在宵部-i̯ɐu，上古音為*li̯ɐu；王念孫古韻分部在宵部。）

鷍《廣韻》彌遙切：「工雀。鷍或書作鸄。」《說文》云：「䳄，鷦䳄也。」明母、宵韻開口三等，上古聲母為明母*m-，古韻分部在宵部-i̯ɐu，上古音為*mi̯ɐu；王念孫古韻分部在宵部。

「鷯」和「鷍」上古聲母均為收聲，屬同位聲近而轉。在上古韻部方面，兩者同為宵部，所以本字組歸類於聲近韻同而轉。

【三十二】(1)精：鶺(2)列：鴒

《釋鳥·卷十下》「䳭鳥、精列、鷛鶏，雃也」條下云：《說文》：「雃，石鳥，一名雝渠，一曰精列。」石與䳭同。雝渠與鷛鶏同。精列者，鶺鴒之轉聲也。《爾雅》：「鶺鴒，雝渠。」郭璞注云：「雀屬也。」或作脊令。

謹案：精《廣韻》子盈切：「明也，正也，善也，好也。」精母、清韻開口三等，上古聲母為精母*ts-，古韻分部在耕部-i̯ɐŋ，上古音為*tsi̯ɐŋ；王念孫古韻分部在耕部。（又子姓切：「強也。」精母、勁韻開口三等，上古聲母為精母*ts-，古韻分部在耕部-i̯ɐŋs，上古音為*tsi̯ɐŋs；王念孫古韻分部在耕部。）

列《廣韻》陟輸切：「列殺字從歹。」知母、虞韻合口三等，上古聲母為端母*tr-，古韻分部在月部-i̯uat，上古音為*tri̯uat；月部在王念孫古韻分部中稱為祭部。（又五割切，疑母、曷韻開口一等，上古聲母為疑母*ŋ-，古韻分部在月部-at，上古音為*ŋat；又良薛切：「行次也，位序也，又陳也，布也，《說文》作 ，分解也。」來母、薛韻開口三等，上古聲母為來母*l-，古韻分部在月部-i̯at，上古音為*li̯at；月部在王念孫古韻分部中稱為祭部。）

鶺《廣韻》資昔切：「鶺鴒，一名雝鶏，又名錢母，大於燕，頸下有錢文。亦作鶺。」精母、昔韻開口三等，上古聲母為精母*ts-，古韻分部在質部-i̯ɐt，上古音為*tsi̯ɐt；質部在王念孫古韻分部中稱為至部。（又資賜切，精母、寘韻開口三等，上古聲母為精母*ts-，古韻分部在質部-i̯ɐts，上古音為*tsi̯ɐts；又子力切，精母、職韻開口三等，上古聲母為精母*ts-，古韻分部在質部-i̯ɐt，上古音為*tsi̯ɐt；質部在王念孫古韻分部中稱為至部。）

鴒《廣韻》郎丁切：「鶺鴒。」來母、青韻開口四等，上古聲母為來母*l-，古韻分部在真部-iɐn，上古音為*liɐn；王念孫古韻分部在真部。

「精」和「鶺」上古聲母相同，為雙聲相轉。「列」和「鴒」上古聲母相同，為雙聲相轉。

【三十三】犍：羯

《釋獸·卷十下》「騬……羯也」條下云：《說文》：「騬，犗馬也。」「犗，騬牛也。」《玉篇》：「犗，加敗切。」犗之言割也，割去其勢，故謂之犗。《莊子·外物篇》：「五十犗以為餌。」郭象云：「犗，犍牛也。」犍與羯同，其轉聲則為羯。《說文》:「羯，羊羖犗也。」《急就篇》云:「羘、羖、羯、羠、羝、羭。」《史記・貨殖傳》:「羯羠不均。」徐廣注云:「羯、羠皆健羊也。」案：健當為犍字之誤也。

謹案：犍《廣韻》居言切:「犗牛名。」見母、元韻開口三等，上古聲母為見母*k-，古韻分部在元部-i̯an，上古音為*ki̯an；王念孫古韻分部在元部。(又渠焉切，群母、元韻開口三等，上古聲母為匣母*ɣ，古韻分部在元部-i̯an，上古音為*ɣi̯an；王念孫古韻分部在元部。)

羯《廣韻》居竭切:「犗羯。」《說文》云:「羯，羊羖犗也。」見母、月韻開口三等，上古聲母為見母*k-，古韻分部在月部-i̯at，上古音為*ki̯at；月部在王念孫古韻分部中稱為祭部。(又居列切，見母、薛韻開口三等，上古聲母為見母*k-，古韻分部在月部-i̯at，上古音為*ki̯at；月部在王念孫古韻分部中稱為祭部。)

「犍」和「羯」上古聲母同為見母*k-，雙聲相轉。在上古韻部方面，元部與月部為陽入對轉，所以本字組為聲同韻近而轉。

【三十四】偃：隱

《釋蟲・卷十下》「鼴鼠，鼢鼠」條下云：偃與鼴通。《莊子・逍遙遊篇》:「偃鼠飲河，不過滿腹。」是也。偃之轉聲為隱。《名醫別錄》:「鼴鼠在土中行。」陶注云:「俗中一名隱鼠，一名蚡鼠，形如鼠，大而無尾，黑色長鼻，甚強，常穿地中行。」

謹案：偃《廣韻》於幰切:「偃仰，又息也。」《說文》云:「偃，僵也。」影母、阮韻開口三等，上古聲母為影母*ʔ-，古韻分部在元部-i̯an，上古音為*ʔi̯an；王念孫古韻分部在元部。

隱《廣韻》於謹切:「藏也、痛也、私也、安也、定也，又微也。」《說文》云:「隱，蔽也。从𨸏㥯聲。」影母、隱韻開口三等，上古聲母為影母*ʔ-，古韻分部在諄部-i̯ən，上古音為*ʔi̯ən；王念孫古韻分部在諄部。(又於靳切:「隈隱之皃。」影母、焮韻開口三等，上古聲母為影母*ʔ-，古韻分部在諄部-i̯əns，上古音為*ʔi̯əns；王念孫古韻分部在諄部。)

「偃」和「隱」上古聲母相同，為雙聲相轉。在上古韻部方面，元部和諄部為旁轉，所以「偃」和「隱」聲同韻近而轉。

二、小結

以上 34 組中有 19 組為字組，15 組為詞。在分析字義時以詞為單位，總計有 34 組。但是在分析聲韻時，則以字組為單位，每個詞又各細分為 2 個字組，所以總計有 49 組。

（一）聲韻方面

「轉聲」的聲韻分析圖

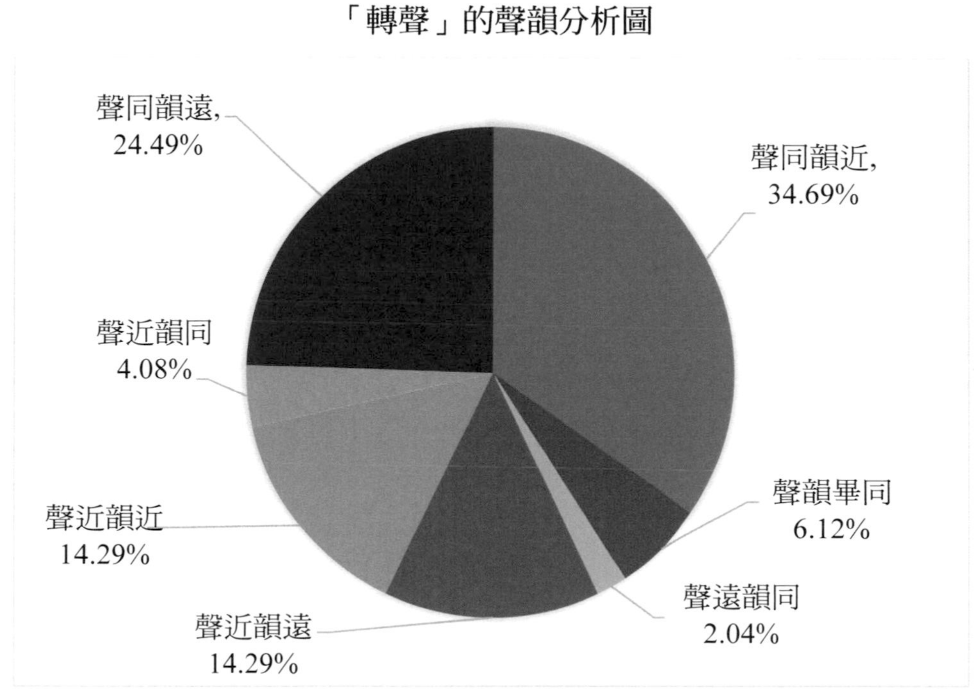

在聲韻條件方面，可將 49 組的字組分為八大類，其中聲韻畢同的有 3 組，佔 6.12%；聲同韻近的有 17 組，佔 34.69%；聲同韻遠的有 12 組，佔 24.49%；聲近韻同的有 2 組，佔 4.08%；聲近韻近的有 7 組，佔 14.29%；聲近韻遠的有 7 組，佔 14.29%；在轉聲中不同於一聲之轉和聲之轉的是多了聲遠的情況，不過聲遠韻同的只有 1 組，佔 2.04%；所以數量並不多：

（1）聲韻畢同－

【十三】（2）蝶：蟧：蟟；【十九】（1）蟦：趑；【二十五】蝥：耿；共 3 組。

（2）聲同韻近－

【七】蘆：草；【九】菘：須；【十四】（1）蛁：都；【十七】蜫：蚿；【二十二】（1）鵝：鰈；【二十二】（2）夷：鮧；【二十三】（1）蝦：胡；【二十三】（2）

蟆：蜢；【二十四】蟆：黽；【二十五】蟆：黽；【二十六】(2) 蚰：蝓；【二十七】鯠：鱺；【二十八】(1) 郭：擊；【二十八】(2) 公：縠；【三〇】矦：狐；【三十三】犍：羯；【三十四】偃：隱；共 17 組。

(3) 聲同韻遠－

【一】(1) 醶：醬；【六】莽：毛；【八】(1) 充：臭；【八】(2) 蔚：穢；【十二】苕：蕵；【十三】(1) 蜨：蝷：蛁；【十五】曑：屈；【十六】(1) 蠽：蛆；【二十一】(1) 蓬：蝘；【二十九】(2) 縠：姑；【三十二】(1) 精：鶅；【三十二】(2) 列：鴗；共 12 組。

(4) 聲近韻同－

【十八】(2) 焦：蟭：蛸；【三十一】鶘：鶦；共 2 組。

(5) 聲近韻近－

【一】(2) 醑：醶；【二】浦：旁；【三】康：坑：欿：科：渠：空；【十一】匏：瓠；【十九】(2) 蛓：趄；【二十一】(2) 活：蜁；【二十六】(1) 蜓：蝀；共 7 組。

(6) 聲近韻遠－

【四】壑：阱：洫：陙：臽：虚；【五】舫：艀：艥：筏：泭：舫：浮；【一〇】蕪：蘴；【十四】(2) 蟟：螭；【十八】(1) 冒：蛃：螵；【二〇】菌：蟜；【二十九】(1) 撥：勃：步：布；共 7 組。

(7) 聲遠韻同－

【十六】(2) 蛆：蝶；共 1 組。

若不論韻部的遠近，則聲同的共有 32 組，佔總數的 65.31%；聲近的共有 16 組，佔總數的 32.65%。若將聲近的部分加以分析，可以發現下列的情形：

<table>
<tr><td rowspan="5">聲　近</td><td rowspan="3">同　類</td><td>喉牙音</td><td>1</td></tr>
<tr><td>舌　音</td><td>6</td></tr>
<tr><td>脣　音</td><td>5</td></tr>
<tr><td>同　位</td><td colspan="2">2</td></tr>
<tr><td>發音部位相近</td><td colspan="2">2</td></tr>
</table>

在 16 組聲近的關係中，因同類聲近的有 12 組，因同位聲近的有 2 組，因發音部位相近的有 2 組，而同類聲近的 12 組中以舌音聲近為多，其次是脣音，

所以有同類聲母混用的情形。

在韻部方面，「轉聲」的 49 組中，韻同或韻近的有 30 組，佔 61.22%，而韻遠的有 19 組，佔 38.78%，所以韻同或韻近的比例大增，比起「一聲之轉」的韻遠多韻同或韻近 17.56%，和「聲之轉」的韻同或韻近只較韻遠多 5%而言，在轉聲的字組中，不僅聲母的條件大多是聲同或聲近，連韻母的部分也大多是韻同或韻近。

總結以上的分析，可以發現以下兩點現象：一、「轉聲」的條件比「一聲之轉」及「聲之轉」較為嚴格，不但要聲同或聲近，韻母部分也是韻同或韻近的狀況為多；二、在《廣雅疏證》的「轉聲」術語中，用在詞組上的比例幾乎佔了一半，這也是「轉聲」術語不同於「一聲之轉」及「聲之轉」的特色。

第五節　結語

王念孫主要是基於因聲求義的目標，才大量地使用這類聲轉的術語，因為語言在時間與空間的變化下，產生音轉是十分普遍的現象，如果想要闡明訓詁的真義，就必須依循這樣的法則來溯源。胡繼明先生《《廣雅疏證》同源詞研究》中就說：

> 音轉是同一詞語在不同地區或不同時代的語音變易現象。音轉是語言本身的問題，是地域語言和歷史語言中普遍而又必然存在的一種語音變易現象。它主要反映在方言之中，方言不同，故音因之而轉。實質上，音轉就是整個音節而言的，指語音發生了流轉。前人將音轉也稱作「一聲之轉」或「語之轉」等。〔註 46〕

但由於部分學者對於聲轉的概念仍有誤解，以致於對聲轉術語在訓詁上的運用頗有微詞，如梅祖麟先生曾在〈有中國特色的漢語歷史音韻學〉一文中，便對王念孫「一聲之轉」提出語氣輕蔑的批判，並將「段王之學」歸類於「有中國特色的，非常不好的古音學流派」，甚至認為承續其學的章黃學派「根本不是語言學」。〔註 47〕這都是因為梅祖麟先生曲解了王念孫「因聲求義」的精神，也誤解了聲轉術語的意義，才會得到這樣的結論。

〔註 46〕參見胡繼明先生《《廣雅疏證》同源詞研究》第 452 頁。

〔註 47〕參見梅祖麟先生〈有中國特色的漢語歷史音韻學〉，《中國語言學報》第 211～240 頁。

因為從本章對「一聲之轉」的分析即可看出，凡是王念孫使用「一聲之轉」術語時，產生音轉的個組字不是雙聲就是聲近。如果以當時聲類的研究尚未發展完成的情形來看，同類、同位及發音部位相近的聲母被視為是同聲，也是可以理解的。

因此王念孫在聲轉術語的運用上已是十分嚴謹，所謂「一聲之轉」、「聲之轉」、「轉聲」等術語，都是在他認為「聲同」的狀況下使用的。雖不免有一兩處的缺失，但絕非如梅先生所謂的「沒有論證，就認定 A 字和 B 字有同源關係」，更非「A 字和 B 字如果聲母不同，或者韻母不同，或者聲母、韻母都不同，《廣雅疏證》把這個叫做『聲之轉』、『一聲之轉』」。〔註 48〕

王念孫在〈拜經日記序〉中曾說：

> 世之言漢學者，但見其異於今者則寶貴之，而於古人之傳授，文字之變遷，多不暇致辨，或以細而忽之。

現今是一個多元化的社會，西風東漸，世界猶如一個地球村一般，資訊的流傳也十分地快速。然而在我們吸納新潮的過程中，是否也曾犯了王念孫所說的錯誤呢？西方的語言學觀念與定見，是否能完全套用在中國的漢語歷史音韻學的研究上？這些都有待歷史的驗證。

雖然現代的學者都應該站在傳統聲韻學的基礎上，進一步尋求更多研究分析的技能及新知，但如果因此賤古貴今，只是挾新知以譁眾取寵，將千百年來的根基棄之如敝屣，則非漢語歷史語言學學界之福了。

〔註 48〕參見梅祖麟先生〈有中國特色的漢語歷史音韻學〉，《中國語言學報》第 211～240 頁。